十二単衣を着た悪魔

源氏物語異聞

内館牧子

幻冬舎

十二単衣を着た悪魔

源氏物語異聞

カバーイラストレーション　西村オコ
ブックデザイン　鈴木成一デザイン室

第一章

俺はすでに、就職試験を五十八社落ちた。そしてたった今、五十九社目の外食産業から不採用の通知が届いた。

自宅の庭は、つるバラが新しい葉を伸ばし始めている。空はかすんだように青く、風も春だ。当然だ。もう三月である。あと一週間もしたら、大学を卒業しなければならない。なのに、就職はまったく決まらない。

俺の名は「雷《らい》」という。伊藤雷。この奇妙な名前は、父方の祖父がつけた。四歳下の弟の名は「水《すい》」。父親は「風《ふう》」。風神、雷神、水神から取っている。若い頃の祖父は、自分が三人の息子を持つことを望んでいたが、長男の風以外は娘ばかり。ついには孫に名づけたわけだ。遊びに来るたびに、

「伊藤家には、とうとう三神がそろった」

と喜ぶ。

「雷神」の俺は五十九社目の不採用通知をぼんやりと眺め、つぶやいた。

「嘘だろ……」

ここは自信があった。というのも、親父が強力なコネを持っており、とっくに正規の入社試験は終わっているというのに、特別に受験させてくれたのだ。二月の下旬という時期に、親父の顔を立てて

形ばかりの試験だった。自信を持つのが当たり前だ。誰が落ちると思うものか。

もっとも、採用されたとしても一年間は正社員ではなく、「社員見習い」という身分だと言われていた。要は契約社員というか、派遣社員やアルバイトに近いのだが、会社としては「ハケン」や「バイト」という言葉を遣いたくなかったのだろう。ただ、親父は不快そうに、

「社員見習いねえ。五十年も昔の職業婦人には、事務見習いとかあったけど……。今は職業婦人なんて言葉も消えたっていうのにな」

と言ったものだ。だが、よほどのヘマをしない限り、一年後には正社員になれる。それなら職業婦人だろうが見習いだろうが、俺にはどうでもよかった。

驚いたのは、当日の試験会場には六人の男女大学生が来ていたことだ。いずれも誰かの「顔を立て」て、特別なコネ持ちだろう。とはいえ、六人全員が採用されることはありえない。それでも自信があった。俺のコネが一番強いはずだ。親父は日本を代表する商社に勤めている。まだ四十七歳だが、昨年六月に副社長になった。四十代の副社長は会社始まって以来とあって、新聞各紙に載った。さすが「風神」だ。さほど大きくもない外食産業としては、デキの悪い息子を採用しておけば何かと恩を売れる。だから必ず採用される。

俺は自信たっぷりにそう思い、他の五人を見てさらに力が湧いた。みんなバカヅラをしていたのだ。強力なコネに加え、たかが五十年前の職業婦人の身分、それに敵はバカヅラ。これで内定が出ないわけがない。俺でなくても、そう思うだろう。

だが、不採用だった。俺はあのバカヅラどもよりデキが悪いってことか？　体から力が抜けていくのがわかった。

俺の大学は二流の私大だ。二流にも上中下があるなら、「二流の中」。名前はたいていの人が知っているが、それは創立が古いからだ。創立者は明治時代の有名な法学者で、自慢できるのはそれだけだ。というのも、俺の大学名を知った人たちは、一瞬困った顔をする。偏差値は高くないし、とりたてて個性があるわけでもなく、ほめ言葉に困るのだろう。まず十人中七人が、創立者の名を挙げ、

「伝統校ですね」

と言う。残りの三人は、

「法学部、有名ですよね」

と言う。創立者が法学者ということで、確かに法学部だけは、同じ二流でも「上」かもしれない。

ところがだ。俺はその法学部をすべって、「ヒューマン・リレーション学部」に拾われた。専攻は「情報パフォーマンス学科」だ。ここはハッキリ言って、「二流の中」ではない。「三流の上」だ。だが、そうは言いたくない。俺にもプライドがある。

だいたい、俺は勉強もスポーツも「二流の中」の人間だ。ものすごくバカではないし、かと言って「一流の下」には遠い。どこを向いてもウジャウジャいる「二流の中」。凡庸で、だけど取りたてて問題も抱えていないという人間だ。

「ヒューマン・リレーション学部情報パフォーマンス学科」は新設で、大学は流行の横文字と「情報」という言葉を入れれば、受験生が集まると考えたのだろう。

合格した日のことは、今もよく覚えている。親父が、

「これからの時代は、そういう学問が役に立つのかもしれないな。ヒューマン・パフォーマンス学部情報リレーション学科か」

と静かに言った。その口調には重みがあったが、親父の言う「ヒューマン・パフォーマンス学部」は「ヒューマン・リレーション学部」が正しく、「情報リレーション学科」は「情報パフォーマンス学科」が正しい。だけど、俺は訂正しなかった。せっかく必死にほめている親父に恥をかかせたくなかったし、実際「パフォーマンス」と「リレーション」が入れかわったところで、別にどうということもない学部であり、学科なのだ。生命保険会社のキャッチコピーが「豊かな明日、夢ある未来」でも「夢ある明日、豊かな未来」でも同じなのと一緒だ。実際、四年間在籍した俺自身、今もって何を専攻したのかよくわからない。

「百年に一度の不況」と言われ、名のある大学の学生でも就職できない社会で、二流私大のヒューマン・リレーション学部の学生を採らないのは、当然だ。妙に納得している。だが、クラスメイトの中には、就職が決まったヤツもいる。情報パフォーマンス学科でも、決まるヤツは決まる。ということは、やはり俺に問題があるのか。

俺は何もかも二流だが、頭は悪くない。そう思う。呑みこみは早いし、空気は読めるし、協調性もある。それは中学から大学まで、フットサル部の主将だったことからもわかるはずだ。競技の力は並だったが、人望があり、OBからも後輩からも好かれた。こんな俺を、一社くらい評価してもいいだろう。

五十九社目の不採用通知を破り、ソファに寝転がる。目の位置が低くなり、大きな窓からは青空だけが見えた。春のゆるい青さが焦らせる。下校する小学生の声が青空に響く。明るさというのは、春というのは、こんなにも焦らせるものなのか。

もうフリーターになるしかない。ハケンなりバイトなりを渡り歩きながら、正社員の道を探そう。

もちろん、社会にはそういうフリーターがあふれていることも、そして、正社員への道などないに等しいということも、わかってはいた。しかし、それ以外に何をやれというのか。もはや打つ手などないのだ。

これまでずっと、心のどこかに「早いうちに親父のコネを使っておけば……」という後悔があった。しかし、二流私大のヒューマン・リレーション学部の長男をどこかに押し込むことは、親父にとってマイナスになる。そう思って言い出せなかったし、親父の方からも手助けしようという雰囲気は一切なかった。だが、外食産業に落ちた今、現実を知った。たとえ早くからコネを使っていたところで、どこからも内定は出なかっただろう。それがわかっただけでも、今まで多少は持っていた後悔が消えた。

ともかく派遣会社に登録し、仕事のお呼びを待つ日々に入るしかない。

だがその前に、外食産業の不採用を家族に何と言おうか、青空に響く小学生の声を聞きながら、気が沈んだ。

その時、水が入ってきた。弟の「水神」だ。

「ちょっと出かけるから」

明るいグレーの革ジャンに、きれいな黄緑色のマフラーを合わせ、長すぎるほどの脚をホワイトジーンズに包んでいる。部屋に春が駆け込んで来たような、華やぎがあった。

「水、その前にコーヒーいれてくれよ」

寝転がったまま言う。

「いいよ。そうだ、俺の部屋にチョコクッキーあるから、持ってくる」

バレンタインデーに女からもらった残りだろう。水は小学生の頃から、かかえ切れないほどチョコレートをもらってきた。

口に出して言ったことはないし、言いたくもないが、俺の深いコンプレックスは、この弟の存在によるところも大きかった。

水はモデル並みのスタイルと顔を持っている上に、あきれるほど勉強ができた。今月には都立高校を卒業するのだが、模擬試験などでも常に全国のトップランクにいた。

こういう場合、たいていは運動神経が鈍いものだ。ところが、水はスポーツでも抜きん出ていた。特に水泳では、百メートル自由形で全国三位。新聞には「龍の如き力泳　龍は水神の化身」と書かれ、有名大学から授業料免除だの、スポーツ推薦入学だの、誘いは引きも切らなかった。だが、本人は「大学ではどうしてもやりたいことがあるから、水泳は趣味にする」と宣言、すべて断っていた。

もっとも、水の進路については詳しいことは知らない。俺の前では家族も話題を避ける。だが、たぶん東大を受験している。それも最難関の法学部だろう。そして、間違いなく現役合格する。

「二流の中の兄、一流の上の弟」、これはこたえる。あまりにも格差の激しい兄弟。内定が出る気配さえない長男の前で、東大法学部を受けたはずの次男には触れもしない家族。その配慮もこたえる。

振り返れば、幼い頃から兄弟の格差は歴然としていたが、両親はまったく平等に扱っていた。水も「雷兄《らいにい》、雷兄」といつでもくっつき、長じてからもバカにする言動は一切なかった。

だが、五十九社も落ち続けるヒューマン・リレーション学部の俺としては、面と向かって比較される方がかえって楽になれそうな、そんな気も確かにあった。兄弟や他人との比較は子供を傷つけると教師やカウンセラーは言うが、デキの悪い片方をも必死にほめるのは、ほめられる側もつらい。

小学校六年生の時だ。俺は運動会の徒競走を六人で走り、五番だった。二年生の水は圧倒的な速さでトップ。さらにはリレーの選手として三人をゴボウ抜きし、クラスを優勝に導いた。その後、俺たち六年生は全員で「花笠音頭」を踊った。手製の花笠を手に、九〇人余の群舞である。お袋は抱きつかんばかりにして、俺をほめた。

「花笠音頭、雷の手つきが一番よかった。雷は踊りの才能あるわ」

花笠音頭の手つきをほめられてどうする。だが、お袋は隣りに突っ立っている親父に、

「ね、パパ！　雷、目立ったよねえ」

などと言う。親父は、

「うん。よかったよ」

と笑顔を見せた。あの頃からすでに、親父は俺をどう扱っていいかわからなかったのだと思う。

親父自身はずっとエリートで、幼い頃から「一流の上」だった。スポーツも容姿も水には及ばないが、俺のように何をやらせても「二流の中」という半端さとは無縁だ。叱咤激励すればいいのか、ほめまくればいいのか、いつでも困っていたのだろう。結果、親父は常に穏やかに俺を肯定するという方向で、折りあいをつけたようだった。

確かに、お袋のように気合いを入れまくってほめられると、「ほめる材料を懸命に探してんだなァ」と親が哀れになる。花笠音頭の手つきなんて、その典型だ。それは同時に、俺自身をもみじめにした。

思えば水も気の毒だ。作文コンクールで総理大臣賞をもらっても、リレーでゴボウ抜きしても、大っぴらに喜ばれたり祝福されたりはなかった。水泳で国体に出ても、模試で全国トップランクに入っ

てもだ。みんな俺に気を遣ってのことだ。水に申し訳なかったと、今でも思う。だからこそ、東大法学部に合格した夜は、俺が先頭に立って家族でドンチャン騒ぎをしよう。ソファから青空を眺め、そう思った。

「コーヒーはいったよ。俺、飲んでる時間ないから行く」

そう言う水に、俺は寝転がったまま訊いた。

「女かよ」

「うん」

「どの？」

「どのって言われてもなァ。別れ話だし」

「別れんのか」

「うん」

「次のがいるわけか」

「本気じゃないのは色々」

「年上、年下、人妻か。未亡人もか」

「人妻と未亡人はないよ。俺、三月までは一応高校生だよ。じゃ行く」

俺は一人でチョコクッキーをかじり、コーヒーをすすった。東大法学部に入れば、女なんてもっとよりどり見どりだろう。そして、名づけ親の祖父《じい》サンの言葉が浮かんだ。

「人間はな、たったひとつ、他人を圧倒する能力があればいいんだ。たったひとつでいい。そのたったひとつが他人を圧倒するなら、必ず人生は勝てる」

「風神」は、「風を自在に司る神」だという。実際、親父はいつも追い風に乗り、順風満帆な人生を歩んでいる。水神は水を司り、龍は化身だ。その名をもらった水は、鍛錬によってはオリンピックさえあった水泳選手だ。その上、女に不自由したことがない。さらには現役で東大法学部に入るだろう。何をさせても、弟は「水を得た龍」なのだ。

一方、兄の俺は完全に名前負けだ。「雷を司る雷神」なら、家電メーカーの内定くらいは出てもいいだろうよ。

その夜、珍しく早く帰った親父に、平静を装って切り出した。

「この間の就職試験だけど」

親父はそれ以上言わせず、言葉を継いだ。

「それ、こっちにも今日連絡があったよ。不況で一人も採れなかったって、詫びてたよ」

ショックだった。顔を立てるためにだけ、わざわざバカヅラを六人も集め、形だけの試験をやり、全員に不採用を出したのか。お袋は夕食の配膳をしながら、

「全員が不採用なら、しょうがないわね。雷が悪かったんじゃなくて、ご時勢だもの」

と優しく言い、親父は黙ってうなずいた。

俺は本気で腹を立てていた。最初から採る気などなかったのだ。ただ、親父らコネの発動者に誠意を示したいがために、六人を呼んだ。そして全員不採用となれば、発動者にも六人にもカドが立たない。そう考えたのだろう。期待してわざわざ出向いた六人のバカヅラを、陰でバカにして嗤《わら》っていたに違いない。俺たちを人間扱いしていないではないか。

突然、親父が言った。

「雷、フリーターになれ」

リビングルームが静まった。風神、雷神、水神が棲む家には「フリーター」という言葉はありえないものだった。まして、常に穏やかに肯定する一方だった親父が、そう言った。衝撃だった。お袋が強い口調でたしなめた。

「フリーターをやりながら、就職探すのはいいけど、既卒はもっと大変なのよ。何を言い出すのよ」

「誰かに雇用されることばかり考えるな、雷」

大商社の副社長らしからぬ言葉だった。

「雷はフリーターを力にする、たぶん。俺みたいに当たり前の人間は、フリーターなんかやったらつぶれるけどな」

お袋も水も無言だ。

「雷、サラリーマンは、出世だの左遷だの、他人に人生のカードを握られるんだぞ」

そう言うと、親父は立ち上がった。

「風呂、入る」

お袋と水と俺と、無言でお茶を飲んだ。

親父は俺を買いかぶっている。まだ夢を見たいのか、俺に。有難かった。


フリーターで迎えた卒業式がすむと、「根なし草」の自分を実感させられた。二流私大のワケのわからない学部でも、今までは所属している安心感があった。それは確かに安心感だった。今、どこにも所属するところがなく、ただ生きているだけの人間になってみると、恐さが襲ってくる。今に必ず、気持が荒れるという確信が恐い。

　人材派遣会社への登録は、五十九社目がダメだった翌日にすませていた。仕事があれば携帯電話に連絡が入る。すでに今日までに運送助手、引っ越し作業、デパートの特設売場の撤去をやったが、身にしみた。毎日、決められた場所に行ける人間は、何と幸せなことかと。学校でも会社でも、行くべき同じ場所がある人間は、どんなに心が安らぐことかと。

　まだわずか三回ばかり派遣されただけだが、毎回違う場所に呼び出され、毎回誰がやってもいい力仕事をやり、一日働いて七千円程度の現金をもらう。帰りに缶ビールを買って、公園で飲んだりしていると、どんどん気持がすさんでくる。「これを続けるのはヤベエな、恐えよ」と、わずか三回で思った。だが、他に働く方法がない。

　公園で缶ビールを飲みながら、五十九社もの企業にエントリーシートを送り続けた自分を思った。落ちても落ちても諦めなかったのは、たとえ一社からでも選ばれれば、自分が変われる気がしたからだ。

　ワイドショーなどでは有名人のコメンテーターが、

「不採用でもめげないで。この苦境があなたを深く豊かにしてくれたと、必ず後で気づきます」

と言ったりしていたが、腹が立った。これまで二十二年間、一度も選ばれたことのない人間の気持を、ヤツらは想像することもできない。こぎれいな、ありきたりな言葉を並べるしか能がない。後々に深く豊かにならなくていいから、今、内定が欲しいんだよッ。

　だが、今ではもう、「一度でいいから選ばれる経験をしたい」という気力もないし、コメンテーターのきれいごかしに怒る元気もない。ただただ静かな気持だ。

缶ビールの最後の一滴を飲もうとして、顔を上に向けると、白っぽい夜空が広がっていた。ネオンの光や車の排気のせいか、白い夜空に星はひとつも見えなかった。

昨日から大きな製薬会社が主催するイベント会場の設営に入っていた。

それは『源氏物語と疾患展』というイベントで、光源氏《ひかるげんじ》をはじめとする主な登場人物のコーナーが作られる。そして、彼らの病気について、「今で言うならうつ病ではないか」とか「偏頭痛持ちではないか」などと、現代医学の診断が下されている。さらに、その病気に効果のある薬品が展示され、同病かと思う来館者はカウンセリングも受けられるというイベントだった。時給一〇五〇円だ。

俺は『源氏物語』などまったく関心がなく、光源氏という名前以外は聞いたこともない。設営初日の昨日は、現場監督が注意事項として、

「源氏物語ができて一千年という大ブームによって、源氏に目を向ける人が多くなったと言っても、今回はあくまでも薬品が主役だ。薬が目立つようレイアウトすることを忘れるな。主催者からきつく言われてるので、間違うなよ」

と言ったが、俺は一千年のブームがあったことなど、まったく知らなかった。江戸時代の物語だと言われれば、そうかと思うほど知識も関心もない。

もっとも、会場設営のハケンに、『源氏物語』の知識は不要だ。俺たちハケンは番号で呼ばれる。ハケンに名前はないのだ。そして、言われた通りにベニヤ板やパネルを運び、図面の通りに組み立てることだけが要求される。昨日も今日も誰もがそうやり、設営は夕方六時には完了した。

八時間分の賃金八四〇〇円と、ビニール袋がハケンの全員に渡された。現場監督は携帯メールを忙《せわ》

しくチェックしながら、投げやりに、

「袋の中には、今回のイベントのパンフレットが入っている。登場人物の病状とサンプルの薬品もついている。あと、あらすじ本もサービスだ。会場では売るヤツだからな。じゃ解散。そうだ、3番と7番、後片づけチェックして」

と言い、すぐに携帯電話をかけ始めた。3番と7番以外のハケンは互いに挨拶するでもなく、静かに解散した。ハケンというのは常に「解散」なのだ。決まったところに毎日行く場合、学校でも会社でも「解散」とは言わない。

夕闇の迫る街に出ると、携帯電話が鳴った。結季菜《ゆきな》からだった。彼女は同じ大学の一年後輩で、つきあって二年になる。水と違い、俺はもてない。結季菜ももてるタイプではないが、俺にしてみれば「カノジョ」ができたことは、大学生活における最大、最高の収穫だった。

呼び出された喫茶店に行くと、結季菜は嬉しそうな笑顔で手をあげた。結構可愛い。人格不要の日雇い派遣でも、突然電話してきて「会いたい」と言うカノジョがいると、人間に戻った気がする。

「俺、昨日今日はさ、『源氏物語』のイベントの仕事だったんだよ。これ、やるよ」

と、ビニール袋を出した。結季菜はパンフレットを取り出し、表紙を見た。

「あ、きれーい。『千年の時空を超えて』だって。へえ、薬までついてるパンフレットじゃん」

次にあらすじ本をパラパラとめくり、

「あらすじだから、わかりいいね。嬉しい」

と、またニッコリした。俺はまたも「かわいいじゃん」と思い、もらったばかりの八四〇〇円で休憩できるホテルを考えていた。結季菜はパンフレットを袋に戻すと、何の前置きもなく言った。

「ねえ、雷。もう終わりにしよ」

あの笑顔の後に、これを言うか？　あまりに唐突な言葉に、俺は混乱した。

「雷、ごめんね。もうずっと考えてたんだけど、決心した」

「……何を」

結季菜はまっすぐに俺を見て、そして言い切った。

「私、ハケンの彼氏は困る」

「え……」

「お姉ちゃんに相談したら、こういうことはハッキリ言う方が親切なんだよって。日雇い派遣は論外だってちゃんと言いなって。そうじゃないと半端な希望持たせるからって」

俺は氷がとけたアイスコーヒーを飲んだ。「論外」と言われ、どう返事をしたら自分を保てるのかわからなかった。

「今までありがとう。楽しかったよ。早く正社員に決まるといいね。じゃ」

結季菜は伝票をつかみ、出て行った。日雇い派遣ではお茶代も払えないとバカにしているのか。あるいは、別れを明確にしているのか。もはやどうでもいいことだった。テーブルの上にはビニール袋が忘れられていた。「きれーい」だの「うれしい」だのと言っておきながら、どうでもよかったのだ。

俺は自宅に向かう電車の中で、乗客を眺めた。こいつら、何のために生きているんだろう。携帯電話でメールのチェックに励むネーチャン、ペラペラのスーツを着て居眠りしているオヤジ。若いサラリーマン風の男は、二本の缶ビールが入ったコンビニ袋をさげている。太ったオバサンは足元に食料品の入ったカートを置き、厳しい目でレシートと照らしあわせている。こいつらは何か生きる意味を持っているのだろうか。こうやって、日々の暮らしをこなして死ぬのなら、何のために生まれてきたのか。

それでも、誰もが俺よりはマシだろう。俺は名前のない「番号人間」で、女にまでバカにされて振られたところだ。

吊り革につかまって目を上げると、映画の車内広告があった。『狐』というその映画は、女の子たちに人気の若手俳優が安倍晴明《あべのせいめい》を演じるとあって、テレビのワイドショーでもよく取りあげられている。

俺は晴明にハマったことがあるのだが、彼の母親は狐なのだ。晴明は図抜けた力を持つ陰陽師《おんみようじ》で、式神《しきがみ》を自在に操りながら怨霊を調伏《ちようぶく》し、将来を予言する。カラスの言葉さえ理解したそうで、それは狐の血がもたらした超能力ではないかなどと、俺は夢中になっていたものだ。

番号で呼ばれるハケンで、女もいない二流の男。一方は、母親が狐の一流の男。どっちがいいだろう。俺は母親が狐でも牛でも、就職内定が出る方がいい……と思って、あわてて打ち消した。何と恐ろしいことを考えているのか。

やがて、自宅のある駅で降りると、ゆっくりと商店街を歩いた。パンフレットやあらすじ本の入ったビニール袋が、さっきより重く感じる。まだ七時を少し回ったところだ。二年間つきあって、ホテルに行きまくった関係が、「論外」の一言で一分もかからず終わった。商店街を抜けようとした時、

「雷ちゃーん」

大声をあげて、自転車が走って来た。隣家の山下さんの奥さんだ。俺も水も小さい時から「ヤマンバ」と呼んでなつき、今も両家は家族ぐるみで親しい。ヤマンバは俺の前で自転車を急停止させると、

興奮さめやらぬように言った。

「すごいじゃないの！　これからお祝いよ、お祝い。小母さんも鯛のお造り頼んどいたから、今取りに行くとこ。すぐ届けるからね」

「お祝い？」

「あら、聞いてないの。水ちゃん、今日発表があったのよ。大学」

「あ……ああ」

「たいしたもんよねえ。現役で京都大学の医学部なんてさァ」

水は医学部をめざしていたのか。

「へえ、東大じゃないのか」

俺の精一杯の反論だったが、反論になっているわけもない。ヤマンバは胸を張った。

「京大にね、何でも水ちゃんがやりたい医学の世界的カリスマがいるんだってよ。で、どうしてもその先生に教わりたいんだって。それだけじゃなくてさ、水ちゃん、いずれは留学もするって。で、これから世界をめざす若い人間は、日本の歴史や伝統文化や精神を語れなきゃバカにされるって。だから京都に住んで、じっくり学ぶんだって、日本文化や何か。奈良も近いし、水ちゃんったら『ヤマンバ、来たら解説付きで案内するよ』だって。まだ今日、合格したばっかだってのにさァ」

ヤマンバは身をよじって喜び、鯛のお造りを取りにペダルをこいで行った。

俺は口に出してつぶやいた。

「参ったな……現役で京大医学部かよ。すごすぎねえか……」

手に持ったビニール袋が、さらに重くなった。

だが、今日という今日は、水の快挙を喜んでやるのだ。家族みんなで、もしかしたらヤマンバ夫婦も一緒に、朝まで祝ってやろう。不デキな兄の手前、今迄何をやっても大っぴらに祝ってもらえなかった弟を、今夜こそ華々しい主人公にしてやろう。そう心に決めながらも、家が近づくにつれて足は重くなった。

たとえ名のない会社であっても、内定が出ていれば家族はどんなに気が晴れただろう。水への喜びを表わすのに、何の遠慮もいらないのだ。だが、日雇い派遣の兄を前に、京大医学部現役合格の弟をどう喜んでいいのか、誰だって困るだろう。俺にしても、どんな顔をすればいいのか。足どりはますます重くなる。

すでに閑静な住宅地に入っており、家は近い。目の前のY字路を左に入り、一分も歩けば自宅だ。暮れた道に、沈丁花が匂い立っている。三月の湿った夜気に、その甘い匂いはねっとりと広がっていた。

俺は左に入った。もう家が見える。リビングに灯がついている。きっともう親父も帰って、酒の準備だろう。その時、俺は立ち止まった。

今まで見たことのない路地があった。おかしい。今までずっと、Y字路を左に行くと一本道なのだ。一本道の両側には家が建ち並び、路地などありようがない。しかし、現実に細い路地が目の前にあった。

今朝もここを通ったが、こんな路地はなかった。その路地の両側にはケヤキや雑木が茂っている。まったく見たこともない風景だ。この路地をまっすぐに行くと、どこに出るのだろう。見当もつかない。すでにとっぷりと暮れていたが、ちょっと行ってみようと思った。そして、路地に一歩踏み込んだ。

その瞬間、雷鳴が轟《とどろ》いた。それは獰猛《どうもう》とも言える爆音で、激しい稲妻が夜空を走った。驚いてしゃがみこんだ俺は、立てなくなっていた。無数の人魂が、ふわりふわりと飛び交い始めたのだ。

「嘘だろ……」

そうつぶやいた時、人魂か雷《かみなり》か、ともかく巨大な火の玉が俺を直撃した。

第二章

肌を食いちぎられるような熱い痛みが、間断なく襲ってくる。体を動かそうとしたが、何かに押さえつけられている。まったく動かない。

渾身《こんしん》の力で、やっと目を開けると、地面に倒れていることがわかった。頬を地面に押しつけられたまま、思い出していた。自宅近くの見知らぬ路地で、激しい雷鳴に打たれたのだ。ここはあの路地か。それとも、俺は死んだのだろうか。お袋が狐でもいいなんて考えたバチか？　いや、こうも体の痛みを感じているということは、死んだのではあるまい。

男の声がした。ゆっくりした口調で、

「起こせ」

と言い、別の男たちが俺を起こした。

「痛ッ……。乱暴に起こすんじゃねえよ。まったくッ」

怒鳴ったつもりだが、大きな声が出ない。目を上げ、混乱した。

ここは、あの路地ではなかった。

見たこともない庭だった。乱暴に起こした男たちは、俺の上に乗って動かぬようにしていたらしい。

男たちは、丈の短い粗末な着物のようなものを着て、裸足《はだし》だった。目の前には、立派な屋敷があり、長い廊下が走っている。

空は見たこともない暗さだった。本来、「黒」とはこういう色を示すのかもしれない。くっきりと澄み、こっくりと深く、かすんだところがまったくない。缶ビールを飲みながら見た空とは別物だ。俺は空を見回した。首がギリギリと音をたて、痛む。この夜空のどこかに高層ビルやタワーが見えるのではないか。それが見えれば、この場所の予測がつくかもしれない。ネオンサインくらいは見えるだろう。

だが、そんなものはどこにも見えなかった。ただただ黒くて深い闇だった。そのせいか、星もまた、見たこともない輝きと大きさだった。思わず「すげえ」となると、近くでフクロウが鳴いた。

起こされるなり、土の上に正座させられた。時代劇に出てくるような屋敷で、正座した俺の頭より高い位置に廊下がある。暗い廊下から、またゆっくりした口調で、男の声がした。

「何だ、この者は。奇妙なものを着て、おかしな髪をしている」

さっき、「起こせ」と命じた声だった。

「おかしなのはお前らだろうよッ」

やっと声をしぼり出し、声の主を見た俺はますます混乱した。そいつは、

「お雛様みてえ……」

だったのだ。烏帽子《えぼし》をつけ、袴《はかま》のようなものをはいている。それも、身長は一四五センチかそこらだ。顔は大人のようだが、あまりに小柄だ。見ると、俺を起こした男たちもみんな小さい。一四〇センチ以下の者もいる。

ここはどこなのか。ここにいる者はなぜ、こんな恰好をして、なぜこんなに小さいのか。

「名を言え。どこから来た。何の用で忍びこんだ」

このゆっくりすぎる口調も異様だ。真っ暗な廊下には、灯火《ともしび》を持ってかしずく子供のような者が二人いた。小刻みに揺れる炎に照らされる子供とお雛様。不気味だった。

ここはむやみに答えてはならない。状況はまったくわからないが、おかしなことを言っては殺されそうだ。テレビの時代劇で何度も見たことがある。地面に座らされた罪人は、首をはねられるのだ。ここにいる男たちは、確かに日本人の顔をして、確かに日本語を話してはいる。だが、見知らぬ大陸の部族に捕えられたような、距離感と恐さがある。俺が潔白だと言っても通じないだろう。

時間を稼ごう。俺は無言のまま、ゆっくりと着ていたダウンジャケットを脱いだ。お雛様も、俺を取り囲んでいる裸足の男たちも、身構えた。次に、もっと時間をかけてセーターも脱いだ。夜の空気は凍るように冷たい。雷に打たれた夜と同じ日なら、三月八日だ。だが、ここは感じたことがない寒さだった。

セーターを脱ぐ時、肩口に激痛が走った。見ると、アンダーシャツの肩に、鮮血がついている。雷にやられたものなのか、この庭で男たちに打たれたものなのか、わからない。腕を回そうとすると、骨がきしむような痛みが来た。誰もが息をつめて、俺のやることを見ている。痛みを我慢して、ダウンジャケットのポケットから、財布を出した。中にはいつもカットバンを入れてある。ハンカチで血を拭うと、傷口にカットバンを三枚貼った。男たちは固まったまま見つめ、まばたきさえしない。次に、筋肉痛消炎スプレーを取り出した。こんなものを持ち始めたのは、派遣の力仕事をやるようになってからだ。打撲で赤く膨れた腕に、プシューッと霧を吹く。男たちは一斉にのけぞった。

再びゆっくりとセーターを着て、ダウンジャケットを着る。お雛様は、ゆっくりと言った。

「すべては明日だ。みなにしっかりと見張られておるゆえ、大人しくしているように」

そして、灯火を持つ子供に守られながら、奥へと消えた。あたりは真っ暗になり、ふくろうの声だけが満天の星に響き渡った。

命の危険にさらされている俺なのに、ずっと昔、テレビで宇宙飛行士が言っていた言葉を思い出していた。

「宇宙空間というのは、光を反射するものがないから、空の黒は完全に光が吸いこまれている黒。地球上にはない黒なんです」

俺が見ている黒い空も、たぶん負けない。宇宙に行かなくても、こんな黒は他に絶対ない。

闇に目が慣れるのを待っていたが、これが慣れない。子供が去った後は、灯ひとつない闇なのだ。自分の手足も見えない。俺自身が闇にとけているようで、猛烈に恐い。

それでもやがて、屋敷の輪郭らしきものが、ほんの少しうかがえるようになった。とてつもなく広い敷地のようだ。ここは身分の低い使用人たちも出入りできる裏庭だろうか。何だか見たことのある風景という気がしてならない。だが、どこで見たのか。まったく見当もつかない。もともと映画はほとんど見ないし、本もあまり読まない。こんな風景を知るはずもないのだ。

今頃、家では水の合格祝いをやっているだろう。ヤマンバ夫婦も加わって、盛りあがっているに違いない。俺が帰って来ないのは、ショックのためだと思われたに決まっている。今夜こそは水を主人公にして、徹底的に祝ってやろうと決めていたのに、またもちっぽけな男として誤解されるのだ。

腕時計を見た。秒針はピクリとも動かず、七時十八分で止まっていた。あの路地で雷に打たれた時刻だ。あれからどのくらいの時間がたったのか。ここは一体どこなのか。どうやって帰ればいいのか。

果たして帰れるのか。「すべては明日」ということは、殺されるのではないか。逃げる手段はないものか。見張りの男たちの白い服が闇に浮かぶ。みな眠りこけている。さっき灯火に照らされた顔は、ものすごく幼かった。中学一、二年生にしか見えなかったが、この子たちは何なんだ。想像もつかなかった。

ともかく外に逃げよう。立ち上がると体中が痛んだが、歩けそうだ。手で探ると、近くに俺のデイパックが転がっていた。誰も気づかなかったらしい。暗闇のおかげだ。見張りは誰も目をさまさない。呑気というか大らかというか、少くとも二十一世紀の日本とはまるで違う場所に、踏みこんだ気がする。だが、タイムトリップなどということが、現実にあるはずはない。これは何かのはずみで、どこかに放り出されたのだ。俺はそう思いながら、デイパックを開けた。ペットボトルのお茶が飲みたくてならなかった。結季菜が忘れて行ったビニール袋の下から、ペットボトルを取り出そうとした時、「あッ」と声をあげた。

ここは『源氏物語』の世界ではないか……。

どうも見たことがあると思ったのは、設営したばかりのセットとそっくりだったせいだ。パンフレットの表紙は覚えている。結季菜も読みあげていたが「千年の時空を超えて」だ。俺は本当に時空を超えて、千年昔にトリップしたのだろうか。

どこかに灯がないか。灯があれば、パンフレットやあらすじ本で確かめられる。ところが、月さえ出ていない。その時、携帯電話があると気づいた。ケータイの灯だ。だが、まったく機能していなかった。電源も入らず、壊れた状態と同じだ。

こうなったら、夜明けまで待つしかない。少しでも明るくなれば、読める。今、俺の足さえ見えない中を、アテもなく逃げたところで危険なだけだ。

何をされるかわからない明日のためにも、眠ろうと目を閉じた。眠れるわけがなく、また開けた。閉じても開けても真っ暗。同じ闇。その恐さに、気がおかしくなりそうだった。それでも、「目を開けて真っ暗」より、「閉じて真っ暗」の方が気分的に楽だ。俺はしっかりと目を閉じ、心の中で歌を歌い続けた。

長い長い、長い長い時間が過ぎ、ほんのりと空が白っぽくなってきた。見張りは眠りこけている。音をたてないように、そっとパンフレットを開く。これは字も大きいし、何とか読める。

第一章は「桐壺《きりつぼ》」と書いてある。読むと、桐壺帝《きりつぼてい》という天皇は、桐壺更衣《きりつぼのこうい》ばかりを寝室に呼ぶため、他の女の嫉妬《しっと》がすさまじいとある。それも一因で、更衣は寝込むようになったそうだ。この時代は「一夫一妻多妾」と書かれている。ということは正式な妻がいて、他にいくらでも堂々と愛人を持っていいということだ。俺はそういう時代に迷い込んだのか？

白っぽくなった空は、少しずつ青みがかっていく。山が見えた。山のあたりはピンク色がまじったオレンジ色だ。きれいだ。

パンフレットにある屋敷のイラストは、確かにここととよく似ていた。まったく同じではないが、よく似ている。お雛様のような男の絵も出ている。しかし、どうして『源氏物語』の世界に迷い込むのだ。

『源氏物語』のあらすじ本を取り出すと、表紙には、

「日本が誇る女流作家　紫式部
世界が認める大河小説　源氏物語」

と書かれた帯がついている。『源氏物語』というのは、日本の歴史を書いたものではない。作家が創作した小説だ。俺はその作り物の世界に迷いこんだということか？　普通、タイムトリップというのは、現実の平安時代とか、現実の二十五世紀とかに行くものだろう。小説の世界にトリップするなんて、アリなのか？　ありえない。たぶんここは、『源氏物語』の世界ではなく、それが書かれた平安時代なのだ。それなら屋敷が似ているのもわかる。

だが、そんなことはどっちでもいい。どうやったら元の世界に帰れるのかということだ。ここから外に逃げたところで、帰れるものでもなさそうだ。

見張りが寝返りを打つ。そろそろ起きるのか。かなり明るくなった中で見ると、彼らは一番年長者でも十二、三歳のようだ。みな小学生のように小さく、薄い体をしている。設営作業で、光源氏が満十一歳で元服したと知ったのだが、この時代は十代前半の子供は「大人」なのだ。一人前に仕事をするのも不思議ではない。夜の闇の暗さも、星の美しさも、スッキリした寒さも不思議ではない。地球温暖化など無関係だからだ。

そんなことを考えたのは、俺が急に余裕を持ったからだ。ここが『源氏物語』の時代としか思えないからだ。戦国の世に迷いこんだなら殺される危険はあるが、貴族の世なら大丈夫だろう。俺は平安時代と室町時代の区別もあまりつかないし、貴族社会と武家社会はどちらが先かも断言できないレベルだが、『源氏物語』の時代なら殺されない。貴族は草食系だからな。その思いが気持を楽にしていた。

だが、実はここで殺されるのも生かされるのも、悪くないなとも思っていた。元の社会に戻ったところで、俺にどんな将来があるというのか。仕事もなく、女もなく、能力もなく金もない。夢もない。

何よりも先々に希望が持てない。むろん、人生には突然、何かときめくことが起こりうる。だが、それは約束されたことではない。俺の人生で、必ずあると約束されているのは、葬式だけだろう。その上、優秀すぎる弟がいる。親は分け隔てなく育ててくれたが、デキの悪い兄としては、あの弟の存在は幼稚園の頃から頭に載った石のようだった。

あっちの世を離れて、平安時代にトリップらしきものをしたことは、俺の人生の最高の結末かもしれない。もう就職で悩むこともないし、女にバカにされることもない。二流私大の横文字学部でも、コンプレックスを持たずにすむ。というよりも、平安時代ならばそれらを全部消し去り、まったく新しい人間として生きていける。殺されなければの話だが、あっちの世に戻るよりも、ここで生きていく方がずっと元気が出そうな、そんな気さえしていた。

ただ、家族は消えた俺を案じ、嘆き悲しむだろう。どこかに拉致されたのではないかと、警察も動くかもしれない。だが、悲しみは歳月に癒やされるものだし、デキの悪い俺の将来を心配する必要はなくなる。俺があっちの世にいれば、この後も、就職、仕事のミス、結婚、収入等々、親を心配させるに決まっているのだ。そんな心配がなくなり、優秀な弟だけが残る。それも悪くない。決してひがみではなく、そう思うと腹が据わり、やがて眠気が襲ってきた。

騒々しいほどの鳥の声で目がさめた。空はすっかり青くなっている。明るさの中でよくわかったが、高層ビルどころか電柱もない。ただただ一面の空。連らなる山。空は青いのだが、どこかピンクがかっていて、いかにも春の色だ。そこをスズメだろうか、小さな鳥が飛び回る。さえずり続ける。何百羽いるのか、今まで林間学校やキャンプでも見たことのない数だ。

見張りの子たちは、もっと早く目ざめていたようで、俺の周りを取り囲んでいる。俺は訊いた。

「今、何月だ？」

一人が指を一本立てた。一月か。あっちの世で俺が雷に打たれたのは三月。二か月も逆戻りしたのか？　その時、ふとまた設営現場を思い出した。現場監督が「暦は旧暦、年齢は数え年」と繰り返していた。旧暦一月なら、あっちの世の三月か。雷に打たれた時から時間がたってないということだ。

ゆっくりと首を回し、腕を上下させてみた。昨日よりはずっと痛まない。ダウンジャケットとセーターを脱いだ。俺が動くたびに、見張りの子たちが身構えるのが何だかおかしい。中学一年生くらいの子だ、無理もない。

カットバンをはがすと、肩口の血は止まっていた。打撲の腫れも引き、赤みはかなり薄らいでいる。もうカットバンは不要だが、腕に筋肉痛消炎スプレーだけかけた。そして、再び大きく腕を回し、立ち上がってスクワットをやった。その様子を見ていた「中学一年生」のうち二人が、目を見かわしてどこかに消えた。

もし殺されないなら、これから先のメシはどうなるのだろう。どこかでもらえるのだろうか。寝る場所はどうなるのか。ずっと見張り付きで庭で寝るのだろうか。そうなると、朝が美しいだのと言ってはいられない。

親父は捜索願を出しただろうか。お袋は寝込んでいないだろうか。昨日はやはり、俺も興奮していて、俺がいなくなったところで……と本気で思ったが、そんなことはありえない。今頃、どれほど心配し、動転しているだろう。水にしても、せっかく京都大学医学部に現役合格しながら、そんな喜びは吹っ飛んだはずだ。みんなに申し訳なかった。

とはいえ、俺もどうしていいかわからないのだ。『源氏物語』の中にトリップなどという、そんなバカなことが本当に起こったのか、それもまだハッキリしていない。実は映画の撮影所だったということもあるかもしれない。

やがて、昨日のお雛様が廊下をやって来た。殺されるか生かされるか、俺の運命が決まる。メシのことを心配している場合ではなかった。

「そなた、肩の傷も腕の腫れも、一夜にして治《なお》ったそうな。見せてみよ」

お雛様はそう言った。さっき消えた二人が戻っている。きっと二人はチクリに行ったのだ。

すっかりきれいになった肩と、ほとんど赤みのない腕を、「中学一年生」たちに細かくチェックさせ、お雛様は質問した。

「そなた、いかなる者だ。どこから来た」

どう答えたらいいのか。どう答えたら殺されないのか。見当もつかない。だが、何か答えねばならない。体がカッと火照《ほて》る。その時、咄嗟《とっさ》に言っていた。

「私は陰陽師だ」

お雛様は射貫くような鋭い目で、俺をにらむ。まさか、何かここで祈禱《きとう》してみよとか、祭文《さいもん》を唱えてみよとか言わないだろうな。俺は安倍晴明にハマったことは確かだが、祈禱や祭文なんてできるわけがない。式神を出せなどと言われたら、おしまいだ。だが、お雛様は鋭い目のまま、身をのり出した。

「やはり。そうであろうと思うていた。一夜にして傷を治す力、並の陰陽師ではあるまい。名は？」

「ら……雷鳴《らいめい》。伊藤雷鳴」

「おかしななりをしているが、どこから来た」

「言えない。ただ、海を渡って遠くで修行して来たゆえ、姿形もみなとは違う」

「海を渡って遠く？」

シマッタと思った。どこの国かと訊かれたら、答えられない。アメリカはもう発見されてたのか？　中国は明《みん》とか清《しん》とかあったが、この時代は何なんだ？　妙なことを言って、バレたら、いくら草食系の貴族でも、生かしてはくれまい。必死に頭をめぐらせていると、お雛様が言った。

「海を渡るとは難儀であったろう。遼《りょう》か？　高麗《こま》か？　それとも天竺《てんじく》か？」

「高麗」

反射的に答えていた。遼とか天竺とかはよくわからないが、高麗は確か朝鮮だ。違ったか……いや、そうだ。こんな時、水ならば何だって言えるだろう。勉強しておくべきだった。ともかく、これ以上、色々と訊かれる前に、言った。

「私は高麗で長いこと修行していたため、この国の陰陽師とはやり方が違う。祈禱や祭文も声に出さず、心で唱える。式神は使わない。着ている物もヘアースタイル……いや、髪の形もすっかり高麗風だが、あやしい者ではないゆえ、何も心配するな」

言いながら気づいたのだが、この時代、外国に行くのは遣唐使とか選ばれた人で、一般人が気軽に行っているはずはない。ということは、たいていのことは「高麗流じゃ」で何とかなる。そう思うと、力が湧いてきた。

「高麗から戻る途中、海が荒れて見知らぬところに流された。とにかく歩き続けたら、ここにたどりついたのだ。ここはどこだ」

お雛様は疑う様子もない。さすが草食系だ。

「ここは弘徽殿《こきでん》」

俺の血が音をたてて流れた。ここはやっぱり御所だった。

「弘徽殿」というのは、イベント会場で俺が設営したブースのひとつだ。御所の中にはたくさんの宮殿があり、弘徽殿は桐壺帝が住む清涼殿《せいりょうでん》と直結している。そこには、「弘徽殿女御《こきでんのにょうご》」と呼ばれる正妃と、身分の高い后妃たちが住む。それぞれ部屋は別だが、いうなれば御所において、正妻と幾人もの愛人たちが一緒にいる一角だ。御所内の他の宮殿にも、愛人たちはたくさん住んでいる。

俺は「お雛様」に訊いた。

「今、この国の帝はどのようなお方であられるのか」

「桐壺帝」

これでハッキリした。やはり桐壺帝の世だ。俺は平安時代にトリップしたのではない。『源氏物語』という千年前に書かれた小説の中に入ってしまったのだ。

幾つかのブースを設営した俺だが、弘徽殿ブースではリーダーだった。日雇い派遣の番号で「8番リーダー」と呼ばれたのだ。別に威張ることではないが、他のハケンたちを束ねたので、弘徽殿に関してはよく覚えている。それもまだ昨日のことだ。

弘徽殿女御と桐壺帝の間には一宮《いちのみや》という長男がいるのだが、桐壺帝は、いうなれば愛人の桐壺更衣にも息子を産ませた。その子が光源氏だ。光源氏が天皇の息子だとは、ハケンの昨日まで知らなかった。「女御」とか「更衣」というのは后妃のランクで、「女御」の方が「更衣」より上である。

桐壺帝には、正妃の他にもたくさんの女がいるのだが、桐壺更衣以外の女はまったく目に入らない。

正妃の弘徽殿女御は口惜しさのあまりか不眠が続き、更衣への嫌がらせなど、情緒不安定な行動があった。俺がリーダーで作ったブースには、それを治療する薬も展示した。

薬に気付いた時、俺は殺されずにすむとひらめいた。そして、自信たっぷりな風を装い、お雛様に言った。いつの間にか俺は立ち上がっており、みんなを見下《みお》ろしていた。

「女御様の心の具合はいかがだ。まだ眠れない夜が続いておられるのか」

お雛様は驚き、廊下に両手をついた。

「さようなことまでお見通しですか」

言葉遣いが、丁寧になっている。

「私は良喬《よしたか》と申し、二十三歳。女御様の警護一切を仕切っておる者にございます。私の立場では何も決められませんが、雷鳴様にはいずれ、お願いすることが出て参るかもしれません。身の安全は、この者たちが守ります」

示された「中学一年生」たちは、俺の身の安全どころか、見張りさえ頼りにならないのどかさだが、であればこそ安全な世なのだ。殺されずにすむ。ホッとした。良喬の年齢は数え年だろうが、俺と同年代だ。

その後、一室に案内された。俺の部屋らしい。弘徽殿のどこかなのか、そうでないのか。広大で入りくんだ御所であり、位置は見当もつかない。ただ、美しい庭に面し、俺が設営したのと同じに、簀《すの》子《こ》と呼ばれる濡れ縁が回《めぐ》っている。部屋は十五畳くらいあるように見えた。畳ではなく、フローリングといえば聞こえはいいが、板の間だ。濡れ縁と室内を仕切っているのは格子《こうし》と呼ばれ、木を組んだ板戸である。これも設営でやったまんまで、千年前のことが結構きちんと伝わっているものだ。

それにしても、何という寒さだ。天井は高いし、粗い格子の仕切りでは、外にいるのと同じだ。冷たい風が板の間をさらに冷たくする。温暖化というのは、あんなにも三月を暖かくしていたのか。その上、この時代はエアコンもストーブもない。

ともかく命は助かった。部屋で一人になり、急いでパンフレットとあらすじ本を読み始めた。今まで『源氏物語』など関心もなかったが、考えてみればすごいことになっている。つまり、このパンフレットとあらすじ本さえあれば、俺には先々が全部わかるのだ。有難いことに、結季菜でもわかるレベルの説明文だし、「並ではない陰陽師」として、予言は全部当たるわけだ。殺されるわけがない。

よかった！　よかった！

安心したせいか、親父とお袋と水の顔が浮かぶ。心配をかけていることに心が痛んだし、会いたかった。だが、どこかで、あっちの世に戻れなくて構わないと思っている自分もいた。あっちの世は、もう……十分だ。

かじかむ手に息を吹きかけながら、パンフレットのイラストを見て、そしてあらすじ本を読んだ。といっても、あまりに長編で、あまりに登場人物が多く、あまりに人物が入りくんでいて、サラサラと進まない。結季菜が「わかりやすーい」と言ったのは、別れ話を切り出す前のハイテンションだったと、改めてわかる。現代語のあらすじなのに、すんなり入ってこないのだ。これを古文の授業で高校生が理解できるとは、とても思えない。水なら……できるか。

だが、俺にとってはパンフレットとあらすじ本はライフラインだ。これさえあれば、天下無双の陰陽師として生命は保証されるだろう。ともかく大まかな筋を知り、あとはそのつど丁寧に読もうと決めた。だが、大まかな筋さえうまくつかめない。『源氏物語』、難しすぎる。

それでも必要に迫られて、しっかりと何度も読んだ部分は何とか理解できた。

桐壺帝と、正妃の弘徽殿女御の間に生まれた長男は、第一皇子で「一宮」。その弟が、愛人の桐壺更衣が産んだ「二宮《にのみや》」。後の光源氏だ。

二宮は天皇の息子ではあるが、母親の桐壺更衣は正妃ではないため、いうなれば「愛人の子」だ。戦国時代の漫画にもよく出てきたが、光源氏は「側室の子」ということなのだ。

パンフレットには、国文学者が書いていた。

「この時代の帝はすごい数の側女《そばめ》を持ち、たくさんの子を産ませていました。それは天皇家の安泰のためでもあり、また、娘を天皇に差し出す側からすれば、その家の勢力を左右します。差し出した娘が、もしも男児を産めば、家は天皇家の外戚として力を得ます。この時代、そういった性愛は当たり前だったのです。

正妃や愛妾たちは御所内の、それぞれの宮殿に住んでいましたが、彼女たちが住む場所はまとめて『後宮《こうきゅう》』と呼ばれていました。そして、後宮に住む女たちにはランクがありました。ランクはたいていの場合、父親の地位や出自で分けられます。たとえば、『女御』は『更衣』より格上です。桐壺帝の正妃、つまり弘徽殿女御は、右大臣という高い身分の父親を持ち、他の女たちより早く、帝の妻に迎えられました。一方、愛妾の桐壺更衣の父は大納言止まりで、すでに故人。力のある後見人もいません。ですから、『女御』ではなく『更衣』という格下なのです。弘徽殿に住む女たちの中で、『女御』と呼ばれるランクの人は弘徽殿女御一人です。身分がくっきりしていた当時としては、愛人に負ける正妻の気持はいかばかりか。

さらに、後宮の女たちのことは、身分に沿って扱うのがルールでした。なのに、桐壺帝は身分の低い桐壺更衣だけしか目に入らず、その上、彼女は第二皇子の光源氏まで産んだのです」

『源氏物語』とは、こんなに人間くさい話だったのか。驚いた。この時代、一夫一妻多妾が結婚の形であるにせよ、人間の感情は今も昔も同じだろう。弘徽殿女御はつらいはずだ。

パンフレットのポケットには、

「不眠、情緒不安定――現代なら弘徽殿女御にこんな薬を」

とあり、見本薬が入っていた。イベントを主催する製薬会社が出している薬だ。医師の処方がいるものではなく、売薬だ。

そして、次の解説を読んだ時、俺は震えが来た。俺のことかと思った。

「正妃である弘徽殿女御が産んだ一宮は、あらゆる面において、弟の二宮（後の光源氏）より劣っていました。二宮は兄とは比べるまでもなく、同年代の輝く少年たちと比べても、突出して光っていたのです。もちろん、弟は兄をバカにするような素振りは一切見せませんでしたが、兄のレベルにはとうに気づいていたでしょう。また、兄は弟を愛していたものの、弟への強いコンプレックスは常に消えることがありません。

弘徽殿女御の精神が参っているのは、桐壺更衣への嫉妬というだけではないと思われます。自分の息子は第一皇子でありながら、天皇になれないのではないか。桐壺帝は優秀な弟の方を立坊《りつぼう》（正式に皇太子と定めること）するのではないか。凡庸な長男とはいえ、それではあまりにも一宮が哀れ。母として当然の思いでした」

俺は大きく息を吐いた。俺と水にピッタリと当てはまる。いつの世にも、こういう兄弟はいるのだ。だからこそ、紫式部はそういう兄弟を登場させたのではないか？　古文の授業で、この辺もみっちりとやってくれたなら、『源氏物語』に関心を持つ子はたくさん出てくるだろう。姉妹にしても、姉だけがきれいとか、妹だけが頭がいいとか、よく聞く。コンプレックスを持っている人間は多いのだから、『源氏物語』がずっと身近になったはずだ。

俺はパンフレットを膝に置き、しばらく動けなかった。『源氏物語』といえば、天才的なプレイボーイの光源氏が、次から次へと女をたぶらかす物語だと思っていた。光源氏がどんなにいい男か、どんなに女にもてるか、そういう物語だと思っていた。まさか、見劣りする兄だの、その母親だのが出てくるなんて、誰が思うものか。水ならば「そんなこと、普通、知ってるだろ」と言うだろうか。

俺は一宮となら、友達になれる。そして、弘徽殿女御に聞いてみたかった。デキの悪い息子を持つ母親の気持。輝くような弟と比べてどう感じるのか。自分のお袋にはとても聞けないことだ。もっとも、一宮も弘徽殿女御も天皇家の人間であり、俺は話すどころか近づくことさえできない。

しばらくすると、良喬と一緒に下働きの男が食事を運んで来た。

実は昨日から気になっていたのだが、良喬も下働きの男も、体が臭い。食事を運んで来た今も、動くたびに臭う。酸っぱいような、埃《ほこり》と垢《あか》がたまったような。ずっと風呂に入ってなかったり、髪を洗ってなかったりという臭いだ。

今、目をこらして見てびっくりした。良喬も下働きの男も垢じみている。首すじに黒くこびりついているし、髪も臭う。昨日、「中学一年生」たちに押さえつけられている時も、強烈に臭ったのだが、これだったのか。

この時代は風呂などなく、体を時々拭いていた程度なのだろう。そう考えて、不安になった。今日もまだ顔を洗ってないし、歯も磨いていない。この時代、歯磨きという風習はあるのだろうか。まさ

か、ずっと磨かないなんてことはあるまいな……。俺はメシの前に歯を磨きたくて、良喬にそう言った。すると、

「指に塩をつけて磨いて下さい。歯に挟《はさ》まった食べ物のカスは、これで」

と楊子《ようじ》を渡された。そういえば思い出した。俺もどこだか民宿に泊まった時、歯ブラシを忘れて人さし指に練り歯磨きをつけて磨いたことがある。楊子は手で削った粗っぽいものだが、ないよりずっといい。

朝食は、ヒエやアワなど雑穀を炊いた主食が一膳。隣りに塩を盛った皿がある。塩をかけて食べよということらしい。おかずはワカメの茹でたものと、大根の漬け物、そしてフキの味噌汁だった。これだけか……。動物性たん白質など何もない。

「朝餉《あさげ》は巳《み》の刻、夕餉は申《さる》の刻。朝は粥《かゆ》のこともあります」

良喬はそう言って、下働きの男と出て行った。臭いだけが残った。

こんなメシは、一分もかからずに食い終わり、またパンフレットを開く。服薬時間にからんで、当時の時計が出ていたはずだ。見ると、「巳の刻」とは午前十時、「申の刻」とは午後四時だった。

こんなメシが日に二回では身がもたない。あっちの世と比べてもしょうがないが、うまいとかまずいとかのレベルにはない。当然といえば当然だ。冷蔵庫も電子レンジもなく、原始的な方法で煮炊きした米や野菜は硬くて大味だ。あっちの世では「昔ながらの農法」の野菜は安全でうまいが、千年も昔となると昔すぎる。調味料にしても塩、醬油、味噌くらいのようだ。漬け物は味噌漬で、ワカメには醬油の味がついていた。

貴族はもう少しいい物を食べているだろうが、俺は一般人だ。こんな食事だから若い子も体が小さ

く、そして早く死ぬのだ。それにこの寒さでは、風邪から重病になる場合も多いだろう。なっても治しようがない。戦国武将が「人生五十年」と言われたから、この時代は三十年くらいだろうか。

俺はダウンジャケットを着こんだまま、味噌汁を飲んだ後の椀を両手でつつんだ。少しは温かさが残っているかと思ったのだが、無駄な期待だった。

今後、この寒さの中で暮らすのだろうか。俺は寒さが苦手で、部屋のエアコンもいつも二十八度くらいだった。良喬は袴のようなものをはいて、何やら重ね着していたが、どう見ても温かそうには見えなかった。あげく、この屋敷の寒い造り、体にいいわけがない。ほとんど外にいるようなもので、四方八方上方下方からピューピューとすき間風が入る。

やることもなく、昼寝するには寒い上に気が高ぶっている。ひたすらパンフレットとあらすじ本を読んでいた。

夕飯も朝と同じようなメニューだった。それを食い終わると、またやることがない。外は薄暗くなり、本も読めない。板戸に寄りかかって、あっちの世を思う。みんな心配しているだろう。申し訳ないものの、どうしようもない。

外が真っ暗になり、灯火をつける。油の中にヒモが入っており、火をつけるものだ。腕時計は止まっていたが、たぶん夜七時かそこらだろう。一日たったのだ。灯の炎が揺れる中、さすがに眠気が襲ってきた。昨日からほとんど寝ていない。布団はどこにあるのだろう。その時、戸の外で声がした。

「雷鳴様、お迎えにあがりました。良喬にございます」

招き入れると、良喬は言った。

「これから女御様にご祈禱をお願いしたい。お見通しのように、このところ伏せっておられ、ずっと眠れない日が続いております。今日は熱も高うございます。雷鳴様はご自身のあの出血や傷を、たちどころに治してしまわれた。そのご祈禱をぜひともお願い致しとうございます」

焦った。ご祈禱なんかやったこともないし、どんなものかもわからない。俺はゆっくりと、はっきりと言った。

「私の祈禱は高麗のやり方で、心の中で祭文を唱える。それでいいな？」

「はい」

「それでは今、用意をするので、簀子で待っていてくれ」

「廊下」と言わず、サッと「簀子」という言葉が出てくるあたり、俺の適応力はなかなかのものだ。

良喬が出て行くなり、俺はパンフレットに付いている薬袋を開けた。「弘徽殿女御」と書かれた小袋に、何種類かの錠剤と熱さまし用ジェルが入っていた。冷凍庫で凍らせて使うアレだ。俺はその中から解熱剤と導眠剤を持った。薬袋を閉じる時、ふと、熱さまし用ジェルもポケットにねじこんだ。

ついに弘徽殿女御に会える。デキのよくない一宮もそばにいるだろうか。眠気など吹っ飛び、心臓が本当にドックンドックンと音をたてた。

第三章

良香に先導され、長い廊下を歩く。建物と建物をつなぐ渡り廊下も越え、自分の部屋からどこをどう行ったのかわからないが、暗い廊下の奥に女が座っていた。顔は見えず、暗さにとけている。良香が小声で俺に言った。

「梅命婦《うめのみょうぶ》にございます。女御様の身の回りをすべて任されています」

秘書みたいなものか。

「私はここより先には入れませぬゆえ、ここにてお待ち致します」

弘徽殿女御のように高貴な女は、絶対に男に顔をさらさないとパンフレットに書いてあった。それは裸をさらすに等しいのだという。俺は陰陽師だから特別なのだろう。

梅命婦に案内された部屋に、弘徽殿女御はいなかった。ずっと奥に御簾《みす》が降ろされており、その中で寝ているらしい。

「ご祈禱《きとう》をお願い致します」

命婦が言う。室内はとにかく暗い。これなら顔をさらしたところで見えないだろう。か細い灯火《ともしび》の炎だけが頼りだ。俺は懸命におごそかさを装い、言った。

「私の祈禱は本人の近くに寄り、心の中で致すもの。ここでは御簾が邪魔で、祈りが届かぬ」

本人に薬を飲ませないことには、治《なお》しようがないのだ。近くには寄せられないという命婦に、俺は、

「それでは帰る」

と背を向けた。その強い口調に、自分で驚いた。

俺は他人に対し、こうも強くものを言ったのは初めてだ。今までは他人の顔色を見ながら、嫌われないように、敵を作らないようにと、そればかりだった。

命婦は俺を呼びとめると思ったが、呼びとめない。こうなると、帰るしかない。背を向けた後、ちょっとジーンズをたくしあげたりして、時間を稼いだが、命婦は呼びとめない。チラと見ると、困った顔が灯に照らされている。祈禱はしてほしいが、そばに寄られるのは困るのだ。そんなにも顔を見せられない時代らしい。

こっちだって、今さら引き返せない。俺は部屋の戸口に向かって歩き出した。その時だった。御簾の奥から、グエーッともオエーッともつかぬ大声がした。命婦から血の気が引いた。俺はすかさず言った。

「では、失礼する」

そして、わざと足早に戸口に向かった。

「お、お待ちを。お待ち下さいッ」

御簾の奥からは、さっきの獣のようなうめき声が聞こえ続けている。命婦は悲鳴のように、

「雷鳴様、お待ちをッ」

と叫ぶと、御簾の奥へ駆けて行った。

俺はこっちの世に来て、別人になったのだと実感した。あっちの世では生まれてこの方、他人に

「お待ちをッ」と言われたことはない。俺はいつでもアテなく「お待ち」する一方だった。その上、周囲は俺が待っていることさえ忘れてしまうのだ。もしも、頭脳が三流でも音楽や美術やスポーツができたり、手先が器用とか園芸の才能があるとか、磨けば一流になれる何かがある人間は目立つ。俺みたいに全部二流の中というのはつらい。

命婦が息せき切って、御簾の奥から出て来た。うめき声は止んだが、荒い息づかいが御簾を通しても聞こえる。命婦は言った。

「中でご祈禱を。顔を見られることよりも、命を失う方が困ります。私が自ら、そう決めました。お入り下さい」

毅然とした言い方だった。命をかけて中に入れると決断した感じだ。この薬でちゃんと治るんだろうな……。俺はジーンズのポケットにそっと触れた。手に汗をかいていた。

女御は布団に横たわり、ゼエゼエ、ハアハアと荒い息をしている。顔はそむけており、見えない。おつきの女たちが足や手をさすっている。熱は相当高そうだ。部屋全体が発熱者から出る匂いで、よどんでいる。

「陰陽師の伊藤雷鳴です」

女御は顔をそむけたまま、

「寄るなッ」

鋭く言った。かすれた声だった。すぐにおつきの女が扇で女御の顔を隠した。扇の陰からのぞく顎《あご》は、白くて小さい。まっ黒な長い髪が、横たわる足元にまで流れ、汗に濡れた頰に一筋貼りついている。おつきの女たちも、俺から顔をそむけており、彼女たちの長い髪だけが灯に照らしあげられる。

それは黒い流れのように、室内に波うっていた。

日本の女の髪は、本来こうも黒く、艶《つや》やかで美しいのか。あっちの世では金髪やら茶髪やらメッシュやらが当たり前だ。俺も茶のメッシュが入っているし、結季菜は、

「やっぱサァ、黒い髪とかってェ、重くてダサくてェ、服の方とかと合わないってかァ。栗色とかってェ、ハンパなく軽くなる感じ？　みたいなァ。金髪までいくとォ、アタシ的にはァ、ビミョーかなみたいな」

と言っていた。だが、真っ白い小さな顔に、このきれいな黒い髪は何と合うことか。あっちの世の色とりどりの髪を思い浮かべ、日本はわけがわからない国になっていると思った。

おつきの女は、女御の顔から少し扇子を浮かせた。苦しそうな息は扇子で顔を覆っているせいだと思ったのだろう。するとすき間から、ほんの少し顔が見えた。閉じた目は切れ長に見える。頬が赤いのは熱のせいだろうか。驚いたのは若さだった。ほんの少ししか見えない顔だが、二十一、二ではないか。一宮と光源氏を比べて悩む母親という以上、四十代か五十代だと思い込んでいたが、結季菜と一緒くらいにしか見えない。そういえば、この時代は十代半ばで子供を産んでいたのだ。

俺は夜具から離れたところにあぐらをかき、心の中で祭文《さいもん》を唱えているような素振りをした。あぐらは、何だかその方が高麗風ではないかと勝手に思ったからだ。

やがて、芝居がかった声で、静かに言った。何だか役者になった気分だ。

「叫び声をあげたのは、恐ろしい夢を見たからであろう。息が荒いのは熱のせいだ。心配はいらない。今、高麗の祭文をしっかり唱えたから、明日にはかなり楽になっている。心配ない」

そう断言すると、今度は医者になった気分がした。いい気分だ。水は京大医学部を出て、エリート

医師として一生、こんないい気分で生きていくのか……。

俺はポケットから解熱の錠剤を取り出し、茶碗の水で飲ませるよう命婦に言った。そして、熱さまし用ジェルをおつきの女に手渡した。

「ひもをつけ、池に深く沈めよ。しばらくたったらひもをたぐって、引き揚げてくれ。そして俺のところに持って来い」

パンフレットには、導眠剤のことも書いてあり、ジーンズのポケットに入れてはいたが、飲ませなかった。効きすぎが恐かったのだ。というのも、普段、薬を飲まない未開地の人間は、練り歯磨きをなめただけで病気が治ると聞いたことがある。この貴族たちだって、そうに違いない。それに、今後のためにも薬は無駄使いしたくない。薬は俺の切り札なのだ。陰陽師としての能力を示すものなのだ。

案の定、解熱剤を飲んだ女御は、ほどなく眠りに落ちた。眠気を伴う薬が、現代人とは比べられないほどすぐに効いたのではないか。命婦は信じられないという表情で言った。

「もう何日も眠っていなかったのに、こんなに早く……」

女御の顔は、相変らず扇で隠されてはいたが、寝息は穏やかで規則正しく、深い眠りが見てとれた。

この若さで、この美貌で、そして出産まで経験した女御が、セックスレスというのはつらいだろう。まして、夫の桐壺帝は桐壺更衣とは毎晩だ。それも、更衣は女御の部屋の前を通って帝のいる清涼殿へ行く。そのたびに、女御は「ああ、あの女は今晩も」と毎日思うだろう。正妻はこっちなのにだ。

その上、自分が産んだ一宮は、更衣が産んだ二宮よりデキが悪いときている。不眠が続くのも、精神が参ってしまうのも、毎晩悪夢にうなされて高熱が出るのも、わかるというものだ。

池に沈めたジェルは、思った通りの冷たさになっていた。この冷え込みの効果だ。俺はそれを布でくるみ、女御の脇の下に入れるように命婦に命じた。風邪をひいた時、お袋がよくそうしてくれた。額を冷やすよりもずっと気持がいい。俺は立ち上がり、命婦に言った。

「何かあったら呼べ。明日には治っておる」

「信じてよろしゅうございますか。桐壺更衣より先に何かあっては、怨霊になって彷徨《さまよ》いますぞ」

「心配ない。更衣の方が先だよ」

「ま、まことにッ?!」

命婦の顔が輝いた。大丈夫、あらすじ本によると、更衣は結構早く死ぬ。命婦は神を見るような目で、俺を送り出した。更衣さえ死ねば、再び女御の世だと安心したのだろう。

俺は自室に戻り、あらすじ本を開いた。少なくとも近い将来のことは、暗記しておかねばならない。すでに一回は読んでいるが、とても覚え切れない内容なのだ。

ところが、いざ本を開くと、灯火の炎が小刻みに揺れ、文字が読みにくい。コーヒーのアルコールランプより原始的なものだ。その揺れが眠気を誘う。思えば、蛍光灯だのLED電球だのと、あっちの世には便利なものが幾らでもあった。だが、こういう何もない暮らしも楽だ。追いかけられることも、焦ることもない。暗くなれば眠り、明るくなれば起きるのだ。

寝ようと思って、部屋中を見回した。布団はどこにもない。薄いマットのようなものがあるだけだ。格子を開け、冷たい風の中で簀子《すのこ》を探したが、ない。その時、ふと女御の寝姿が甦《よみがえ》った。何かの上に寝ていて、掛けていたのは着物に見えた。そうだ、布団ではなかった。着物だ。昼のうちに着ていた着物を、掛け布団がわりにするのではないか。

あらすじ本にもパンフレットにも、そこまでは出ていなかったが、俺はマットを敷き、セーターとジーンズのまま横になった。そしてダウンジャケットを掛けた。それは腰までしかなく、むき出しのジーンズの脚の寒いこと、寒いこと。平安時代になんか生まれてくるものじゃないなと思いながら、俺は深い眠りに落ちていた。身も心も疲れ切っていた。

翌朝巳《み》の刻、朝メシを運ぶ小者《こもの》と一緒に、良喬がまたやって来た。

「雷鳴様のご祈禱で、女御様は一夜にして元気になられたと命婦が泣いておりました。そこで女御様からの命《めい》を申しつかりました。これから先、雷鳴様には女御様だけのお力になって頂きたいとの仰せにございます」

「へえ、他の誰にも手を貸さず、自分だけにしてくれってか？」

「さようにございます。そう申しつかりました」

「断る」

良喬は体を硬直させた。おそらく高貴な身分の者が発する命令は、誰も断れないのだろう。断られるとは考えてもいない硬直だった。俺はきつく言ってやった。

「それは女御からの頼みごとだろう。それを『命』とは何だ。頼みごとは命ずるものではない。それに、俺が誰のために力を使うかは、俺自身が決めることだ。命令なんぞ受ける気もないし、受ける立場でもない」

言いながら、自分の強さに、またも驚いていた。俺はこんなことが言える人間だったのか。自信というのは、こうも人間を変えるのか。

良喬は困惑し切って、返答もできずにいる。俺はさらにつけ加えた。

「頼みごとをする場合、普通は頼む側が出向いて頭を下げるものだ」

考えてみれば、女御は桐壺帝の正妃だ。高貴な皇族がそんなことをするはずもない。それに、本音を言えば、俺としては弘徽殿女御の専属陰陽師になった方がずっといい。そう、女御の「パーソナル陰陽師」だ。そうなれば、殺されることもなく、不安定な立場とも無縁でいられる。が、ここは「上から目線」でビシッと言っておく方が、絶対に得だという直感があった。向こうが俺を欲しがっている以上、安くは売らない。こんな気持になったのも初めてだった。あっちの世では、安く売るどころか、タダでも誰も俺を使おうとはしなかったのだ。

小者が据えた朝メシの膳を見て、驚いた。昨日の夕食より皿数が多い。白米と玄米を混ぜて炊いた主食の周囲に、三つの小皿が並んでいる。ひとつは塩だとわかったが、他の二つはわからない。まさか毒ではあるまいが、良喬にさり気なく訊く。

「高麗のメシと違うので、よくわからない。この小皿に入っているものは何だ。ひとつは塩だが」

「はい。『めぐり』と申しまして、塩、酢、醬《ひしお》でございます。お好きなようにお菜に加えて召し上がって下さい」

そうか、調味料か。あっちの世でもラーメン屋には胡椒やラー油などが置いてあるし、家のテーブルにも必ず醬油やゴマなどが出ていた。

そう思った時、猛烈にラーメンが食いたくなった。こってり系のスープに、ニンニクをどっさり入れた丼がチラチラする。だが、目の前に並んだおかずは、かぶの煮付け、漬け物、味噌汁だった。こってり系ラーメンとはほど遠く、食欲のわかない爺さんメニューだ。ああ、ラーメンが食いたい。

一目見て気づいたのだが、「盛り」も昨日よりいい。弘徽殿女御への俺の処置が評価されたのだろ

う。そして「専属」にするために、食事ランクを上げたに違いない。だが、俺は、

「命令は受けない。悪く思うな」

と言い、箸を使い始めた。

良喬は大きくため息をつくと、力なく部屋を出て行った。絶対に女御が何か動く。確信があった。

数時間後、案の定、女御は動いた。俺に来いというのだ。顔をさらす気だろうか。破格の力を持つ陰陽師を、そこまでしても専属にしたいのか。俺としても、自分から出向くくらいの譲歩はしよう。強く出すぎて専属の職を失っては、元も子もない。

良喬は昨夜のように外で待ち、俺一人が部屋に入った。広い屋敷だ。応接間というヤツだろうか。上座が御簾で区切られている。女御は俺と御簾越しに向かいあうのだろう。

しばらく待つと、御簾の奥に人影が動いた。女御が入って来たらしい。姿はまったく見えないが、その影からしてかなり背が高い。昨夜は横になっていたのでわからなかったが、たぶん、結季菜と同じくらいだ。ということは、一五八センチか。あっちの世なら、とても長身とは言えないが、命婦やおつきの女官たちはみな一三〇センチ台だし、良喬や男たちだって一五〇センチはない。その中で一六〇センチ近い身長はひときわ目を引く。

命婦が言った。

「雷鳴様のご祈禱で、一夜にしてこの通りお元気になられました。これからずっと、ぜひ女御様のためにだけ、お力になって頂きとう存じます」

女御はまったく動かず、簾《すだれ》の奥の表情はうかがえない。腹が立ってきた。病気を治してもらったことへ、一言の礼もない。もっとも貴族というのはこうなのだろう。まして、時の天皇の正妃なのだ。

だが、俺は自分を安く売る気はない。また芝居がかって言った。

「私の力を認めて頂き、大変に有難く思っております。ただ、誰の力になるかの指図《さしず》は受けません。私のことは、私が決めます。いつまでここに留まるかも、今はわかりません」

俺はどうして、こうも変わってしまったのか。こんな言葉は、あっちの世では死ぬまで口にできなかっただろう。あらすじ本とパンフレットと薬が、俺に力と自信を与えているからだ。そして今、俺は必要とされ、注目を浴びているからだ。初めて身をもって、水は生きていることが楽しいだろうと思った。

命婦は怒りを懸命におさえる様子で、言った。

「雷鳴様、誰に向かってそう仰せか、わかっておられますのか。この弘徽殿におわす女御様は、桐壺帝の正妃にございますぞ。本来、こうしてお出ましになられることは絶対にござらぬ。今、こうしていることを誰かに知られたら恥にございます。それをおかしてまでお願いしていること、そなたは何もわかっておらぬ」

俺は黙った。こういう時はどう言えばいいのか。「頼みごとは顔を見せて、きちんと頼め」と言っても通用しない時代だ。

「私は高麗で生薬や医師《くすし》の学問も究《きわ》めました。医師にせよ陰陽師にせよ、高麗ではその人のそばに寄り、祭文や生薬を体に送りこみます」

こんなことは、口から出まかせの嘘八百だ。

「だがしかし、ここでは女人は姿を見せない。私のやり方では、そのような女人はお引き受けできません。私は男の力になろうと考えております」

命婦があわてた様子で言った。

「上様や二宮様か？」

上様とは桐壺帝のことだろう。

「はい。求められれば。ただ、たとえ求められたとしても、私が決めることです」

その時だった。

「簾を上げよ」

女御の声が響いた。命婦やおつきの女たちは目を見合わせ、黙った。誰も動かない。

「聞こえぬのか。簾を上げよ」

女たちが初めて動き、巻き上げた。扇子で顔を隠した女御が座っていた。何も言わない。

俺も言わない。

命婦も女たちも長い黒髪に顔を埋めるようにして、動かない。長く固い沈黙が続いた。

その時だ。簀子から春一番のような強い風が入って来た。女御の持っていた扇があおられ、飛んだ。

顔があらわになった。命婦はあわてふためき、おつきの女房は扇を追いかけた。

しかし、俺は見ていた。間違いなく、女御の指が扇を放したことをだ。風のせいではない。弘徽殿女御は自分の意志で、扇を飛ばした。

これが何を意味するのか。おそらく、顔を見せてまでも、俺の力が欲しいということではないか。

高貴な女御が、裸を見せるのと同じ覚悟で顔をさらす。そこまでしても俺の力を他に渡したくないということだ。そこまでの思いを示すために、自ら顔をさらすことをした。

そう思った時、淋しさに襲われた。女御の思いに対してではない。俺の力に対してだ。そこまでしても望まれる「俺の力」は、俺自身に備わっているものではない。製薬会社のパンフレットと薬品、それにイベントで売る『源氏物語』のあらすじ本。それが「俺の力」であり、それがなければ目立たぬ二流人だ。あっちの世では誰にも必要とされなかった男なのだ。なのに、女御は俺を「力の備わった男」だと信じ、その力を借りようと我《われ》を捨てている。

俺は泣きそうになった。女御の男前な覚悟と、俺の情けなさにだ。

女御は鼻が高く、ひと重の切れ長の目が強く光っている。「上から目線」で俺を見すえ、ニコリともしない。全身から、タダ者ではないオーラを発し、俺と目が合ってもそらさない。二十一、二の若さであろうに、堂々たるものだ。

この女は男にもてないだろう。迫力がありすぎる。存在感の大きさというか、黙ってそこにいるだけで男が引いてしまうような迫力。眼力《めぢから》。こんな女を妻や恋人にしたい男は、めったにいないだろう。あらすじ本には「右大臣の娘」と書いてあった。地位の高い家の出身だ。当然、気位の高さも相当なものだ。迫力、家柄、気位と三拍子そろった妻では、桐壺帝も安まらなかったと思う。桐壺更衣に入れこむのもわかる。

二宮、つまり後の光源氏だが、その母である桐壺更衣はひっそりとした美人で、家柄もそれほどではない。大納言の娘であり、右大臣の娘の弘徽殿女御のようには、気位も高くない。それに、たぶん女御よりもずっと小柄だろう。あっちの世では「価値観の多様化」や「平等」で、色んな女に光が当たるようになったが、まだ本音のままのこっちの世では、男の本音として更衣のような女が可愛いのだ。

俺は女御に親近感を持った。世の中が受け入れてくれないという意味では、俺と同類ではないか。

俺も女御も一生懸命に生きてきた。だが、社会はもっと違う人間を評価する。俺は女御の目をガシッと受けたまま、言った。

「私はあなたのおそばで、力になることを考えます。病を一晩にして治したように、私は陰陽師として破格の力を持っています。それは高麗における長く厳しい修行によって……」

女御が遮った。

「やかましい」

やかましいだと？　びっくりした。こんな言葉、あっちの世で口にした人間は、すぐに嫌われる。あっちの世では、嫌われて仲間外れにされることを何より恐れるため、面と向かって「やかましい」などと言うのは、お笑い芸人のステージくらいだ。女御は言った。

「男は能力を形にして示せば、それでいい」

一拍おいて、続けた。

「つべこべと能書きはいらぬ。私は人となりや、これまでの働きにまったく興味はない。能力を形にして示せる男が、価値のある男」

言ってくれるじゃないか。俺は真正面から返事をした。

「可愛い気のある女が、価値のある女」

一拍おいて、続けた。

「……とは思っていない。そんな女はすぐにあきる」

無表情だった女御に、ほんの一瞬、かすかに笑みが走ったのを俺は見逃さなかった。

こうして俺は「パーソナル陰陽師」として、女御と自由に会える唯一の男になった。

あっちの世は嫌な思い出ばかりで、思い出したくもなかったが、家族のことはいつでも頭から離れなかった。いくらデキの悪い長男でも、大騒動になっているだろう。お袋は大丈夫だろうか。長男の失踪が、親父の仕事や出世にマイナスになっていないだろうか。「大商社の若い副社長の恥部」などと週刊誌に書かれていたら、水までが大学で恥をかかないだろうか。

だが、どうしようもない。あっちの世に戻る方法もわからないのだ。心の中で「死んだと思ってくれよ」とつぶやきながら、俺はこっちの世の方がずっと生きてる感じがすることを、何とか家族に伝えたかった。

こっちの世に来て七日目の朝が明けた。毎朝、目がさめると、自分で作ったカレンダーに印をつける。三月八日にこっちの世に来たと決め、印の数で大体の月日がわかる。時計はない。腕時計も携帯電話も動かない。

日に何回か聞こえる太鼓と鐘が、どうも時刻を知らせているようだ。昨日、良喬に、

「あの太鼓は時を知らせているのか。音が四回だったり、五回だったりするが」

と言うと、彼は丁寧に教えてくれた。俺は、

「そうか。高麗と違うからわからなかった」

と、それればかりだ。

この時代、時刻は干支《えと》の十二支で示していた。子丑寅卯《ねうしとらう》……の十二支だ。二十四時間を十二支にあてはめて分け、「子の刻」とか「丑の刻」などという。こっちでは子と午《うま》の時間になると鼓鐘が九つ打たれ、丑と未《ひつじ》には八つ……というように決まっているという。

メモして覚えておかなければと思い、着こんでいるダウンジャケットからボールペンと紙きれを出した。良喬が不思議そうにじっと見ている。あわてて、

「高麗の陰陽師だけが使う筆のようなものだ」

とだけ言い、使うところは見せなかった。良喬は、

「皆、この鼓鐘によって働き、帰ります」

と言い、その口調にも表情にも、俺への不審は感じられなかった。ホッとした。

まだ、十二支の刻や太鼓はピンと来ないため、俺は外の「気配」で時間を推測する。

朝、空がぼんやりと白くなると、三月中旬の今なら六時かなと思う。スズメや小鳥がうるさいほど鳴く。そして朝メシが十時だ。あとは庭に立ち、自分の影を見る。「太陽が真上に来て、影が最も短いのは正午」と、小学校で習った。それを突然思い出し、時刻のアタリをつける。この頃に、鼓鐘が九つ鳴ると、「当たった」と思う。

やがて西陽が傾き、夕食が終わると空が少しずつ暮れていく。あっちの世では気にもしなかったが、暮れていく空というものはきれいだ。刻々と色が変わり、鳥が巣に帰って行く。

それが終わると夜だ。電気がないので、とにかく部屋が暗くなったら夜。空が黒くなったら夜。そう決める。暗くなったら眠り、明るくなったら起きる。太陽が時計というのは、実にシンプルで健康的だ。ただ、水ならば、月の満ち欠けや星の位置で、月日や時刻を割り出すだろう。ああ、また水と比べている……。

小さい頃から、水は俺にべったりだった。近所でも仲のいい兄弟として有名だったし、俺の代わりに喧嘩《けんか》してくれたことも、二度や三度ではない。水の方が体が大きく、水泳で鍛えられて威圧感があ

った。二人でお祭りに行ったり、ディズニーランドに行ったり、いつでも水は「雷兄、雷兄」と俺にまとわりついていた。

俺が風邪で寝こんだ時は、こづかいで小豆アイスを買って来て、俺が食うのを心底嬉しそうに見ていた。大人になるにつれ、兄のレベルはわかったようだが、一度だってバカにした目を向けたことはない。たぶん、俺だけが一方的に、過剰に大きなコンプレックスを持っていたのだと思う。だが、それは当然だろう。現役で京大医学部に合格し、水泳は国体選手、美貌と鋼の体を持つ弟だ。水の前に出ると、俺でなくとも思うだろう。「神は俺を廃材で創ったんじゃね？」と。

女御のはからいなのか、昨日から部屋に火桶が運びこまれた。小さい火鉢のようなもので、CO_2がモクモク出そうな、質の悪い炭が入っている。それでも火があるだけで、かなり違う。室内は全然温まらないが、火にあたれば指先だけでも違う。

とにかく寒いため、風呂に入りたいなァと思うのだが、風呂がない。水にひたした手拭いを固く絞り、体を拭くしかない。この寒いのに冗談ではないが、俺としても「手拭いを湯にひたしたい」とは言えなかった。湯をわかすのも大変そうだからだ。女たちは月に二回くらい髪を洗うらしい。シャンプーもコンディショナーもなく、米の研《と》ぎ汁で洗う。ドライヤーもないし、あの長い髪をどうやって乾かすのか。良喬は、

「三日ほどかかります。乾くまではすべて休み、何もしなくていい三日間です」

と言った。俺も一週間もシャンプーしていないが、これでは臭うわけだ。

臭いを消すために、男も女も衣裳に香をしみこませている。良喬が言うには、薫炉《くんろ》という器で香をたき、その上を籠《かご》でおおう。炉から香がたちのぼるから、その籠に衣裳を掛ける。こうすると、香が

しみこんだ衣裳を着られる。

香は貴族の個々人が、何種類かをブレンドし、オリジナルの香りを作っているという。弘徽殿女御はいい香りがするが、たぶん、身分の低い者たちは香まで手が出ないのかもしれない。良香も、

「香料は高価ですから」

と言っていたし、小者たちもすごく臭うのだ。

臭いということで、もっと困ったのがトイレだ。屋敷の何か所かに、おまるが置いてある。いうなれば男子用公衆トイレだ。貴族のトップクラスだけが、品質が悪いながらもトイレットペーパーを使っているらしい。一般人は薄い木ベラで拭く。というか、こそげ落とす。ないよりはましだが、落とし切れず、部屋に戻ってからも何だか自分が臭い。渋谷駅で配っていた英会話学校のポケットティッシュ、もらっておけばよかった。

聞いたところによると、女君たちの部屋には、それぞれ箱型のおまるがあり、底には砂が敷いてある。何だか猫のトイレのようだ。用を足すと、身分の低い女官が後始末をする。男子用公衆トイレも、後始末は下働きの男がやる。水洗トイレの、それも洗浄シャワーがついたトイレに慣れ切った俺としては、木ベラにも慣れないし、糞尿を他人に後始末させることも、平気になれない。だが、慣れるしかない。指で歯を磨くことにも慣れたのだから。


こっちに来て十日がたち、俺は自室を出て、御所の近くに引っ越すことになった。三条の小さな小さな家で、いわば借りあげ社宅だ。パーソナル陰陽師の俺はこの家から「サラリーマン」として朝廷に出勤する。

本来、「陰陽師」というのは律令官職の名称で、「陰陽寮」という組織に所属している。「陰陽寮」は中務省《なかつかさしょう》の管下に置かれ、「陰陽師」は官人、つまり公務員である。

安倍晴明にハマっていた俺は、その辺のことはわかる。彼らもどこか自宅から朝廷に通うサラリーマンだ。この時代、官人の身分を持たない「法師陰陽師」だとか、庶民層の陰陽師も色々といた。俺が弘徽殿女御に気に入られたという話は、おそらく陰陽寮にも伝わっているだろうが、腹を立てて無視しているのか、「いかがわしいヤツ」として相手にしないのか、まったく接点がなくて助かる。

そんな中で、女御の命を受けた良喬は、俺の十日間をチェックし、様子を見ていたのだろう。俺が日常生活にも慣れようと努める姿を知り、接するうちに、どうも危険人物ではなさそうだと感じたのだ。そして、何よりも占いと祈禱に破格の力を認め、借りあげ社宅を用意したのだろう。俺は「正社員」の職を得たのだ、あっという間に。あっちではハケンさえままならなかったのにだ。

三条の家は、二十畳もある座敷と十畳ほどの一室と、廊下とトイレだけの古いボロ家だった。セキュリティはゼロだ。カギもないし、どこからだって侵入自由。何やら枯れ枝で組んだような垣根はあるが、防犯には何の役にも立たないレベルだ。だが、そういう心配はない時代なのだろう。

メシはどうするのだろう。御所にいれば心配なかったものを、今さらながらコンビニの有難さが身にしみる。察したのか良喬が、

「食事、洗たく、そうじ等は小者が通って参ります。雷鳴様の扱いは破格ですぞ。何もかも、雷鳴様のお力をあがめればこそにございます」

と、ほんの少し恩きせがましく言った。聞けば、普通は三条などには住めないという。三条は御所に近く、東京で言えば千代田区や港区に住むようなものらしい。逆に考えれば、何かコトが起きたら、

すぐに女御の呼出しに応じられるように……ということだ。

こっちでは普通、四時起床だ。それから自分の星座の名を七回唱え、西に向かって拝む。その後、歯を磨く。そして、昨日のことを日記につけ、身仕度を整えて、七時前には徒歩で出勤だ。俺は星座は拝まないが、日記はつけ始めた。紙は高価なため、一番安い紙に墨で書く。筆を持つのは中学校の書道以来だ。

京の街は朝早くからにぎやかである。物売りが行きかい、路上で野菜や調味料などを広げて商売をする者もいる。子供たちは大声をあげて遊び、交通事故の心配もない。時折、物乞いやあやしげな法師がいたり、野良犬が走ったり、歩いているだけでこっちが生き生きとしてくる。糞尿で汚れて臭い街だが、俺は出勤が楽しみだった。

日常生活のたいていのことは、十日間で何とか折りあいをつけた。慣れるしかないからだ。だが、食べ物と飲み物だけはつらい。ラーメン、カレー、焼き肉、カツ丼、ギョーザ等々、夢に出てくる。ピザをつまみに、冷えたビールを飲む自分が出て来た時は、はね起きた。恥ずかしい話だが、涙が出た。

御所では、今まで暮らしていた部屋が「個人事務所」だ。出勤すると、そこにいる。この時代、仕事は朝七時頃から昼までくらいで、午後はみんな遊んだり、好きなことをやっている。俺の午後は、習字や文字を読む稽古にあてられる。「高麗が長く、こちらの読み書きは不自由だ」ということで、誰も不審に思わない。女御が教師役をつけてくれ、有難いことだ。

教師役が帰ると、こっそりとあらすじ本を出し、そればかりを読んでいた。こんなに活字を読むことは、あっちの世ではなかった。それでも『源氏物語』は複雑すぎる。人間関係を追っているだけで、疲れ果てる。あらすじ本に「須磨《すま》源氏」ということが書いてあった。あっちの世で、人々が気合いを入れて『源氏物語』を読んでも、ほとんどが「須磨」あたりでギブアップするという。全五十四帖のうち、「須磨」は十二帖目。やっと第一帖の流れを暗記した俺は、ライフラインとはいえ、いつ「須磨」まで行くだろう。

今日も、陽が高くなるまで読み書きをし、バリバリにこった肩を回していると、女御に呼ばれた。行ってみると、女御と並んで少年がいた。体は小さいがどことなく威厳がある。一宮だと直感した。俺が挨拶すると、女御が一宮に向かって言葉を添えた。

「とてつもない力を持つ陰陽師だ。一宮の力にもなってくれようぞ」

一宮はうなずき、言った。

「母上様の病を治してくれ、礼を言います。私は一宮、六歳」

満年齢では五歳だ。これが満五歳か……。背筋をピンと伸ばし、頭をグラグラと動かすこともなく、堂々と座っている。あっちの世の三歳児レベルの体だが、すでに父や母から離されて暮らしているという。次期皇太子、次期天皇になることを見すえ、早くも帝王教育が始まっているのだ。

「ご立派なお姿に、雷鳴は感服致しております。すでに多くのことをお考えになっていらっしゃいましょう」

満五歳は姿勢を崩すこともなく、明確に言い切った。

「第一にこの国のことを考え、第二に母上様のことを考えておる」

「母上様のことを……」

「私がお守りしなければならぬ」

女御は照れたように目を伏せたが、言われ慣れている感じだった。この幼い一宮が、父と母の愛憎を知るはずはないものの、母の日常から何かを感じているのだろう。幼いからとあなどれない。あっちの世で見たテレビ番組を、俺は唐突に思い出していた。

それは、妻であり母である女性宇宙飛行士の生活を追ったドキュメンタリーだった。夢を叶えて宇宙に飛ぶ妻と、自分の夢を諦めて主夫になった夫の間には、離婚の話もあったという。満六歳だったか七歳だったかの一人娘は、番組の中で母親に甘えながら訊いていた。

「ママ、宇宙と家族とどっちが大事？」

母親は「家族」と答えた。するとまた、

「ママ、宇宙とパパとどっちが大事？」

と訊く。母親は「パパ」と答えた。

母親のこの答を、幼い娘がどう感じたかということよりも、幼い娘が両親のあやうい状況を察知していればこその質問だろう。俺はそのことに驚いたものだ。

一宮は母親の淋しさと苛立ちを、かなり的確に感じているはずだ。

それにしてもだ。これほど凜々《りり》しく優秀な兄が、すべてにおいて弟より劣っているというのは考えられない。俺と水なら一目瞭然だが、この兄のどこが劣っているのか。小さな鼻は筋が通っており、涼やかな目も賢《かしこ》そうだ。

女御が一宮を下がらせた後、俺は言った。

「女御様のご心配は察しがついております。上様が弟宮を次の春宮《とうぐう》にお立てになり、やがては次期天皇になさるのではないかというご懸念でしょう」

「春宮」とは皇太子のことである。

俺の言葉に、女御は無表情のままだったが、今、宮中はちょっと大変なことになっていた。

桐壺帝は、とにかく桐壺更衣と一時も離れていられない。よく芸能人がテレビで婚約者をお披露目し、「彼女がいないとダメなんです」などとぬかすが、帝はそれらしい。その桐壺更衣に産ませた二宮、つまり後の光源氏のことも別格に可愛がる。俺の親と違い、堂々と二宮だけ可愛がる。

この二宮はあまりにすばらしく、「比べるものがない」と、あらすじ本にはあった。まだ満二歳の幼児を何と比べているのか知らないが、ともかく大変な弟なのだ。千年も後のあっちの世でも、光源氏といえば「いい男」の代名詞だ。満二歳でも半端ではないのだろう。

とはいえ、正妃である弘徽殿女御にしてみれば、たまったものではない。自分の産んだ一宮が不デキなバカならともかく、この通りみごとな満五歳だ。直系の、これほどの長男がいるのに、何だって妾腹の次男におびえなければならないのか。女御ならずとも思うだろう。だが、その心配も現実になりかねないほど、帝は桐壺更衣と二宮を溺愛《できあい》していた。

弘徽殿女御は正妃として、他の女の誰よりも早く入内《じゅだい》している。最初に嫁に来て、一宮の他に皇女も産んでいる。更衣が現われるまでは、帝も夜を一緒に過ごしていたのである。なのに簡単に捨てられた。地位は「正妃」のままではあるが、女御のプライドは血みどろだ。それでも、一宮が皇太子になり、天皇になるならば、耐えもしよう。自分は天皇の母として、更衣や二宮など下に見て、君臨できる。たとえ、桐壺帝がずっと更衣を愛し続けたにせよ、自分の息子が天皇になると決まっているなら、怒りもおさまる。

だが、この時代は長男だからといって、エスカレーター式に皇太子や天皇になれるものではなかった。天皇が多くの女たちに産ませた皇子の中から、天皇自身が選ぶ。天皇の弟や甥が選ばれることも多かった。つまり、天皇が皇太子を指名できるのだ。

そうなると、愛する桐壺更衣との子であり、半端でなく優秀な二宮が、皇太子に選ばれる可能性は非常に高い。女御の心配はもっともだ。夫を寝盗られただけなら耐えられても、正妻として産んだ子供の名誉とプライドまでを奪われては、許せないに決まっている。

俺はあらすじ本で、どっちが皇太子になるか、わかっていた。だが、女御にそれをハッキリ言うと、かえっていかがわしく思われそうな気がした。それに、希望にせよ失望にせよ、前もって与えない方がいい。五十九社も不採用だった俺の実体験だ。だから、一宮をほめるだけにした。

「一宮様は非常にご立派で、驚きました。まだ幼い二宮様より、あのしっかりした兄宮様が春宮にふさわしいこと、上様はわかっておいででしょう」

「世の人々は、後宮の女さえ満足に御《ぎょ》し切れないと言って、上様に愛想をつかしておる。桐壺更衣に骨抜きにされたと笑い、腹の中で無能者呼ばわりする人たちさえおろう」

女御の目が光った。

「だが、それはとんでもない浅い見方。上様は今、確かに愛欲に溺れてはおられるが、政《まつりごと》にかけてはすばらしい賢帝。冷静で、先々を読み、決断力に長《た》け、能力をすべて形に示される。人を見る目も確か」

そして、表情ひとつ動かさず、言い切った。

「そんな賢帝は、お世継ぎも冷静に選ぶのは当たり前。誰の子であろうと、最も優れた子を選ぶお方だ。それが二宮であったなら、我が子一宮はそこまで優れてはいないと、はっきり示されたことになる。私は上様の能力を認めておるゆえ、怖い……」

更衣への嫉妬《しっと》や、桐壺帝への恨みつらみを言うものとばかり思っていた俺は、驚いた。あらすじ本にも、弘徽殿女御は単に底意地の悪い、トゲトゲしい女と書かれていたのだ。

この女は、千年後のあっちの世界の方がずっと生きやすく、能力が発揮できるタイプかもしれない。こっちの世の女は、優秀であろうがなかろうが、顔を隠し、御簾の奥に引きこもり、男を待ち、子供を産む。弘徽殿女御のように自分の意見があり、冷静な状況判断ができる女には、こっちの世はどれほど虚《むな》しいことだろう。

その時、俺は突然、言っていた。

「私は桐壺更衣は嫌いです」

女御は目を見開き、俺を見た。

「私は上様にお目にかかれる身分ではございませんが、女御様ほど頭のいい方がおっしゃるのですから、賢帝だと思います。ただ、桐壺更衣と共に朝をお迎えになると、離したくないとずっと抱いておられるとか。その結果、上様は朝の政務を怠けられる。これは賢帝のなさることではありません。しかし、私が何より嫌いなのは、抱いて離さぬ上様を諫《いさ》めない更衣です。嫌われたくない一心、我が子二宮を春宮にしたい一心で、上様に媚びる。もしも女御様ならば、仕事を怠けるなとお諫めになりましょう」

帝と更衣のこの状態は、あらすじ本に書いてあったのだが、読めば読むほど俺は更衣を嫌いになっていた。もっともパンフレットには、「桐壺更衣は二十一世紀の今も、人気の一人」と出ており、清純で、か弱い感じらしい。後楯《うしろだて》もなく心細気で、男が放っておけないタイプなのだろう。

桐壺帝の愛情を一人占めしているため、他の后妃から激しい嫉妬を受け、壮絶で陰湿ないじめに苦しみ、体まで壊し……というようなことが書いてあったが、帝の女として差し出したいというのは、更衣の一族の「悲願」だったとも書いてあった。何とかして成り上がりたいという一族の悲願。そのために、「男好き」のする娘を武器として使ったというのは当然の戦略。つまり、更衣は一族の悲願を納得ずくで背負い、宮中に突撃したのだ。そうやって夢を叶えた今、「ああ、みんなが私をいじめるの。嫉妬するの。つらいわ、苦しいわ」はないだろう。

以前に水が言っていた。当時のカノジョが、

「みんなが私に冷たいんだよ。私が水とつきあってるから……。私は何も悪いことしてないのに……私が何をしたって言うの……つらい……」

と涙ぐんだ時、水はいっぺんに冷めたそうだ。そして、すぐに別れた。あの時の水の言葉を思い出す。

「カノジョ、ホントは全然つらくなんかなくってさ、実は自慢なんだよ。みんなが狙ってる男を落としたから、私って冷たくされるのって。優越感見え見えで、涙なんか流して陶酔してんだから、ゾッとした」

高校二年生の水が言うことを、あの時、俺はしっかり理解していなかった。もてない俺は女性心理など考えたこともないのだ。ただ、何か答えなければ兄としてカッコ悪いと思い、

「お前、女が寄ってくるからって、そんなにいい気になってると、イヤな男だって、友達失うぞ」

と言った。水は、

「うん。でも俺、いい気になってるとこ、外じゃ絶対見せないから。偽善者も一生偽善者なら、それ

は善者だからな」

と笑った。現実に、水が友達を失ったとかイヤな男だと仲間外れにされたとか、聞いたことがない。優越感や野心をうまく隠し、好かれる人間でいるノウハウがあるのだ。

桐壺更衣はそれに輪をかけ、世渡り上手だと思った。弘徽殿女御のように、生き方の計算ができないタイプは、結局損をする。

更衣が世渡り上手だという証拠が、もうひとつあった。それは、帝の身の回りの世話を全部一人でやっていたことだ。本来、そういう仕事は、更衣よりもっと低い身分の女房がやるのだという。それを全部自分が引き受ける。つまりは、桐壺帝に二十四時間べったりくっついて、他の女を近寄らせないということだ。そんな状況を自分で作っておいて、何が「アタシはいじめられてるの」だ。「アタシ、苦しいの」だ。水が捨てた女と一緒で、そりゃ快感だろう。

俺は『源氏物語』は全然知らなかったが、桐壺更衣にこういう一面があったと考えると面白い。なのに、そのあたりは学校で習った記憶がない。いや、記憶するほど勉強してはいなかったが、桐壺更衣には、誰もがいいイメージを持っているはずだ。だから、二十一世紀の世でも人気の一人であり、映画やテレビでも清純な女優がやって、はかなく死んでいく。実は、結構なしたたか者だったという一面も、もっと学校で教えないと、弘徽殿女御が可哀想だ。

女御は俺の言葉をつぶやいた。

「そうか、更衣は嫌いか……」

「はい。自分が得することばかりを考え、そのためなら何でもやる。そして、そのツラの皮の厚さを実にうまく隠す。したたかで下品な女です」

女御の頬に赤みがさした。きっと俺に言われてスッとしたのだろう。しかし、そうではなかった。

「そんな女にたぶらかされたとなると、上様が情けない男に見える」

「ですから、賢帝とばかりは断言できません」

「人の上に立つ男は、必ず女にもてる。女にもてない男は、人の上には立てぬ」

俺の全身から力が抜けた。

「上様には、賢さと情けなさが同居しておる。それも女を引きつける。それも男の能力だ」

女御は俺をちょっとバカにした目で見て、出て行った。


桐壺帝からお呼びがかかったのは、その数日後だった。更衣の病がいよいよ重く、何とか高麗の祈禱をしてほしいということだった。どこかで、俺の力を耳にしたのだろう。

俺は弘徽殿女御のパーソナル陰陽師だが、帝とも更衣とも会ってみたかった。

第四章

更衣の祈禱《きとう》の件を女御にどう言うべきか、色々と考えた。契約書こそないが、俺は女御のパーソナル陰陽師だ。女御から給料が出ている。だが、俺としては今回の話には興味がある。とはいえ、あれほどまでに、「俺の力」を一人占めしたいと考え、顔までさらした女だ。俺を帝のもとに行かせる許可は出さないだろう。それも、よりによって憎い更衣への祈禱だ。

良喬によると、更衣は明日をも知れぬ状態らしい。すでに比叡山から僧を呼び、一日中祈禱させているそうだが、そんなことで病気が治《なお》るわけがない。だが、この時代は治ると信じられていたのだ。病は何か邪悪なものが憑《つ》くことによって起こり、その憑き物を祓《はら》えば治ると考えられていた。だから僧や陰陽師の祈禱が重要ということになる。

女御への言い方をあれこれ考えながら、俺はパンフレットを開いた。更衣が夏には死ぬとわかっていたが、病名は何なのか。パンフレットには、

「もともと虚弱であったと思われ、そこに壮絶ないじめが加わった。そのため、不眠、うつ、ストレス性胃潰瘍《いかいよう》などが引き起こされたとも考えられる。現在ならば症状によって、睡眠薬、抗うつ剤を使用することもあろう。医師の処方による場合が多いが、売薬として認可されているものもある」

と、医師の解説があり、見本薬がついていた。

どうせあと三、四か月で死ぬということを、女御にさり気なく、わざとらしくなく言ったなら、大喜びして俺を行かせるのではないか。ともかく生きているうちに更衣に会ってみたい。賢帝を骨抜きにするのは、どんな女なのか。したたかさは顔に出ているのか。そんなことをグルグルと考えていると、良喬が来た。

「上様をこれ以上お待たせできません。本日は日がよいゆえ、来るべしとの仰せ」

「わかった。女御様に話してくる。女御様がダメだと言ったら、いくら上様でもダメだ」

「何と。帝の頼みですぞ」

「帝だろうがＡＫＢ48だろうが、ダメだ」

「は？　えーけー……ふぉー？」

「いや、高麗の権力者の名だ」

「さようですか。何とかうまく女御様にお話し下さい。正面からでは絶対に許可が出ませんぞ」

「急に裏から回れったって……どうすりゃいいんだか」

当たり前のことだが、あらすじ本には俺のなすべき行動は書かれていない。俺は書いていないことはからっきしダメなのだ。

結局、何の策略もないまま、女御のもとへ出向いた。

「実は帝からお呼びがございました」

正面から言った。二流の人間に策略などと高級なことは無理だ。

「更衣の病を治す祈禱だな？」

驚いた。女御の方が陰陽師だ。そして、次に続けた言葉はさらに驚くものだった。

「ぜひ会うがいい」

え……何なんだ。なぜなんだ。拍子抜けした。

「私が更衣の病を治してもよろしいんですか」

更衣は夏には死ぬとわかっていたが、そう言った。女御はそれこそ真正面から俺の目を見た。

「上様と更衣の様子をつぶさに見て、私に伝えよ」

俺をスパイとして送り込み、情報を取らせようというのか。上等じゃないか。たいした女だ。

そして、また水を思い出した。あいつは大きな試合の前でも、女を落とす時でも、何かの時にはよく、

「彼を知り己れを知れば百戦殆《あや》うからず」

と、気合いを入れていた。中国の兵法書『孫子』の言葉だとか言っていたが、「敵の状態と自分の状態を直視し、冷静に対処すればどんな戦いにも勝てるのだ」と、弟に解説してもらった兄なのだ。思い起こせば、そう言う水は確かにいつも勝っていた。

女御は俺に探らせた情報によって、自分の取るべき行動を考える気だ。俺は完璧に女御の手下《てか》じゃないかと、つい笑ってしまった。だが、なぜかイヤな気はしなかった。

俺を迎えに来た重臣たちから、更衣の病状が細かく伝えられた。俺は「夏には死ぬ」という事実を前提に、責任を取らなくていいように言った。

「聞く限りにおいて、かなり病は重く、高麗の祭文《さいもん》をもってしても快癒《かいゆ》は難しいであろう。それをわかった上であるな?」

「はい。今は御目もほとんど開けられません。ほんの一時《いっとき》でも力が戻れば」

それくらいなら、二十一世紀の薬が何とかしてくれる。あまり一気に飲ませてはまずいと思い、とりあえず睡眠薬と胃の痛み止めを持った。そして護衛の者に案内され、更衣が伏せっている部屋へと向かった。

その部屋が近づいてくるにつれ、不思議な音が聞こえてきた。地の底から響くような、太く低いビンビンビンという音だ。楽器のウッドベースをもっと低く太くしたような、腹に響く音が、どんどん近づいてくる。

「あれは？」

「弦打《つる》ちにございます」

「弦打ち？　高麗ではやらぬが、何だ」

「はい。弓の弦を鳴らし、悪霊を祓っております」

「おお、それか。似たことは高麗にもある。ここでは弦打ちと申すか」

俺はバレないように必死だ。

部屋に入ると、十人はいようかという男たちが弦を鳴らし、さらに十人ほどの僧が加持祈禱のために並んでいる。そのずっと奥に御簾《みす》が降ろされており、更衣が伏せっているようだ。こんなに不気味な弦の音を聞かされては、よくなる病も悪くなるだろうに、みな一心不乱だ。ビンビン、ビンビンビンという音は、俺までトランス状態になる。

桐壺帝の姿はどこにもない。御簾の奥でつき添っているのだろうか。重臣にそう問うと、「こいつ、バカか？」という顔をされ、

「清涼殿におわします」

とピシャリ。清涼殿は天皇の住まいだ。そうか、天皇というものは、こういう時でも出て来ないのか。そんなに軽い立場ではないのだ。この時代、天皇は神なのだ。桐壺帝に会ってみたいと思ってやって来た俺は、本当に軽くて無知だった。

が、そんなそぶりは見せず、威厳を持って重臣に言った。

「更衣のお近くに寄ることを、お許し頂きたい」

「それはなりません。ここでご祈禱をお願い致します」

にべもない。どうやって薬を飲ませればいいのか。その上、更衣を見ずして帰っては、何の土産も持たずに帰る能なしスパイだ。絶対に顔をさらさない更衣を知るにつけ、弘徽殿女御が顔をさらした覚悟の程を思う。今後も絶対に裏切れない。失望させられない。何とか女御の役に立ちたい。もしも、更衣が一瞬でも元気になれば、帝も俺に一目置くだろう。それは俺の身の安全にとっても、スパイとしても重要だ。その状況は、女御にとっても大きいプラスになる。

俺は重臣の前で立ち上がるそぶりを見せた。

「私の祭文は、水と共に口から流しこむ。ここからではできない。帰らせて頂く」

重臣たちは、いささかあわてた。

「雷鳴様のお力は、今や誰もが知っております。女御様を一晩にしてお治しになられたのも、離れたところからにございましょう。同じようにここからお願い致します」

梅命婦が決死の覚悟で、俺を近くに寄せたとは誰も思いもしないのだ。まして、女御が顔をさらしたことなど、想像さえできない。重臣は水と茶碗を持ってこさせ、

「水もここにございます。上様もたいそう御期待なされております。一時でも、どうか力をお与え下さりませ」

ここに水を用意されて、どうやって薬を飲ますのだ。ビンビンビンという音の中、重臣たちの光る目が俺に注がれている。バレてしまうかもしれない。掌《てのひら》が汗ばむ。俺はポケットから錠剤を取り出しながら汗を拭き、もう一度言った。

「ここではできない。この小さな丸いものに霊験を封じこめ、水と共に飲みこむ。それによって体の中にいる悪霊が調伏《ちょうぶく》される。ここからではできない」

重臣は譲らない。

「御簾の奥には入れません。ここから調伏して下さい」

話にならない。今、席を立って帰ったなら、大事《おおごと》になるだろうか。何の役にも立たないヤツだと、噂が広がるのは間違いない。

陰陽寮の優秀な「官人陰陽師」たちは、よりすぐられているだけに、その気位と誇りは破格だろう。突然出て来た「いかがわしい陰陽師」の俺を、これまでは無視していたが、帝までが頼った以上、息をつめて結果を待っている。ヘマをしたら、一気に刃向かって来るかもしれない。俺は能力を示し続けることで、彼らを黙らせるしかないのだ。

「更衣様の御病状は、女御様とは違う。私には、それがすぐにわかった。そのため、女御様と違う祈禱をせねばならぬ。ここからではできぬ。しかし、おそばに寄れば、必ず効きめをお見せできる。必ず、御目を開けられる。必ず！」

俺の自信満々の言葉にも、重臣は、

「ここから」

と一言だけ言った。

不気味な弦の音。

重臣たちの、うかがうような目。

にっちもさっちも行かなくなった。

その時だった。小さな男の子が進み出て来た。弦打ちの男たちと並んでいたらしい。まだ歩き方も幼いが、一目見た時、あの路地で雷に打たれたような衝撃が走った。

光源氏だ。二宮だ。

すぐにそう思った。まだ数えの三歳のはずで、満年齢だと二歳だ。色白の顔に筆で描いたような弓形の眉、涼しいひと重まぶたでありながらどこかなまめかしい目、あどけない小さな唇。早くも気品と華をまとい、満二歳にしてタダ者ではない光を放っている。垢《あか》じみているどころか、二歳のくせに香をたきしめた衣裳だ。

重臣が驚いて促した。

「二宮様、お席に戻られませ。いかがなされました」

やはり一宮の弟、光源氏だ。この時代、娘が産んだ子は実家で育てるものと書いてあったが、更衣の実家は老母一人。そのため、宮中で暮らしているのだろうか。二宮はよく回らぬ口で言った。

「私が母上様にお飲ませ致します」

話を聞いていたのだ。

やっとおむつが取れたような子供に、俺は圧倒された。容姿も態度もだが、何よりも機転にだ。まだ二十四か月かそこらしか生きていない子が、こう言う。

なぜだか俺は泣きそうになった。その気持をやっとのことでおさえ、言った。

「二宮様なら、母上様のところにお入りになられますな。では、これからこの小さな丸いものに霊験を封じ込めますので、お待ち下さいませ」

こんなガキに敬語を遣ったのは初めてだ。そして、こんな敬語がスラスラと出て来る自分に驚いた。あっちの世ではありえない。何しろ、俺は敬語などよく知らないのだ。あっちの世の俺なら、

「二宮とかならァ、母親のとことか入れんじゃね？　ならァ、俺がこの薬の方にィ、まじないとかかける形？　でやるからァ、ちょっと待っててもらおかなみたいな」

と言うだろう。緊張感が俺をまともにしたのか、こういう世にいるとそうなるのか、わからない。

ただ、ひとつわかるのは、あの兄はこの弟が相手では、勝負にならないということだった。確かにあの兄は、人並み以上の容姿と頭脳だ。一流に入るだろう。だが、この弟を一流の上とするなら、兄は……二流の中か……下……になる。

この兄弟と俺達兄弟と、どっちがひどいかを比べてもしょうがない。コンプレックスの大きさ、つらさに差はあるまい。

俺は錠剤を両手にはさみ、祭文を唱えるふりをした。そして、チラと二宮を見た。俺のまねをして同じように両手を合わせ、目をつぶって祈っている。何という可愛さ。何という気品。ふっくらした頬、薄い体、どこを見ても満二歳児なのに、幾らでも見ていたい。そう思わせる子だった。

やがて、俺は錠剤を二宮に差し出した。

「これを、水で母上様にお飲ませ下さいませ。水と両方いっぺんに持って行くのは大変なので、二度

行き来して下さい」

二宮は立ち上がり、何か考える風に錠剤を見ていた。次の瞬間、錠剤を着物の衿元《えり》にはさむと、両手で水の入った茶碗を持った。そして、二歳のおぼつかない足取りで、ゆっくりと一歩ずつ進んで行った。こうすると両方持てるという頭の回転。こういう二歳児が、いるところにはいるのだ。

思えば水もそうだった。水が二つか三つ、俺が六つか七つの夏だ。二人で並び、庭の朝顔の絵を描いていた時だ。俺はお袋に叫んだ。

「もうやめたッ！　ママ、お絵描き終わり！」

お袋は台所から出て来た。

「途中でやめないの。ホラ、最後まで描いて。せっかく上手に描けてるのに」

「もう描けない。だって紫色の朝顔なのに、紫色の絵の具ないもん」

そう言って何気なく水の絵を見ると、紫色の朝顔が描いてある。朝顔だか煎餅だかわからない丸が殴り描きしてある。絵はガチャガチャだったが、紫色が確かに塗ってある。お袋はすぐに気づき、

「水、赤と青を混ぜて作ったの？」

と訊いた。水はうなずき、別の画用紙を見せた。そこには青と黄、赤と黄、黒と白などを混ぜた色があった。色を混ぜる面白さに気づき、色々やってみたのだろう。二つだか三つにして。

お袋は水をほめなかった。後でこっそりほめたかもしれないが、バカ兄貴の前ではそうしなかった。しかしあの時、俺は水には勝てないと、幼心にも思ったのだ。

二宮は十歩ほど歩くと、振り返って俺に笑いかけた。それは「ほら、大丈夫でしょ」とでも言うような、誇らし気で何とも愛らしい笑顔だった。この子と会っただけでも、女御に土産ができた。父親

が本当に賢帝ならば、皇太子には間違いなく弟の二宮を選ぶだろう。身にまとう華も含めて、何もかもケタが二つ違う。

部屋に戻った俺は、立っているのがやっとというほど疲れていた。二宮に会った衝撃や、桐壺更衣の重篤な場に立ち会った興奮のせいだ。それに、信じられない世界に迷いこんだ疲労が、一気に出て来た気がする。わけがわからないうちに、三週間が過ぎていたし、こっちの世の方が俺には合うなどと思ったりもしたが、それでも疲労はピークだったのだ。歯磨きやトイレ、それに寒さに至るまで、慣れようと頑張るエネルギーも、バカにできないものだった。

だが、何よりも俺を疲れさせている理由は別にある。それは、俺が他人から常に期待され、決断を迫られる場にいるためだ。今日の祈禱にしても、重臣と激しくやりとりした。俺も重臣も譲れない。お互い、譲れば失うものがあり、お互い、なすべき任務がある。そういう場に立つ疲労は大きい。だが、正直なところ、この疲労はここちいい。あっちの世では、こういう疲れ方をする場に立たされたことがない。期待も責任も決断も無縁の人間だった。今、それを背負わされ、何とここちいい疲れかと思う。

俺はあっちの世で、一度も仲間外れにされたことはなく、いじめに遭ったこともない。ただ、幼い頃から輪の外に置かれる子だった。これは仲間外れやいじめとは、根本的に違う。

今にして思うのだが、仲間外れにしたり、いじめたりする側の子は、自らの意思によって、誰かを「キモい」「臭い」「目ざわり」「うざい」などと言う。言われる側は、確かにつらいだろう。自殺に結びつくことさえある。だが、彼らがそうされるのは、そうする側が彼らの「存在」に気づいているからだ。彼らは疎外されてもいじめられても、輪の中にいる。ここをしのげば、年齢と共にすごい花を咲かせたりする。一方、俺のように輪の外に置かれる子は、存在そのものを忘れられている。いないに等しい人間なので、疎外もされずいじめられもしない。何かのグループ分けをする時に、「いけね。アイツがいるの忘れてた」と言われるタイプだ。この一点だけでも、「いじめられっ子」の方が「輪の外っ子」より上に位置するということだ。

小学校の頃から、クラスで何かを決める時に、俺は意見を求められたことがない。一度か二度あったとすれば、それは輪の外に置かれる子たちに、教師が気を遣ったからだ。

教師という人間は、輪の外に置かれる子にやたらと気を遣う。もしかしたら、いじめられている子以上にかもしれない。そこには教師として「目立たない子にも光を注ぐアタシ」という満足感があるのだと、俺は小学生の頃から思っていた。

小学校の時、俺の担任は「光を注ぐアタシ」系だった。彼女はクラス全員に役割を振って、一人残らず何かの委員にした。俺は六年間、いつも「カーテン委員」だった。授業中に西陽が入ったら、カーテンを引く役割だ。月に一回、各クラスのカーテン委員が集まって、「カーテン委員学年総会」が開かれたが、「学級委員長学年総会」や「風紀委員学年総会」など、輪の中の生徒と差別しないようにと、教師が必死に光を与えたのだ。だが、西陽にカーテンを引くだけの委員が月に一度も集まって、何を話し合えというのだ。それも、曇や雨の日は仕事もない「カーテン委員」は、全員が各クラスの輪の外っ子だった。自分のみじめさには全員が気づいていたと思う。教師だけだ、「光を注ぐアタシ」に陶酔して気づいていなかったのは。

こっちの世に来て、わかった。人はどんなジャンルでもいいから、しっかりと輪の中にいる場所を持たないといけない。それがあって初めて、生きているという実感が湧く。俺はあっちの世では、息は吸っていたが生きてはいなかった。だから、疲れることさえなかったのだ。

やがて、俺は弦打ちの音に送られ、御所の中の「事務所」に戻った。すぐに格子を降ろし、マットを敷き、疲労困憊《こんぱい》した体を横にした。マットは「褥《しとね》」と呼ばれており、薄い敷布団のようなものだ。高麗の服だとしているダウンジャケットを引きかぶり、少しでも眠りたかった。

ところが、突然、体が熱くなってきた。あっちの世では、学生でも行ける安い風俗もあったし、結季菜もいた。お互いに自宅通学だったから、ホテル代はかかったが、その気になればいつでも、どこでもできた。

三週間もやってないのは、初めてだ。不思議なもので、疲れている時ほどやりたくなる。フットサルの試合の後とか、就活で一日に四社も五社も回った日は、結季菜が立てなくなるほどだった。

この広大な屋敷のどこかに、女がたくさんいるのだろうが、どうしようもない。体はさらに熱くなった。自分で慰めるしかない。みんなに「高麗の袴《はかま》」と言ってあるジーンズに手をかけ、前を開けた。

翌日、出勤するなり帝の重臣に呼ばれた。行くと、酒の瓶らしきものを前にして、重臣二人がきちんと座わっている。

「更衣様は、今朝は腹の痛みが失《う》せ、何日ぶりかに御目を開けられたばかりか、上様とお言葉をかわされた。よくお眠りになれたと仰せで、お顔色もすぐれていらっしゃる」

重臣は酒の瓶を恭々《うやうや》しく差し出した。

「上様は喜びのあまり、泣いておられた。褒美の酒をとらすとの仰せ」

酒か……。俺はこっちの世に来て以来、酒という言葉さえ忘れていた。

小者が瓶を持って、俺を「事務所」まで送って来た。一人になると、すぐにふたを開けた。まだ朝だが、構うものか。

酒は妙な匂いがした。濁ったどぶろくのようだ。この時代、うまい日本酒や焼酎があるわけがないのに、そういう酒が入っているものだと思いこんでいた。人さし指をつっこみ、なめてみる。酸っぱい上にとんがった発酵臭で、俺にはとても飲めない。

あっちの世では、何とうまい物ばかりを食い、飲んでいたのだろう。それも平気で残し、平気で捨てる。よく「別の時代に生まれたかった」とほざくヤツらがいるが、どの時代にでも生まれてみればいい。どれほどのものかわかる。

新宿にうまいどぶろくを飲ませる居酒屋があったなァと思い、オヤジ特製のもつ鍋が浮かんだ。大きくぶつ切りにしたもつを、こってりした味噌だしで煮込む。ねぎと粉山椒をたっぷりかけて、七味も加えて……オヤジの特製ピザもうまかった。焼いた油揚げをピザ生地に見立て、肉やソーセージや野菜をのせて、山ほどチーズをかけて焼く。タバスコをたっぷりとぶっかけて、ハヒハヒ言いながら食うと、生ビールが何とうまかったか。ちょっと焙《あぶ》った羊にスダチをしぼっただけの、骨つきステーキも、どぶろくによく合った。

肉のことばかり思い出す。そして……そのせいなのか、また体が熱くなってきた。昨日、さんざん慰めたのにだ。こっちの世に慣れて、体が二十二歳の男に戻ったということかもしれない。たぶん、喜ぶべきことだ。朝っぱらからジーンズの前に手をかけた時、良喬の声がした。半端なところで止められるのは、本当に困る。

良喬をとりあえず入れたものの、俺は不機嫌な顔を隠さなかった。続きを最後までやって、体を鎮《しず》めないことには、頭が働かない。

「女御様がお呼びにございます」

「そうか。ちょっと準備があるから、下がって」

「では、簀子《すのこ》でお待ちしています」

俺はそれを見届けるや、体を鎮めた。

力が抜け、「ふーッ」と息を吐いた。虚《むな》しいといえば虚しいが、結季菜とやっても終わった後は何となく虚しいものだ。いつだったか、水が、

「狂気の後は、何だって虚しいよ」

と言っていたことを、突然思い出した。あいつが高二かそこらの時だ。きいた風な口を叩くと思ったが、その通りだ。

体が落ちついた俺はすっかり機嫌を直し、良喬を部屋に入れると、ちょっと得意気に言った。

「お前にプレゼントがある」

「ぷれぜ……？　それも高麗の言葉ですか」

「あ、そう。そうだよ」

俺は酒の瓶を差し出した。一目見るなり、良喬は固まった。

「これは……瓶に上様のお印が……」

「ヤベー！　バレバレかよ」

「やベーばればれ……って、高麗の言葉は何か品がございませんな」

「あ、ああ、な。良喬、俺は酒を飲まないんだよ。せっかく上様が下さった酒、良喬には世話になり

っ放しだから飲んでくれよ」

「なりません。上様が雷鳴様に賜われたものにございます」

「かまやしねえって。俺的には全然オッケー。この部屋で、俺のいるとこで飲めばノープロブレムかなみたいな。それでもビミョーってか？」

「何をおっしゃっているのか、まったく通じません。高麗の言葉、ここだけの話ですが、汚ないものですね」

一千年後の日本の言葉だ。


弘徽殿女御は、桐壺更衣が少し持ち直したことを、すでに知っていた。色々と俺に訊きたいはずだが、何も言わない。このプライドが、女御の背骨なのだ。俺は自分から言った。

「更衣のそばには寄れませんでしたが、二宮様とお会いしました。母上様のための弦打ちの席に座っておられました」

「ほう」

俺の感想を聞きたくてたまらないのに、「ほう」だけだ。これもプライドだと思いつつ、プライドというのは、時に人間を哀れに見せるものだと気づく。

あっちの世で、俺はプライドなんかカケラもなかった。いつも自分の人生に、自分で見切りをつけて生きていた。一方、女御はプライドで自分を支えながら、帝や更衣や二宮に立ち向かい、負け戦《いくさ》に血を流している。本当に哀れなのは、どっちのタイプなのだろう。俺はじらすのをやめ、言った。

「二宮様は、はっきり申し上げて神の子だと思いました。お姿も頭のよさも愛らしさも、人を引きつける力も、人間を超えています。大人になって、和歌や学問や政《まつりごと》に力を発揮したなら、誰もがひれ伏し、ついて行くでしょう」

長い沈黙があった。桜の香りを乗せた風が入って来た。

女御は吐息をもらした。こんな人間らしい動作は、初めてだった。

「さようか。私は二宮には一度しか会うておらぬが、並の子ではないという噂はさんざん入っておる。みな、神の子と言い……『光る君』と呼んでおるそうな」

「光る君……。光る君……ですか……。まさしく、その通りの御子にございます」

女御は力なくうなずき、

「さようか……」

とつぶやき、小さく笑った。泣いているような笑顔だった。


梅雨に入り、俺はこの時代の建築様式にやっと納得した。湿気と蒸し暑さが半端ではないのだ。本格的な夏になったら、どうなるのか考えたくもない。クーラーもないし、除湿器も扇風機もない。おそらく、あっちの世から来たヤワな俺は、夏に死ぬだろう。桐壺更衣と道連れだ。

この時代の建築様式は、天井が高く、どこもかしこも風通しがよく、閉鎖性がまるでない。これはおそらく、夏の暑さ対策の建築ではないか。俺がこっちに来た三月、つまり旧暦一月は冷蔵庫に入っている寒さだったが、平安時代の人はあの程度なら耐えられるとして、夏に重きを置いたに違いない。どんな夏なのか、考える前からゾッとする。

この湿気ではジーンズなどはいていられず、良喬に頼んで着物をもらった。映画で見た安倍晴明は、いかにも王朝貴族のような衣裳に立烏帽子《たてえぼし》をつけていたが、俺のはうんとカジュアルな、いかにも庶民という感じの着物と袴だ。袖も裾も広がっており、スースーと風が入ってくるだけでも助かる。

こっちに来て三か月がたち、髪もかなり伸びた。もっと伸びたら、ポニーテールにするつもりだ。いかにも高麗の陰陽師という感じではないか。

桐壺更衣が実家に帰ったと耳にしたのは、梅雨が明けて猛暑に入った五月、新暦だと七月だった。この時代、人々は非常にケガレを嫌う。まして宮中は尋常ではないほど、それを忌み嫌う。そのため、死が近くなると実家に帰すのだと聞いた。死のケガレを恐れるのである。誰の目にも更衣は死が近いとわかったのだろう。

更衣と彼女の母親は、以前から「療養のために里に帰りたい」と、帝に泣いて頼み続けていたという。だが、帝は許さなかった。聞くところによると、一時でも離れたくないという理由らしい。それで弦打ちをやったり、俺を呼んだりして、「治療」に手を尽くしたのだ。

しかし、結局は帰さざるを得なかったのだろう。更衣の衰弱がひどく、とても引き留められなかったのだと思う。帝という立場では見送りもできないそうだ。本来は、「光の君」と呼ばれる二宮も一緒に母の実家に帰る。しかし、もしも道中に嫌がらせでもあったら困るということで、光の君だけは宮中に残した。幼い一人息子を、高すぎる身分の父親のもとに残して行くのは、母親としてどれほど不安だっただろう。まして、自分は死を迎えるために帰るのであり、息子とは二度と会えないとわかっている。まだ二十一歳という若さで、そんなめに遭ったのだ。更衣は嫌いだが、そんな境遇と二宮の姿を思うと、ため息のひとつもつきたくなる。あの利発な満二歳は、泣くことも淋しがることもこらえて、一人でいるのだろう。

桐壺更衣は里に帰ったその日、亡くなった。
満二歳の一人息子を残し、二十一歳の母は蟬しぐれに送られて旅立った。

第五章

更衣の死には、俺でさえ柄《がら》にもなく湿っぽくなるのだから、宮中はひっそりとして活気がない。死からすでに一か月がたつというのに、おつきの女房たちはまだ泣き通しだというし、「あんなに穏やかで情の深い方はいない。亡くなられて改めてよくわかる」と言いあっては、涙ぐむ日が続いているのだという。確かに、弘徽殿女御のように、「能力を形にして見せよ」と言う女に仕えるよりは、ずっと気も楽だったろう。

結局、二宮も宮中を出て行き、亡き母の里で老いた祖母と暮らし始めた。帝は最愛の二宮の様子を気にして、しょっちゅう臣下を遣わしては届け物をしたり、様子を見させたりしている。

あどけない二宮の姿も、女房たちの涙を誘っていた。わずか満二歳で母親に死なれ、父親と別れ、ひっそりと祖母と暮らしているのだ。それも亡母の実家は身分もさほど高くなく、何の後楯《うしろだて》もない家柄だ。邸《やしき》も粗末なものだろう。そう考えると、俺とて、光る君の可愛らしさ、利発さばかりが浮かび、何だってあれほどの子がこんなめに……と思う。

俺はパンフレットを開き、更衣の病気のところを改めて読んでみた。著名な医師の文章をもう一度確かめると、そこには、

「おそらく、いじめ等のストレスが引きがねになり、最初に抑うつ症状が出たのではないか。そのた

めに食欲が落ち、少しずつ体力が衰えていった。当然、床に伏すことが多くなり、最終的には肺炎（結核もありうる）を起こして死亡した可能性もないとは言えまい。肺炎や結核に効く抗生物質は二十世紀に入ってから発見されたものであり、平安時代では手のほどこしようがない」

とあった。

これほどの病気が、祈禱《きとう》だの弦《つる》打ちなどで治《なお》るわけがない。

それにしても、「死んだ」となると、たとえどんな権力者でも悪人でも、嫌いな女でも、可哀想になるのはなぜだろう。

しかし、何より驚いたのは桐壺帝の悲しみのすごさだ。もちろん、俺は帝と会ったこともないが、その嘆き方は異常だという噂が、毎日のように聞こえてくる。立場上、葬儀にも出られず、部屋に引きこもり、食事もまったくとらないという。ただただ一日中ぼんやりと座わっており、給仕として仕えている者たちも、どうしていいかわからないらしい。

たぶん、帝の頭は普通ではなくなっている。というのも、俺は「正六位上《しょうろくいのじょう》」という位階をもらってしまったのだ。「従五位下《じゅごいのげ》」というのが最末端の貴族なのだが、俺がもらったのはその下だ。貴族予備軍みたいなものだろう。おそらく、俺の錠剤で更衣が一瞬でも力を戻し、最後に会話ができたことへの褒美だ。

帝は神であり、公私混同なんか考えもせず、位階を決められるんだなァとあきれていると、もっとすごい公私混同ニュースが飛びこんできた。

帝が亡き桐壺更衣に「三位《さんみ》」の位階を追贈したのだ。これによって、生前の「更衣」から位が上がった。「女御」そのものではないが、「女御並み」になった。あっちの世でも、殉職した社員や警察官、消防官などの地位が上がることはある。だが、今回はそれとは違う。更衣が何か立派な業績をあげたわけではない。単に帝の愛情のしるしだろう。後宮《こうきゅう》の女たちがムカつくのは当然だ。

弘徽殿女御も血相を変えているだろうと思ったら、ケロッと言い放った。

「好きなだけ格上げすればいいのよ。生きてる者勝ちよ」

この女と桐壺帝は合うわけがない。

俺は更衣も嫌いだが、桐壺帝も好きになれない。死んだ女を思って泣き続けるにせよ、「時間がたっても悲しみは増すばかりで、耐えられない」と正面切って歌に詠んだという。こんな男、恥ずかしすぎる。もっとある。

「中国は唐の楊貴妃は美しかったであろうが、更衣の優しさ、可愛らしさは花の色も鳥の声も及ばない。私たち二人は朝に夕に、ずっと一緒だよと誓いあった。永遠に愛しあおうねと誓いあったのにどうして……」

これを人前で言うか？　帝は言ったのだ。まったく暑苦しい男だ。こんな男と「生きてる者勝ちよ」のクールな女が合うわけがない。

暑苦しい帝のせいばかりではないが、毎日の暑さはたまらない。拭いても拭いても汗が流れ落ちる。事務所も自宅も開けっ広げな夏仕用建築だが、頭がボーッとする。行水みたいなことは時々できるが、クーラーに慣れた身には生ぬるい水浴びだ。ああ、クーラーがキンキンに効いた部屋で、キリキリに冷えた生ビールを飲みながら、プロ野球中継を見たい。こっちの世のいいところを数えて生きているが、俺は約半年で体が一回り小さくなった。

それでも秋は、ちゃんとやって来た。

一日一日と日が短くなり、風が涼しくなる。今では虫の音もすごい。あっちの世と違い、騒音がないので空気をふるわすほど響く。昔の人は、こんなにすごい虫の音を聞いていたのか。いつ頃から日本は自然破壊をしたのだろう。俺はあっちの世では「自然破壊」なんて考えたこともなかったし、便利になるならしゃあねえじゃんと思っていたが、虫の音のすごさを聞くと、破壊しすぎた気がしてくる。

こっちに来た時は桜を待つ季節だったと、虫の音の中で思った。普通なら、いつまでこうしているのかだの、俺はどうなるのか、帰れるのかだのと不安になる頃だ。だが、俺はそんなことは考えもしないし、不安もない。あっちの世を思い出すことは、どんどん減っている。むろん、一宮と二宮を比べる時は水が甦《よみがえ》るし、俺が突然いなくなって親不孝をしたことを申し訳なくも思う。だが、こっちには俺の居場所がある。俺を必要としてくれる人たちがいる。俺の能力があらすじ本や見本薬によるものであっても、輪の中にいる自分というのは、何と嬉しいものだろう。

あっちの世では「絆」だの「ふれあい」だの「平等」だの、小綺麗な言葉を言うヤツは多い。だが、そんなことを口先だけでほざくヤツらが百万人いるよりも、具体的に輪の中に引っぱってくれる人が一人いる方が、ずっと力が湧く。

俺は事務所の簀子《すのこ》に出て、満月を眺めた。もう夜更けだが、一人きりのボロ家に帰るより、事務所の方が落ちつく。黒と紺を混ぜたような深く暗い夜空に、月はものすごく明るい。

月の光のことを、よく「銀のしずく」とか「銀の光」とか言うが、俺はこっちに来てそれを実感した。月はありとあらゆるものを、本当に銀色に光らせる。俺が見ている庭の松、そのとがった葉の一本一本までが銀色に光っている。その上、光はずっと遠くまでを広く照らしあげる。もしも、今、高層ビルがあって、その上から見ることができるなら、京都の街すべてが銀色に輝いているだろう。

月がこんなに明るいものだとは、こっちに来るまでは知らなかった。第一、月になんか関心がなかった。それが今、月が出ているというだけで、心が弾む。闇を照らすものがあることは、心をゆるませる。真っ暗闇がどれほど恐いかを知ったのも、こっちに来てからだ。あっちの世は深夜でもネオンやコンビニ、ガソリンスタンドからの灯で、まったく闇がなかった。だから、月がどんなに明るいか、灯がどんなに有難いかもわからなかった。ただ、高校生の頃、真夜中の田んぼ道を、一人で自転車で走っていたことがある。真っ暗闇だった。その時、遠くにポツンと自動販売機の灯が見えた。あの時の安堵感を、こっちに来るまで思い出すことさえなかった。

男たちは今夜も、この月明りを頼りにして女たちのもとへ通うのだ。その足音がすれば、虫はピタリと鳴くのをやめ、女は来訪を知る……俺も女が欲しいよなァ……と思っていると、突然、音楽が聞こえてきた。

虫の音がピタリと止む。こんな夜更けに何ごとだ？　管絃の音楽会だろうか。それにしてもすごい音量だ。こんなことはあらすじ本には書いていなかったが、誰が演奏しているのだろう。桐壺更衣の喪中だというのに。もっとも、喪中であっても来客をもてなすなど、致し方ない事情もあるだろう。それにしても、音が大きすぎないか。

驚いたのは、翌晩も大音量が鳴り響いたことだ。その次の晩も、その次の晩もだ。毎晩毎晩、騒々しいほどに楽器をかき鳴らすのだから、さすがに噂になり始めた。

その噂によると、弘徽殿女御の音楽会だという。それを聞き、あらすじ本に書いていない理由がわかった。『源氏物語』では、弘徽殿女御はチョイ役なのだ。学問として弘徽殿女御を研究している学者はたくさんいるだろうし、研究論文も多いだろう。だが、一般人は『源氏物語』に弘徽殿女御なる女が登場していることさえ、知らない人が多いのではないか。

『源氏物語』で有名な女たちは、桐壺更衣であり、夕顔《ゆうがお》であり、藤壺《ふじつぼ》だ。葵《あおい》の上《うえ》であり、紫《むらさき》の上《うえ》であり、六条御息所《ろくじようのみやすどころ》だ。その他にも浮舟《うきふね》や女三宮《おんなさんのみや》や有名で人気の女は多く、あっちの世でも名前があがる。

しかし、弘徽殿女御はまず話題にならない。圧倒的に知名度が低い。あらすじ本としては、チョイ役の動きなどカットだ。弘徽殿女御は、帝や光源氏や桐壺更衣など中心人物と関わる時だけ、便利にチョイと出されるのだ。

ともかく噂によると、弘徽殿女御が、

「毎晩毎晩、何と美しい月。晴れた秋の夜長を楽しまないと損よ」

と言って、音楽会を開いているのだという。

それを本気にする人はおらず、「女御の本音は、桐壺更衣が死んで嬉しくて、ザマーミロの気分で騒いでいる。月にかこつけている」という噂がもっぱらだった。ありうることだ。しかし、この時代にこの宮中で、堂々とそれをやる度胸はたいしたものではないか。

ついにある日、良喬がやって来て、俺に言った。

「上様も非常に不愉快にお思いだと伺っている。更衣様がお亡くなりになり、悲しみのどん底で泣き暮らしておいでの上様を逆撫《さかな》でなさることは、正妃としていかがでしょう。女御様にお仕えの者たちも、上様の周囲の者たちも、このままでは何か起きるとハラハラしております」

そして、正面から強く俺の目を見た。

「みなの願いです。管絃の遊びをやめるよう、おっしゃって頂けませんか。女御様は今や、雷鳴様のおっしゃることにしか耳を貸しません」

ああ、俺は今、まぎれもなく輪の中にいる。

午後、女御と会った。梅命婦が、退室しながら「何とか説得してくれ」と目配せを送ってくる。ああ、いい気持だ。すると、俺が何も言わぬうちに、女御は先回りした。

「私は管絃で、上様をお力づけ申し上げているのよ。だって、更衣亡き後、政《まつりごと》もろくにされず、他の女も寝所にお呼びにならず、朝から晩までメソメソなされて。まったく情けないこと、帝のくせに……って、あら、つい失礼なことを。でもね、雷鳴、前にも言った通り、生きてる者勝ちなの。風にのって美しい管絃を耳にすれば、上様も生きる喜びにお気づきになるでしょう。力がおつきになるでしょう」

さすがにうまいことを言う。すると、俺は自分でもびっくりするようなことを答えていた。

「別に上様を力づける必要なんかないですよ。賢帝ならば、人前で取るべき態度をわかっておいでのはず。それを人前でも泣いて愚痴って。能力のなさを形にして見せてくれましたよ」

女御がニヤッとした。

「そんな無礼、上様の重臣たちの耳に入ったなら、雷鳴の命はないぞ」

「女御様を信じておりますので、ここだけの話です。安心して話しております」

女御は黙った。そして、俺を見た。

「ならば、私もここだけの話を致そう。私は更衣に腹を立てている。死んだ後までも上様のご寵愛《ちょうあい》を一人占めしている。上様は位階を追贈されるわ、他の女は寄せつけないわで、泣き明かす。まったく、死んでまでも不愉快な女よ」

何のかんのと言っても、女御は帝に未練があるのだ。

俺はまた、水の言葉を思い出していた。

水が確か高校二年の頃だ。同じ都立高校にカノジョがいるのに、名門私立高の子ともつきあっていた。ある日、それがカノジョにバレた。水と名門私立高生がデート中のファミレスに、カノジョは踏みこんだ。そして、公衆の面前で名門私立高生を張り倒し、食べかけのスパゲティをぶっかけた。カノジョはあっ気にとられている水を見つめ、大粒の涙をこぼしたという。その話を聞いた時、俺はカノジョを心底可愛いと思ったのだが、水は言った。

「悪いことしてるのは俺なのに、女の怒りって女に向かうんだよな。カノジョが俺を張り飛ばしたなら、俺だって惚れ直したかもしれないけどなァ。その男に未練がある限り、女の怒りは女に向かう。

それを勉強させられた」

俺は水と違って、女に関してもいつも輪の外だったから、あの時はピンと来なかった。だが、今こそわかる。位階を追贈したのも、他の女を寝所に呼ばずにメソメソしているのも、すべて帝自身が悪い。なのに、女御は帝を責めず、すでに死者だというのに更衣を責める。

俺は恋愛の熟練者のように、つぶやいてやった。

「まだまだ上様に想いがあるという証拠ですね、今のお言葉は」

女御はハッキリと否定した。

「すっかりさめておる。何とちっぽけな男なのかと、あきれることがあって。そんな上様が情けなくて、あの女を不愉快に思うのだ」

そして、心底うんざりしたように打ち明けた。

「上様は、唐の玄宗《げんそう》皇帝と楊貴妃の悲恋に自分たちを重ね、毎日、長恨歌《ちょうごんか》の絵を見ているんですと」

その暑苦しさは、あらすじ本で知っていた通りだが、俺はさも噂で知ったように言った。

「私も耳にしております。更衣は楊貴妃より上で、あんな女はいないと繰り返しては泣き、泣いては繰り返すとか」

そう言いながら、俺はつい笑ってしまった。女御までが笑い、言った。

「この女々しさ、誰だって笑う。雷鳴、それだけではない。上様は歌を詠まれた。何ともはや、あきれる歌だ。『尋ね行く　まぼろしもがな　つてにても　魂《たま》のありかを　そこと知るべく』」

俺には全然意味がわからないが、わかるふりをしないといけない。だが、これは笑ってみせる歌なのか、怒ってみせる歌なのか。あらすじ本に歌までは出ていなかったのだ。とりあえず、

「まったく、何ともはや……あきれる歌ですね」

と、オウム返しである。すると、突然、大まじめに、

「私は、雷鳴が上様に呼び出されるのではないかと、心配しておる」

と言う。え……そういう歌なのか？

「その時はハッキリと断れ。自分は唐土《もろこし》の幻術士《まぼろし》とは違うと言って、断れ」

唐土の幻術士って……何だ？　どういうことかまったくわからず、こういう時はリコウそうな表情をして黙るに限る。すると、女御はつぶやいた。

「イヤになるわね……。恋しい人の魂がどこにあるのか知りたいから、空を飛べる幻術使いがいてくれたらなァ……などと天下の帝が歌に詠むとは」

そして、言い切った。

「愛情がさめない方がおかしい」

俺は歌の意味がわかってホッとしていたが、同時に女御にはド胆を抜かれていた。帝は神である。その神をここまでコキおろすなんて、普通はありえない。「ここだけの話」として俺を信用しているにせよだ。だが、女御は平気で続けた。

「唐の玄宗皇帝が、どうしてもどうしても楊貴妃が忘れられず、幻術士に頼んで空の向こうを捜してもらったのは、よしとしよう。唐土にはそういう幻術士がおると聞くし、あの世まで行って楊貴妃に会って来たことも、あるとしよう」

「ありえません」

「と思うであろう。だが、その幻術士は証《あかし》として楊貴妃のかんざしをもらい、帰って来たそうな」

俺はそれを聞き、やっと女御の心配がわかった。血の気が引いた。

「ま、まさか、上様は俺、いや私を呼び出し、空を飛べと命ずるんじゃありませんよね。私にはできませんから。高い所から突き落とされちゃ困ります」

「困った上様よ。幻術士がいることを羨《うらや》んで、玄宗皇帝と楊貴妃の絵を見ては泣いておる」

「私は飛べませんから」

「そんな噂でもちきりとあっては、誰も上様についていかぬ。国をまとめられぬわ」

「あの、私は飛べませんからね。上様に呼ばれても困ります」

「そう伝えておく」

「お願いします。お願いします」

「あーあ……私はすっかりさめた……」

「でも、以前は賢帝だとおっしゃっていました」

「取り消す。女が一人死んだくらいで、あの嘆きは帝の器じゃない。まこと、能力のなさを形で見せてもらった」

いいのか、ここまで言って。

「しかし、世間では……」

俺が言いかけると、女御が言葉を奪った。

「弘徽殿女御が、嫌がらせに管絃の宴《うたげ》を開いて騒いでいると言ってるのであろう。女御はトゲトゲしくて、恐い女だからと」

その後、小声で言った。

「実は私ね、『恐い女』と言われるのは嫌いじゃないの」

耳を疑った。普通、女は「可愛い」と言われるのが好きで「恐い」は喜ばないだろう。だが、女御は本当に嬉し気に言った。

「『可愛い女』には、バカでもなれる。しかし、『恐い女』になるには、能力がいる」

確かに……。俺はテレビで見てイギリスのサッチャー元・首相とか、アメリカ合衆国のヒラリー国務長官とかライス元・国務長官とか、ミャンマーのスー・チー女史とか、外国の女性政治家を思い出した。日本の女性政治家は全然思い浮かばない。「恐い」と思われるところまでの能力はないからだろう。

「しかし女御様、恐い女は『女』として見られないから、淋しいと思いますが」

「男はね、自分に自信があって能力があれば、恐い女だろうと『女』として見る。無能な男は、『女』として見ないわね。だけど、無能な男になんか、私、馬や牛に見られてもまったく構わぬ」

そして、女御は余裕たっぷりにつけ加えた。

「桐壺の帝はご立派なお方であられるのだが、恐い女より、可愛くて手頃な女に走った。それは恐い女を『女』として見るほどの、高みには達していない男だという証だ」

いや、恐い女の側にも問題はあるだろうと言いたかったが、この女は生まれてくるのが千年早すぎた。あっちの世では、神をも畏《おそ》れずにビシバシとものを言う女はいくらでもいる。男への想いがさめた時は、叩きのめすほどハッキリと理由も言う。結希菜だってそうだった。

だが、こっちの世では、この女御くらいだろう。姫たちはみな、御簾《みす》の奥深いところで顔を隠し、言いたいことを言うなどは考えもせずに生きている。逆に考えれば、そうやって生きることによってもたらされる幸せに、女御は見切りをつけたのだ。だからこそ、思ったことをやり、思ったことを言う。周囲には、俺に言うほど明からさまではないにせよだ。平安時代の女の枠から外れていることは確かである。

そして、こういう態度がますます悪評を呼び、トゲトゲしいだの恐いだのと言われる。

「雷鳴、色々なことはどうでもよいわ。私が心配なのは、一宮の立坊《りつぼう》だけ。二宮が更衣の里に下がったとて安心はできぬ。あれほど様子を気にしてお遣いを出している上様だ。宮中に呼び戻して皇太子に指名する見込みは十分にある」

確かに、帝が長男の一宮を気にかけているという噂は、聞いたことがない。これは母親にしてみればつらいことだろう。一宮が不憫《ふびん》でなるまい。だが、女御はそれを口にすることはなく、

「私は正妃として、そして嫡男の兄宮の母として、弟宮の立坊だけは許せない。しかし、そうなりそうな気がする」

と、ふと気弱な表情を見せた。それは、二宮の能力を十二分に知っており、幼児ながら「恐い男」だと認め、おののいているように思えた。

そしてほどなく、案の定、二宮は祖母との生活から宮中に呼び戻された。まだ満二歳の二宮であり、父親としてはそばに置きたいのは当然だ。だが、弘徽殿女御の不安は頂点に達したと思う。

とはいえ、あらすじ本には明確に書いてあった。

皇太子になるのは一宮。後の光源氏の二宮ではない。

これには父帝の思惑が色々とからんでいるのだが、今、俺がこのあたりのことを言ってはかえってあやしまれる。陰陽師の力量を超えた、複雑すぎる透視だ。俺は何も口にしなかった。


女御がうまく言ってくれたようで、帝から「空を飛べ」などと言われることなく、こっちで二度目の春を迎えようとしていた。

二十三歳になり、生活にも不便を感じなくなった。こういうものだと思うと、やっていけるものだ。長くなった髪はポニーテールにし、一週間に一度の行水の時、米の研《と》ぎ汁で洗っている。何の問題もない。今ではあっちの世があったことを忘れている時もある。家族のことは忘れられないが、こっちでは俺を認めてくれる人たちがいる。生き生きと人生を送る上で、それがどれほど大きいか。

また、あっちでは考えたこともなかったが、日本の四季というものは、こんなにもきれいで、こんなにもくっきりしているのだと思い知らされた。月の明るさもそうだが、こういうことに気づく自分が嬉しい。

冬は猛烈に寒く、空気はキーンと音をたてているように冷たい。食卓にはブリやヒラメの冬魚が出る。春は若草がきれいで、風が優しい。桜や、俺には名前も知らない花の色が、あっちでは見たことのない鮮やかさだ。夏は猛烈に暑く、蒸す。食卓には野蒜《のびる》とかエンドウ豆などの夏野菜が出る。あっちでは、どんな魚も野菜も果物も、冷凍や温室栽培で一年中出回っているが、こっちでは夏のものは夏だけ、冬のものは冬だけだ。だから、季節の変化にワクワクする。秋の紅葉のすごさなんて、大映画館の３Ｄで見たって、とてもとても追いつかない。まったく汚れていない空気の中、陽ざしに輝く赤や黄の木々。紅葉狩りが好きだったお袋に見せたいと思う。

それと、一日二十四時間には「六季」があると気づいた。「六季」は俺の作った言葉だが、「夜明け」「朝」「昼」「夕方」「夜」「深夜」だ。

あっちでは二十四時間明るいし、東京では朝に鳥が鳴くこともない。夜に星がプラネタリウムのように見えることもない。あっちでは夏も冬もエアコンで同じに調節でき、朝も夜も電気で同じに調節できる。だが、こっちは違う。六季はそれぞれがくっきりと違う。夕方から夜になり、深夜へと進む。空は深夜二時から三時が一番暗い。そして夜明けが来て、やがて陽が高く昇る。そのうち夕焼けになり……という違いを見ていると、あまりの美しさに泣きそうになる。神を感じてしまう。やはり、あっちの世では人間が好き放題にやりすぎたよなと思うことがある。あそこまで自然を調節し、あそこまで便利にする必要は果たしてあったのか……とも思う。

こんなこと、まして「六季」なんて、あっちにいたなら、俺が考えるわけがない。こっちではテレビもネットもなく、雑誌も新聞もない。だから、色んなことを考える。色んなことを感じる。そんな自分や、そんな生活に俺は満たされている。

満たされないのは食欲と性欲だけだ。この二つを鎮《しず》めるのは難しい。唐突にカツカレーを思い出し、のたうつこともある。女に関しては、御所にいる姿を見ることさえ少ない。まさか弘徽殿女御を押し倒すわけにもいかない。ああ、本物の女を抱けて、カツカレーが食えたなら、俺はもう何もいらない。

穏やかな春の陽ざしの中で、カツカレーと女を妄想していると、突然、帝の使いという者たちが来た。

「雷鳴様が比類なき陰陽師ということで、上様からお話がございます。ご一緒に来て頂きたい」

顔がこわばるのがわかった。今頃になって、更衣の魂を見つけて来いと言うのか。屋根の上から突き落とされるのか。カツカレーだの女だのと言ってる場合ではない。俺がいくら「比類なき陰陽師」でも、空は飛べない。焦った。死ぬのだ。俺は死ぬのだ。ハッキリとそう思った。

だが、人間とは図太いもので、何とかうまい手はないかと、必死に頭を回転させてもいた。「自分が修行したのは唐土ではなく、高麗であるため、唐土の幻術士のように空は飛べない」と言うしかあるまい。それで帝にわかってもらえるとも思えないが、諦めてはならない。可能性がゼロではない限り、逆転はある。この期に及んで、そう思ったのだから、我ながら人間が変わった。あっちの世では、何でもすべて諦めてかかっていた。何かを始める前に、自分でマイナスの結論を出していた。今なら、今の俺なら就職の内定も出たかもしれない。

帝の使いたちに先導され、俺は清涼殿の一室に入った。このどこかの屋根から突き落とされるのだろうか。ふと見ると、下働きの男たちが庭を清めている。嫌な予感がした。突き落とされる地面を清めているのではないか。

やがて、身分の高そうな重臣二人が入ってきた。もちろん、帝本人と会うことはありえない。俺は先手を打った。

「私は空を飛べませんから、魂を捜してくることはできません」

重臣の一人が、表情ひとつ変えずに言った。

「さような用ではございません。上様からぜひ雷鳴様のご意見を伺うよう申しつかりました」

怖れはあまりにあっ気なく否定され、呆然とした。死なずにすんだとわかり、こわばった筋肉がゆるんだのは、しばらくしてからだった。

「雷鳴様は高麗で修行をなさったとか」

重臣たちの目は、何だか疑っているようだ。

「はい。高麗でみっちりと」

「さようですか。実は帝は高麗の名高い相人《そうにん》に、二宮様の人相を見させ賜うた。一番名高い相人ゆえ、その御名前はご存じですよな、同じ高麗で」

俺の目は一瞬泳いだかもしれない。臣下は射るような鋭い目で俺を見ている。答えられるわけがない。せっかく屋根から飛び降りずにすんだのに、今度は詐欺で殺されるのか。女御や更衣だけではなく、帝までをだましたのだから、ひどい殺され方をするだろう。だが、目が泳いだのは一瞬だけで、すぐに思い当たり、言ってやった。

「高麗の相人は、二宮様が帝位につくと多くの災いが降りかかると、そう申されましたな？」

重臣二人の体が驚きで固くなったのを、俺は見逃さなかった。こっちはあらすじ本で、先の先までわかっている。屋根から落とされないとなれば、もう大丈夫だ。

「私は、その相人の答は、すでにすべて見通している」

「まさか……」

「兄の一宮様を春宮《とうぐう》にし、二宮様を臣下にせよと申したであろう。いや、高麗の相人ばかりではない。我が国の観相《かんそう》や宿曜道《すくようどう》の達人にも見せましたな？　そして同じことを言われた」

それを聞いた重臣二人は、あっちの世の言葉で言うなら「のけぞった」のである。

「なぜおわかりになる……。帝と我らの二、三人しか知らぬことを……」

こうなると、高麗の相人の名を尋ねたことなど、すっかり忘れている。俺はあらすじ本に書かれていたことを、またも芝居がかった口調で言った。

「上様としては、すべてに秀でておられる二宮様の立坊をお望みであろう……。私も更衣様の御祈禱に伺った際、幾度か二宮様にお目にかかったが、それはそれはみごとな御子。皇籍を離れて臣籍に下るのは惜しいし、最高位につくべき相を持っておられる。しかし、二宮様は外戚もなく、何の後楯もない上に、兄の一宮様を通り越して立坊してみよ。上様と二宮様のお二方に、世のそしりが降りかかる。今後、上様亡き後に、もしも二宮様の治世となった時、味方がおらぬ。その苦労をお考えになれば、右大臣という強力な外戚を持つ一宮様を立てられた方がいい」

「外戚」とは、母方の親戚のことである。右大臣は弘徽殿女御の父親で、一宮にとっては祖父である。高い身分の祖父は、強力な後楯となる。

俺の言葉に、重臣二人はひれ伏した。

「……まさしく、高麗の相人や、宿曜道の達人らが語られたことと寸分違《たが》いません……。雷鳴様は何もかもお見通し……言葉もございません」

俺は俺で、自分の力に驚いていた。あっちの世では知りもしなかった言葉が、普通に出てくることにだ。「臣下」や「立坊」や「外戚」や、それに「そしり」だのも知らなかったし、敬語もろくに遣えなかった。だが、あらすじ本を頼りに学び、必死に生きていると、自然に話せるようになる。

今さらながら、本気で語学留学すれば、誰でもその国の言葉が話せるようになるのだと思った。俺のレベルでも「本気になれば」色んなことができるのだ。

重臣たちは、安堵の色を見せて言った。

「上様は悩み抜かれました末に、ついに一宮様の立坊を決心なされたのですが、雷鳴様までが同じことをおっしゃったとなれば、どれほど心安らがれることでしょう」

桐壺帝は決断していたのだ。右大臣や弘徽殿女御一派を敵に回してまでも、二宮を皇太子にはしないと。それをゴリ押ししたなら、二宮の身に危害が加えられることさえあると思ったのだ。それよりは、皇籍を離れさせ、一宮の家来にしようという決断だ。皇族には姓がないが、二宮には姓が与えられ、一般人になるわけである。

溺愛する二宮を思えばこそとはいえ、一般人に下げて兄の家臣にするのは、親として苦しい決断であったろう。そんな親心を、重臣は口にした。

「二宮様の処遇をいかがすべきか、雷鳴様に占ってほしいとの上様の命を受け、おいで頂きましたが、どれほどか心強くお思いになられましょう」

「上様は、お与えになる姓を、すでにお決めになっておられましょう」

「私どもはうかがっておりませぬ」

「そうですか。おそらく……源氏」

重臣は青くなった。それを見て、間違いなく、すでに聞いていたと確信した。俺はあらすじ本で読んだから知っているだけだが、こうして「能力」を突きつけておけばおくほど、身の安全は保障されるはずだ。

実は今、俺は病気を治すことはできなくなっており、あらすじ本による「先見」でしか能力を示せない。パンフレットに付いていたサンプル薬は、すべて使い果たしてしまった。俺自身も発熱や腹痛の薬は使ったし、もう何もない。これからずっと先のストーリー展開に沿った薬はあるのだが、土に埋めて捨てた。というのも、使用期限が全部切れている。ずっと先に、そんな薬を使って、相手にもしものことがあったら、それこそ俺の身が危《あやう》い。

俺の命綱は、あらすじ本だけになった。

翌年、満七歳になった一宮は即位した。「春宮」と呼ばれる皇太子になったのである。あらすじ本によると、二十一世紀でも皇太子は「春宮」とか「東宮」と呼ばれるという。日本の伝統はすごい。

しかし、何よりも俺がすごいと思ったのは、亡き桐壺更衣の母親、つまり二宮の祖母だ。祖母は娘の更衣が亡くなった時でも、気丈に涙を見せなかったという。しかし、立坊したのが孫の二宮ではなく、一宮となった今、大泣きして嘆き、寝こみそうだと聞く。これが何を意味するか。一族の野望を背負った娘を帝に差し出し、皇子を産ませ、皇太子にして天皇にする。その狙いが外れた嘆きであり、悲しみだろう。桐壺更衣は、したたかだったという証拠だ。

さらに三年後、満七歳になった二宮は、皇籍を離れて一般人となり、「光源氏」と呼ばれるようになった。

二十二歳でこっちに来た俺は、二十七歳になっていた。五年前、あっちの世にいた時は、『源氏物語』がいつ書かれたものかさえ、よくわからなかったし、興味もなかった。それでも「光源氏」という名は知っていたが、単に「女たらし」の「遊び人」という程度だ。実際、あっちの世では彼が天皇の次男であり、皇族だったということを、どれくらいの人が知っているだろう。

だが、「光源氏」には生後七年のうちに、こんなドラマがあったのだ。恋しい母は亡く、祖母と別れ、何ら後楯もない。頼みの父帝の世はいつ迄続くか保証はない。女にモテモテで、好き放題やって生きて来た男のように思われるが、結構悲しい過去を持っていたのだ。

あれほど恐れていた二宮が、皇籍を離れて臣下となり、弘徽殿女御はどれほど喜んでいるだろう。ところが、呼ばれて行くと、さほど喜んでいるようにも見えなかった。もちろん、口では、

「安心致した」

と言い、

「そなたは源氏姓に下ることまで、見通したと聞いた。たいしたものだ」

と俺の「能力」までほめる。だが、わざわざ呼んでおきながら、話があるわけでもなさそうで、俺は帰ろうとした。すると、ポツンと言った。

「もしかしたら、この後、上様は何か恐いことをなさりそうね」

「恐いこと？」

「雷鳴でもまだ見通せぬか」

「……はい」

彼女の言う「恐いこと」は、この後いくつも起こる。だが、女御はその中のどれを予測しているのだろう。俺は口を開かなかった。

「私のカンに過ぎないの。でも、立坊のことで久々に上様にお会いして、感じたわ。上様は、私をとても嫌っておられる、とても。……それは、私だけではなく、私の父や実家をもね」

「外戚の権力を嫌うということですか」

「そう。上様は、私の父の右大臣や親戚の者たちが政に加わって、うるさく口を出したり要職につくことを、以前から嫌っていらした。だから、摂政関白も置かないでしょ。そういう権力を外して、帝による親政をめざしているから」

「親政」とは天皇自らが政治をすることだ。

「女御様、上様が本当に親政一辺倒なら、桐壺更衣のような、後楯のない女を妃《きさき》にしたでしょう。あなた様のようなお方と結婚し、親王を産ませるわけがございません」

「外戚の後楯は、上様にとって悪いこととわかっていても、欠くことのできないものだった」

必要悪ということか。俺は正面から言った。

「つまり、春宮様も女御様も右大臣家そのものが、上様にとって『悪』だと？　しかし、ご自分の世を統治するためには欠かすことのできない力ゆえ、やむを得ず……と、女御様はそうおっしゃるのですか」

「そう。上様は、外戚は悪だと思っておられる一方、何かあった時の後楯も必要だと、おわかりになっている。例えば桐壺更衣ほどの家柄の女では、何かあった時に、何の役にも立たない。だから、悪とわかっていても、私を正妃にする必要があった」

参ったなァと思った。あらすじ本はあくまでもあらすじで、人間のこんな情感などには一切触れていないのだ。

「雷鳴、上様は本当は二宮を春宮にし、やがては帝になさりたかったはず。でも、一宮を選ばれた。だって、もしも一宮を飛び越えて、二宮を春宮にしたなら……」

「右大臣家が危害を加えるかもしれないと、上様はご心配になられた」

「まあ、そう考えるでしょうね。でも、危害なんていうものは、必ず加えた方が痛いめに遭うの。そんなこと、右大臣家がするわけがないと、上様はご存じよ。二宮を立坊しなかった最大の理由、それは、上様が二宮の心を苦しめたくなかったから」

「心？」

「そう。外戚も、お金も、後楯も、みんな持ってる一宮を飛び越えて、二宮が立坊してごらん。上様が亡くなったら大変よ。苦しみにのたうつことが目に見えている。最愛の女が産んだ最愛の二宮に、絶対にそんな苦しみは与えたくなかった。二宮をそんなめに遭わせるくらいなら、臣下にして伸びやかに生かしてやりたいと、そう思ったの。たいした愛情よ」

「しかし、二宮様にも信頼できる臣下がおられ、一人ぽっちではございません」

「甘い。人間なんて、いざとなれば強い方につくの。まして家臣は他人。何も持たずに苦しんでるだけの二宮に、誰がつくの。あっという間に寝返るわ」

そう言った後で、女御はほんの一瞬、淋し気な目をした。

「一宮の立坊は、本人の能力を認めたものではない。そして、一宮なら少しくらい苦しんでも、まあいいかと」

俺はこの時、『源氏物語』をあらすじではなく、きちんと読みたいと初めて思った。もちろん、こっちの世では手に入るわけはないのだが、人間たちがこんなにも懸命に生き、感じている物語なのだと、やっとわかったのだ。

「しかし女御様、桐壺更衣が生きていたなら、上様は間違いなく二宮様を春宮になさったと思いますよ」

「え……」

「更衣とお二人で二宮様を守り、外戚も後楯もなしの親政ができますから。やがて二宮様が帝になり、母上と同じようにさほど高くない身分の、外戚のない正妃をめとり……となれば、親政は盤石に築かれていきます。上様自身がお元気なうちに、頼りになるブレーンでがっちりと固めておけば安心ですし」

「ぶれーん？」

「あ……能力を備えた臣下という意味の高麗語です。帝は更衣をご寵愛されていましたが、それは、親政実現のために大切だった、という一面もありましょう」

女御の頬がうっすらと紅潮していた。

「雷鳴が言うように考えると、上様は妃たちや子供のことさえ、親政を成すために役立てていた」

「いや、そこまで狡《ずる》いかどうかは別として……」

「私、また上様が好きになった」

「ええッ?!」

「狡くない男なんて、つまらないもの」

「あ……まァ……」

「ただ、私は母親として、何があろうと春宮を守る。上様のお嫌いな外戚の力もあますところなく使い、いずれは帝となるであろう我が子を、敵からも味方からも……父親からも守り抜く」

父親にとって「必要悪」の息子であっても、こう言ってくれる母親と外戚が脇を固めている春宮、二流の十歳。母親はおらず後楯もない二宮、超一流の七歳。どちらが幸せなのか。この時ばかりは、ハッキリと春宮の方が幸せな気がした。そして思い出していた。

俺が小学校二年だか、三年だかの時だ。校外学習で行った博物館で化石を見た。初めて見た化石は、石に葉っぱの形がくっきりとついていた。引率教師が、

「これは化石といって、石の上に葉っぱの形が残ったものなんだよ。長い長い間、雨に降られたり土に埋もれたりして、石に葉っぱの形がうつったんだ」

と説明した。子供心にも「すげえ！」と思い、俺は化石が欲しくなった。しかし、引率教師は「化石は売ってない」と言う。その時、俺は決めた。売っていないなら自分で作ろう。

そして、家の庭に平べったい石を置き、葉っぱをのせ、土をかけた。先生は「土に埋もれ」と言っていたから、時々は上から踏みつけた。「雨に降られ」と言っていたから、雨の日は嬉しかった。ところが、二週間たっても三週間たっても化石はできない。そろそろできたかなと、そっと葉っぱをめくるのだが全然できていない。先生は「長い長い間」と言っていたが、二か月たってもできない。夏休みに入る頃には化石ができると思っていたのに、これは絶対に雨が足りないのだ。

そう思ったので、ホースで水をかけた。するとお袋が、

「何してるの？」

と庭に出て来た。俺は化石がなかなかできないことを説明した。それを聞いたお袋は、

「雨に似てるのは、ホースよりこれじゃない？」

と言い、ジョウロを二つ出して来た。青い大きなジョウロには虹の絵が描かれていて、黄色い小さなジョウロには太陽が描かれていた。お袋は虹のジョウロを振りあげて水をまき、

「雷の化石、早《は》よできろ！　早よできろ！」

と唱えた。俺も太陽のジョウロで、

「早よ早よ化石」

と叫び、二人で笑った。

帰宅した親父が、

「何だ、庭、水びたしじゃないか」

と驚くと、お袋は言った。

「ん。雷とママのすっごい実験。いつできるかわかんないけど、実験が大事だよねー、雷。楽しみだよねえ！」

あの時、お袋は「バカね。化石ができるのは何千年もかかるのよ。葉っぱをめくって見たってできてないわよ。焼き芋じゃあるまいし」と言ってもよかったのに、一緒に水をかけた。

しばらくしてから、俺は学校で「化石ができるには何千年もかかる」と教わった。家に帰ってお袋にそう言うと、

「えーッ?!　そうなんだ。がっかりィ。ま、いいよ。何千年か後で、雷、またママの子で生まれてくるでしょ。その時には化石、ちょうどできてるよ」

と、二人でいちごジュースを飲んだ。お袋は青い縞《しま》もようのエプロンをつけ、俺はジャイアンツのTシャツを着ていた。

突然、女御が口を開き、現実に戻された。

「私、たったひとつだけ、いい気味だと思っていることがあるの。桐壺更衣の父親は『娘を宮仕えさせた父の本意、絶対になしとげてくれ』と遺言して亡くなったそうよ。本意とは、更衣に男児を産ませて春宮にし、帝にすることでしょ。親も娘も何の能力もないのに、色と運だけでのしあがろうとする品のなさ、大嫌い。思うようにならなくていい気味」

この母がいる限り、春宮は心強いだろうが、この母が足を引っぱることも出てくるだろう。あまりに頭が切れて、激しすぎる。

自分の家に戻りながら、あっちの世にいるお袋の顔を思い出した。夏休みの青空に、虹のジョウロを振る笑顔だった。

第六章

こっちに来て五年、二十七歳になった俺にびっくりするような話が持ちこまれた。嫁とり話である。

さすがに驚いた。あらすじ本がある限り、俺は先々をすべて見通せるスーパーマンだ。だが、そこには俺の人生のあらすじは書いていない。俺は自分の先々だけは見通せないのだ。

まさか俺が結婚するとはなァ……。妻になる女は「倫子《りんし》」という名だ。井上光為《みつため》大納言の娘で、満十六歳。「いいのかよ、幼な妻じゃん」と、ついあっちの世の言葉が出る。十六歳とやっていいのか？ カッカッと血が昇ったが、話はどんどん進んだ。

誰がどう仕掛けてくれたものか、まったく見当もつかない。もしかしたら、弘徽殿女御が誰かに命じたのではないだろうか。だが、皇后にあたるような人が、「そんな仲人みてえなこと、するかァ？ ありえね～」と、またあっちの言葉が出る。

倫子の父親の「大納言」という身分は、決して高すぎるものではなく、会社なら「部長」クラスか。光源氏の母、故・桐壺更衣の父親も大納言だった。

倫子の実家は五条にあり、俺は三条の自宅はそのままにして、嫁の家へ通うことになる。通い婚だ。そんな色っぽいことができるとは、五年前に誰が考えただろう。五十九社もの入社試験を落ち、女には捨てられ、日雇いハケンの無駄飯食いだったのだ。その上、優秀すぎる弟と比べ、コンプレックスのかたまりだった。

ああ、水や友達に、今の俺を見せたい。十六の幼な妻と暮らし、子供まで作るんだぞ。どうだ、羨《うらや》ましいか。こんなに気合いを入れて、断られたらどうするなどと考える必要はない。こっちでは女に意思は認められず、自我もないものとされる。女は言われるがままに生きるしかないのだ。

そして、初秋の月が輝く夜、俺は初めて倫子の実家に行った。良喬ともう二人がつき添い、三夜連続で通う。実家では良喬らをもてなし、俺は倫子と部屋に入り、初夜を迎えるのである。「初夜」という言葉も色っぽいよなァ……。

俺は幼な妻を自分の色に染めようなどと、あっちではありえない思いに酔いながら、倫子の待つ部屋に入った。月の光が差しこむ寝所で、倫子は俺に背を向けて座わっていた。長い黒髪が褥《しとね》の上に波打っている。それは月光に照らされて、細い絹の糸のように輝いていた。

「倫子」

俺が声をかけても顔を上げず、体を固くしている。この純情さ、あっちの世の女にはないものだ。どうだ、羨ましいか。あっちの世の者どもに見せてやりたい。

俺の体は早くも破裂寸前で、力ずくで倫子の体を抱き寄せ、顔を上げさせた。黒い絹糸のような髪がサラサラと動き、小さな色白の顔がのぞいた。

ブスだった。

あっちの世の誰にも見せたくない。

髪も絹糸だが、目も絹糸で、細すぎて黒目がどこにあるのかわからない。鼻は低くて上向きで、口は……出っ歯だった。上下の唇がきちんと閉じず、前歯がのぞいている。

爆発寸前だった俺の体は、ショックのあまりおとなしくなった。だが、倫子は絹糸の目で俺を見つめている。細すぎるため定かではないが、たぶん見つめている。恥をかかせてはならない。

俺は倫子の衣裳を脱がせていった。最後の下袴《したばかま》という下着をはぎ取る。素っ裸の肌は真っ白だ。月が何も身につけていない全身を、照らす。

倫子は胸と腰がものすごく大きかった。

やせて小さな体からは想像もつかない胸は、Ｆカップかカップか。とても満十六歳とは思えない腰にも驚いた。この体をすべてさらしながら、恥ずかしがって顔だけを両手で隠す。俺の体に、また力が戻ってきた。確かに顔はよくないが、五年も女にさわっていない俺にとって、この体は何ものにも代えがたい。

倫子は俺にされるがままになり、俺の言う通りに従った。処女だった。

終わった後、俺は彼女を胸に包みこみ、眠った。人肌は温かく、落ちついた。どのくらいたったのか、ふと目がさめると、倫子が安らいだ寝息をたてていた。閉じ切れない唇から前歯がのぞいている。猛烈な愛おしさが襲ってきて、また唇を重ねた。その激しさに目をさました倫子が、下から見上げる。

「私は雷鳴様の持ち物です……」

とつぶやいて微笑み、俺は朝まで寝かせなかった。

俺はまた裸にした。おそらく、もう動けないほど疲れているはずの処女は、

「持ち物」という言葉には驚いたが、どんなことでも素直に受けいれ、懸命に「持ち主」を喜ばせようとする十六歳に、俺は、

「倫子、可愛いよ」

と、抱く腕に力をこめた。倫子は突然涙をこぼし、号泣した。

もしかしたら、男に一度も言われたことがないのかもしれない。この容姿では無理もない。こっちの世では、十六歳なら子供を産んでもいい年齢だ。しかし倫子は、処女だったのだ。なぜだか俺は、この娘《こ》を妻にできて幸せだと、心の底から思っていた。

こうして俺は三日三晩通い続け、倫子の体をむさぼりつくした。

その三日目に、親から「三日夜餅《みかよのもち》」がふるまわれた。この餅によって、結婚が成立するのだ。そして数日後には「露顕《ところあらわし》」が開かれた。これは披露宴とでも言うもので、この時代は妻方の人間しか出席しない。費用も仕切りもすべて妻方だ。そして、それがすめば夫は妻の実家に「通い婚」してもいいし、「同居婚」してもいい。「女が男を迎え入れる」という形態が明確であり、夫方の親など関係ないのである。

それは俺にとっては幸いだった。男の親が中心ということなら、俺はどうにもならない。露顕の夜も倫子の柔らかい体を抱きながら、俺は心の中でつぶやいていた。

「親父、お袋、水、俺はこっちで生き、こっちで子を作り、こっちで死ぬよ。今まで色々とごめんな。こんなに可愛い嫁さんもできて、俺、すげえ幸せだから。ホントは嫁さんを見せたいし、俺がどれだけみんなに頼られ、必要とされてるかも見せたいけど、できなくてさ。でも俺、本当に本当に幸せだから。そっちではいいところを何も見せられなかったけど、俺、感謝してる。親父、お袋、俺を産んでくれてありがとう。水、親を頼むな。ごめんな」

翌日、一人で三条の自宅に戻った俺は、あらすじ本の表紙を長いこと見ていた。繰り返し読んできたので、すり切れてヨレヨレになっている。

この本は捨てた方がいいのではないか。俺には妻ができ、やがて子供も産まれるだろう。家族を持つ男になったのだ。そうであるなら、普通の人間になり、こっちに根をおろして生きるべきだ。ずっと先々がわかっている人間なんて、おかしいし、生き方が真剣でない気がしてならない。この本を持っている限り、俺はあっちの人間でもなく、こっちの人間でもない。俺はいったい、何なのか。

結婚した今が、覚悟する時だ。こっちの人たちと共に生き、子供を育て、共に老い、共に死ぬ。そうすべきだ。

だが、どうしても、どうしても……捨てる覚悟がつかなかった。俺は倫子と子供を守り抜かねばならない。そのためには、あらすじ本は独身の時よりさらに、ライフラインなのだ。

三条のボロ家は残しつつも、俺はほとんど倫子の実家に同居していた。毎朝、五条の井上家から出勤である。

その頃、弘徽殿女御が「帝は今に恐いことをなさる」と言っていたうちのひとつが、いよいよ具体的になり始めていた。むろん、女御はまだ何も知らないが、この先、桐壺帝は「藤壺」という高貴な身分の女を入内《じゅだい》させるのである。要は妻の一人になる。藤壺は先代天皇の第四皇女で、つまり天皇家の娘。桐壺更衣とは比べようもない身分の高さだ。

今、桐壺帝に仕える典侍《ないし》は、先代の帝にも仕えていた人で、幼い頃からの第四皇女を知っていた。そして最近、しばらくぶりに見かけたところ、亡くなった桐壺更衣が生き返ったかと思ったという。

すぐに帝に、

「第四皇女様は、更衣様によく似ておられ、世にも稀なほどの美しさでいらっしゃいます。入内をお申し入れなされてはいかがでしょうか。少しはお気持も晴れるのではございませんか」

と言ったというから、まったく、いつの世にも点数稼ぎするヤツはいるものだ。新しい女をあてがうより、正妃の弘徽殿女御のもとへ戻れと助言すべきだろうが。帝も帝で、「更衣に似た美人」という言葉に心動かされたのか、すぐに先方に入内を申し入れた。

ところが、いつの世にも母親は偉い。藤壺の母親は、

「入内などと、何と恐ろしいことを！　正妃であられる女御様は、大変にきついご気性だと伺っております。更衣様が亡くなられた原因のひとつには、女御様のご気性がお体に障ったとか。そのような恐ろしいところに娘は出せません」

と断ったのだ。何ともハッキリ言ったものである。

それにしても驚いた。「弘徽殿女御はきつい気性で恐い」という噂が、こうも広がっているのか。ツイッターもネットもなく、ろくに情報もない時代だというのに、これこそ恐ろしい。

ところが、「うまくしたことに」というのも悪いが、その母親は間もなく亡くなってしまった。帝は、藤壺が心細気に淋しく暮らしているところにつけこんだ。「つけこむ」などというのも悪いが、つけこんだことは間違いない。

そしてついに先日、「藤壺」と呼ばれる第四皇女は入内した。彼女は、光源氏より五歳しか年上でない。たぶん、満年齢で言えば十三歳かそこらだろう。

今、光源氏は満年齢で言えば八歳。まだ幼く、亡き母に似た藤壺を慕って、そばを離れなかった。

そんな息子を見て、帝は藤壺に頼んだ。

「どうか源氏を可愛がってやってくれ。あなたは源氏の亡き母に生きうつし。二人でいると本当の母と子のようだ。源氏がまとわりついても無礼と思わず、よろしくお願いしますよ」

帝にそう言われ、また幼い源氏を哀れにも感じたのだろう、藤壺は御簾《みす》の中に入れて可愛がった。

彼女の美しさは群を抜いており、一目見るなり帝は他が何も見えなくなった。まったく、桐壺帝よ、更衣はいいのか、もう更衣は。魂を捜しに幻術士《まぼろし》を空に飛ばすんじゃなかったのか。え？

弘徽殿女御にそう言うと、彼女は笑った。

「だから言ったでしょ。生きてる者勝ちだって」

「とはいえ、あまりに変わり身が早すぎません」

女御は顔色も変えず、言ってのけた。

「変わり身こそが、人の世のならわし」

確かにその言葉通り、帝が更衣を思い出すことは、もはやなくなったに等しい。あらすじ本にはそう書かれている。

ああ、生きている者勝ちだ。間違いない。死ねば日に日に忘れられる。死んだ当初、どんなに惜しまれ、どんなに悲しまれようと、薄皮を一枚ずつむくように、少しずつ少しずつ、生きている者は立ち直る。生きている者が勝っていく。

俺にしても、結婚以来あっちの世をとんと思い出さなくなった。家族は俺を死んだものとして、当初のショックや悲しみから少しずつ立ち直っているだろう。立ち直っていてほしい。俺は今、死んだ人間の気持がよくわかる。遺された者が、いつ迄も泣いて悲しんだり、生きる気力を失って再起できなかったりというのは困る。よく「元気出さないと死んだ人が悲しむわ」などと口先だけで言うが、実はその通りなのだ。死者にとって、「忘れるな。でも、あまり思い出すな」という状態がいい。それが何より死者への供養だ。死者同然になった俺は、今、そう思う。

藤壺の入内を意に介していないような女御に、訊いてみた。

「いつだったかおっしゃっていた『恐いこと』の予感とは、藤壺のことではなかったのですか」

「それもだけど、何かもっと恐いこと、いやなこと、許せないことを上様はなさりそうな気がするのよ……」

実はその通りなのだ。この先、正妃である女御は、許せないことに次々と襲われる。だが、俺は一切触れず、黙った。

それにしてもだ。紫式部という作家は、なぜ、女御ばかりをこうもひどいめに遭わせるのか。もしかしたら、式部に一番似ていて、一番気になるからではないか。紫式部が一番好きなのは、絶対に弘徽殿女御だと、俺は思っている。であればこそ、何よりムカつくのは、ひどいめに遭わされ続けながら懸命に生きた女御が、千年後のあっちの世では知名度があまりにも低いことだ。

藤壺は「内親王」という高い身分のため、後宮の妃たちは更衣をいじめたようには誰もいじめなかった。桐壺更衣のように、父親や一族の野心によって送りこまれた女とは違う。皇女は宮中の雰囲気におじけづくはずもなく、入内したその日からごく自然に、後宮の中心にはまってしまった。その美貌とオーラに、人々は早くも「輝く日の宮」と呼び始めた。

弘徽殿女御は、あれから後も藤壺については一切触れない。ただ、いい気分でないことは見てとれた。

「私はね、雷鳴、とにかく春宮に帝王としてのすべてを叩き込むの。今はそれしか頭にないわ。見ていてごらんなさい。今に藤壺は男児を産むわよ。そうなったら、春宮は追いやられて、藤壺の男児が帝になる」

桐壺帝は親政に執念を燃やしている上に、藤壺に夢中だ。となると、藤壺つまり先帝の内親王と自分の間に生まれた男児に、帝への道を与える可能性は極めて高い。もしも、女御との間に生まれた春宮を帝にすれば、女御の父親の右大臣がさらに出しゃばってくる。親政どころか外戚政治そのものになる。女御の危惧は当然だった。

「でも、我が春宮が非常に優秀なら、そして人望が厚ければ、話は違ってこよう。春宮は何かと光源氏と比べられるけど、他の子とならば比較にならないほど優れている。二倍、三倍の努力をすれば、光源氏にも藤壺の子にも負けやしません」

藤壺の子か……。実はこの先、藤壺は本当に男児を産む。女御が恐れている展開だ。だが、この男児が大変なワケありで、そういう小説を書く紫式部という女が一番恐い。

その時、梅命婦が入って来た。

「春宮様が母上様に舞いをお見せしたいと仰せにございます」

「おお、先から稽古していた舞い、できるようになったのか。雷鳴も一緒に見るがいい」

そして、ふと思いついたように命じた。

「管絃の者はいらぬ」

しばらくぶりに会う春宮は、正面から見るのがまぶしいほど凜々《りり》しく、清々しく、いい男になっていた。元服したばかりの十二歳だが、身長は一二五センチくらいで、痩せている。しかし、澄んで力のある目、姿勢のよさ、母親に注がれる優しい表情、それらは自分が男であることを誇っているように見える。

俺はこっちの世に来て、つくづく感じている。あっちの世の人間は、男も女もあまりにも幼い。体は比較にならないほど大きいが、頭と精神は幼稚で軽くて浅くて、育ち切れていない。あっちの世の三十歳でも、こっちの十歳には敵《かな》わない気がする。

今の俺なら、結季菜には何の魅力も感じないし、つきあわないだろう。もっとも、全然もてなかった俺は、結季菜が女神のように思えたし、この女を逃してなるかと必死だった。だが、結季菜は女御と同世代なのに、頭と精神はとても比べものにならない。十六歳の倫子とも比べられない。テレビに出てくる二十代の有名人や一般人を思い浮かべても、とてもとてもこっちの世の女とは勝負にならない。男もだ。

女御に挨拶する春宮を見ながら、日本人はいつからあんなに幼稚で、軽薄で、騒々しくなってしまったのかと思っていた。千年前まではこうだったし、戦中戦後の映像などを見ると、やはり今とは全然違う。

たぶん、「何でもアリ」という風潮が日本人を壊した原因のひとつだろう。「何でもアリ」とは、すべてに価値を見出すことなのだと、何かで読んだ。冗談じゃない。「何でもアリ」でも、俺のように外される人間がいる。「何でもアリ」と言いながら、俺のように価値を見てもらえない人間が山になっている。だが、俺より少しマシなヤツらにとって「何でもアリ」ほどラクなことはない。何でも正しいとなれば、ゆるみ切る。日本はそれだ。こっちの世に来て初めてわかった。

春宮は困惑気味に、言った。

「母上様、管絃はいらぬとの仰せ、音曲なしで舞うようにとのことでございますか」

すると、女御は自分の膝を指さした。

「見えぬか」

膝には笛が置かれている。

「あの難しい舞いを、よう身につけました。母の笛と合わせてみよ」

春宮は感激で頬を紅潮させ、扇を手にした。その手つきからして美しい。女御は満足気に見ると、やがて穏やかな笛の音が流れ始めた。

俺はこっちの世の音曲にかなり慣れてきたとはいえ、曲名も知らないし、舞いのうまい下手もわからない。ただ、笛のメロディが時に鋭く、時に泣くように流れ、それに合わせて流れるように舞う春宮に見惚れた。

女御は笛を置くと、珍しくほめた。

「さすが二月《ふたつき》も、みっちりと稽古しただけのことはありましたな。難しい振りを覚えるだけでも大変であろうに、よく情感が出ていましたぞ」

そして、言ったのだ。

「もう一度合わせぬか。そなたの舞いは見あきぬ」

春宮は信じられないという表情で、

「誉れに存じます」

と両手をついた。

そして、再び舞い始めた。あっちの世で聞いていた洋楽とはまるで違うし、あきれるほどゆるいテンポだ。だが、春宮の舞いは俺でさえ見あきなかった。

舞い終えると、女御は心底嬉しそうに言った。

「母は嬉しいぞ。そなたは舞いも書も歌も、すぐに自分のものに致す。他の者にはなかなかできぬこと。帝になる者として、優れた能力を与えられて生まれて来ましたな。母は心底、そなたを誇りに思います」

そう言う女御の声は、優しいとか愛情にあふれるとかでは説明がつかない。どれほど嬉しく、どれほど愛しているのか。自分の腹から生まれた者への情は、他とは比べられないのだ。倫子にもこんな母の想いを経験させてやりたい。そう思わされる声だった。

俺は最近、お袋の声が思い出せない。顔はすぐに浮かぶのだが、声を忘れている。お袋の方も、きっと俺の声を思い出せないだろう。いつだったか、「死んだ者は声から忘れられる」と聞いたことがある。結婚以来、あっちの世は特に遠くなった。これが自然なのだ。

その時、視線を感じた。格子《こうし》の方を見ると、光源氏がのぞき見していた。女御と春宮も見ると、光は咄嗟《とっさ》に小さな身を隠した。女御が笑った。

「隠れずに、ここにおいで」

さすがに機嫌がいい。我が子と比べられ、何かと目の敵にしている光にも、こんな言葉をかけるのだ。

光は入って来て、きちんとお辞儀をした。女御は優しく言った。

「笛の音に誘われて、参ったのだな。兄上様の舞いを見ておったのか」

「はい」

「すばらしかったであろう。そなたも大きくなれば、兄上様のように舞えるようになろうぞ」

突然、光はしゃくりあげ始めた。小さな掌《てのひら》で涙をこすり、やがて声をあげて泣き出した。誰もが驚く中で、俺が訊いた。

「光る君様、いかがなされました」

満八歳の子供は鼻も目も真っ赤にし、ポタポタと涙を落としながら言った。

「大きくなってすばらしく舞えても、私には喜んで下さる母上様がおりません」

三人ともおし黙った。光は兄のすばらしい舞いよりも、それをほめて喜ぶ母親を、のぞき見していたのかもしれない。いくら藤壺が亡き母に似ているといっても、他人だ。母の記憶がほとんどない光を思って言葉を失っている時、春宮が言った。

「大きくなったら兄よりさらにうまく舞えるように、今から兄が手ほどき致そう。さあ、一緒に稽古だ」

いつでも春宮は優しい。しかし、今日は女御も優しく、

「では、また笛を吹こうぞ」

と微笑した。

我が子に帝王教育の成果が出ている喜びに加え、臣籍に下った弟に差をつけた確信が、女御を優しくしているのだろう。実際、兄と三つ違いの弟だが、非常に幼く、小さく見える。目と鼻を真っ赤にした弟は、もはや兄の敵ではないと女御ならずとも思う。

笛の音が流れ始めた。扇子を持った弟の横で、兄は舞いながら声をかける。

「そこで右手をあげて。そう」

俺は「ヤベェ！」と思った。またもついあっちの言葉が出た。光は、振りをかなり覚えていたのだ。格子の陰から二回見ただけでだ。春宮は、

「すごい……。見て覚えたのか」

と、衝撃を受けたように言ったが、女御の顔はすでに硬い。笛を吹きながら、鋭い目を刺している。二度見ただけの光であり、何度も棒立ちになってはいたが、それにしてもこの呑み込みの早さは異常だ。その上、舞い姿の何と美しいことか。わずか八年しか生きておらず、母親が恋しくて泣いている子供なのに、神々しささえ漂わせ、段々と春宮より大きく見えてきた。何だかすごく得するものを見たと思った。

その時、プツンと笛が止まった。一番いいところでだ。女御は、

「疲れたわ。源氏、もうお帰りなさい」

と、抑揚のない声で言った。彼はコクンとうなずくと正座し、両手をついて女御と春宮にお礼を言った。そして俺にも挨拶すると、どこかで控えているおつきのもとへと出て行った。

女御も不快感を懸命におさえ、出て行った。

俺と春宮と二人残された部屋に、初秋の夕風が入って来る。春宮は立ち上がり、簀子《すのこ》に出た。俺も追い、並んで座った。

風は夕方の匂いがした。中学生の頃、フットサルの部活を終えて帰る時、いつでもこんな匂いがしていた。今まで思い出すこともなかったのに、道端の野良猫が毛づくろいしていたことまで浮かぶ。

俺はその匂いの中を走って帰り、茶の間に駆け込む。

お袋は必ず、テーブルの上に菓子パンを三つ用意していた。必ずアンパン、カレーパン、コロッケ

パンだ。俺は手も洗わず、着がえもせず、三つをあっという間にたいらげる。夕メシの前にだ。時には水泳部の練習を終えた水と、並んでがっついた。茶の間にも、庭から夕方の風が入って来ていた。お袋が牛乳を差し出しながら、

「毎日、あなたたち二人に菓子パンを六個買うのよ。月に百八十個よ。幾らになると思う？」

と、ぼやいていたことも思い出した。

今、同じ匂いの夕風の中で、勝手に涙が出て来た。めったに思い出さなくなったせいか、思い出すと濃い。実はまだあっちの世がいいのだろうか。いや、絶対に違う。なら、俺はどこでどう生きたいのか。

「雷鳴、泣いてくれるのか。だけど、こんなものよ。やっぱり光はすごい」

春宮は俺の涙をカン違いしている。よかった。比類なき陰陽師は、泣いたりしてはならぬのだ。

「雷鳴、私は己《おの》れがみじめになる分には、耐えられる。だが、己れが母上様をみじめにすることには、耐えられない」

「しかし、光の君様の舞いは、形になってはいませんでした」

「光なら、二日あれば形にする。私が二か月かけた舞いをな。格子の陰から二回見ただけで、あれほど舞った。……怖ろしい子だ」

その通りだ。何か慰めを言いたかったが、言いようがない。春宮は夕空を見上げた。近くの木でカナカナ蟬が、末期の声をふりしぼって鳴き始めた。秋の蟬は悲しい。

「私はよくわかっておる。本当は光が春宮になり、帝になった方がこの国のためにいいのだと」

「舞いの呑み込みが早いから、帝に向くということはございません」

「いや、光はすべてにおいて秀でている。私のように凡庸な者には、国を引っ張ることはできまい。母上様もそれをおわかりのはず。だから、私はつらい。母上様が私のように凡庸なら、気づかぬものを」

春宮は一人でしゃべり続けた。

「何とか母上様を喜ばせたいと、懸命に力を傾けているのだが、光は何の努めもせずして、何でもヒョイとできてしまう。今日はせっかく母上様に喜んで頂けたというのに、光のせいでかえってみじめにさせてしもうた。立派すぎる弟とは困りものよ」

春宮はそう言って苦笑した。死が近いカナカナ蟬が、全身で鳴いている。

「私にも弟がおります。それも立派すぎる弟が」

言うつもりのないことが、口をついて出ていた。

「え……雷鳴より立派な？　そなたの力はたいしたものなのに、それよりもか？」

「私の力など、弟に比べればないに等しいものです。弟は遠い国で医学を学んでおりましたが、そろそろ人の命を助け始めておりましょう」

俺の大ざっぱな計算では、水は京都大学医学部を出たかどうかというところだ。大学院に進んだか、あるいは留学しているかもしれない。

「私はその弟に、何をやっても勝てません。弟は姿も美しく、頭もよく、スポーツは何をやらせても全国トップランクでした」

「すぽーつ？　何のことだ。とっぷ？　とっぷ……ら？　何のことか」

「……高麗の言葉でした。失礼致しました。つまり……学問や書や和歌のみならず、蹴鞠《けまり》や相撲や体を使うことまでも、弟はきわだっているということです。同じ親から生まれながら、なぜにこうも違うのかと……苦しみました」

春宮は黙った。俺も黙った。カナカナ蟬の声が、プツンと止んだ。死んだのだろうか。

「……雷鳴にそんな弟がいたとは……。私と光源氏と同じだな……」

「とんでもないことでございます。もったいないことを」

「私は雷鳴ほど能力の高い男は見たことがない。母上様もそう仰せだ。その遥か上を行く弟など、想像もつかぬ」

春宮は西の空を見上げた。いつの間にか、夕焼け雲が燃えている。俺がこっちの世で優秀なのは、あらすじ本があるからだ。当初はサンプル薬もあった。ただそれだけのことなのだ。夕焼け雲から目をそらさずに、春宮が言った。

「雷鳴より、私の方がみじめだ。なぜなら……光とは母親が違う。光の力がわかればわかるほど、周囲が光を讃《たた》えれば讃えるほど、私の母上様がみじめになる。同じ父上様なのだから、我が子が劣るのは己れのせいだとお思いになろう。大切で大好きな母上様をみじめにする私が……悲しい」

俺は何も答えず、並んで夕焼け雲を見た。同じ両親から生まれながら、差がありすぎるつらさも同じだ。大切で大好きなお袋が、時に水をないがしろにしても俺をカバーする気持は、俺をみじめにしたものだ。俺をひがませないために、懸命にそうしたお袋自身もみじめだっただろう。

「雷鳴、安倍晴明という陰陽師を知っておるか」

「はい。お目にかかったことはございませんが」

「晴明の母親は信太《しのだ》の白狐と言われている」

「はい。そう伺っております」

「私も会うたことはないが、多くの式神を使いこなし、鳥の会話までがわかるそうだ」

「はい」

「あの能力の高さはなぜだと思う」

「人の子ではないからでしょう」

春宮はうなずいた。

「光も、人の子ではないのだ」

「え？」

「……神の子」

夕焼けが一瞬、輝きを増した。

「更衣の腹を借りて……神が」

うなずいていいものか、俺にはわからなかった。光は神の子だと宮中では噂していたが、春宮もそう思っていたのか。そして、春宮はそこまで追いつめられていたのか。

「雷鳴、ずっと私の力になってくれ」

春宮が夕焼け雲を見たまま言った。他人にこう言われたのは初めてだ。「力になってくれ」だ。この俺にだ。お袋に聞かせたかった。

「はい」

ハッキリと答えた。

「私はこれまでずっと、『こんなはずではない』と思って生きてきた」

そう言って、初めて俺の方を見た春宮の目は赤かった。それは夕焼けのせいだ。そう思おうとした。きっと俺の目も赤い。それも夕焼けのせいなのだ。

第七章

昨夜は倫子と二人、朝まで攻守に頑張ってしまい、眠い。寝床の話ではない。碁だ。倫子は碁が好きで、やり始めると止まらない。俺は麻雀以外は碁も将棋もやったことがない。

倫子が教えたがるので、必死に覚えたところ、時間さえあれば相手をさせられる。そのたびに思うのだが、夢中で碁盤をにらんでいる彼女は、どんどんきれいになっていく気がする。目が大きくなったわけでもなく、出っ歯が直ったわけでもないのだが、何だか印象がまるで違ってきた。たぶん、これが「男によって開花する」ということか。俺に開花させられたのか。

当然といえば当然だ。何しろ、俺は毎晩可愛がっている。毎晩だ、毎晩。結婚して六か月もその状態なのだから、そろそろ子供ができてもいいと思うのだが、その予兆はない。子供が欲しいのは俺たち夫婦ばかりではなく、倫子の両親も同じようだ。

というのも、食事に野鳥や鹿などの干し肉がよく出されるのだ。雉《きじ》子や鴨の足が煮込みで出たりもする。母親が指示しているのだろう。

「倫子、これは俺にもっと精をつけろってことか？　これ以上、やられちゃ倫子は身がもたないだろ？　俺はもっといけるけどな」

そう言うと、彼女は真っ赤になって身をよじる。俺自身は本当にもっといける。何しろ低カロリーの食事なので、ぜい肉はゼロ。穀類は十分にとっているので、持久力は万全。

おそらく、あっちの世の同級生たちは、そろそろ腹回りと髪を気にしているかもしれない。俺はこっちの粗食のおかげで、メタボとは無縁。海草をよく食べるせいか、髪も心配ない。

今日は出仕しない日なので、朝メシの後、廊下からのんびりと庭を眺める。桜の木が薄っすらとピンクがかっている。つぼみがふくらんできたようだ。今頃、あっちの世でもテレビや新聞が毎日のように「桜前線」だの「開花予報」だのをやっているだろう。

俺は桜が嫌いだ。大学の入学式の朝、校舎のトイレから桜が見えた。裏庭のようなところに一本だけあった。トイレの窓からしか見えない場所に、桜は満開の花をつけていた。

入学式には一人で行った。親父もお袋も出席すると言ったが、「親がつき添うのは高校までだろ」と、きつく断った。水のように京大とまでは言わないが、一流大学なら親孝行だと胸を張って出席させただろう。だが、二流私大で、それも「ヒューマン・リレーション学部」だ。やたらと電車を乗り換え、さらには最寄り駅からスクールバスで二十五分という場所だ。それに、ネットの書きこみに、俺の学部名を挙げ、

「ここに入るよりは、俺の方がマシ。そう、俺は下を見て立ち上がるのだ！」

とあったのを、たまたま見たのである。これはこたえた。

俺だってこんなところに入学したくない。世間には、「たかが大学。人生はそんなものでは決まらない」と言う人は多いし、そうだろうと思う。だが、十八歳の当事者にしてみれば、そこまで大らかには考えられない。

入学式当日、たくさんの保護者がいた。それを見た時、悲しくなった。この親たちが、こんな大学

に高い授業料を出すのだ。どこか田舎から来たのか、着物姿の母親が本当に嬉しそうに息子と写真を撮っている。親はこんな大学をどこまでわかって、心底喜んでいるんだろうと思ったら、目の奥が熱くなった。こんな大学でも親は生活費を切りつめ、蓄えた教育費を崩す。こんな大学でも子供のためになると思って……。あの時初めて、たぶん初めて、強烈に、俺は親不孝だと思った。親をつれて来なくて本当によかったと思った。そして、俺自身も入学式典に出ず、トイレに入って帰ろうとした。そこから見たのが、満開の一本の桜だった。

あの十八歳の春から十年もたつというのに、桜というと、トイレの窓を思い出す。みじめな自分を思い出す。桜は嫌いだ。

そして今、家庭を持ち、仕事を持ち、伸び伸びと生きている。そう思った時、急に不安に襲われた。息苦しくなり、掌《てのひら》に汗がにじんできた。もしかしたら、俺はまた突然、あっちの世にトリップするのではないだろうか。突然、『源氏物語』の中に入りこんだということは、突然、戻ることだってあるのではないか。どういう力が働いて、こっちにトリップしたのか見当もつかないだけに、急に戻されることもあるはずだ。

あっちの世には戻りたくない。戻ったら俺はまた輪の外で生きるのだ。それに、戻る時は一人だろう。倫子を置いていくのか？　子供ができたら子供もか？　俺を頼り、俺を認めてくれている弘徽殿女御や春宮や良喬も、みんな置いて一人で戻るのか？　戻りたくない。戻りたくない。絶対に戻りたくない。

掌の汗を拭い、何気なく振り返ると倫子が心配そうに見ていた。

「いかがなされましたか。背があまりにお淋しそうで、声をかけられずにおりました」

倫子を荒々しく抱き寄せ、両腕で胸につつみこんだ。

「倫子、離れるな。俺から絶対に離れるな」

「いかがなされましたか。離れるはずがございません」

「ずっと、どこに行くにも一緒だぞ。死ぬまでではなく、死んでも一緒だぞ。決して俺から離れるな」

「腕の力をゆるめて下さいませ。苦しい」

倫子は笑っていた。

「倫子は雷鳴様の持ち物です。雷鳴様がお捨てにならない限り、倫子は雷鳴様とどこに行くにもご一緒です。持ち物ですから、それが当たり前です」

俺は、倫子の頰に唇をおしつけた。

「雷鳴様は時々、今のように淋しい背中や、淋しい目をなさる。どこか遠くを見ているような、計り知れない何かを抱えておられるような……」

それ以上は言わせまいと、俺は頰の唇をずらし、倫子の口を吸った。唇を離すと、倫子は真正面から俺を見た。

「もし、他に好きな姫君ができたのなら、お通いになって下さいませ。お子もお作り下さいませ。それが当たり前ですよ」

そんなことを考えていたのか。

「俺は倫子一人が可愛い。どうして他の姫に目が移るのだ。こんなに可愛い倫子がいれば、別に子供もいらない」

「倫子は可愛くはございません」

「可愛い」

「信じません」

「信じろ。それが当たり前だ」

倫子の口癖だった。次の瞬間、俺にしがみついてきた。

「雷鳴様と二人になって以来、倫子は弱くなりました。どうしよう……」

「弱くなったんじゃない。幸せになったんだ」

「はい……」

泣き笑いで俺を見て、腕に力をこめた。

「絶対に一人にしないで下さい」

「俺のことも」

倫子は自分がブスであることも、男に見向きもされないことも、淡々と受け入れて生きて来たのだと思う。「それが当たり前です」という口癖は、おそらく彼女を支えてきた言葉だ。彼女を強くした言葉だ。何があろうと、他人にどう扱われようと、「それが当たり前だから、そうなるのは当然」と。

当たり前のことに向かっては怒れない。悲しめない。みじめになれない。当たり前のことなのだから。

だが、そうやって自分を支え、強く生きながらも苦しかったのだ。俺に愛され、大切にされ、支えていたものがとけた。弱くなった分、幸せになった。

俺もあっちではコンプレックスに苦しんだが、倫子の強さはなかった。いい女だ。

桜が去り、また桜が来て、また去りして、俺はこっちに来て十回目の春を迎えた。子供はいまだにできないが、幸せな結婚生活は四年になった。

弘徽殿女御に呼ばれ、廊下を歩いていると、向こうから光源氏がやって来た。手に小ぶりの桜の枝を持っている。

すでに元服式の準備が進んでいるという光だが、あっちの世で言えば小学校五年生というところだ。子供から少年になりかわる時というのは、肌が脂っぽくなって、埃《ほこり》くさく、薄汚い雰囲気になることが多い。だが、光はますます美しい。

そういえば、あっちの世に「イケメン」という言葉があったことを思い出す。光を見ると、その言葉が、実に汚なくガサツだとわかる。光には羽二重餅のように白くてつややかな肌、とがった顎《あご》、生まれたての蜻蛉《かげろう》を思わせる繊細さが漂っている。

「光の君様、桜を手折り、どちらへ？」

「藤壺様にお見せしようと思うて。ほら、全部花が開いていて、つぼみがひとつもない。こんな華やかな枝、よく見つけたであろう」

「まことに。藤壺様はさぞお喜びになりましょう。光の君様、母上様のようなお方ができて、よろしゅうございましたな」

「ああ。光はこれから藤壺様への歌を詠み、この枝に結んでお届けするのだ」

こっちの世の貴族は、この年齢にして書も歌もなす。その能力が低いと、バカにされる。俺は読み書きは何とかこなせるようになったが、歌は苦手だ。「物ごころついた時から高麗で暮らしたため、大和のことが不調法で」と逃げ切っている。

光の書、歌は際立っていると評判だ。兄の春宮も決して下手とは言えないのに、やはり敵《かな》わなかった。

桜の枝を胸に抱き、立ち去る光の足取りは弾んでいた。無理もない。母親の愛情をほとんど知らずに育っただけに、御簾《みす》に入れてもらって、藤壺に甘えられる時間はどれほど嬉しいだろう。

弘徽殿女御は、俺が入って行くと人払いして、声をひそめた。

「春宮に妃《きさき》をと考えておる。とてもいい相手がいて、来たる年には迎えるつもりだ」

来年、春宮は満十五歳になる。俺が来た時には満五歳だった子が、来年は十五になるか。二十二で来た俺が、来年は三十二だものなァ……。

この時代、十五歳で妃を迎えることは何ら不思議ではない。元服すれば大人なのだ。

「雷鳴、そなたにだけ言う。私が話を進めている妃は……」

「左大臣の姫君……ですな？」

「さすが比類なき陰陽師。お見通しだ」

あらすじ本で読んだとも知らず、女御は満足気に俺を見た。

左大臣の姫君、『源氏物語』では「葵の上」と呼ばれている人だが、彼女を嫁に迎えたいとする裏には、権力闘争がある。

「左大臣」とは「右大臣」と並んで、天皇を補佐する最高の官位である。現在の右大臣は弘徽殿女御の父親であり、春宮は孫にあたる。

左大臣の娘である葵の上が春宮妃になれば、左右の大臣家が血縁で結ばれる。春宮は左右両大臣の孫ということになる。つまり、春宮が天皇になった時、左右両大臣の絶大な権力が後楯《うしろだて》になる。その構図は恐いものなしだ。

こういう外戚政治を、桐壺帝は最も嫌い、排除に懸命なわけだが、弘徽殿女御にしてみれば、我が子第一だ。我が子が天皇になった時、父の桐壺帝はアテにならぬと考えたのだろう。父帝はもともと光源氏一辺倒で、春宮など「必要悪」だと思っていると、女御は感じている。その上、更衣が死ねばケロッと藤壺に乗り換える気質だ。

そんな夫が外戚政治を嫌おうが、「知ったこっちゃない。まずは我が子の安泰」を願う女御は、正しい。葵の上を妃にし、左大臣家を味方につけようと考えるのは当然だ。

ただ、左右の大臣家は、よそよそしい関係にあった。桐壺帝はどうも左大臣の方に信頼をおいているると、もっぱらの噂だ。女御の父である右大臣は、短気で人心が読めず、早口で品がないと言われ、きつい娘に振り回されていると囁かれていた。そんな右大臣は、まったく人望がないらしい。

父親の限界を誰よりも見極めているのは、おそらく娘の女御だろう。彼女自身も人望はなさそうだが、政治家としての能力は、父の右大臣とは比べようもなく高い。

「雷鳴、この縁がうまくまとまるか、占ってみてくれ。まとまるに決まっておろうが」

女御は自信たっぷりだ。娘が次期皇后になる話を断る親はいない。そう確信している顔だ。

「まとまれば、上様への仕返しにもなりますね」

「え……」

「右大臣と左大臣が血縁で結ばれたなら、外戚の力は益々強くなりますから。上様が最も嫌われる方向へと動く……」

「それは結果としてだ。私は我が子が帝になった時、安泰にしておきたいだけ」

「誤解なさいませんよう。私は仕返しをして当然と思っております。いくらそういう結婚制度とは申せ、次々に女を引き入れる夫。女性は産む機械であり、モノ扱いだ」

「きかい？　それは何のことだ」

そうか。機械なんてない世だった。あっちの世の政治家が「女性は産む機械」と言って大臣をクビになったが、彼こそ感覚が千年もずれている。

「私の占いによりますと、この話はまとまりません。春宮様にはもっとふさわしい方が、必ず出て参ります」

女御はせせら笑い、顔色ひとつ変えない。

「今度という今度は、雷鳴もハズレだ。すでに話はほぼまとまり、光の元服式より先に迎えられるが、後にするつもりだ」

そして、勝ち誇った目を向けた。

「ねえ、せっかくの元服式、春宮の話題の後ではかすんでしまって気の毒であろう？　臣籍に下った以上、それほど華やかな式も許されないし」

俺は女御をにらむほど強く見て、言った。

「今回だけは、私の言う通りにして下さいませんか。何とか御自らお断り下さい。そうでないと、春宮様のプライドがズタボロになります」

「ぷら？　ずたぼ？　雷鳴は時々高麗の言葉を遣うゆえ、わからぬ」

俺は『源氏物語』の中に迷いこんでしまった以上、絶対に気をつけなければならないことがある。それは、物語を変えてしまうことだ。たとえば、光源氏に薬を飲ませて殺すとか、宮殿に火をつけるとか、そんなことをしては物語が変わる。「日本の至宝」として世界中で翻訳されている大河小説をいじるわけにはいかない。

ストーリーでは、結婚を拒否するのは葵の上サイドだ。しかし、春宮の方から断っても物語は変わらない。どっちにせよ、まとまらない物語なのだから、何とか春宮のプライドを守りたい。俺は彼を他人とは思えないのだ。何としても自分から断らないと、あの心優しい春宮は立ち上がれないほど傷つくことになる。

というのも、この結婚話の結末は恐ろしいことになっているからである。

葵の上は光源氏の正妻になる。

信じられるか？

それも、桐壺帝と左大臣がひそかに話を進め、まとめるのだ。つまり、父親二人が密談し、長男の嫁として決まりかけていたものを、次男の嫁にしたのである。長男のために母親が懸命に動いていることを、知らぬはずはないのにだ。

こんなことが、もしも俺と水の間に起こったら、立ち直れない。

もっとも、春宮の結婚は恋愛ではないし、葵の上に対しての執着は薄いかもしれない。しかし、一流の弟に寝返られた苦しさ、父親がやはり弟の方を評価していたというつらさ、男のプライドは叩きのめされる。だが、春宮が自分から断れば、葵の上が弟の妻になるという結末に衝撃は受けても、プライドは保てる。母親として女御のプライドもだ。

俺はそこまでの詳細は言えず、

「私の占いでは、この話はまとまりません。もっとふさわしい人が出て来られます」

と繰り返し、懸命の説得を試みた。だが、女御は自信満々で、聞く耳を持たなかった。

春宮には幸せな結婚をしてほしい。俺自身が本当に結婚してよかったと思い、本当に毎日が幸せなため、淋しい春宮に「持ち物」と言ってくれる妻を添わせたい。そんな相棒がいることが、どれほど男の心を解き放すか。

俺は倫子と、二十一世紀型の生活をしている。十世紀の世ではありえないが、何をやるにも単位は「夫婦」だ。

俺に教えられて、倫子が一番喜んだのは「ガーデニング」だ。二人で庭を耕し、花や野菜を植える。男が、まして貴族に近い男が土をいじるなんてありえない時代だ。女にしてもだ。倫子の家はものすごく高い身分ではないが、庶民ではない。娘は普通は顔をさらさず、薄暗い部屋でひっそりと暮らし、外で運動をすることもない。何が楽しくて生きているのか。

俺はそう思い、「二人きりだから」と、倫子を庭に出す。日光を存分に浴びさせ、土をいじらせ、花や実を二人で喜ぶ。そんな時の倫子の生き生きした様子は、本当に嬉しい。

さすがに倫子の両親は、俺を叱った。だが、俺はまくしたてた。

「これは高麗ではガーデニングと言いまして、フラワーもベジタブルも夫婦で収穫して、夫婦でキッチンに立ち、夫婦でクッキングです。それで、仲間とホームパーティとかやるんですから」

横文字はすべて「高麗の言葉」と思っている両親は、ワケがわからない。できることなら、夫婦で料理をしたいくらいだ。

秋には木の実を拾い、糸を通して倫子の髪飾りを作るし、夏には庭で螢狩りだ。俺は小学校の頃か

ら、カブトムシやクワガタより螢が好きだった。お袋はよく、

「ま、風流な子」

と笑っていたが、「風流」の意味を知った時に、それは全然違うと、内心でこっちが笑った。小学校五年生の時、家庭科の授業でナプキンに刺繍《ししゅう》をしたのである。家にあった黒いナプキンに、花火の刺繍をするつもりだったが、不器用な俺にはとても手に負えない。途中でほどき、螢に変更である。花火として刺繍した緑色のステッチは、ほどかずに草に見立てた。そして、小さい螢をいっぱい刺繍したところ、これが先生にほめられた。それればかりか、区民芸術祭小学生の部に出品され、優秀賞をもらってしまったのである。華々しさとは無縁の俺の、唯一華々しい思い出である。

「倫子、俺は小さい頃から、螢が一番好きなんだ」

そう言っては、二人で螢をつかまえる。倫子の方がうまいとか、俺の方が勝ったとか大騒ぎだ。

「こんなこと、したことがありません。何て楽しい……」

倫子は息を弾ませて言う。もっとも、俺はその螢を寝所にたくさん放ち、点滅する青い光の中で倫子とエッチするのが「何て楽しい……」のだ。

ある夜は、点滅する灯の中で、倫子が言った。

「私、生まれ変わったら螢になりたい」

俺は事後の汗ばんだ体で、倫子を抱き寄せた。

「なぜに？」

「雷鳴様が一番好きなものだから」

青い螢火の中で、俺と倫子はまたひとつになった。

俺を変わり者と言い、あきれている人は多いらしいが、まったく気にならない。俺は妻を愛し、愛を形にしているだけだ。

倫子は倫子で、俺に書を教え、和歌を教え、楽器を教えてくれる。あきれるほど上達しないが、倫子と一緒というだけで安らぐ。子供がいなくても、淋しいと思ったことがない。

ある時、書を習いながら言ったことがある。

「俺も倫子の持ち物だよな。捨てるなよ。一人でどっか行くなよ。必ず一緒だぞ」

結婚したての頃なら、倫子は泣いて喜んだだろう。しかし、今は、

「お互いがお互いの持ち物だなんて、倫子ほど幸せな女はありません。雷鳴様、お互いに一人にすることは許しませんぞ……」

と言う。「お互い」という単位になったということは、「自分」という意識にも目ざめたことではないか。夫婦らしくなってきた。もっとも、「許しませんぞ……」と気分が高まり、お互い昼間でも「やっちゃう」のだから、これはセックスレスが普通の、あっちの世の夫婦らしさとはまるで違う。

俺は春宮にも、こんな夫婦の幸せを手にしてほしいのだ。身分からしても、また平安時代に生きる人間としても、俺のような二十一世紀型の結婚生活はできっこない。だが、春宮を心底愛してくれる女と出会えば、どれほど救われるだろう。

それから間もなく、光源氏は元服した。

元服式の盛大なことといったら、春宮のそれより遥かに上だったと、誰もがまだ興奮している。加冠の役は左大臣。葵の上の父親だ。その日、桐壺帝の御前に供された祝いの品々は、春宮の時よりりず

っと多く、置く場所もないほどだったという。光源氏は何の後見もない上に、皇籍を離れたというのにだ。人々は、ここでも兄との差を見せつけられたのである。

何よりも、加冠して大人になった光源氏の存在感と華に、誰もが圧倒された。おそらく、口には出さずとも「兄宮より、この方が次の帝になって下されば……」と思った人間も多かったに違いない。

元服と同時に「大人」として認められた光は、「添臥《そいふし》」を許された。そばに添って寝てくれる人、つまり、妻帯である。

正妻は、葵の上だった。

俺は弘徽殿女御の様子が気になってならなかった。光源氏の元服式は地味なものと決めてかかっていたが、アテが外れた今、どう思っているのか。さらに、葵の上が光の正妻になったことを、どうとらえているのか。女御と春宮は、これまで叩かれても理不尽なめに遭っても、敢然と立ち上がって来た。とはいえ、今回の一件はあんまりだ。

ほどなく、女御に呼ばれた。「来たな」と思った。俺しか話せる相手がいないのだ……。

女御は人払いをすると、言った。

「左大臣の娘、光と添うたな」

「はい」

「雷鳴が、こちらから断るようにと言うたこと、今にしてわかった。そなたには見えておったのじゃな」

俺はうなずいた。あらすじ本には書いてあったのだ。光の元服の後日、桐壺帝は加冠の労をとった左大臣を呼んだ。そして、ねぎらいの品々を下賜し、光源氏と葵の上の結婚話を確認しあったと。

政治の世界には、こういう裏取り引きもあるだろう。とはいえ、こういう形で夫に裏切られた妻は、どれほどみじめか。長男はどれほど切ないか。

昔、結季菜が言っていたことがある。

「アタシ、絶対に仕事とかバリバリしたくない。てかァ、やり甲斐とか全然いらなくてェ、男の陰とかでェ、言われたこととかァ、やってるのがいいかなみたいな。やり甲斐とかある仕事はァ、アタシも痛いめとかに遭うじゃないですかァ。そういうカタチってェ、アタシ的にはイヤかなみたいな感じ？」

あいつは頭も悪く、自分の考えも全然ないヤツだったが、今にして思うと、この言い分は核心を突いている。自分が傷つくことを避ける生き方もあるのだ。そのためには、結季菜の言うように表に出ないことだ。あっちの世なら、傷つくことを避けないキャリアウーマンも多いが、女御は、こっちの世でたった一人、全身血みどろになって生きている。

「雷鳴の言う通り、こちらから願い下げれば誇りは保てた。まさか、上様と左大臣が、裏で話を進めているとは考えもしなかった。見破れなかったのは、女の限界か……」

何とか慰めねばと焦った。

「天皇即位を約束されている春宮様です。その縁を受けず、臣下に嫁ぐとは誰だって考えません。たとえ、上様がお動きになったにせよ、普通は春宮様の正妃になりましょう」

「ああ、な……。それでも左大臣は娘を光に差し出した。これが何を意味するか」

女御はじっと自分の手を見た。白くて細くて、生き方しだいでは傷つかずにすんだ姫君の手だ。

「春宮が帝になった時、左大臣家は支えませんよという布告だ」

大きく息をつき、ゆっくりと続けた。

「春宮妃を断るということは、左大臣家がわが右大臣家と血縁になりたくないということ。あれほど外戚政治を嫌う上様も、左大臣家ならよろしいのであろう。右大臣家も正妃の私も春宮も、バカにされたものよ……」

俺はその時、ふと気づいたのだ。帝が葵の上を春宮に添わせたくなかったのは、何とか外戚政治を一掃したい一心だったのではないか。春宮を左右の大臣家が支えては、めざす親政はとてもおぼつかない。

「女御様、上様は葵の上が春宮妃となっては、親政が遠くなるとお考えになったのではありませんか？　春宮様には親政にふさわしい妃を、上様自らお選びになるおつもりではないでしょうか。つまり、春宮様を次の帝になさることは確かと思われます」

「雷鳴ともあろう者が、甘い。藤壺に男児を産ませ、次の帝にするためには、春宮に左右の大臣家がついてはまずい。藤壺の男児を帝にしたくても、左右の大臣が黙ってはおるまいからな。そう思われたに決まっておる」

そう言うと、女御の目が光った。どこか狡《ずる》そうにも見える目だった。この女は、早くもリベンジを考えている。そんな目だった。この女は、傷つくことさえ面白がる。倫子と正反対なのに、同じように守ってやりたくなるのはなぜだろう。

女御の部屋からの帰り、俺は春宮の居室に向かった。女御が遠回しに「様子を見てほしい」と匂わせたからだ。

春宮は書きものをしていた。俺が通されると、筆を置いて笑顔を見せた。

「母上様に聞いたであろう。だが、生きるということはこんなものよ」

「はい。おそらく光の君様とて、うまくいかないことをお持ちだと思います」

「それはあるまい。何でもうまくいく者もいる。世の中とはそんなものよ」

風に乗って、笛の音が流れてきた。かすかな音色だが、俺の耳にも名手だとわかる。春宮が言った。

「笛、光だな」

二人で黙って耳を傾けた。

「泣いてるような笛だな。泣きたいのはこっちだというに」

春宮は冗談めかして言うと、また黙って笛を聞いた。俺も黙って聞いた。

誰も知らないことだが、光は泣いている。俺はあらすじ本で読んだのだ。光は藤壺を好きになっていた。

幼いうちは、母親としてまとわりついていたが、やがて女として好きになってしまった。藤壺とはわずか五歳しか違わないのだから、無理もない。しかし、元服と同時に藤壺の部屋に入ることができなくなった。大人の男になった以上、致し方ない。それでも何とかして会いたいと、手を尽くしたものの、藤壺は「物忌み」を理由に頑として会わなかった。「物忌み」の間は外部との接触を断ち、外出もできず、訪問者を入れることもできない。これは陰陽師が、忌む期間を割り出し、それに合わせて、期間中は室内に引きこもらないとならない。

あらすじ本によると、そんな光は結婚はしたものの、葵の上に愛情を持てないのだという。良家の姫君の葵は、感情表現が下手で、よそよそしいらしい。寝室でもそうなのだろう。要は光にとって、妻より継母の方がエロいのだ。

光は恋に泣いているから、笛の音も泣く。あれほどの男でもうまくいかないことがある。妙に嬉しい。

「雷鳴、私の妃のことは、これからまたふさわしい人が選ばれようから、気にせずともよい。ただ今回、母上様ともあろうお方が、大きな間違いをおかされた」

「間違い……ですか？」

「最も頼りにしてはならないのは、人間だ。人間は、こちらが考えもしない動きをする。母上様は甘かった」

確かに、女御は思い込んでいた。次期天皇のプロポーズなら誰も断るまいと。そして、帝がいくら光源氏を溺愛《できあい》していても、春宮は嫡男なのだから邪魔はするまいと。しかし、実の父親は、長男の嫁候補を次男にくっつけたのだ。そこに政治的かけ引きがあったにせよだ。あっちの世では、まずありえない。大きな会社のオーナー一族であっても、普通はないだろう。

俺は「人権」というものを思った。こっちの世では、女はもちろんのこと、男にも人権はないのだ。その時々で、力のある者が人を自由に動かす。力のある者が交代すれば、元の権力者の人権もない。あっちの世では、人を傷つけないように気を遣う。むろん、いじめや虐待の問題もあるが、老人であれ幼児であれ、基本的には傷つけないように扱う。水と露骨に比べられたことが一度もない俺は、それがよくわかる。親も周囲の人たちも気を遣っていた。それがかえってイヤでもあったが、春宮のように十五歳にして父親から「お前は不用の者」と匂わせられる方が、やはりつらいだろう。

しかし、人権など考えずに他人を扱い、そして誰もがそれを受け入れて生き続けるのが、こっちの世のあり方だ。人間の寿命が短いのは幸せなことかもしれない。

「雷鳴、私はかつて畏《おそ》れ多くも、母上様に申し上げたことがあった。人は一人では生きられませぬぞと。母上様は吐いて捨てるように仰せになった。頭の悪い女のようなことを言うなと」

「頭の悪い女？」

「ああ。頭の悪い女ほど『人は一人では生きられぬ』とか『だますよりだまされる方がいい』とか、口あたりのいい言葉を言うと」

春宮は苦笑した。俺も苦笑した。確かに結季菜も、大学のクラスメイトたちも、そんな言葉が好きだった。

「母上様のお言葉はもっともであり、私の在り方を変えた。確かに、母上様は一人で生きて来られた」

「はい」

「しかし、今回、やはり人間を信じ、人間にだまされた。ここぞという時に甘かった」

「はい……」

「私は学んだ。人間を信じない。頼らない。腹は割らない」

「しかし、今お話しなされましたことは、私を信じておられればこそのように思えます」

春宮は遠い目をした。

「私には、雷鳴がこの世のものとは……思えないのだ」

俺は一瞬、ゾッとした。

「雷鳴はどこか違う場所から遣わされたような……」

「……ような雰囲気がございますか」

「ある」

「ずっと高麗で生きてきたからでございましょう」

「雷鳴はいつか、姿を消すような気が致す」

凍りついた。一番恐れていることを、何気なく言われると震えあがる。突然あっちに戻ったら、俺はどうすればいいのか。倫子を連れて行けるのだろうか。三十過ぎて、何も持っていない俺が、あっちでどう生きるのだ。こっちにいたい。倫子とこっちで死にたい。

「雷鳴、だから私はお前には何でも言えるのだ。そう……とてつもない力を持ちながら、いずれは消える者に言っている安らぎがある」

弟と比べ、この兄を劣っていると言う人ばかりだが、とんでもないことだ。十五歳かそこらで、これほどまでに冷静な分析をして、直感の鋭さがある。この長男とあの母親が組めば、何も左大臣の娘を血縁に引き込まなくても十二分に統治できる。俺は改めて春宮を見直していた。そして、断言した。

「私は常に春宮様のお味方であり、姿を消すことはございません。どうかお信じ下さいませ。私には妻もおります。ずっとここにいて、ここで一生を終えます。消えることはありえません」

最後は自分に言いきかせていた。

「雷鳴、私が人間を信じる男であれば、父上様が葵の上を弟にあてがいなされたこと、あまりにつらくて立ち直れなかったろう。人間を信じておらぬと、何があってもこたえぬものよ」

「確かに。ただ、人間をまったく信じないというのも、淋しいことではありますが」

「何を言うか。光の兄でいる淋しさに比べれば、ほとんどのことは取るに足らぬわ」

俺も水の兄でいることはつらかった。だが、春宮ほど身にしみていたか。俺は春宮より遥かに感受性が鈍く、であればこそ、春宮ほど深いところで淋しさを感じていなかった。

「春宮様のようなお方こそ、帝になるべくしてお生まれになられたのだと思います。父帝様よりも、もっともっと人間の気持をおわかりあそばす帝になられましょう。もしも、光の君様が帝になられたとしても、春宮様には敵いません」

「ほめられたことがないゆえ、どう返事をしてよいかわからぬ」

「なぜ、そのようにご自分を低く見なされますのか」

「雷鳴とて、弟と比べてそうであったのだろう？」

二人で笑った。笑いながらも、春宮の目は淋し気だった。「自分は使えない人間だ」としみこんでいる深い淋しさは、他の者にはわかるまい。葵の上は春宮と結婚する方が、ずっと幸せになったはずだ。光源氏のような完璧なブランド品を夫にしても、気が休まるまい。葵の上がよそよそしいのは、彼女自身の問題ばかりではなかろう。あの完璧な男が通って来た時、どうしていいかわからないのではないか。さんざん遊んで来た女ならともかく、御簾の奥深く育てられた良家のお姫様だ。男の扱いも慣れておらず、光の顔をまともに見られないのではないか。それでも倫子のように自分を「持ち物」と言うなら、男も可愛気を感じもしよう。だが、それは高貴な姫君のプライドが許すまい。

実際、二人がうまくいっていないという噂は、結婚直後から流れていた。そして、それは年を追うごとに具体的に広まった。

元服から五年がたち、十七歳になった光は、青年貴公子として全身から光を放っていた。男たちでさえ「光源氏」と聞くだけで目を輝かす。当然、女なんぞよりどり見どり。それはすさまじい「女性遍歴」を重ねている。正妻の葵の上のところにはろくに通わない光が、どんな女を渡り歩いていたのか。俺はじっくりとあらすじ本を読んで知っているのだが、あきれるほどだ。

千年後のあっちの世でも、「光源氏」と言えば「色男」とイコールであり、映画でもテレビでも美男俳優が演じる。だが、ナマの光源氏を見た俺に言わせれば、モノが違う。ただ美男なだけではなく、知性、品性、色香、育ちのよさ、その上に孤独感や寂寥《せきりよう》感や、虚無感まで漂い、こんな男はちょっといない。

光が誰よりも恋焦がれているのは、藤壺だ。だが、これはかりはどうにかなるわけがない。父親の妻であり、光にとっては継母だ。これがどうにかなっては、あっちの世の「昼ドラ」である。

そのどうにもならない思いをなだめながら、会ったその日に「やっちゃった」のが、空蟬《うつせみ》という女だ。

その日、光は久しぶりに葵の上を訪ねたが、相変らずツンケンしていて居ごこちが悪い。何もせずに帰る途中、紀伊守《きいのかみ》の邸《やしき》に立ち寄った。すると、そこには紀伊守の父親の若い後妻が来ていた。これが空蟬だった。紀伊守の父親は「受領《ずりよう》」という中間管理職で、身分はそう高くない。

光は紀伊守の邸に泊まったが、どうにも空蟬が気になり、寝室に忍びこんで「やっちゃった」のである。信じられるか？　初めて会った日に、それも家来の父親の後妻をやっちゃうのだ。ところが、空蟬は自分の身分の低さを言い、その後はどんなに光が追っても徹底して拒絶した。

光はこうなるとますます燃える。あらすじ本には「光源氏は、危険で障害のある恋ほど燃えるたち」と書いてあり、もてる男によくあるパターンだ。光はパターンにのっとって、紀伊守ら男が留守の夜に、また邸に忍びこんだ。こういうことは「手先」がいないとできず、光は空蟬の弟の小君《こぎみ》を手なづけ、寝所に案内させた。

こうして光が忍びこもうとした矢先、空蝉は気配を察して逃げてしまった。「空蝉」とは蝉の脱け殻という意味で、きっと衣裳だけ残して本人は逃げたのだ。そんなことは知らない光は、暗がりで女を抱いた。逃げた空蝉の他に、同室には女がもう一人眠っていたのである。だが、前回とはどうも体が違う。今回の方が巨乳だったらしい。その女は、先妻の娘だった。空蝉は後妻だが、先妻の娘と同じ部屋で寝ていたのである。娘の名は「軒端荻《のきばのおぎ》」というのだが、光の態度は本当に勉強になる。何しろ、裸にしてさわって、別の女だと気づくや、

「ずっと前から、あなたを想っておりました」

と言って、「やっちゃった」のだ。

それでいながら、後で空蝉に「肩すかしを食わせるなんて」とか何とか恨みごとの手紙を届ける。このマメさも、もてる男のパターンだ。空蝉にしても、本心では光への想いが強く、こんな手紙をもらえば嬉しさと苦しさで燃えあがるに決まっている。

ところがだ。光はもっと前から「六条御息所」という高貴な女とデキていた。この女は前・春宮の妻だ。その春宮は早くに死んだため、六条御息所は幼い娘と残され、二十歳で未亡人になった。彼女は抜群の美人で上品で、頭も非常によく、光より七歳上の二十四歳。当然、大人の女としてのプライドも高い。この「美しすぎる未亡人」に夢中になる光の気持は理解できるが、相手は前・皇太子妃である。恐い者知らずもいいところだ。

その上、これだけで終わらないのが光である。この六条御息所のところへ通う途中、病気の乳母《めのと》の見舞いに立ち寄ることにした。

すると、乳母宅の隣家に、ひっそりと白い花が咲いている。夕顔の花だった。あまりにきれいなので、従者を介して一枝欲しいと申し出たところ、美しい女が出て来た。これが「夕顔」という女だ。千年後のあっちの世で、トップを争う人気の女である。

光はこの女のもとにも通い始める。聞いてあきれるが、この夕顔、以前は、葵の上の兄の女だった。つまり、光の正妻の兄の女。義兄の女である。それも子供まで産んでいる。

光は正妻がいるのに、「美しすぎる未亡人」とデキて、家来の父親の後妻とデキて、後妻の継子とデキて、義兄の昔の女ともデキている。満十六歳の少年がである。あっちの世なら、こっそりとエロサイトを見て、眉の手入れなんかしている年頃だ。

あっちの世でも、セックスは解放されて、老人たちは「純潔という語は死んだ」と嘆く。テレビドラマや映画でも「不倫」は当たり前に取りあげられる。だが、何だかあっちの世のそれらの方が、不潔に思える。たぶん、あっちでは結婚が「一夫一妻」と法で定められているのに、それを破るからではないか。破るからコソコソしたり、相手ともめたり、犯罪まで行ったり、何か薄汚なくなる。男も女もだ。

だが、こっちでは「一夫一妻多妾」であるから、男も女も自由で堂々としたものだ。ただ、正妃や正妻だけはつらいだろう。こういう形の結婚制度があっちの世でも成立したら、たぶん女たちのほとんどは、正妃や正妻より「妾の方」を望み、楽しむだろうと思う。

俺は倫子一人がいい。何人もの女と遊びたい気持はわかるが、俺は色んな女に気を遣ったり、ハラハラしたり、そういうことに時間を取られたくない。お互い何もかも知りつくしている相手と、まったりとくっついているのが一番いい。一番安らぐ。

そんなある夜、激しい雨になった。風も強く、庭木が鳴り、木っ端が飛ぶ音がする。

「野分《のわき》か」

俺はそう言いながら、寝所に入った。今では「台風」という言葉ではなく、サラリと「野分」と出て来る。あっちの世の言葉や外来語は、思い出せないことも多い。こっちの世に来て十四年たったのだと、つくづく思う。

寝所に入ると、倫子が灯を前に座わっていた。雨風の音が激しく響く中で、油による炎が小刻みに動き、その顔を照らしている。

「どうした？　恐い顔をして」

倫子は両手をつき、頭を下げた。

「私と別れて下さいませ」

庭木が激しい音をあげて、折れた。

第八章

俺は突っ立ったまま、倫子を見下ろしていた。突然の、あまりに突然の「別れ」という言葉に、思考が止まった。

「……なぜだ」

やっと言うと、倫子の両肩が震えた。

「俺に何か不満があるのか。直してほしいところがあるのか」

倫子はビクッと顔を上げた。涙で目も鼻も真っ赤だ。

「不満……不満なんてそんなこと……直してほしいなんて……もったいない……」

またうつむき、さらに激しく肩を震わせた。考えてみれば、こっちでは女は男の意のままにされる。平等ではない。「女」という種類は、「男」という種類より下に位置する。そういうものなのだ。あっちの世のオリンピックや色んなコンクールでは、一位より二位が下に位置する。それを人々は当然のこととして受け入れる。それと同じように、こっちでは女は男の下位にある。人々は疑問さえ持っていない。

上位にある男が、「俺に不満があるのか」だの「直してほしいところ」だのと言うのは、ありえないのだ。俺は二十一世紀的なセリフを吐いてしまったわけで、「もったいない」と言われるのも当然だ。

倫子は涙を拭い、呼吸を整え、そして言った。

「私には、もう子供はできないと思います。どうか私と別れて、いいお子をお作り下さい」

そういうことか……。

子供は欲しい。結婚して九年、俺はもう三十六歳になった。もともとは「人生八十年」の世界の人間だが、トリップして寿命もこっち並みに短くなっているかもしれない。子供の元服を見届けるとなると、そろそろ生まれないと後がない。それは本音としては確かにある。だが、子のいない生活というものも悪くなかった。帝や大臣家と違い、継がせる地位もない。子がいなくて困ることは何もないのだ。いたら可愛いだろうなァと思う程度だ。

「俺、別に子供いらないよ。倫子と碁を打ったり、螢を追っかけたり、色んな話をしたり、庭をいじったり。それが好きなんだ。倫子は嫌いか？」

倫子はかぶりを振り、また泣いた。泣きすぎて咳込んだ。子供ができないということを、こんなにも重く考えていたのか。二十五歳の彼女は、確かにこっちの世では出産適齢期を過ぎている。

「それに倫子、子ができないのは俺のせいってこともあるかもしれないし」

またもビクッと顔を上げ、珍獣でも見るような目を俺に向けた。そうか、男に原因があるかもなどと、こっちの男は言うわけがないのだった。やはり、日本は変わったなァと実感する。

「子供は二人で作るわけだから、倫子だけが悩むことないって」

あっちの世なら、夫婦で検査に行くところだ。俺はそんな検査はイヤだし、こっちの世でよかった。

「雷鳴様、倫子はありがたく……ありがたく、幸せ者でございます」

「俺も倫子と一緒になって、幸せ者だよ」

「では……倫子から、もうひとつ幸せを差しあげてよろしゅうございますか」

「おお！　何だ」

「どうか、他の女君のところにもお通い下さいませ。そして、お子をお作り下さい。これまでのように、倫子とばかりいらしては、一生お子を抱けません。お願いでございます」

「そう。倫子は俺が他の女と朝まで子作りすることを望むわけか」

「はい……」

「じゃ、そうする」

「はい……」

「これから行く。今日は帰らないから」

「はい……」

そう答えるなり、ビイビイと泣き出した。ブスな顔をゆがめまくって、涙と鼻水で顔をビショビショにして、床に頭を打ちつける。全身で「イヤだ」と言っている。俺はその姿を見ながら、可愛いなァと思っていた。色んな女に気を遣い、色んな女と遊ぶより、こんなに深く関わった女が一人いる。その方が計り知れない幸せだと、俺は思う。

ビイビイと泣き、ヒックヒックと引きつけ、ついには咳込む倫子を、胸に引き寄せた。そして、笑って言った。

「お互い、絶対に一人にするのはよそうな。ずっと一緒だからな」

考えたくもないことだが、俺が突然あっちの世に戻されても、倫子を抱えて行く。絶対に。

十一月の木枯しが吹き始めた。

女に関し、俺とはまるで違うキャラクターの光源氏は、藤壺への想いに苦しみながらも、六条御息所のもとに通いつめていた。光にとって、この「前・皇太子妃」の「美しすぎる未亡人」は、藤壺に次ぐ二番手だ。もちろん夕顔とも続いているし、他にも手当たりしだいで、正妻・葵の上とはまったくうまくいっていない。

ところが、あらすじ本にはちゃんと書いてある。五年後に、その葵の上が光の子を産む。光は見上げた男だ。冷えきった関係の正妻とまで、やることはやっていたのである。

だが、単純に驚いていてはなるまい。あの光源氏のことだ。心の通わない妻とやる快感や、その時の様子などを見たい気持があったに決まっている。光に限らず、男にはそういう状況で燃える生理もある。ただ、これは、とても葵の上には理解できなかったろう。何しろ彼女は「歌詠まぬ姫君」と言われている。情感に欠けるため、歌を詠めないらしい。

一方、光は超一級の情感を持つ。俺に言わせれば情感だけで生きているような男だ。もしも、葵の上が男の生理に気づいて自分も燃えるタチなら、『源氏物語』の展開は変わっただろう。だが、おそらく、心身共に「丸太ん棒」の彼女は、五年後にレイプ状態で妊娠しただけではないだろうか。

その点、六条御息所は、俺が思うに絶対にエッチ上手だ。この美しすぎる未亡人は、歌にも書にも通じ、立ち居ふるまいも完璧。その上、高貴な身分の女としてプライドが高く、常に品性を失わない。さらに大変な美貌だ。それなのに、エッチが上手で好きだ。俺はそう確信している。

こういう女は、光に限らず男にはたまらない。光にしても、口説いて口説いて落とし、ＡＶタイトル風に言えば「牡《おす》と牝《めす》で死なせて」という状態だ。もっとも光にとって、彼女は真面目な話し相手としても得るところが多く、頼りにしている。妻のランクとして、正妻の葵の上に次ぐ位置に置くことからも、失いたくない女なのだとわかる。

ところが、やがて光は御息所が、少しずつうっとうしくなってきた。あまりにも完璧で隙がない。肩がこる。当初は「表は完璧で上品、裏は牝でエッチ上手」のギャップに喜んでいても、「完璧で上品」には肩がこり、「牝でエッチ上手」でも同じ女にはあきるのだ。

人間の気持の変化は、防ぎようがない。俺は全然もてなかったし、恋愛経験というほどのものもないが、一番悲惨なのは男と女に温度差が出てきた時だ。片一方は夢中なのに、片一方が冷めつつある時、必ず夢中な方はカンづく。その時の衝撃と焦りは、半端ではない。何とか昔のように戻したくて、必死になる。

俺は、結季菜に一方的に振られた当日に、こっちに迷いこんだ。もしも、迷いこんでなかったなら、何とか結季菜を引き止めようと、どんなみじめなことでもやっただろう。

久々に結季菜を思い出した。今頃は子供が二人くらいいるだろうか。どんな男の妻になったのだろう。倫子との暮らしが幸せなので、痛いめに遭わされた結季菜のことまで思いやれる。

家に帰ると、倫子がまた正座して俺を待っていた。また別れると言うのか。三か月前、あれほど俺の気持を話しただろうに。正直、女は面倒くせえなァと思った。

「雷鳴様」

「何だよ」

面倒くささが声に出た。

「倫子に子ができました」

「ええッ?!」

「雷鳴様のお子が、来年の夏には……」

倫子は白い小さな両手で、腹を包むようにした。

不覚にも、不覚にも、俺は泣いた。ついに三十七歳で父親になる。ああ、父親になるのだ、俺は。

倫子はふんわりした笑みを浮かべ、泣いている俺を見ている。泣き顔を見られるのがカッコ悪く、

「ほら見ろ、別れなくてよかっただろ」

と、憎まれ口を叩いた。

俺は今こそ、はっきりと思わされていた。あっちの世が幻だったのだ。俺はあっちの世に迷いこんでいたのであって、もともとのこっちに戻されたのだ。こっちが現実社会なのだ。

そう思うと、両親と水には深い感謝だけがあった。就活もハケンも結季菜も、ヒューマン・リレーション学部の日々も、何もかもが「面白いできごと」のように思えてきた。そして、あっちの世に突然戻るのではないかという不安も消えた。本来の世界に戻らされたのだ。ここが俺の本来の居場所なのだ。

倫子が嬉しそうに、

「やめて下さい。お腹のお子がつぶれます」

と叫んだほど、これ以上ないという力で母と子を抱きしめた。

幻に訣別し、現実社会で生き、愛し、死ぬ。腕の力はその覚悟だった。

父親になるとわかって以来、俺は以前にも増してあらすじ本を読み、先々を頭に叩き込んでいる。夫として父親として、妻と子は何としても守らねばならない。そのためには、比類なき陰陽師であり続けねばならない。『源氏物語』は、一読して頭に入るものではない。これまでも繰り返し繰り返し読み、頭に入れてきたが、今は気合いが違う。妻子を俺の力で安全に、安泰に生かさねばならないのだ。

あらすじ本によると、六条御息所はさすがに気づき始めていた。光の気持が微妙に自分から離れつつあることにだ。そのため、ますます執着が強くなる。だが、すがりついたり泣き叫んだりができないタイプだ。高い身分、高い知性、高い教養への誇りに加え、資産もある。その上、光より七つ年上というコンプレックスがあった。七つも年下の男を泣き叫んで追ったり、執着を知られたりすることは、自分にとって恥だったのだろう。

だが、御息所はたぶん、光にネットリとした視線を向けたり、ふとした態度が恨めし気であったり、ぎこちなかったりしたはずだ。こういう時、男はウンザリする。気詰まりで、逃げることばかり考える。しょっちゅう逃げていた水を見ているから、よくわかる。

六条御息所という女は哀れだ。あれほどの女でありながら、十七歳の光の欲望のはけ口でしかなかったのだと思う。十七歳といえば、やりたいさかり。彼女自身もエッチだったにせよ、光に文化的な教養も与え、相談にものり、話し相手にもなり、カラダも好きなようにさせた。なのに、若い男は他の女と遊び続け、うまくいってないはずの正妻に子ができ、結局は捨てられるのだ。

こんな時、弘徽殿女御が御息所の立場ならば、きっと言うだろう。

「執着するほどのものじゃないわ、男なんて。それに、光源氏のように若くてきれいな貴公子と、さんざん寝て得したわって話よ。こっちも思いっきり楽しませてもらったんだもの」

そして、

「あの光源氏が一時でも自分に夢中になったということはよ、女の能力を形にして示せたという証明よ。それだけでも自信がついて得したじゃない」

と言い放ちそうだ。御息所はそこまで突き抜けたキャラクターではないのだ。いや、弘徽殿女御タイプの方が、こっちの世では限りなくゼロだ。

光は御息所には冷たくし、藤壺への想いはなだめすかし、葵には疎遠を保つ中、夕顔に夢中になっていた。あらすじ本によると、光は夕顔を犯す時、覆面をしていたという。やるもんだなァ、光源氏。こういうことが教科書に出ていたら、男子高校生なんて『源氏物語』に夢中になる。

夕顔は身分も低く、特に何かに才能を持っているわけでもなく、普通の女だったらしい。だから、光は覆面で犯すような、コスプレ風な楽しみ方を平気でしたのではないか。そんなことを正妻にはできっこない。

あっちの世でも、妻にできないことを愛人にするとか、風俗ではできるとか聞く。もっとも、光は顔がバレては素性が知れると恐れて、覆面をしたようだ。だが学者ならともかく、俺はだまされない。絶対にコスプレの快感もあったはずだ。

それに夕顔は、御息所のような「ご立派」な女との疲れを癒やすには、本当に手頃だったのだろう。夕顔は守りたくさせる純粋さを持つ一方、男に気を持たせるのもうまかったらしい。

倫子の腹はまだ目立たないが、俺は自分の膳についた小魚や海草は、全部倫子に食べさせる。本人

は驚き、拒否するが、

「子供のためにカルシウムが必要だから」

と、強引に食べさせる。カルシウムはいつもの「高麗語」だ。

この時代、麻酔も何もないのだから、激痛の中で出産する。多量の出血や緊急事態が起きたら、それまでだ。あっちの世ではピンと来ないが、出産は母親にとっても赤ん坊にとっても、本当に命の危険にさらされる。倫子はそれを承知で、俺の子を産むことを大喜びしている。せめてカルシウムくらい摂らせて、少しでも安産にしてやりたい。

「名前を考えないといけないな」

「何て気の早い。来年の夏ですよ」

「嬉しいことは、早くから考えておく。な、倫子、それが当たり前だろ」

倫子は口癖を言われ、真っ赤になった。そういえばいつの間にか、倫子はこの言葉を口にしなくなっていた。

その時、惟光《これみつ》の使いという者が、突然やって来た。わざわざ家にまで、何ごとだ。

惟光は光源氏のすべてを取り仕切る秘書のような男で、俺も何度か会っている。光のことならすべて知っており、的確に動く。良喬もよくできるが、惟光は極立って有能という評判だった。使いの者は、

「今すぐに、光源氏様のお邸《やしき》にお出まし頂きたく、惟光様からのお願いでございます」

と、切羽詰まったように言った。突然そう言われても、わけもわからずに行くことはできない。使いの者は、

「上様もご承知のことにございます。惟光様からお話しされますので、ご一緒して下さい」

と言うばかりだ。帝の名が出ては行かぬわけにはいくまい。

連れて行かれたのは、二条の光源氏の邸だった。

奥まった一室で、惟光が両手をついて言った。

「光の君様が寝込んでおられまして、ご祈禱《きとう》をお願い致したく、お運び頂きました」

その一言で、頭の中に叩き込んである物語とつながった。

夕顔が怪死したのだ。

あらすじ本には「光源氏は衝撃のあまり、一か月近くも寝込んだ」とあったので、その怪死は今から少し前のことだろう。その日、光は夕顔を車に乗せて、荒れ果てた廃屋に行ったのだ。そこには誰も住んでおらず、薄気味悪い豪邸である。その上、怪奇な事件が次々に起こるという噂が広まり、近づく者はいなかった。

しかし、女に対する光のテクニックはすごすぎる。ここで初めて覆面を取って、夕顔に顔をさらしたのである。不気味な荒れた邸宅でだ。美しい顔と若々しい体に月光を受けた光源氏。こういう設定は葵の上以外の女なら誰だって燃える。男と女がどんなに激しい時間を持ったか、想像がつく。その後、余韻の中で二人は並んで眠った。

やがて、夕顔のうなされる声で光は目をさました。見ると、枕元に女の霊が座わっている。その霊は光に言った。

「私がこんなにも愛していますのに、全然通ってきては下さらないんですね。それでいて、こんなつまらない女を可愛がっているなんて……つらい……恨めしい……」

光は震えあがった。どう見ても六条御息所の生霊《いきりょう》だったのだ。

「そ、そなたは御息所かッ」

光の問いには答えず、生霊は夕顔につかみかかろうとした。光はすぐに太刀《たち》を抜いた。その瞬間、生霊は消えた。しかし、すでに夕顔はこと切れていた。

通報を受けた惟光は、直ちに光を二条院に帰した。そして、自分は東山の尼僧のお堂に、夕顔の遺体を運んだ。怪死が明るみに出ないよう、すべてうまく取りはからったのだ。まして、夕顔は葵の上の兄との間に子供までいる。そんな女とデキていることは、絶対にバレてはまずい。怪死だとバレてはもっとまずい。さすがに名秘書である。

その一方、二条院に戻った光は嘆き悲しみ、惟光に任せて帰ってしまった自分が情けなく、自責の念で居ても立ってもいられない。必死に止める惟光をねじ伏せ、とうとう尼僧のお堂に出かけてしまった。

尼僧には身分を隠し、夕顔の遺体と対面した。彼女は生きている時のままであり、可愛らしかった。この時代には、魂が体に戻ることがあると信じられており、戻れば生き返る。だが、夕顔の体は硬く冷たく、もはや生き返ることはありえないとわかった。光は腑抜けてしまい、帰り道に落馬したほどだった。そして、それっきり寝込んでしまったのである。ショックの原因は、夕顔を殺した生霊が六条御息所だと確信したことも大きかった。

惟光は、まさか俺があらすじ本で先々まで知っているとは考えてもいない。ごく普通の口調で、ぬけぬけと言う。

「どうもこのところ、光の君様がご不調で、一時はお命の心配さえ致しました。今はご祈禱により、そこからは脱しましたが、雷鳴様にお願いして、さらにお元気にして頂きたく、おいで願ったしだいです」

「ほう。使いの者は何も言わなかったが、切羽詰まった様子ゆえ、とにかくここに参った。しかし、私は弘徽殿女御様と春宮様のパーソナル陰陽師だ」

「ぱーそなる？」

「あ……高麗の言葉だ。つまり、私はお二人にお仕えしておるゆえ、勝手に他の人のご祈禱はできない」

「帝から女御様にお願いなされ、お許しを頂きました」

許可するとは、さすがの女御だ。例の如く、俺と光を接触させることで情報を得ようとしているのだ。どんな小さな情報でも、春宮のためには必要であり、こういう母を持つ幸せを、光は一生手にできない。

「惟光殿、光の君様のご不調は、黒穢《こくえ》が関係しておりますな？」

惟光の顔色が変わった。俺に図星をさされ、完璧な秘書も咄嗟《とっさ》に取り繕《つくろ》えなかった。

「黒穢」とは死にまつわるケガレのことだ。「赤穢《せきえ》」は女の月経、血にまつわるケガレで、出産にまつわるケガレは「白穢《はくえ》」と呼ぶ。この三色の不浄は非常に恐れられていた。俺は惟光を手で制した。

「いや、答えずともよい。光の君様も、今回の黒穢に関しては決して口になさらず、墓場まで持って行かれるご覚悟。それも私には見えております」

惟光は俺の能力に衝撃を受けたらしく、動けなくなっていた。これでますます、妻子を安泰に守ってやれるというものだ。本当は、御息所の生霊のことも知っていると言いたいところだが、そこまで当ててはかえってあやしまれる。

この時の光源氏の症状は、「夕顔の死と、六条御息所への罪悪感と嫌悪による抑うつ状態ではないか」と、医師がパンフレットに書いていた。「また、循環器系心身症として頻脈《ひんみゃく》や、消火器系心身症として摂食障害や反復性腹痛、潰瘍《かいよう》などが考えられる可能性もある」とあった。

案内されて光の居室に行くと、彼は褥《しとね》に上体を起こし、庭の闇を眺めていた。

やつれた様子が、男から見ても色気がある。美貌の人間の姿というものは、どんな状況でも美しい。見飽きない。不公平なことだ。光は俺をチラと見たが、すぐにまた庭に目を移した。俺も黙って闇を見た。かなりたってから、

「雷鳴、祈禱に来たのだろう？」

と力のない声で言った。

「いえ、ご祈禱なんかいりません」

俺はそう返した。のんびりとした口調で、「いい天気ですね」と言うのと同じように、軽くだ。

「私の占いでは、どなたか女君が亡くなられましたな。それも急に」

光は答えなかった。

「急に亡くなることを、高麗では『突然死』と呼び、珍しいことではありません。急に体の働きが停止し、死に至るのです。高麗では、一度死んだ人間の魂は二度と再び、体に戻ることはない。ハッキリとそう考えられています。女君が亡くなられたのは光の君様のせいではなく、また生き返らないのは当たり前のことです。高麗のこの考え方は正しく、光の君様は何も悪くございません。そして、じきお体に力も戻りますゆえ、ご祈禱はいりません」

突然死も、死人が生き返らないことも、あっちの世の常識だが、高麗のことだとして力説した。

「光の君様は今、お気持が落ちこみ、虚《むな》しく、何をなさるにもおっくうでおられましょう。いいのです、それで。きっといつもより口数も減ってしまわれ、外出もなさりたくございませんでしょうね。もしかしたら、生きている価値がないとか、罪深いなどとお思いにもなられましょう。でも、そんなことにご祈禱はいりません。『突然死』に行きあわせた人は、誰だってそうなります。高麗では『うつ』と呼ぶ病で、よくあるものです」

光の横顔に赤みがさしている。表情は変わらなかったが、心が楽になったのだと確信した。父親になるとわかったら、俺は言葉遣いまでが優しい。おお、早くも父性の目覚めか。そう思うと、嬉しさがこみあげてくる。

「不謹慎に響くかもしれませんが、病にかかられたのは、ケガレを落とすための慎しみの期間として、天がお与えになったのでしょう。お元気になられた時が、ケガレの落ちた時であり、宮中に出向かれることが許される時なのです。何もご案じなさいますな。ゆっくりとお休みなされませ」

この時代、人間がケガレを恐れていることは、こっちで暮らすようになってよくわかったが、特に死のケガレ、つまり黒穢に対する恐れはすごい。桐壺更衣にしても、死が見えてくるとわざわざ実家に帰されたのだ。旅はかえって死期を早めるだろうし、帝はそばにおきたかったはずだ。だが宮中には置いておけない。宮中で死んで、宮中に死のケガレがついては大変だからだ。

あっちの世でも、葬式に出ると清めの塩が配られるが、俺の周りで真剣に振りかけていた人は記憶にない。こっちの世の恐れ方は、ケタ違いだ。

「雷鳴、ようわかった」

そう言う光の目は、潤んでいた。俺は信頼されたなと思った。弘徽殿女御や春宮にとって、情報が取れるという意味で、信頼を得ることは悪くないことだ。俺は弟の光源氏よりも、やっぱり兄の春宮に思いがある。そして、この時代には合わないため、何かと誤解される女御が好きだ。

俺が帰ろうとすると、光が引き止めた。

「少し話していかないか」

「はい。お疲れが出ませんなら」

「雷鳴のおかげで、心が少し軽くなった」

目にはまだ力がなく、それは病気のせいではないだろう。十七歳という若さの者だけが持つ自信のなさ。若い人間は幾ら遊びまくっていても、傍若無人でも、中高年が身につけている世俗の垢《あか》はない。ふてぶてしさはない。俺はその力のない目を見ながら、六条御息所を思った。

七つ年上のプライド高き女は、光がふと見せる自信のない目にも心揺さぶられたのだろう。光は自分が何をやっても許されると思っているところがあり、容姿にも能力にも自信満々だ。だが、やはり初々しい少年らしさもあり、年上の御息所がどれほどいれこむかは想像がつく。なのに、光の気持はどんどん離れていく。その苦しみ、思いつめ方というのも想像がつく。

俺はどうしても一言言いたくなり、ストレートに訊いた。

「光の君様は、怨霊や生霊の思いをお考えになったことはございますか」

抑うつ症状の患者にするべき質問ではないが、光はこの症状からすぐに脱すると、あらすじ本にはあったから、構うものかだ。

光は体を固くし、俺をにらんだ。御息所の生霊が夕顔を取り殺したばかりの今、当然の反応だ。

「突然、何の話だ。どうして突然、生霊や怨霊の話になるのだ」

強く、激しい口調だった。

「私は陰陽師でございますゆえ、色々と思うところがございます」

光は探るような目を向ける。まつ毛が長い。

「光の君様、恋焦がれている方がいらっしゃいましょう」

「さて……？」

「人を好きになることは、いいことです。ただ、一方的に思いつめすぎてはなりませんぞ」

光は黙った。自分が一方的に思いつめている藤壺、自分を一方的に思いつめている六条御息所、どちらのケースを思って黙っているのか。

「光の君様、こんな歌をご存じですか。『恋うてぬる　夢路に通う　魂の　なるるかひなく　うとき君かな』」

光は首を振り、吐息をもらした。

「知らぬ。だが、意味は心にしみる。……相手を思う心があまりに高まると、魂は人の体から抜け出して……相手のところへ行く……か」

たいしたものだ。いやあ、昔の日本人はすごい。あっちの世じゃ総理大臣も漢字が読めないし、外国の首脳と会談する時もメモを棒読みだ。日本人ほど劣化が著しい国民、他にいるだろうか。光は闇を見ながら続けた。

「その歌……しみるね……。恋しさのあまり、魂は私の体を抜け出して、夢路を通ってあなたのところに行くのに……、その甲斐もなくあなたは冷たいままだ……となｰ」

完璧だ。俺はあらすじ本で読んできたからわかるが、こんなものが試験に出たら、答えられる十七歳が何人いるだろう。水なら……ありうるか。

「雷鳴、この歌は誰が作ったものか？」

詰まった。あらすじ本には「『後撰集』より」とあったが、『後撰集』って何だ？　いつの時代のものかも全然わからない。俺は、

「高麗で耳に致しましたゆえ、まったくわかりません」

と、困った時の高麗頼みだ。

ともかく、人は恋焦がれた想いが頂点に達すると、魂が体から遊離する。この時代の人はそう考えていた。その魂の通り道を「夢路」とか「夢の通い路」と呼んだ。何と美しい言葉だろう。あっちの劣化した日本人なら「ドリーム・ストリート」とでも言い、「ドリスト」なんぞと略して口にするのだろう。

「なァ、雷鳴。誰かの魂がこちらに通ってくるのは困るが、私の魂はあちらに行きたいものよ。たとえ魂でも、そのお方のそばにいたい」

こんな状況下でも、恋しいのは藤壺なのだ。

「少しお休みなさいませ。雷鳴はこれにて失礼致しますが、ひとつだけ申し上げておきます」

「ああ」

「御息所様を、お大切に」

「なぜ突然……そんなことを……」

「いえ、少し噂になっておりますゆえ」

「私が冷たいと」

「はい。夢の通い路を来られては、光の君様の落ち度ですぞ」

光は小さくうなずくと、横になった。

俺は先々を知っている。この先、もっと恐ろしいことが起きるのだ。まだ先のことだが、御息所の生霊が、正妻・葵の上を殺す。それは夕顔に取り憑《つ》いたのとは比べようもない恐さだ。葵の上が懐妊し、出産した直後のことだ。『源氏物語』のストーリーは変えられないが、光には少しでも御息所に優しくしてほしかった。

御息所は「自分は何のために生きているのだろう……」と、きっと感じている。この時代、女君たちは誰しも、男に愛されて子をなすということが、その存在意義だろう。男児を産んで一族が潤えば、存在意義はさらに増す。だが、御息所は、今、そのどれにも当てはまらない。夫である皇太子が生きていれば、光源氏にもてあそばれることはなかった。葵の上や身分の低い夕顔如きに嫉妬《しっと》する苦しみもなく、生霊が夢の通い路を行くようなみじめな思いをすることもなかった。

御息所が生きている意味は、特にない。それは、入社試験に五十九社落ち続けた俺自身に重なる。使えない人間ということを突きつけられた苦しさは、誰も想像できまい。

比べて、弘徽殿女御は幸せだ。男には愛されないが、自分が輝ける場を持っている。政治の場と、皇太子の母親という場だ。

年が明け、三月の声を聞くと、倫子の腹も目立って大きくなってきた。出産予定は新暦なら七月だ。俺は本当に指折り数えて、その日を待っている。子供は倫子に似ても俺に似ても、器量と頭脳は期待できないが、身体能力と精神力はすごいはずだ。

何といっても、俺はこっちで病気ひとつせず、せいぜい風邪と腹痛くらいで十五年目を迎える。サバイバルに適応する体と心、これは息子か娘にそっくり受け継がれるだろう。倫子は倫子で、命がけの出産を全然恐がっておらず、メシもよく食うし、エッチにも喜んでつきあってくれる。この明るさもそっくり受け継がれるだろう。

「なァ、倫子。子が生まれたら、俺も風呂に入れたり、おむつ取り換えたりするよ。楽しみだなァ、ウヒョヒョヒョ」

倫子があっ気に取られている。つい下品な笑い方をしたことをあきれているのかと思っていると、強く言われた。

「そのようなこと、下働きの者が致します。私たちが手を出すことではありません」

「イヤだよ、そんなの。せっかく子がやって来るんだぜェ。俺、イクメンになりたいの。親が育てるのが普通だろうよ。それより、離乳食ってどうやるの？　メシ粒とかすりつぶすのかな。イクメンとしては離乳食作りもやるかな。ウッヒョヒョヒョ」

「はァ……そのいくめんという高麗語、どういう意味でございますか」

「あ、ああ、子供を育てる父親のことだ」

「低い身分の者たちは、いくめんも致しましょう。うちは高いとは言えぬまでも、大納言の家。いくめんにふさわしくはございません」

「俺、ヤだからな。生まれた子をすぐに他人に預けるのは。できることなら赤ん坊を背負って宮中に行きたいくらいなんだから。ま、男はおっぱい出ないからしょうがないけど、離乳食くらいになったら連れてって、歩けるようになったら庭で相撲取ったり、娘なら折り紙とか教えてさ。いや、鶴しか折れないけどな。俺、今から宣言しておく。絶対に他人に育てさせない。そんな一番大事なもの、他人に任せられるかよ」

まくしたてると、倫子はすねた。

「今、倫子という名前は一度も出て参りませんでした。子供、子供、一番大切、子供、子供」

「ごめんッ。倫子は一番よりさらに上。だから出さなかったけど、ごめんッ」

引き寄せると、

「怒ってません。幸せすぎて泣けるほど」

と、俺の胸に顔を埋めた。

身体能力だけはたぶん抜群の孫を、あっちにいる両親に見せたいと思う。俺が社会的にも信用され、いい父、いい夫であるところを見せたら、どんなに喜ぶだろう。

こうして俺がウキウキしている三月、光源氏はひどい熱病にかかった。「マラリア」だった。

第九章

光源氏のマラリアはなかなか治《なお》らず、またも惟光から祈禱《きとう》を頼まれた。

「高熱があり、寒気と震えがございます。そして呼吸が止まるような発作の後、なぜか急に治ります。これが三、四日ごとに起こり、多くのご祈禱もまったく効きません」

薬は使用期限切れで、とうの昔に捨てた。俺に治す力はない。だが、この先々はすべてわかっている。光が死ぬことはない。俺は先を見通すように言った。

「都の北、北山に熱病を治す聖《ひじり》がいる。その人に快復祈願をお頼み……」

「致しました。その聖のこと、ご存じでしたか」

「聖は、年老いて都までは出向けないと申されたな」

「……その通りにございます。いや……何とも……雷鳴様にはただただ驚かされます。では、光の君様の方から山に向かうことを、お勧めなさいますか。お体を考えますと、光の君様が山に向かうのは衰弱がひどくなる気が致しまして、雷鳴様のご祈禱におすがりしようと考えたのですが」

「いや、山に行くがいい。聖が必ず治してくれる。案ずるな」

光は一番ひどい状況が落ちつくと、四、五人のお供を連れて山に向かった。「比類なき陰陽師・雷鳴様のお墨付き」ということで、桐壺帝も安心したと聞く。

光が山に入って数日後、久々に女御に呼ばれた。

俺はまだ倫子の懐妊を女御に話していない。いくらパーソナル陰陽師とはいえ、こっちは雇われているサラリーマン。あちらは皇太子の母、帝の正妃だ。わざわざご報告に及ぶものではない。呼ばれた際についでに話そうと思っていた。

女御は、俺を見るなり言った。

「久しぶりだが、雷鳴、何やら気力にあふれているように見える」

「はい。この夏、父親になります」

「何と!!」

女御の顔が一気に明るくなった。本気で俺のことを喜んでくれている。

「雷鳴、めでたいことだ！　きっと、そなたによう似た男の子よ。みごとな陰陽師に育てるがいい」

「はい。もしもそうなりましたら、父子二代で春宮様にお仕えさせて頂きます」

「嬉しいことを言うてくれる。何と心強いこと。そうか、子が生まれるか。倫子の体、大切に致せ」

「はい。ありがたいお言葉でございます」

「ああ、嬉しいことよ。これで雷鳴も、もっと落ちついて、もっといい仕事ができる。子が生まれたら必ずここに見せに参れ。嬉しいことよ」

女御の心底喜んでいる顔を前に、俺は神に手を合わせたい気持だった。俺のことを、本来住むべきこっちの世に、よく戻してくれた。妻や子に恵まれ、こんなにも喜んでくれる上司にもめぐり会えた。

あっちの世で、俺をこんなにも喜んでくれる他人が一人でもいたか。いつも家族だけだった。他人に認められない日々は、人間を卑屈にする。たとえ、デキの悪い人間に対しても、認めるべき点を探すくらいの他人がいないと、生きることは苦しい。俺はこっちに戻って、強烈にそれを感じる。

やがて、女御は一転して厳しい表情になった。

「知っておろう。藤壺が宮中を出て里に下がった」

あらすじ本には、胸の病気だと書かれていた。

「雷鳴……病は重いのか？　え？……重いのか？」

女御は探る目をした。死のケガレが予測できる病状になると、実家に退出するのが常である以上、女御が重篤を期待するのも無理はない。

「いえ、治ってお戻りになりましょう」

女御は一瞬黙った。

「ふん、そうか」

女御は本当に「ふん」と言った。できることなら死んでほしいのが本音だろう。

「光の熱病は、いい兆しが見えておるのか」

「はい。あと十日かそこらでお元気になって、山からお帰りになりましょう」

今度は「ふん」とも言わなかった。目の敵にしている藤壺と光源氏がそろって全快し、そろって戻って来ては、女御にとって踏んだり蹴ったりだ。

女御と話している最中、突然、俺の心に力がみなぎってきた。

実は最近、こういうことがよくある。突然、顔が勝手に笑ったり、全身が弾んだりもする。子供が生まれると思うと、こうなる。俺は父親だ。もうすぐ赤ん坊が来る。そう思うと、こうなる。それが仕事中や帰り道や、人と会っている時や、何の脈絡もなく、突然だから困る。困るが嬉しい。相手に対して、言葉が優しくなったりする。

いつだったか、その話を倫子にすると、

「私もです」

と笑った。

「俺、やりたいことがあるんだ。もしも女の子なら、倫子と三人で竹林を歩いて、かぐや姫の話をしてやる」

「かぐや姫……？」

「ああ、竹から生まれた姫だ。輝くようにきれいな姫だ。女の子なら、きっとそれくらいきれいな子だよ」

早くも親バカである。

「雷鳴様、竹林に行くのは、螢の頃に致しましょう。近くに、きれいな川と螢が出る竹林があると、昔から父上様がおっしゃっています」

「いいなァ。そうしよう」

「はい。雷鳴様の大好きな螢の中を……」

「俺の大切な倫子と子供と……」

「かぐや姫のお話をしながら……」

「歩く」

その夜は倫子の腹に手を置き、抱きあって眠った。「小さな幸せ」の何が悪い。そう思った。

三週間ほど聖のもとにいた光は、全快して山から下りて来た。俺はまだ会っていないが、あらすじ本には面白いことが書かれていた。

礼儀としてなのか、あるいは久々に本当に会いたくなったのか、光は葵の上を訪ねた。そして、葵の上に言った。

「私が熱病で苦しんでいる間、様子を尋ねる手紙一本下さらず、放っておくのは、いつもながらのあなたとはいえ、あんまりですよ」

光にすれば、ちょっと甘えたような、すねたような気持もあっただろう。それに対して、葵の上は考えられないような「珍答」をした。

「あら、放っておかれることは、そんなにおつらいことですか?」

これを言ってはオシマイである。この言葉の裏には、光に対して「あなたこそ、私を放ったらかして遊び歩いて、よく言えるわね。これで私のつらさがわかった?」という皮肉がこめられている。光は、

「たまに口を開かれたと思うと、そんな言葉ですか。私のことが、どんどん疎《うと》ましくなっているんですね。ま、致し方ない。お互い、命さえあれば、いつかはわかりあえましょう」

と言い、寝所に入った。だが、葵の上は決して同じ寝所に入ろうとせず、光は天井を見ながら夜を過ごしたという。

葵の上が、こんな言葉を吐くというのは、光への思いがあるからだ。なのに、感情表現が下手で、木で鼻をくくった言い方をしてしまう。光は女に関して百戦錬磨なのだから、正妻のその思いに気づかないわけがない。いや、百戦錬磨だからこそ、裏の裏にまで気づいてしまった。葵の上の目が「治

療で山ごもりとか何とかおっしゃって、実はまた女を見つけに行ったんでしょ」と語っていたことにである。

実は、結果としてそうなっていた。光は痛いところを突かれたことになる。

北山で療養中、数え年十歳、満なら九歳という女の子に一目で惚れこんでしまったのだ。もちろん、手は出していないが、もしも出したら犯罪だぞ、あっちの世では。

女の子は祖母と二人で、山中の庵《いおり》に住んでいて、それが藤壺とそっくりの美貌。光はそれだけで、もうどうしようもなくなった。似ているのも道理で、何と藤壺の姪に当たるという。光はすぐに自分の邸《やしき》に引き取ると申し出たのだから、あきれる。だが、この速攻は少女の祖母に断られた。当然だ。

光は女に関しては本当にストライクゾーンが広い。満九歳のロリコン疑惑もあれば、五十代後半の源典侍《げんのないし》とも関係している。人生三十年かそこらの時代、五十代後半といえば棺桶に両足を突っ込んだバアサンである。化粧品もろくにない時代、化けようもあるまい。肌だってシワクチャだろう。実際、この時代の女たちは三十代で床離れしている。だが、この源典侍は大変な好色で、光源氏に「お願いしちゃった」のだから立派。応《こた》える光も立派だ。

かと思うと、末摘花《すえつむはな》という「超」のつくブスとも関係している。末摘花とやる時、暗くて顔が見えなかったと光はほざいているらしいが、女の鼻は長くて垂れ下がり、紅花のように真っ赤だったという。

こういう醜女から藤壺のような美女まで、年齢と同様に無限大のストライクゾーン。女でありさえすれば、わけへだてなくきちんと手を出す。ブスの末摘花には、生活の援助までしたという。

光はとにかく、女が好きなのだ。それは「女好き」という下卑た意味ではなく、女という生き物が好きで、愛らしくて、放っておけないのだと思う。美醜や年齢に関係なくだ。古代の神々は色を好んだと聞く。やはり、その意味でも光は神の子かもしれない。

だが、噂はそんなきれいな方向には行かないものだ。九歳の少女を引き取りたいと言い張る光に、噂は好意的ではなかった。まだ字も満足に書けない幼い子供を迎えようとは、「何を考えているのか」と、人々は光の人格に不信感さえ持ち始めている。この時代、十代前半で結婚するのは何の不思議もないが、満九歳はさすがにありえないのだろう。

光が療養地で初めてこの女の子に出会った時、彼女は「つかまえた雀の子が逃げた」と半ベソだったと、あらすじ本にもあった。そのくらい幼いのだ。いわば幼女を犯す気か。そう思う人たちが、不信感を持つのは無理もない。

この時代、噂の広がり方は本当に速く、ネット社会に匹敵するほどだ。惟光が先頭に立って、幼い少女の祖母を説得し続けていることも、彼女が藤壺の姪であることも、すべて知られていた。

しかし、周囲がどう噂しようと、不信感を持とうと、近々、光はこの少女を引き取ることになっている。そして、「若紫《わかむらさき》」と呼び、光の色に染めていく。後年、自分好みの女に仕立てたところで、妻にする。やることはバブル期のオヤジである。「若紫」はやがて「紫《むらさき》の上《うえ》」と呼ばれ、葵の上が死んだ後の正妻になる人だ。

弘徽殿女御も、この少女には警戒を強めているという噂だった。もっとも、少女が紫の上として光の正妻になっても、女御にはさほどの害はない。だが、先々を知っている俺と違い、「藤壺の姪」というだけで、不穏な何かを感じるのだろう。春宮がまた何かしてやられるのではないかと、母親として根拠もなく不安になるのだ。

実はこの時、裏では女御にとって大問題が起きていた。まだ女御自身も、他の誰も知らないことだが、少女への心配など吹っ飛ぶ事件だ。

藤壺が懐妊したのである。

胸の患いで里に下がっている最中の懐妊。当然、桐壺帝の子ではない。帝が妃《きさき》の里を訪ねることなど、絶対にないからだ。

光源氏の子であった。

藤壺、つまり義理の母が自分との子を宿したことを、この時点では光源氏も知らない。

なぜ藤壺が懐妊したのか。

マラリアが全快して宮中に戻った光は、藤壺の実家に行き、寝室に忍びこんだのである。彼女が胸の病とやらで宮中を下がっているというのは、光にとって千載一遇のチャンスだ。藤壺の侍女の王《おうの》命婦《みょうぶ》をまるめこみ、手引きさせた上での決行。とはいえ、二人が寝るのはこれが初めてではないようだ。あらすじ本の解説には、そう書いてある。ということは、藤壺に弁解の余地はない。一回なら「あやまち」でも、二回目以降は互いの「意思」だ。

藤壺の懐妊が、弘徽殿女御にとって大事件なのは、腹の子は帝の子だと思うからである。誰でもそう思うに決まっている。もしも、藤壺が帝の男児を産んだなら、我が子はどうなるのか。以前から心配していたように、春宮から天皇になる道筋が、安泰ではなくなる。まして、母親は帝の寵愛《ちょうあい》を一身に受けている藤壺。桐壺更衣が光源氏を産んだ時と同じ苦しみ、同じ不安をまた抱えるのか……。それは女御にとって、藤壺の姪が光の妻になるより、遥かに現実的に怖ろしいことだ。

この懐妊がまだまったく知られていない中で、光はついに少女を自邸の二条院に引き取った。少女の祖母が亡くなり、彼女は一人になってしまったのである。桐壺帝が藤壺を引き取った状況と寸分違《たが》わない。まったく同じである。

考えてみると、女たちは誰もが「身替わり」だ。桐壺帝は、桐壺更衣にそっくりな身替りとして、藤壺を入内させた。息子の光源氏は、藤壺にそっくりな身替りとして、若紫を引き取った。

愛されて幸せになるなら、それも悪くはないが、「似ているから」とか「身替わり」とか、バカにされていると思わないのか。どんな時代であっても、人間は誰だって個性を認められたい。「他の人ではダメなんだ」というオンリーワンでいたいはずだ。

俺は弘徽殿女御と倫子を思い出し、一人で笑った。二人には「似ている」とか「身替わり」はありえない。女御こそ「オンリーワン」の「ナンバーワン」で、類似も替わりもない。そして、倫子の替わりを、俺は誰もできないと思う。きれいで身分の高い女も、心が優しい女も、他にたくさんいるだろうが、誰も倫子の身替わりにはなれない。俺が愛している倫子は、そのコンプレックスやみじめな経験や、彼女の過去が作りあげた女だ。それは倫子自身の個性であり、その個性を俺は愛している。すぐに身替わりを見つける男は、その女の個性ではなく、見える部分を愛しているに過ぎない。そう思う。

いよいよ梅雨が明け、夏らしい雲が湧き始めた。倫子の腹はせり出し、母親に言わせると「少し下がってきた」らしい。出産が近づくと下がるようだ。それを聞くだけで、もうワクワクしてたまらない。あと二週間か、たぶんそこらで、俺は赤子を抱ける。父親になるのだ！　叫びたい気持だった。

倫子はすこぶる元気で、蒸し暑さでぐったりはしているものの、よく食べ、よく眠り、夫としては本当に安心だった。

俺はますます大きくなった倫子の乳房を毎晩さわり、窒息寸前の激しいキスを繰り返した。倫子は、

「体が二つになるまで、待って下さい」

と言いながら、自分からも執拗に唇を吸った。

「倫子、もし男の子が生まれたら、名前は水明《すいめい》だ。水が明るいと書く。女の子なら風子《ふうし》。風の子だ」

「水明……雷鳴様と読みが似ていて、美しい名前です。風子もとてもきれい。きっと優しい風のように、晴れた水のように育ちましょう」

親父と弟の、そしてお袋の「明子《あきこ》」の、いいところをたっぷり受け継げという思いだった。それは、三人への感謝のしるしでもあった。

この時期になっても、藤壺の懐妊は帝にさえ伝えられなかったし、里から宮中に戻る気配もなかった。帝は淋しがり、「そろそろ、胸の病も癒えたはず。早く参内せよ」と勅使を送るのだが、実はすでに妊娠三か月になっていたのだ。悪阻《つわり》がひどく、とても起き上がれないらしい。

藤壺は光源氏の子を宿したことを、はっきりと自覚していた。やった自覚があるのだから当然だ。だが、さすがに帝には言えないままに、夏を迎えてしまったのである。そして何よりも、自分の行為を恥じ、自分を責め、ますます体調が悪くなっていったようだ。

もちろん、光は今もって懐妊を知らず、何度となく「逢いたい」と言ったと、あらすじ本にはあった。だが、藤壺は強く突っ張ねていた。

しかし、とうとう藤壺は、実家から帝に報告した。

「物の怪の紛《まぎ》れによりまして、すぐにはわからなかったため、ご報告が遅れましたが、子供ができま

した」

桐壺帝は狂喜乱舞して喜び、妊婦の体を案じて、絶えず勅使を遣わした。まさか息子の子だとは、考えるわけもない。勘づき、恐れおののいていたのは、手引きした王命婦だけだ。

そして、ほぼ時を同じくして、光も懐妊を知った。あらすじ本には「夢で知った」と書かれている。ある夜、気味の悪い夢を見たため、夢判断の者を呼ぶと「あなたは帝の父親になる」と言われたという。藤壺が懐妊したのだと直感した光は、何とか彼女と会おうと手を尽くした。しかし、ことごとく拒絶され、王命婦も恐れるばかりで、もう二度と取り継ごうとしない。

また俺が呼ばれ、相談されるのだろうか。俺は今、倫子の出産で頭が一杯だ。今日明日には生まれそうだと言われているのだ。惟光なんかにつかまり、光のもとへ呼び出されては大変だ。水明でも風子でも、生まれたら誰よりも先に俺が抱くんだからな。

早々に帰り仕度をしていると、使いが駆け込んできた。汗ばんだ顔が笑っている。

「もうすぐ生まれるそうですッ。早くお帰りをッ」

「そうかッ」

俺も笑顔を返し、すぐに飛び出した。

家に着くと、誰も迎えに出て来ない。今、出産の最中で、手が離せないのだろう。真っ先に抱くのは俺だからなと、ドタドタと産室に飛びこんだ。

血で染まった褥《しとね》の上に、青白い顔をした倫子が横になっていた。赤ん坊に、真っ白なおくるみを用意していたのだが、それも血に染まり、一目で死産とわかる嬰児《えいじ》がくるまれていた。

「……雷鳴……様……雷」

かすかな倫子の声に、俺は駆け寄った。

「ここだッ！　倫子、ここにいるぞッ」

倫子の目は見えておらず、力なく伸ばした手があらぬ方をさまよっている。俺はそれをしっかりと握り、叫んだ。

「倫子、しっかりしろッ。子供は、子供は元気だぞ。よくやった！　いい子だぞ、倫子、でかしたッ。ありがとう」

両親とおつきの者、そして医師が涙を拭った。倫子は、

「よかった……倫子は全然……苦しくありません……痛くあり……ません」

そう言って、見えない目でしっかりと俺を見て、最後の力を振りしぼるかのように、

「……風子、雷鳴様……」

とつぶやくと、息絶えた。微笑んでいた。

第十章

俺は小さな小さな風子を抱きあげた。よくこんな小さな体で、俺のところまで来てくれたなァ。まだ温かかった。長いまつげを閉じ、紅い唇を少し開けて、人形よりも可愛かった。俺は自分の頬を、風子の頬につけた。柔らかかった。

片腕に風子を抱き、もう片腕で倫子を抱いた。倫子も温かい。昨夜さわった腹の温かさと同じだ。「痛くありません……」と言った言葉のままに、頬には微笑みが浮かんでいる。長い豊かな髪が流れる顔は、ほっそりとして色白で、俺の妻はこんなにも美人だったのかと思った。二人を両腕に抱き、こうして三人で、いつも三人で、楽しく暮らすはずだったと思った。三人でいるのは、これが最初で最後だ。変に冷静だった。

今起きていることを、理解できていなかったのか。いや、理解している。倫子と風子が死んだのだ。俺はきちんと理解している。親子三人にしておこうとして、みんながそっと部屋を出て行ったことも、理解している。

腕の中で、妻と娘はどんどん冷たくなっていった。死んだのだ。きちんと理解している。なのに、涙は一滴も出なかった。どうしてなのかわからない。

どのくらいの時間、三人でいたのだろう。倫子の母親が入ってきて、泣きながら言った。

「湯を……」

沐浴《もくよく》をすませた二人は、さらにきれいになった。風子は今にも動き出しそうで、かぐや姫はきっとこんな子だったと思う。

倫子は母親の手で、真新しい露草もようの着物を掛けられた。俺はその袖を、少しだけ切り取った。そして、風子のサワサワした細い髪も、少し切った。髪は、切り取った袖に包んだ。

「風子、母上の袖に包んだよ。こうすれば、二人はいつも一緒だろ。それを父上が抱いてるからね。肌身離さないよ。三人いつも一緒だ。風子、母上は弱虫だから、頼むね」

一日も生きていなかった娘に、言葉はきっと届いた。泣きたいのに、ホッとして微笑している自分がいた。

この時代は臨終の後、陰陽師が入棺や葬送、火葬の日時などを占う。俺がやればいいわけだ。少しでも長く倫子と風子を見ていたかったし、火葬はできるだけ遅らせようと思った。しかし、ドライアイスがあるわけでもなく、この暑さだ。きれいなままで焼こう。荼毘《だび》は明日と決めた。

やがて数人の僧がやって来た。倫子には不相応な数だ。一緒にやって来た良喬が、

「女御様のおはからいにございます」

と囁いた。後で考えると、俺はこのあたりの記憶がまるでない。

やがて、大小二つの棺が運びこまれ、入棺が始まろうとした。その時、俺は陰陽師の顔で言った。

「子供の棺はいらぬ。母親に抱かせ、ひとつに納めよ。その方が成仏できると占いに出た」

小鳥のように小さな風子は倫子の胸に抱かれ、ひとつの棺に納められた。その時、良喬が袱紗《ふくさ》に包んだものを俺に差し出した。

「女御様からお預りしました」

袱紗を開くと、形代《かたしろ》があった。紙を人形のように切ったもので、あの世への守護として「近親者」が納めるのが普通だ。帝の正妃が、部下に賜るなんて聞いたことがない。良喬は少し困ったように口ごもった。

「女御様は、雷鳴様のお子をとても楽しみにされておりましたし……」

その目は「あの人はフツーの感覚じゃないから」と言っている。俺は形代をおし頂いた。

「何とありがたいことか……。こんなにも近しいお気持をあらわして頂いて……もったいない」

そう言ったらしいが、これも記憶にない。

倫子を形どった大人の形代、風子を形どった小さな形代、紙を切り抜いて作ったそれには、目と唇が描かれていた。微笑む表情だった。良喬は、

「女御様が墨と紅で描き入れました。……普通は白いままですが……」

またも困惑したように弁解した。

俺は形代を棺の母子の胸に置いた。その時、二人は笑ったのだ。本当にだ。これはハッキリと記憶している。

「あ……笑ってる」

俺はそう言ったのだ。それは、形代に描かれた目と唇と同じ微笑みだった。

初めて涙があふれた。涙はもはや止めようがなかった。血がにじむほど唇をかみ、何とか嗚咽《おえつ》がもれないように、こらえた。できることなら、「倫子、死ぬなッ。風子、目を開けろッ。倫子、倫子、倫子、風子ーッ、風子ッ」と叫んで、二人を引き起こしたかった。だが、それをやっては、二人が

「死んだ」ことを認めることになる。十分に認めているのだが、認めたくなかった。だから、倫子の袖口を切り取る時も、風子の髪を切り取る時も、絶対に体に触れないようにした。冷たい体を確認したくなかった。

翌日、二人は女御の形代に守られ、火に包まれた。俺はその火に、あらすじ本を投げ入れた。これがあればこそ、先々まで見通すことができ、陰陽師として破格の待遇を受けた。陰陽寮の官人陰陽師たちが徹底して俺を無視し、いじめも悪口もなさなかったのは、異常なまでに何でも当てる俺への畏《い》怖《ふ》もあったはずだ。いかがわしい高麗帰りが、弘徽殿女御や春宮ばかりか、今をときめく光源氏、ついには帝にまで用いられては、普通ならただごとではすむまい。あらすじ本のおかげだ。それは間違いなく、俺のライフラインだった。

だが、倫子と風子を失った今、俺の中で何かが変わった。ヤケになっているわけではない。これからもここで懸命に生きていく。何歳まで生きられるかわからないが、倫子と風子を抱きながら、きっちりと、ここで生きていく。その覚悟がついた。十三帖の「明石《あかし》」までは暗記するほど読んだが、その先はまだだ。まったくわからない。だが、燃やすのがいい。

人は誰しも、先がわからない中で生き、突然襲う悲しみや、突然舞い降りる喜びや、そんな「突然」を受けている。そこから立ち上がろうとしたり、感謝したり、妬《ねた》んだり、自分が嫌になったり、きっと、それが生きているということだ。きっちりと生きているということだ。俺があっちの世で、そうやって生きていたようにだ。

しかし、こっちではあらすじ本によって、俺は他人の先々を知ることができた。そして、それをうまく逆算して、俺自身の進み方を決めればよかった。そこに「突然」は何もない。

今、倫子と風子を突然失った。他人の先々から逆算できなかった「突然」に、底なしの悲しみと絶望に沈められた。

これが生きるということなのだ。他人の先々を知って生き抜いてきた俺に、天罰が下ったのかもしれない。他人のことであっても、先々を知ることは不幸だ。

今、誰よりも大切な二人を失い、二人の魂を守るために、こっちで生き抜く覚悟がついた。俺はあっちの世と同じように、先のことなど何ひとつ知らない普通の人間として、こっちで生きていく。

火葬は一昼夜かかった。俺は一睡もしないで竈《かまど》の前に座り、守った。

翌朝、二人は同じ骨壺に一緒に納められた。


秋風が吹き始めた頃、藤壺が宮中に戻ってきた。

桐壺帝は以前にも増して大切にし、そばから離れないという噂だ。今は管絃の音楽会にもいい季節で、帝は身重の藤壺を楽しませようと、連日のように主催する。そして、そのたびに光を呼び、琴や笛などの演奏を所望する。もちろん、帝の隣りには腹が目立ち始めた藤壺がいる。腹の中の子は、光の子だ。

藤壺は悪阻《つわり》で苦しんだため、顔が小さくなって、「他に比べるものがないほど」の美しさだと評判だった。藤壺の前で演奏する光と、帝と並んでそれを見る藤壺。二人の気持よりも、俺は善良なオヤジ、つまり帝の方に関心がある。

「善良」な人間というものは、哀しい。思うに、善良な人間はどちらかというと、頭が切れないタイプに多い。俺と水を比べればわかる。俺は頭の回転が鈍い分、善良だ。水はいいヤツだが、善良ではない。

そして十月初旬、事件が起きた。事件は、藤壺という女がいかにやり手であるかを証明しており、また、善良な桐壺帝の手に負える女ではないという証明でもあった。

帝は十月十日に、御所へ行幸することになっており、それは華々しい催しになる。ところが、宮中外の行事なので、后妃たちは見ることができない。「善良な親父」は藤壺に見せたくて、わざわざ宮中でリハーサルをやったのである。本番と同じに衣裳をつけて、いうなればゲネプロだ。

十月十日の本番では、光が青海波《せいがいは》を舞うことになっていた。これは、衣裳の片肩を脱いで袖を振り、あでやかな舞いだ。袖を振ることで波の寄せ返す様子を表わしており、唐の故事に由来する。

当然、ゲネプロでも光は舞った。それはそれは美しい舞い姿で、誰もが我を忘れたという。さらに夕陽が華やかに射しこみ、キラキラと輝く神々しさだったそうな。「恐ろしいほど美しい」とか「この世のこととは思えない」とか、あらすじ本にあったことを、俺は記憶している。善良なオヤジは、感激の涙を流したというが、泣いてる場合ではないだろうが。隣りにいる最愛の藤壺の腹には、アンタの息子の子供がいるのだ。

このゲネプロは、弘徽殿女御はもとより、上達部《かんだちめ》や親王たちも見ていた。さすがの女御も、光の神々しさと華やぎには圧倒されたらしい。またも我が子の春宮と比べ、歯ぎしりもしただろう。良喬が俺にぼやいた。

「光の君様の舞い姿に、女御様はあの場で聞こえよがしにおっしゃったんですよ。『まあ、光の君様のお美しいこと！　この美しさでは、神に愛されてきっと神隠しに遭うわ。おお、嫌だ嫌だ。不気味！』と」

言いそうなことだと、俺は吹き出した。だが良喬は、

「笑いごとではありません。それを聞いた若い女房たちは嫌な顔をするし、女御のおつきの女房たちは恥じるし」

と、ため息をついた。ただ、女御がそこまで言ってしまうほど、光はすごかったのだろう。残念ながらモノが違うのだ、光と春宮では。水と俺が違ったように。

俺が藤壺を「やり手」と断言するのは、ゲネプロの翌日のことだ。光は藤壺に宛てた手紙を託し、そこには次のように書いてあった。

「あなたへの切ない想いで、とても舞える気分にない私でした。でも、あなたのために必死に舞ったのです。私の切なく苦しい気持、おわかりになりますか」

藤壺が本気で突っぱねる気なら、こんな手紙に返事は出さないだろう。本気なら、あっちの世でもケータイ番号やメールアドレスを変えたりして、連絡が取れないようにする。気持が残っていたり、揺れたりしている場合は、気を持たせることも確かにある。だが、藤壺は亭主の連れ子とやっちゃって妊娠した状態だ。普通、亭主と別れて連れ子とくっつくか、連れ子をピシャッと拒絶するかだろう。

ところがだ。藤壺は返事の歌を詠んで、光に送り届けた。それも、ゲネプロの夜は帝と共寝して、その翌日にケロッと腹の子の父親に返事を書く。それだけでも驚くが、歌の内容が、

「唐の青海波故事は昔のことですが、昨日のあなたの舞いには胸を打たれました。とても他の方々と同じにには見られませんでした」

だと。返事を書くのは礼儀だという言い訳は、通用しない。こういう時は放っておく方が礼儀だ。光は光で、彼女は唐の故事まで知っている、何てすばらしい女だと惚れ直した上に、ほめられて舞い

あがり、歌を肌身離さず持つしまつだ。

これからしばらくして、俺は倫子の実家を出た。両親は本当によくしてくれたし、何の気兼ねもさせない人たちで、婿の俺を可愛がってくれた。だが、ずっとここにいるわけにもいかない。倫子と風子が消えて三か月、また一人で暮らす。

結婚後も残しておいたボロ家は、妙に広く寒々しく思えた。当初はここから通い婚をするつもりが、倫子と二人の時間が好きで楽しくて、べったりと同居していたのだ。独身時代は居ごこちのよかったボロ家なのに、秋の虫が鳴く廊下で倫子と風子ばかりを思う。

喪中の俺は出仕ができない。毎日、ボーッと部屋に座り、死んだ子の年を数えている。風子は一か月たてば、目が見えるようになったかな……二か月、首が据わったかな……三か月、笑うかな……そう思いながらいつの間にか眠る。倫子の袖に包んだ風子の髪は、いつも俺の懐にある。あるが、開けられない。

実はこのところ、俺は何のために生きているのか、わからなくなっている。何のために生きているのだろう。風子を作ったのは、俺と倫子だ。二人で作ったのに、倫子も風子も死んだ。なぜ俺だけ生きているのか。何をするために生きているのか。

暗い穴に引きずり込まれる実感がある。


冬の気配がしてきた頃、藤壺は出産のために、実家の三条邸に帰っていった。

ところが、その後、なかなか産気づかないため、帝をはじめ誰もが心配していた。本当は年末が予定日だった。しかし、年が明けて一月になっても生まれない。生まれるわけがない。光とやったのは、藤壺が病気で実家にいた四月か、そこらだ。誰もが、実家に下がる前に帝の子を宿したと思いこんでいるため、「出産は十二月だ、遅れても一月だ」と待っている。

年明け、出仕した俺を、待ってましたとばかりに弘徽殿女御が呼び出した。

俺は改めて喪明けの挨拶と、妻子への厚意に対して礼を述べると、女御は型通りにうなずいた。心ここにあらずという雰囲気だ。そして、

「藤壺の出産が遅れているのは、物の怪のせいではないかと、もっぱらの噂……」

とうかがうような目をした。ああ、俺は日常に戻ってきた。形代に目と唇まで入れて悲しんでくれた女御だが、悔みの言葉さえない。過去はたちどころに忘れる彼女と久々に会い、何だか少し救われた。

もっとも、女御の質問への答は「物の怪のせいじゃなくて、腹の子の父親のせいですよッ」と言いたいところだが、そうもいかない。あいまいに笑っていると、また畳みかけられた。

「雷鳴、藤壺が産む子は皇子か？　皇女か？　そして、藤壺は安産か？　もしや……」

女御は、その後の言葉を呑んだ。出産で母子を失った俺に、やっと気づいたのだろう。俺は意に介さないというように、ごく普通に答えた。

「占いましたところ、安産。お生まれなさいますのは皇子様」

女御の本音は「皇女が生まれて、藤壺は死んでほしい。皇子なら母子共に死んでほしい」と、それだろう。確かにさんざん痛いめに遭い続けている正妃としては、当然の気持だ。それに、以前から懸念していたように、男児が増えると春宮の天皇即位がおびやかされる。まして、生まれる子は、帝と藤壺の男児ということになっている。女御にしてみれば、これまで我が子は桐壺更衣の子と比べられ、

どれほど煮え湯を飲まされたか。今度は藤壺の皇子におびえねばならぬのか、冗談ではない。そう思うのは無理もない。

「ねえ、雷鳴。懐妊も無事の出産も、前世からの行いによるものと言われているであろう。雷鳴がどう占おうと、私にはあの藤壺が安産とは思えぬわ。前世で立派な行いをしてきたとは考えられないものねえ」

女御は俺の言った「安産」「皇子」に、明らかに動揺していた。さっきは母子を失った俺にハッと気づいたが、今はもう忘れている。覚えていれば、死んだ倫子は前世でいい行いをしていなかったから、バチが当たって風子共々死んだということになり、口には出すまい。だが、もはやそんな気づかいなど吹っとんでいるのも、かえって気が楽だ。

女御は本来、こういう負の感情を表に出すカッコ悪さを知っている人である。藤壺の前世を悪く言ったり、光が神隠しに遭いそうだと言ったり、そんな直接的で芸のない言動を恥じるタイプだ。だが、そんな美意識など吹っとぶほど、我が子を思い、動揺している。

倫子はあの世で、風子にこんなだろうか。風子のためにならなら、こうなってほしい。二人だけを死なせた俺に、言う資格はないか……。

二月、宮中で「出産の遅れは物の怪のせいだ」という噂がピークに達した。帝でさえ困惑し始めた時、藤壺は実家で皇子を産んだ。

光が彼女の実家に忍びこんだのが四月。計算はピッタリだ。かつ、皇子は光源氏にそっくりで、大変な美貌だという評判が、一気に駆け巡った。もちろん、光源氏の子だとは誰一人思ってもいない。

赤ん坊が兄の光に似ていても、何の不思議もないからだ。

そんな中で、良喬が嘆いた。

「女御様の呪いが、藤壺様の耳に入りましてね」

「何と?! 女御様は皇子様について、何か仰せになったのか? また神隠しがどうとか、大声で仰せになったのか?」

「はい。女御様はむしろ、みんなに聞こえてほしいかのように大声で呪われますから」

いかにも女御らしい。呪いというものは、普通ひっそりやるものだ。俺は笑いながら言った。

「良喬は言っていただろう。女御様は普通の枠にはおさまり切らない方ですと」

「申しましたが、もう少しおさまって下さっても……。実は藤壺様のお産は、楽ではなかったようなのです。特に母体が危《あやう》く、亡くなられても不思議はなかったとか。そんな時に、女御様が『あの人は前世の行いが悪いから……』と呪っているとお耳になされたようです」

「それで、藤壺様はますます悪くなったのか」

「いえ、生き返る力を得ました」

「は?」

「ここで死んでは、女御の勝ちだと。藤壺の前世の行いが悪い証拠だと、女御が大喜びすると」

「それで負けてなるかと力を盛り返された……」

「のようでございます」

「女御の望み通りに死ぬより、皇子を立派に育ててみせるぞ、母は長生きしてみせるぞ、強く生き抜くぞと……」

「おそらく」

俺と良喬は同時に苦笑した。呪いが逆効果になったおかしさと、弘徽殿女御っていいよなァという思いの、共有だったと思う。

「良喬、上様は皇子様と接見なされたのか？」

光源氏の子を、藤壺はどのツラ下げて「あなたの御子です」と帝に見せたのか。

「いえ、まだのようでございます。上様はたいそうお待ちと伺っておりますが、藤壺様は『生まれたばかりで、見苦しい時ですので』とおっしゃっているとか。いくら生きる力を盛り返されたとはいえ、藤壺様のお体も回復なさっていないのでしょう。まだお里におられます」

良喬は何も疑っていない。そして、言った。

「光の君様が、『それでは私が皇子とお会いし、上様に様子をお伝え致しましょう』と、お申し出になられたとか」

光はぬけぬけと、我が子と会うと言ったか。

「しかし、藤壺様は同じ理由で、お断りになられたと伺っております。よほど、ご体調がよろしくないのでしょうか」

よろしくないのは、皇子の出生の秘密だ。さすがの藤壺も、光源氏の息子を抱いて帝の前に出るのは、気がひけるのだろう。ぐずぐずと時間を稼ぐ態度は、やり手にありがちな気の小ささである。

良喬は思い出したように、

「ついお話が長くなりました。女御様がお呼びですので、弘徽殿にいらして下さい」

と、俺を促した。

女御は人払いをし、二人きりになるなり言った。

「皇子は光源氏の子でしょ」

戸のすき間から見える庭に、猫柳の芽が光っていた。

第十一章

女御にスパッと正面から言われ、俺の目は泳いだかもしれない。皇子自身、自分が許されない不義の子であることは、ずっと後になってから知る。だが、周囲には徹底して秘密にされ、当の帝さえも知らぬまま生涯を終えることになっている。

どうして女御が……と答に窮していると、またも正面から言い切った。

「少し考えれば気づくわ、少くとも帝の子ではないと。まさか息子の光源氏の子とは思わないまでもね。数えてごらん。二月に生まれたということは、藤壺が里にいる時にできた子よ。帝は宮中から一歩もお出になっておりません」

黙るしかない。女御はさらに畳みかけた。

「でも心配はいらぬ。私以外はたぶんみんな、物の怪のせいで十二か月もお腹に入っていたと思っておる。それはそうよ。継母を懐妊させる息子なんて、普通の人間の想像を超えているもの」

全部をぶちまけたい衝動が、俺を貫いた。言えるなら、「その通りです。ひどい息子と継母もいたものですよ。何が物の怪だ。妖怪は藤壺と光でしょう」と。

それは、不義の子を作ったことへの怒りではない。また、裏で帝を欺《あざむ》き、イケシャアシャアとしている妻と息子への憤りでもない。倫子と俺の不幸があまりにも理不尽で、藤壺の出産を許せなかったのだ。

　倫子と俺は、まともに生きてきた。二人で日々の幸せを作り、積みあげ、他人を欺くことなど何ひとつせず、一生懸命に生きてきた。風子もだ。小さな小さな肺に空気を必死に吸い込み、生きようともがいた。倫子も俺も、まして風子は何も悪いことをしていない。なのに二人は苦しみの果てに死に、俺は一人残され、苦しみの中で生きている。

　妻子の死から時間がたつにつれ、悲しみが大きくなる。それは「衝撃」という初期の症状と違い、冷え冷えと襲ってくる。当初は、誰もが「大丈夫ですか」「力になれることはありますか」等々、気にかけてくれた。もはや、それもない。その中で、当事者の俺の悲しみだけが冷え冷えとしている。

　どうして俺は二人を救えなかったのか。何か方法があったのではないか。俺の落ち度だ。毎日、自分を責める。苦しい。もうずっと腹がすかず、ほとんど食べていない。眠れば二人が夢に立つ。俺はなぜ二人を死なせてしまったのか。

　一方、藤壺と光はイケシャアシャアと生き、皇子も元気いっぱいにこの世に舞い降りた。皇子に罪はないが、藤壺と光の幸せは許せなかった。

　藤壺は何度か光と関係しているようだし、その後も舞い姿やら管絃やらで、繰り返し光に色目を送っている。この態度で「レイプ」は通用しない。二人ともやりたくてやった。俺はそう思う。光にしても、満九歳の若紫に一目惚れした翌月に、藤壺を妊娠させたのだ。この下半身のだらしない男女が、まともに懸命に生きた男女より幸せになり、女御と春宮の人生をもおびやかす。

「雷鳴、皇子の出生の秘密、答えずともよい。その沈黙が答であると、私は受け取った。このとてつもない不義を口に出すことは、陰陽師の枠を超えておろう。私が勝手に受け取った分には、何の問題もない」

ああ、敵《かな》わない、この女には。

そして、そう言われてどこかで安堵し、何も答えなかった俺自身が情けなかった。俺は理不尽なことへの怒りも、自分の不幸と比べた憤りも、何もかもが中途半端な人間なのだ。女御の言葉に安堵するばかりで、ぶちまけるトンガリがないのだ、俺のような人間は可もなく不可もなく、息を吸い続けて一生を終えるのだろう。こっちの世に来ても、イザとなるとこうかよ……と情けなかった。

「雷鳴、藤壺も光も皇子の出生の秘密は守り抜くであろう。だが、万が一にも知れた場合、誰に知れたら一番恐いと思うか」

言葉に詰まる俺に、女御は、

「答えずともよい。答えたら、出生の秘密を自ら肯定したことになるゆえな」

と、おかしそうに笑った。そして、

「私に知れるのが一番恐い。あの二人は、帝のことは舐《な》めている。まるめこめると思うておる。だが、私はそうはいかぬ。二人はそれをわかっておるはず。何をされるか予測がつかぬということもな」

と言った後で、「面白いことになってきた」とつぶやいた言葉を、俺は確かに耳にしていた。

その後も二か月ほど、皇子は藤壺が実家で育て、誰にも見せようとはしなかった。帝がいくら参内を言っても、里から出ない。むろん、光も対面していない。さすがの藤壺も、光にそっくりな息子を帝に見せる勇気はないのだ。光に見せる勇気もだ。だが、一生実家に引きこもって、見せないわけにはいかず、また大きくなればなるほど、もっと光に似てくる。そんなことはわかっているだろうに、ウジウジ悩んだり、ウジウジ思いわずらったり、涙ぐんだり、まったくよくある女のパターンだ。義理の息子とやる度胸があれば、恐いものなしだろうよ。もっとも、弘徽殿女御のようにパキパキビシビシより、ウジウジグダグダの方が女として可愛いと思う男も少なくはあるまい。

こうして二か月もぐずった後、とうとう藤壺は皇子と共に参内することになった。生まれたばかりの若宮にふさわしく、陽春の空と風がここちいい四月の午後だった。

桐壺帝は対面の場に光源氏を呼んだ。光にとっては「弟」の誕生であり、帝は共に喜びたいと思ったのだろう。同時に、自分の死後もよろしく後見を頼むという思いもあったと思う。

三人で若宮と会うシーンは、あらすじ本で暗記するほど読んだ。

帝はあまりの可愛さに涙ぐみ、

「何と光源氏と似ていることよ。これ、若宮よ。ここにいる兄・光源氏は、誰も追いつけぬほど秀《ひい》でている。秀でている者同士はそっくりなのだなァ……。父はそなたの成長が楽しみでならぬ」

そう言って、二か月になった赤児をおっかなびっくり抱いたりする。藤壺は罪の重さと、何ということをしでかしたのかという慚愧《ざんき》の念で、汗を流していたと書いてあった。「汗」というのが妙にリアルで、俺はドキッとしたのでよく覚えている。こっちは冷房もないのに、男も女も汗を見せない。俺は弘徽殿女御の汗など見たこともない。高貴な人間は、汗などという体液は見せないのだ。女御は「まるめこめると舐めている」と言っていたが、藤壺は汗をかくほど追いつめられていた。

宮中の噂によると、光はその場から途中で退出したそうだ。人々は、

「あまりにお美しく立派な若宮様で、お父上様とお母上様の水入らずにしてさしあげたそうな。さすがに細やかな光の君様」

と思ったそうだが、チャンチャラおかしい。あまりに自分に似ていて、居たたまれなくなったに決

まっている。何の疑いも持たぬ父帝がメロメロになり、あげく「秀でた者同士は似る」などと光をも讃美しては、とてもその場にはいられなかっただろう。

それにしてもだ。光の兄、つまり春宮は常にラインから外されている。若宮が光の弟なら、春宮の弟でもあるのだ。母親は三人とも違うが、弘徽殿女御が産んだ長男、桐壺更衣が産んだ次男、藤壺女御が産んだ三男だ。だが、父帝は対面の席に長男は呼ばない。たぶん、長男のことなどケロッと忘れているのだ。そう思うと、あの母と息子が哀しく、俺はまた半端ながら怒りがこみあげてくる。


再び七月が巡ってきた。

倫子と風子がいなくなって、一年がたつ。

死んだ直後は、死を認めさせるものを避けた。風子に使わせるはずの食器や、倫子が喜んで植えた草花などは、絶対に見なかった。死を認めているのだが、認めたくなかった。やがて、何のために俺だけ生きているのかと苦しみ、その後、なぜ助けてやれなかったのかと自分を責めた。

一年たった今、冷え冷えとした悲しみは過ぎ、諦めに近い静かな悲しみが広がる。夢中で仕事をし、何とか思い出すまいとしている。「ああ、二人はもういないのだ」といつも思っているのに、思い出すまいとする。

それでも二人の命日には、一人で竹藪に入った。竹の葉が風に鳴り、緑の匂いがした。俺は特に美しい一本の竹にさわった。

「風子、かぐや姫。どこにいる?」

湿った風に、葉が鳴るばかりだった。生きていれば、弁当を持って三人でここに来て、俺はかぐや姫の物語をしてやっただろう。一歳の風子は、そんな話などどうでもよくて、俺の腕の中で眠ってしまったりして……倫子が「やっぱりね」と笑ったりして……と考える。涙は出ず、誰か別人のことのようで、まったく現実感がなかった。

竹藪にどのくらいの時間いたのか、よくわからない。まだ夕刻というには早く、俺は帰りの道端で露草を見つけた。きれいな青い花びらが開いていた。切り取った倫子の袖に描かれていた露草だ。

そして唐突に思い出した。あの真新しい着物を遺体にかけながら、倫子の母親が言ったのだ。

「雷鳴様は螢がお好きだそうで、倫子にねだられたんですよ。露草の着物を作ってねって。露草は螢のおうちだと思うからって」

思い出しても、涙は出なかった。現実感がない。微笑さえ浮かんだ。

露草を摘み、家に帰って盃《さかずき》にさした。それを両手で包んだ。何だかこの花は、倫子にも風子にもよく似ている気がした。出しゃばるところがひとつもなく、清らかな青い花びらを小さく遠慮がちに咲かせている。

露草は、見ているうちにしおれた。野の花らしさは、やっぱり倫子と風子によく似ていた。

このころ、ある噂が宮中を駆け巡っていた。

桐壺帝が、藤壺を中宮《ちゆうぐう》にするらしいという。中宮とは皇后のことである。俺はすでに読んで知っているのだが、弘徽殿女御という正妃がいながら、帝はこの後、藤壺を立后《りつごう》、つまり正式に皇后と定める。こんなことがあっていいのか。若宮を跡取り息子と信じている帝に、「あれはアンタの息子が、アンタのカミさんに産ませたんだよ」と言ったら、どうする気だろう。

それにしても、噂というものはアテになるものだ。「火のないところに煙は立たない」ということを、こっちの世で思い知らされた。口から口へという噂は、ネットのように顔が見えない噂よりもアテになるかもしれない。

そんなことを考えていたある日、春宮に呼ばれた。

「雷鳴はすでに見通しておるか？」

ピンと来た。

「はい。藤壺様の立后ですね。噂も駆け巡っております」

「ああ。母上様にしてみれば、これ以上の屈辱はない。母上様の本心としては、帝からのお話をすべて雷鳴に話し、今後のことを相談したいとお思いであろう。しかし、母上様にとって、帝からのお言葉を他人につまびらかにすることこそ屈辱のはず。それなら私が代わって話し、相談致そうと思い、こうして呼んだ」

「帝は藤壺様の立后を、女御様に直接お話しなされたのですか」

「ああ。母上様にはっきりと、藤壺を中宮の地位につけると」

「そして……光の君様を若宮様の後楯《うしろだて》に……と」

「その通りだ。帝は『春宮を帝にするゆえ、皇后は藤壺に』と仰せになったようだ。『春宮が帝になれば、そなたは皇太后だ』と母上様に」

春宮は声を荒らげた。

「そして、『皇太后にも后がつく。同じ后ではないか』と仰せになった……」

そんな軽いことを言ったのか。端目からも、春宮が怒りに震えているのがわかった。珍しいことだった。

「私は帝になぞならなくてよい。それより、母上様を侮辱せず、まっとうに扱って頂きたかった」

「女御様はこのことについて、何かおっしゃっていましたか」

「いや、まったく。母上様はご自分は屈辱を受けても、私を帝にしたかったのだ。『同じに后がつくではないか』と、バカにされたようなことを言われてまでも」

長い沈黙の後、春宮は絞り出すように言った。

「私の母は正妃である。皇太子の母である。それをいとも簡単に飛び越えて、入内《じゅだい》したばかりの藤壺を立后する。こんなことがあっていいのか」

「あってはなりません。怒りの噂がしきりです」

春宮は大きく息を吐き、黙った。気を落ちつけているように見えた。やがて、静かに言った。

「まっすぐに真剣に生きている者がひどいめに遭い、あってはならぬことをしている者がいいめにあい続けたりする。そして、その者たちに天罰は下らない。それが世の中というものか」

「いや、天罰は下るものです」

そう言うしかなかった。

「下るのが見えるか？」

「はい。見えます」

そう言うしかなかった。俺だってあの二人には天罰が下ってほしい。

「見えるはずがない。世の中とは不公平なもの、天罰はむしろ母上様や私に下ったりするのだ」

「いや……見えます」

「そう言うてくれる雷鳴には救われる。そなたには話しておきたい。私は帝になったなら、外戚政治を推し進める」

「何と……」

「父帝が最もお嫌いな道だ。父帝は、あれほど外戚政治を嫌悪なさりながら、藤壺を中宮にされる。これは外戚政治と同じだということ、わかるか？」

あらすじ本には、そこまで書いてなかった。

「藤壺を中宮にしたのは、父帝が若宮の将来を考えてのこと。父帝はいずれ私を帝にし、若宮を春宮にするおつもりと思われる。むろん、父帝は私などどうでもよく、若宮が帝になられた御世《みよ》を見すえておられる。本当は藤壺の外戚で固めて、若宮の御世を安泰になさりたいのだが、藤壺にはそういう外戚がおらぬ。どうしたら、若宮が安泰でいられるか。せめて若宮の生母である藤壺を、中宮という揺るぎない地位につけようとお考えになったのだ。若宮を支えるというご配慮だ」

「……つまり、帝はあれほどお嫌いな外戚政治であっても、若宮のためならそうしたいということですな？　だが、外戚がいないのでできず、それなら母親を中宮にしようと。帝はおっしゃることとなさることが違うと、こういうことですな？　いや、お答えなさいますな。私が勝手に受け取っただけにございます」

色白な春宮の頰に、赤みがさしていた。

春宮はうなずき、強い目で俺を見た。

「私は若宮に世を譲る前に、私の代で右大臣家を中心にして、外戚政治を強く推し進める」

それは母と長男から、父へ向けた報復だ。天罰が下らぬのがこの世なら、自分で下してやるということだ。

こんなに激しい春宮は初めてだった。そして何よりも、たとえ俺と二人きりの、ここだけの話であっても、神とイコールである帝に対し、そのようなことを匂わせるなど、絶対にありえないことだった。穏やかで目立たぬ長男は、父が母になした理不尽の数々を、ここまで重くとらえていた。「女手ひとつ」という状態で自分を育て、守り抜いてきた母を、ここまで切なくとらえていた。

「春宮様、雷鳴であっても間違いなく、春宮様と同じ決意をしたと思います。もしも雷鳴が力になれることがございましたら、体を張って果たします」

倫子も風子もいない世、体を張って殺されても、まったく構わない。あの世で一緒に暮らせて嬉しいというものだ。

「何と心強い。藤壺の立后には、父帝の思惑がもうひとつ、くっきりと拝見できる。右大臣家がとにかくお嫌いなのだ。弘徽殿女御勢力の息の根を止め、右大臣家の外戚政治を徹底して排除しようとなされた」

「そうでありながら、若宮様のためには藤壺様に外戚がいたらよかったのにと嘆き、それがいないとなれば立后……」

春宮は血が出るほど唇をかんだ。弟よりデキが悪かろうと、凡庸で目立たなかろうと、人間は誰しも心を持ち、生きている。どんな人間も唇をかみ、時には報復という匂いを示すほどに生きている。

遠い日の俺もそうだった。

光は藤壺への想いに苦しみながらも、二人で会うことはできずにいた。藤壺が絶対に会おうとはせず、若宮を見せることも一切しなかった。藤壺は我が子の出生の秘密を守るために必死であり、とにかく光を遠ざけたい。弘徽殿女御の言う通りだった。

やがて藤壺は中宮となり、光は若宮の後楯として立つことになった。一連のこの人事については、弘徽殿女御を嫌う人たちでさえ、さすがにおかしいと噂していた。

女御が結婚した時、桐壺帝は決して盤石な基盤を持っていたわけではない。だが、女御はどの女よりも先に入内し、父親の力を頼みに帝を支えた。子もなし、甘い時期もなかったとは言えまい。また、帝は光より年下の姫を二人、女御に産ませてもいる。桐壺更衣にかまけて良心が痛むと、寝所に招いたのだろう。しかし、現実には、現在の桐壺帝を作ったとも言える糟糠の正妃を平気で袖にし、新参の女を中宮に立てたのだ。噂が女御に味方するのも当然だった。それにしても藤壺、本当においしいとこ取りの女である。

そろそろ、秋も本番という頃、俺は女御に呼ばれた。藤壺が中宮になって三か月以上がたつが、これまで呼び出しは一切なかった。おそらく、大変なショックを受け、それを他人には見せたくなかったのだろう。

三か月もたったせいか、女御はごく普通に見えた。しかしだ。

「雷鳴、私は帝に申し上げた」

「何を……」

「若宮様は光源氏の御子だと思いますよ、と」

俺は完全に固まっていた。涼しい顔の女御に、やっと質問したが、声がかすれているのが自分でもわかった。

「……いつ、そのようなことを。確かなことでは……ありませんのに」

「あら、確かよ」

「……」

「いいのよ、答えなくて」

女御はうふふと笑うと、

「藤壷を中宮に立てると帝が私に仰せになった日に、申し上げたの」

これには二の句がつげなかった。当日、すぐにぶちまけたということか。もっとも、皇后も皇太后も同じに「后」がつくなんぞとぬかし、丸めこもうとした帝だ。ぶちまけたくもなろう。

「雷鳴、私にそんな衝撃的なことを言われて、帝は何と仰せになったと思う？」

恐ろしくて、想像もつかない。

「仰せになったわ。ありうることだ、若宮の生まれた月日からして」

「何と……」

「さらに仰せになりました。人は生きていれば、疑わしいことには幾らでも出遭う」

女御は遠くを見つめ、再現するかのように続けた。

「万が一にも、若宮が私の子でなかろうと、光源氏の子ならば構わぬ。光の子であるなら、私の血。帝の血」

俺は黙るしかなかった。

もしかしたら、若宮の出生について、帝は女御に言われるよりも先に気づいていたのではなかろうか。そうでなければ、そんなに平然とはしていられまい。早くから気づいて悩んだ後で、女御からズバリと言われた。その時すでに、こういう動じない答ができるところまで到達していた。そう思えてならない。

　だが、俺は黙り続けた。うかつにも、若宮の秘密を肯定しているような言葉を吐いては、大変だ。何とか話題を変えたいが、こんなすごい話から、どう変えればいいのか。俺の能力を超えている。黙っているしかない。

「私が何より恥じたのは、私自身が動揺したことよ」

「え……？」

「帝は若宮の秘密を、私の口からお聞きになった瞬間、大変に動揺なさったはずよ。でも、それをまったくお見せにならなかった。私は意地悪くも、御目の小さな動きや御指の動きまで、じっと見ていた。でも、帝は本当に泰然となさって、『ありうることだ』と。『光の子であるなら、私の血』と。顔色ひとつお変えにならなかった」

　そんな帝を前にした時、チクった自分がちっぽけに見え、恥じたのだろう。だが、違った。

「泰然として動じない帝を御前にして、私自身が動じたの。こんなはずではなかった……と。こんな大変な事実を申し上げているのに、どうして眉ひとつ動かされないの……と。私が動揺していた。それが何より恥ずかしい」

　つくづく思った。これほど冷静に自分を見つめ、相手を見つめる女は、男との間に性愛は成立しない。「抱く」「抱かれる」という行為は、今の女御には重ならない。新婚当初はともかくだ。

「でもね、雷鳴。これほどの秘密を知った以上、ずっと泰然としていられないのが、人というもの」

「帝が何か仕返しされると？」

女御はそれには答えず、

「それにしても、何も息子の女を中宮にすることもないのにねえ」

と笑った。


日々はとりたてて何の変化もなく過ぎ、帝が仕返しすることもなく、再び新しい年を迎えた。若宮はもうすぐ満一歳になろうとしていた。

そんな時である。女御がご機嫌な口調で、俺に言った。

「半年後、春宮妃が入内致す」

あらすじ本で読んで覚えている。『源氏物語』では「朧月夜《おぼろづきよ》」と呼ばれている女だ。これも問題を起こすのだが、言えるわけがない。

「今度は葵の上と違い、光に横盗りされることはない」

そう、朧月夜は女御の妹なのである。俺は知らんぷりして、占ったかの如く言った。

「その姫君様のお父上様が、ぜひ春宮様にさしあげたいと熱心におっしゃっておられますな」

「お見通しだな、雷鳴。妃《きさき》になる姫は、実は私の末の妹。父の右大臣が可愛がってやまぬ六番目の姫だ」

この当時は、叔母と甥の結婚は許されていた。血がつながっていてもである。女御は、

「私の妹ゆえ、光に横盗りされる轍《てつ》は二度と踏まぬ。大らかでゆったりした姫で、周囲の者を癒やす気だてだ」

と口元をほころばせた。俺はつい、

「ご姉妹とはいえ、姉君様とは大違いですな」

と軽口を叩いた。女御は怒るどころか、

「その通り。父上様は私を煙たがっておられるが、妹のことは可愛いてならぬ。そのあたりからも気だてがようわかろう」

と微笑んだ。

俺は春宮の言葉を思い出していた。何としても外戚政治を進めると断じた言葉だ。もしかしたら、それを母に話したのかもしれない。「報復」だの「天罰」だのという言葉は遣わずとも、この母である。息子の気持に気づいただろう。その結果、自分の妹を妃に迎える決心をしたのではないか。

つまり、春宮妃が右大臣家から出て、もしも皇子が生まれれば、外戚勢力はまた強くなる。そして近い将来、桐壺帝が譲位すれば、今の春宮が新帝となるのは約束済みだ。その際、藤壺が産んだ若宮が新しい春宮となっても、新帝が我が皇子に帝を継がせることは十分ありうる。

母と息子は着々と、右大臣家で固めようとしている。加えて、もうひとつの思いも決して小さくはなかろう。女御はサラリと言ったが、自分の妹ならば、絶対に光に盗られないという母の思い。光輝く弟と比べられ、卑下され、あげく葵の上を横盗りされた我が子だ。不憫《ふびん》でならず、二度と再び、そんな痛いめに遭わせたくないと思っただろう。女御自身も痛いめに遭い続けているというのに、母親というもの、自分の痛みなど小さなことなのだ。

倫子にもそんな思いをさせてやりたかった。風子が「父上様と結婚する」などと言い、幸せそうな倫子の反応も見たかった。

最近、妻と娘は突然、俺の心に姿を現わす。できるだけ思い出すまいと、懸命に忙しく生きているのだが、二人は突然現われる。必ず笑顔で現われる。つらい。

それほどつらいのに、倫子の袖口と風子の髪は、今でも見られない。見たい。露草の袖口とサワサワの髪。見られない。


こうして、再び桜の季節が巡ってきた。出生の秘密はバレぬまま、若宮は満一歳になった。「面白いことになってきた」と怖ろしいことをつぶやいていた女御だが、帝にチクったことで、もう完結したのかもしれない。何も怖ろしいことをせず、帝の動きもなかった。女御は朧月夜の入内が三か月後に迫り、嬉しさで他のことはどうでもいいのかもしれない。

そしてある夜、宮中で桜を見る宴《うたげ》が催された。帝、中宮、春宮、そして多くの姫君や上達部《かんだちめ》が南殿《なでん》に集まり、夜桜を楽しむ宴だ。

むろん、帝と藤壺中宮が並んで中央に座る。それを見る弘徽殿女御は、どんな思いがするのだろう。明らかに、自分の方が下位なのだ。

光源氏もどんな思いで参加するのか。子までなした藤壺が、今や中宮という高い地位につき、ますます遠い存在になっている。若紫は子供で、まだ父と娘のような関係だ。藤壺への想いに苦しみながらも会えず、やっと会えれば中宮として父帝と並んでいる。

その父帝とて、どういう思いでいるのか。藤壺と息子の密通を、おそらく信じている。平然と中宮と並び、桜など愛《め》でられるのだろうか。

この花の宴では、みなが詩作をするのだが、光のそれは特にすばらしかったと、あらすじ本には書いてあった。藤壺中宮はそんな光の姿と才能に、宴でも心乱れた。だが、それを表に出すことは決してなかった。彼女にとっては、若宮を桐壺帝の子として守ることが、何より大切なのである。そのためには、光には高い壁を作り、自分や若宮に絶対に近づけてはならないのだ。

それぞれの暗い思いを隠した男女が、夜桜を共に見るのは恐いものがある。

それにしても、花見に詩作か。あっちの夜では、桜といえば酒だ。詩作よりずっと気楽だが、裸同然の服を着た女の子が急性アルコール中毒で、救急車に乗せられる。似たりよったりのレベルの女の子たちが、「ヤベーよ、ヤベー」と慌てる。日本は気楽になった分、限りなくだらしなくなった。

この宴の夜、実は大変な事件が起こる。夜が更けた今、まさに起こっている最中の時刻だろう。あんなにも春宮の結婚を楽しみにしている女御には想像もつかないことだ。

光はこの夜、遠くからではあるが、久々に藤壺中宮の姿を眺め、その気品と美しさに打ちのめされた。そして、宴が終わった夜更け、何とかもう一目だけでも会えないものかと、彼女の宮殿のあたりを歩いた。すでに誰もが寝静まっており、かすんだような春の月だけが明るい。

こういう風情のある宵に、ふと出会ったりしないかなァと、光でなくとも期待する。だが、出入口はすべて錠がかかっている。藤壺の美しい姿を眺めてしまっただけに、どうにも諦めきれず、今度は弘徽殿の方をぶらぶらと歩いた。光はこの夜、自分がどれほど光り輝いているかを自覚していた。姿にせよ和歌にせよだ。その輝きを藤壺中宮に見せつけた高揚感。皇籍を離脱したものの、常に自分がすべての中心にいる快感。兄の春宮とは比べものにならない寵愛《ちょうあい》を父帝から受けている自負。どうして自分はこんなにもすばらしいのか。気持はそこまで高ぶっていた。

こういう時、男は女が欲しい。

弘徽殿の中は不用心にも施錠がされておらず、戸も開いている。人の気配もしない。光は「まったく、これでは男と女の過ちを起こせと言ってるようなものだよなァ」と苦笑しながら、御殿の廊下を歩いていた。

すると、向こうから女の声がする。

「ああ、春の朧月夜は照りすぎず曇りすぎず、こんなにすばらしいものはないわァ」

女はそう一人言のように言いながら、無防備な様子で歩いてくる。光はすっかりその気になり、女の袖をつかまえた。女は倒れるほど驚いた。だが、天下の光源氏、言葉がすごい。

「月はこんな深い夜の風情を知っているから、光を射すんです。今夜は朧月夜ですが、私とあなたはおぼろ気ではないご縁ということです」

そして有無を言わせず一室に連れ込み、戸を閉めてしまった。震えている女に向かい、

「私は誰にでも許される人間ですから、騒いでも無駄ですよ。それより、二人だけで楽しみませんか？」

女は相手が光源氏だと気づくと同時に、騒ぐのをやめた。騒ぐと「強情でセンスのない女」と思われそうだと感じたのだ。あらすじ本に、そう書かれていたことを覚えている。レイプが迫っている時に、ダサイ女だと思われたくない心境にさせる。光源氏の真骨頂だ。

そして、関係してしまったのである。それも、処女だった。

この女こそが、六《ろく》の君《きみ》。朧月夜である。そう、弘徽殿女御の末妹で、三か月後には春宮妃になる女。春宮はまたしても、先に光にやられてしまった。処女の花嫁をだ。

朧月夜とて婚約者が光の兄だとわかっているはずだ。なのに夜が明けると、光への未練まで見せる。

「悲しい運命の私がはかなく死んでも、あなたは露をかき分けて私のお墓を探し、来て下さるような

ことはなさらないでしょ。薄情なおかたね」

なんぞという歌を詠む。さっきまで処女だったというのに、その目や体がなまめかしく、艶《つや》っぽい。

光は、

「私たちの関係をこれで終わらせようなんて、あなたは思っていないよね。私をだます気はないだろうね。露をかき分けて行くに決まっているけど、名前も教えてくれないんじゃ、行けないよ」

などと口説きの歌を贈る。そして扇を交換して、この日は別れた。

やがて、光は彼女が兄の婚約者だと知った。どうしたか。「マジ？ ごめんごめん」と思う程度であった。そしてすぐに、「右大臣の娘かァ。深入りして、あの大臣に婿扱いされたりしては、うざいしなァ」と思いつつ、「でもあの女、よかったよなァ。何とかまた会えないかなァ」と本気で思うのだ。

俺はこういう男は病気だと思う。アメリカのプロゴルファーや俳優が、「セックス依存症」とされていたが、光源氏も間違いなくそれだと思う。ここまで来ると、「神と同様に色好み」とは言っていられない。いくら時代背景や生活習慣、風俗が一千年前のものであろうと、三か月後に兄の妻になる処女とやって、「もっとやりてえ。会いてえ」は、あっちの世ならセックス依存症で病院送りだ。

その後一か月間、二人が会うことはなかった。いくら光でも、恐ろしい女御の妹となれば会いにくい。それに、朧月夜が兄の正妃になる日はどんどん近づく。だが、「何とか会えないか」と光は思い続け、朧月夜も嘆き暮らしていた。光との逢瀬を思い出しては、春宮の妃になることに心乱され、どうしようもない。

光にしてみれば、再会の方法はあったのだが、幼い頃からずっと敵対関係にある右大臣家や弘徽殿女御と関わりたくない。だが、あの豊満でセクシーな兄のフィアンセを抱きたい。まったく、病院に送れ！　である。

考えてみれば、桐壺帝と光源氏を取り巻く男女は、本人たちも含めて病院送りにふさわしい者ばかりだ。弘徽殿女御と春宮だけが、人間として最も当たり前の価値観を持っている。なのに、女御は単にトゲトゲしくて底意地の悪い女とされ、春宮は弟の陰で役立たずの兄とされる。当然、あっちの世では二人の名はマイナーだ。腹が立つ。

五月になると、今度は右大臣家が藤の花を愛でる会を催すことになった。自邸に上達部や親王をたくさん招いて競射の会を開き、夜はそのまま藤棚の下で宴にしようというのである。

右大臣は派手好みで、自邸も自慢の当世風の造りである。それをさらに改築して磨きあげただけに、人に見せたくてたまらない。当然、光も招かれた。派手好みの右大臣にしてみれば、大スターが来てくれれば華やぎが違う。

だが、宴が始まっても光は現われなかった。とにかく大スターに来てほしい右大臣は、「少しの時間でもいらして頂きたい」と使いまで送った。光はたまたま父帝のところにいた。帝は、

「得意満面で藤の宴か。右大臣らしいことだ」

と、苦笑しつつ、

「行っておやり。そなたの妹たちがいる邸《やしき》だし、向こうは他人とは思っていないのだから」

と言う。「妹たち」というのは、桐壺帝と弘徽殿女御の間にできた皇女二人のことで、光源氏とは腹違いになる。光はそれならばと思い、装束を丁寧に選んで調《ととの》えた。そして、さんざん待たせて、すっかり日が暮れた頃に右大臣邸に着いた。

もてる男の計算は、非常に参考になる。

ひとつは、装束の選び方だ。居並ぶ男たちは全員が指貫《さしぬき》をつけて、束帯《そくたい》という礼装である。指貫は足首のところで裾をしぼった袴《はかま》だ。藤の花を愛でる宴の前に、競射の会があったため、動きやすい礼装をしてきている。

が、光だけは直衣《のうし》姿の平服。平服といってもTシャツに短パンのランクではない。直衣とは、膝下まであるたっぷりした上着とでも言おうか。光が選んだ直衣は、表地が白の唐織りで、裏地は蘇芳《すおう》。つまり紫蘇《しそ》の色だ。赤紫が白に透けるため、これを「桜がさね」と呼ぶのだが、きっと薄紫の藤色にも見えたのではないだろうか。色白でなまめかしい光に、それはどんなに似合ったかと思う。さらに葡萄《えび》染めの下襲《したがさね》をつけ、その裾をヴェールのように長く引いていた。

それは王《おおぎみ》姿の略装ではあったが、いかにも若い皇子らしく、長い裾を引く姿は優美で、派手な邸も咲き乱れる藤の花もすっかりかすむほどだった、と読んだ記憶がある。

光は日常的に直衣姿を好んだとはいえ、下襲をつけて長く裾を引くのは、目立つという計算があったに決まっている。周囲は裾を絞った袴姿だとわかっていたのだから。

光源氏という男は、自分をより美しく見せることに手を抜かない。「人間は姿より心」などと、きいた風な口を叩く人はあっちの世でも少くはなかった。だが、それはきれいごとだ。最後の最後は姿より心でも、最初に見えるのは姿だ。水を見ていても姿が人生に与える影響は大きい。

男は「姿」か「頭」か「運動神経」のどれかひとつが図抜けていれば、世渡りがかなりラクだ。俺はどれもなかったし、光はどれも図抜けていた。春宮も三つとも備えてはいるが、「図抜けて」というほどではなく、光には太刀打ちできない。持って生まれたこれらに加え、光は自己演出に努め、手を抜かない。装束にしても、礼儀を守りつつ他と明確に違《たが》えるのはそれだと思う。

もうひとつ、もてる男として参考になるのは、相手をさんざん待たせておくことだ。こういう私的な集まりであるし、光には絶対に計算があった。もしも、時間前から来ていて出席者と談笑していたなら、薄紫に透ける装束も、長く引く裾も、効果は半減しただろう。さんざん待たせて、そこに突然現われる。全員の目が注がれる中、人々にかしずかれ、長い裾を引いて座に着く。効果は絶大だ。光は、計算にも手は抜かない。

俺は虚《むな》しくなった。あらすじ本は火に投じたが、こんなに暗記するほど読みこんだのは、倫子と風子を守るためだ。なのに二人はいない。俺をさんざん待たせて、突然現われないだろうか……。倫子、風子、今、現われたら、俺に対する効果は絶大だよ。出ておいで。

藤の宴では、右大臣も得意満面であっただろうが、光もそうだったと思う。そんな中、光はさり気なく席を立った。そして、腹違いの妹たちがいる御殿に行くと、戸口に寄りかかった。

「酒を強いられて、気分が悪いのです。姫君のいらっしゃるここで、私を介抱して下さいな」

と言って、表戸の御簾《みす》を引っ張って合図を送るのだから、この男、つくづくよくやる。さんざん待たせて、中座して、今度は女狙いだ。

その時、部屋の中から匂ってきたのは、朧月夜の香だった。光の胸が激しく打った。そして、

「ずっとあなたを求めていました。あの夜に見た月のように美しいあなた。そんなあなたに会うことをずっと求めていました」

という歌を詠んだ。すると几帳《きちょう》の中から、

「それならどうして、今まで私を捜し出せなかったの？　本気で捜さなかったからでしょ」

そう返歌を詠む声は、まさしく朧月夜本人。光は几帳越しに彼女の手を取った。もはや二人の心と体は止められなかった。しかし、女房たちばかりか宿直《とのい》の頭《とう》の弁《べん》までが、その様子を目撃していたことを、光源氏も朧月夜もまったく知らなかった。

春宮との結婚は二か月後に迫っていた。

第十二章

春宮との結婚が日々迫る中、朧月夜は光源氏との密会をやめなかった。

光によって女を花開かせた朧月夜は、光しか目に入らない。光は光で、自分が花開かせた女が、我を忘れる姿に興奮していたのではないか。葵の上のことはもちろん、六条御息所も若紫も全部ほったらかして、朧月夜との夜に溺れていた。弘徽殿女御は朧月夜を「大らかでゆったりして、周囲を癒す」タイプだと言っていたが、俺はあらすじ本を読んだ時に、知性に欠け、軽い女だなと感じた。結季菜もそうだったが、いうなれば「化粧と男と芸能界」にしか関心がないタイプだ。ただ、それはセックスフレンドとしては、むしろそそられる。

しかし、いくら朧月夜でも、右大臣家の盛衰を担って参内することは理解していたはずだ。兄との結婚が決まりながら、弟と肉欲をぶつけあうのは普通ではない。危険すぎる。たとえ知性に欠ける女でも、そこまでの危険に身をさらしたくなる理由が、何かあったと思うのだ。

朧月夜は、野心家の父親や政治家の姉に利用されて、「春宮妃として売られる自分」を感じていたのではないか。長姉の弘徽殿女御に対しては、年齢が離れているとはいえコンプレックスもあったと思うし、あがめるところもあっただろう。姉としての愛情を感じつつも、「上から目線」をも感じていたと思う。それが年齢差によるものとは違うこともだ。

なのに今、姉は右大臣家のために、自分を利用しようとしている。「お姉ちゃんは、ダンナとうまくいかなくて、息子もイマイチ。その息子のために、私を利用しようとしている。冗談じゃないわ。デキの悪い私にだって心があるし、生きているのよ」という気持だ。その気持、俺にはよくわかる。そして、そこに、女扱いに長《た》けた美貌の光源氏が出てきた。「婚約者の弟だろうが知っちゃいないわ。私は好きになったの。父や姉の言いなりになんかならない。知れたら知れた時よ」と、朧月夜の乱だ。

一方の光は、何とか藤壺中宮のことを諦めたかった。そこに、いいタイミングで現われた朧月夜にのめりこんだ。こういう時の相手は、「化粧と男と芸能界」にしか関心がないような女が一番いい。二人にとって、絶妙の出会いだったのだ。

しかし、インターネット社会並みに噂が流れる宮中である。危険な関係をいつまでも隠しおおせるわけがない。まず、几帳《きちょう》の陰から見ていた女房たちの口が、それを流した。皆がまさかと思う中、頭の弁が証言した。

「私は宿直の夜に、この目で見ました。間違いありません」

その上、いくら秘かに忍びこんでも、こうひんぱんだとバレて当然だ。

弘徽殿女御にも知れた。女御の怒りはすさまじかった。信じていた妹が、それも最愛の息子の正妃になる妹が、よりによって光源氏と密通していた。葵の上の時に、あれほど光源氏に煮え湯を飲まされ、今度ばかりは安全を疑わなかったのに、またか。また光源氏か！

女御の動きは早かった。直ちに、朧月夜の参内を撤回した。実妹とはいえ、こんな女を正妃にしては、春宮が恥をかく。

こうして右大臣家の目論見は大きく外れ、春宮妃として末娘を送り込む目は消えた。

ほどなく、俺は春宮に呼ばれた。朧月夜のことを占ってほしいという。

「もはや女御として参内はさせられぬ。だが、外戚としての右大臣家を強化するためにも、御匣殿《みくしげどの》で仕えさせてはどうかと考えている」

宮中には、衣服を調製する役所がある。そこの女官を監督するのが、御匣殿の仕事だ。むろん、帝の寝所に呼ばれる女たちでもある。

「御匣殿として仕えさせると、何か不都合が起こるか占ってくれ」

俺は驚いていた。春宮は光のことも朧月夜のことも怒っていないのか。すると、俺の気持を見透かしたように言った。

「光と会ってしまうと、どんな女でも、いや男でも圧倒されてしまう。無理ないんだ、何もかもみごとなんだから。私の弟なんだよ、そのすごい男は。……私の弟だと思うと、誇らしい気持にさえなってね」

兄は弟への「報復」を果たそうとしている。俺はそう思った。つまり、弟の女を御匣殿というランクの低い身分で自分に仕えさせ、寵愛《ちようあい》するつもりなのだ。そして、男児を産んだなら、朧月夜を正妃にする。完全に朧月夜を切るより、光にとっても身にこたえる。右大臣家の外戚としての権力も保持できる。外戚を強化するという帝への「報復」とダブルの逆襲だ。春宮はそう考えたと、俺は踏んだ。あらすじ本には、「朧月夜は宮中に入る」と書かれていたことから、答えた。

「占うまでもございません。春宮様の深いお心を思えば、不都合など起こるわけがございません」

春宮はうなずき、小さく吐息をもらした。

「私は、母上様以外の女から愛されたことがない」

この一言はしみた。俺だって、倫子と出会うまではそうだった。男にとって、母親以外の女から心底惚れられることは、本当に大切だ。俺は倫子にそうされて、生きる力になった。自分が生まれてきた意味さえ感じた。

ずっと昔、あっちの世にいた頃、新聞だったか雑誌だったかで読んだ。「男は敗北ストレスに弱い」という。ボス猿は敗北すると、体をこわすそうだ。春宮はその一歩手前かもしれない。

「春宮様、雷鳴の力など知れておりますが、これから先、春宮様が勝ち続けられますよう、全身をかけてお手伝いさせて頂きます」

俺は本気だ。断じて光を許せなかった。

やがて、御匣殿で宮中に入った朧月夜に、幸か不幸か春宮は魂を奪われてしまった。報復も何もあったものではない。夢中になってしまったのだ。早く子供ができるかもしれないという意味では、それは「幸」だ。だが、彼女はこっそりと光とも続いていたのである。それがバレた時の騒ぎを考えると「不幸」だ。俺は朧月夜を見かけたこともないが、よほど男をそそるのだろう。魔性の女だ。魔性の女に知的な女はいないと、俺は改めて思う。

光と藤壺の間に若宮が生まれて三年後、桐壺帝は譲位した。

春宮が朱雀帝《すざくてい》として即位し、新しい春宮には若宮が立った。光と藤壺の不義の子だ。光は右大将の地位につき、さらに帝から新・春宮の後見役を命ぜられた。この時、朱雀帝は満二十四歳、新・春宮は三歳、後見の光源氏は二十一歳である。ついでに言えば、俺はとうとう四十一歳になった。こっちに来て十九年、少し白髪もある。

弘徽殿女御はついに天皇の母となり、「弘徽殿大后《おおきさき》」である。桐壺帝は桐壺院として、政《まつりごと》の第一線から退いたため、実質的には「大后の世」だと誰もがわかっていた。朱雀帝も激しいものを内に秘めてはいるのだが、どうにも優しすぎる。

引退した桐壺院は、前にもまして藤壺にべったりで、常に二人で寄り添っている。大后は頑として、桐壺院の仙洞《せんとう》御所には行こうとしない。それはベタベタの二人を見たくないからだと囁かれている。だが、大后が無視しているからこそ、平和なのだ。

そんなある日、大后から俺にお呼びがかかった。朱雀帝が即位して以来、初めてのことだ。久々に会う大后は、確かに早くも「政権担当者」の風格と表情だ。

大后は俺を見るなり言った。

「三年もかかったけど、桐壺院は藤壺に仕返しをなさったわね」

「え……」

「忘れたの？」

思い出していた。三年前、藤壺が今の新・春宮を産んだ時のことだ。弘徽殿女御は桐壺帝に「あなたの子ではなく、光源氏の子」とぶちまけたのだ。それを俺に打ち明けた時、女御は「今に帝は藤壺と光に仕返しする」ということを匂わせた。

「思い出したようね。あの時、私は雷鳴に言ったでしょ。『これほどの秘密を知った以上、人間はいつまでも泰然としてはいられない』と。あの時は帝も泰然としていらしたけど、やっぱりね」

大后はふふふと笑った。何を仕返ししたのか、俺には見当もつかない。

「雷鳴は先々のことは恐ろしいほど当てるのに、過ぎたことはほとんど忘れるのね。光を新・春宮の後見役につけたことは、院から藤壺への強烈な仕返しよ」

ハッとした。藤壺は若宮を徹底して光から遠ざけてきた。二人が近づけば、その出生の秘密が漏れることがありうる。似すぎている二人が一緒にいる機会がふえれば、世間が疑うこともある。そして、若宮と光源氏が親密になればなるほど、若宮本人にバレることもある。藤壺はそれが恐かったからこそ、若宮を絶対に光に近づけなかった。この三年間で、光は一回か二回しか我が子を見ていないのではないか。

「気づいたようね、雷鳴。そうよ、院は藤壺のその気持を十分に知った上で、光を後見役にしたのよ。仕返しよ。ああ、面白い」

確かに面白かった。

「院は藤壺の裏切りを私から知らされて、やはり動揺なさっていたのよ。最も自然な仕返しを、ずっと考えていらしたんだわ。これは光への仕返しでもあるの。実の親子なのに名乗れず、父が子に仕えるわけよ。光を後見役にして、実の親子がしょっちゅう会えるようにして、でも名乗れないというのは、大変な仕返しよ。こういう冷酷なことを考える人間……大好きよ、私」

まったく、何という女だ。

「今に御匣殿が朱雀帝の子を産むわ。もう毎晩だもの。で、皇子が生まれたところで……」

大后の目が、本当に光った。

「大后様、何か恐ろしいことをお考えでは……」

「御匣殿が帝の皇子を産んだら、直ちに私は春宮の出生の秘密を公にする」

「えーッ?!」

「桐壺帝の子ではなく、光の子と知れた時点で、春宮は追われる。すぐに御匣殿が産んだ皇子を立坊」

みごとだ。

「院の御所に私が伺わないのは、二人が寄り添っているところを見たくないからという噂でしょ。とんでもないことよ。私は行きたくてたまらないの。帝と藤壺を、見たくてたまらないに決まっているでしょ。出生の秘密をお互いに知らんぷりして、どんな顔で寄り添っているのか、見たい、見たい、見たい！　でもね、私が行かない方が、院も藤壺も恐いの」

そして、またキラッと目を光らせた。

「人間が恐がるものは三つ。ひとつは大きなもの。もうひとつは遠くにあるもの。そしてもうひとつは見えないもの」

院と藤壺にとって、大后は実権を握っている女であり、遠くにいて、何をたくらんでいるのか見えないということだ。恐い。


光は我が子の後見役となり、単純に嬉しくてたまらない様子だった。立場上、二人きりにはなれずとも、藤壺と会う機会も生まれる。これは何より嬉しいことだったろう。

光は、御匣殿の朧月夜と秘かに関係を続けながらも、若紫の教育は怠りなかった。少女を自分好みの女に仕立てている最中である。その一方、六条御息所にはまったくご無沙汰していた。生霊《いきりょう》となって夕顔に取り憑《つ》いて以来、おぞましさが先に立つ。無理もない。愛するがあまり、魂が夢の通い路を通ってやってくるという女、誰だって引く。もちろん、葵の上のことは放ったらかしである。男女の機微に疎《うと》く、他人行儀で心を開かない女、これも引くのはわかる。

ただ、光があまりにも葵の上と六条御息所に冷たいという噂は、ますます大きく広まっていた。俺の耳にも届いている。

この時代、噂というものは本当に「猛威」と言っていい。口から口へ、耳から耳へ、枯れ野に火を放ったように、一気に燃え広がる。藤壺が若宮と光源氏を近づけないために、体を張ってきたのも、噂の恐ろしさを知っているからだ。噂による世間の目というものを、非常に気にしたからだ。

あっちの世では、

「世間なんて、どってこたないじゃん。気にする方がヘンかなみたいな」

「そうだよ。世間とか気にするって、古くね？　やっぱ、自分の思うようにするのとかが、俺的にはマジいいかなってか」

「そ、そ。世間とかってさ、アタシ的には勝手に言わせとけってカンジ？」

と言うだろう。ああ、この汚ない「あっち語」、久々に遣ったが、日本語は酷《ひど》いことになっていたんだなァ。俺も当たり前に遣っていたが、こっちに来て、もう「あっち語」を聞かずにすむのは幸せだ。

世間の目や噂を気にして生きるのは、息苦しいことだ。だが、こっちに来てみると、気づく。世間を気にしなくなってから、日本人と日本という国は、ダメになったのではないか……と。

そしてある日、光は桐壺院に呼び出され、仙洞御所に行ったと耳にした。藤壺にも会えるだろうし、可愛いさかりの我が子、春宮にも会えるかもしれないと、ウキウキしただろう。住まいの二条院から、飛ぶようにして出かけたに違いない。ここで何があったか、俺はあらすじ本で知っている。

院は最初から二人きりになり、強い口調で叱ったのだ。

「藤壺の姪を二条院に住まわせて教育し、葵の上をないがしろにしているそうだな。どうなんだ」

噂は院の耳にまで入っていたのだ。葵の上の父、左大臣は最大限の礼をもって、婿の光を大切にしている。なのに、娘に冷たすぎる。その嘆きも院にはつらかったはずだ。

「そなたはなぜ、妻にもっと深い情で接してやれないのだ」

まったく、お前に言われたくないよという話だ。弘徽殿女御を放ったらかして、桐壺更衣だ、藤壺中宮だとうつつを抜かしたのはお前だろうよ。

もっとも、本来は兄の妃《きさき》になるはずだった葵の上を、強引に弟に添わせたのは両家の父親である。桐壺院も多少は後めたくもあり、それ以上強くは叱れなかった。

しかし、話はこれですまなかったのである。

「そなたは六条御息所を軽々しく扱い、適当にもてあそんだあげく、今は逃げ回る一方と聞く。その通りか？　答えよ」

光の顔から血の気が引き、体が固くなった。御息所の夫であった元・皇太子は妻と幼い娘の人生を桐壺帝に頼んで亡くなった。それもあって、桐壺院は若い頃からずっと、二人を気遣ってきた。なのに、その未亡人に光が一方的に熱をあげ、今は飽きて捨てた状態だ。葵の上の場合とは違う。

「光、わかっておろう。御息所は元・皇太子が、大切な妃として寵愛を傾けたお方だ。そなたはそういうお方に、いかなる扱いをしているか。わかってやっておるのだな」

光は青ざめ、声もない。院は鋭く言った。

「そなたは女に関し、やりたい放題に勝手にふるまっているそうだな」

光は顔も上げられない。

「そのように、女好きな態度は見苦しい。そんなことばかりしていると、必ず世間から非難される。わかっているか」

「……はい」

「覚えておくがいい。女性には恥をかかせてはならぬ。どの女性も公平に扱い、恨みを買うようなことはするな。いいかッ」

院は珍しく声を荒らげた。

父親に叱られ、光は消え入らんばかりに恐縮していた。何から何までその通りだったからだ。

俺がこのシーンを暗記するほど覚えているのは、院のセリフにあきれたからである。何が「女性を公平に扱え」だ。「恨みを買うようなことはするな」だ。弘徽殿女御にどういう態度を取ったというのか。「恨まれたかな」と思うと、慌てて呼んでは妊娠させて、朱雀帝の妹たちを産ませる。あとは桐壺更衣一辺倒。藤壺一辺倒。それを「公平」とは言わないだろう。

だが、父も父なら息子も息子だ。俺がこのシーンを好きなのは、叱られながら光が何よりおびえていたのは、噂の恐さだからだ。光が「私が藤壺にまで手を出し、今も狙っていると知ったら、父帝はどうなさるだろう」と、そんな噂が流れることを何より恐れていたのは面白い。そして、葵の上や御息所への態度を反省するよりも、父親にそういう扱いがバレてしまった噂の力におびえていたというのだ。

一方、このところ、大后はご機嫌だった。朧月夜が、朱雀帝の寵愛を素直に受けていることがひとつだ。裏で光と続いているとは、さすがに気づいていないらしい。

そして、もうひとつは院の態度だ。院はしょっちゅう光を御前に呼び、音曲や舞いを所望されるという。それは「家庭円満」の噂として、俺も耳にしていた。院は幼い春宮をはさんで藤壺と三人で並び、その前で光に奏でさせたり、舞わせたりする。時には後見役の光に、春宮を抱かせたりもしただろう。二人で遊ぶところを、藤壺と並んで見守ったりもしたかもしれない。

大后は、そんな噂が嬉しくてたまらないのだ。光も藤壺も、生きたここちがしないだろう。すべて院の仕返しと考えれば、それはいい気味だ。

「ね、雷鳴。そんな時、院はね、さり気なく藤壺と光の様子をうかがっておられるのよ。絶対にそうよ。いたぶればいいの。藤壺も光も、人間としては本当に下品ですもの」

確かに、そこには院の「いたぶり」があったかもしれない。

こんなことがひんぱんにあり、苦しみが極限まで来た光は、ある夜、葵の上のところに寄った。

そして、懐妊させた。

葵の上がどんな心理で光を受け入れたのか、それはわからない。だがおそらく、嬉しそうではなく、感情は出さず、されるがままになっていたのではないか。恋の苦しみの最中、光はそれでも構わなかったのだろう。苦しみの中で、光は六条御息所ではなく、妻を抱いた。

葵の上の懐妊は、大后にとってどうでもいいことだった。皇籍を離脱した光に男児が何人生まれようが、誰も帝にはなれない。誰も朱雀帝をおびやかさない。大后がいかなる扱いにも耐え、強がり、息子を守り抜き、自分を律して来たのは、政権を狙っていたからだ。息子を帝につけ、右大臣家の外戚で固め、それを脈々とつなげようと目論んでいればこそ、いかなる仕打ちをも力にできた。今は何とか朧月夜が朱雀帝の男児を宿して欲しいと、それればかりである。

葵の上の腹が目立ち始めた頃、斎院御禊《さいいんごけい》の儀式が行われた。斎宮《さいぐう》は伊勢神宮に仕えるため、未婚の内親王か姫から選ばれるのだが、六条御息所の姫が選ばれた。元・皇太子が死んだ時は、まだ幼かった娘である。斎宮は伊勢に行く前に一年間、嵯峨野の野の宮で身を清めることになっていた。御禊の儀式では、その華やかな行列が一条通を行く。行列のお供には、家柄や容姿によって、当代の貴公子ばかりが選ばれることになっていた。当然、光も選ばれた。

当日、行列の光源氏を見ようとする人々で、一条通は身動きも取れない。牛が引く網代車《あじろぐるま》には高貴な方々や女房たちがひそかに乗り、一般人は歩いてやって来て、押すな押すなである。俺も歩いて見に行った。

両国の花火大会だって、アイドルのコンサートだって、サッカーのワールドカップだってこうは混むまい。大路は一歩も動けない。風子が生きていれば満四歳だが、そのくらいの子を肩車する父親、その腰にすがりついて背伸びしているカミさん。俺もこうしていたかもしれないと、ふと思う。

一歩も動けない大混雑の中を、牛車《ぎっしゃ》が何台も通ろうとするのだから、さらに酷い。牛は鳴くし、臭いし、糞もまきちらす。何だか久々に「俺は平安時代にいるんだ」と思った。空は晴れ渡り、立っているだけで汗ばむ。

牛が引く網代車には、中が見えないように簾《すだれ》がかかっているのだが、その下から女房たちがわざと着物の裾や袖口を出す。色とりどりの華やかさで気を引く。それだけでも男たちはときめく。

俺は行列が見える場所に必死にもぐりこんだ。何台もの牛車がひしめく一角だ。鳴く牛がやかましいし、糞も臭うが、何とか行列が見られそうな場所だ。見物人から「光の君様」とか「光源氏様」という声がさかんに聞こえる。一人でこれだけの人を集めるスターなのだ。

その時、突然、牛が騒いだ。何台かの牛車が強引に割って入って来たせいだ。見ると、それは左大臣家の車である。おそらく、中には葵の上がいる。妊婦の気晴らしのために、お供の者たちと外出させたのだろう。その強引な割り込みのため、最初から停まっていた車は後方に押しやられてしまった。

押しやられたのは、六条御息所の車だった。御息所のお供の者たちが怒ると、葵の上のお供が言い返した。

「お前たち、光源氏様のご威光を笠に着てやって来たくせに、四の五の言うな」

彼らは相手が御息所の車であることも、彼女と光源氏の関係も全部わかっていたのである。御息所にしてみれば、それだけでも恥ずかしいのに、お供如きにこう言われたのだ。それも、御息所はこの日の主役である斎宮の母だ。なのに結局、葵の上には勝てなかった。

俺はすぐ近くで一部始終を見ていたが、あらすじ本で読んだより遥かに、御息所は屈辱的なめに遭っていた。というのも、

「行列が来たぞーッ」

という群衆の声が響き、興奮が頂点に達したのは、行列に光源氏が見えた時だ。光は時に微笑みを群衆に向けたり、車に目礼したり、それはなかなかの姿だ。そのたびに人々は歓声をあげる。ところが、御息所の車には目もとめなかった。いくら後方に追いやられても、馬上の光からはわかったはずである。一方、葵の上の車の前ではわざわざ馬を止め、微笑みを向けた。お供の者たちも、葵の上の車には敬意を表し、通りすぎた。

車を追いやられた上に、光の態度の差。誰もが「御息所は葵より下」と考えていることを思い知らされただろう。亡くなったとはいえ皇太子妃だった御息所である。それも今日の主役、斎宮の母であ

る。この屈辱は耐えられなかったと思う。

この「車争い」の話は、またも噂となって宮中を駆け巡った。尾ひれも付かず、勝手な作り話も付かず、俺が見たままなのだから、噂というものは光ならずとも怖い。同時に、「見てろ、今に御息所の生霊が葵の上に取り憑くぞ」という噂も、これは少々面白おかしく流れていた。実際、以前から葵の上が、

「御息所様はきっと、私に憑くわ……」

と恐れているという。

御息所は光と葵の上の不和を知っており、まさか懐妊するとは思わなかっただろう。それに加えて車争いの屈辱。この数年間というものは、光によって悲しみとみじめさの限りを味わってきたが、それでも好きで好きで、どうにもコントロールできない。なのに、見向きもされず、妻を懐妊させた。苦しい。許せない。御息所は、幾度も幾度も葵の上を打ち叩く悪夢を見ては、汗びっしょりになって目がさめる。そして、目がさめると必ず、なぜか毎晩毎晩、着物や体に芥子《けし》の匂いがしみついていた。

ちょうどその頃、出産を控えた葵の上は、現実に物の怪にしつこく取り憑かれ、苦しんでいた。あまりに酷い苦しみように、毎日、芥子の殻をたき、高僧や徳の高い祈禱師《きとうし》が懸命に祈る。それでも物の怪はいっこうに去らない。葵は臨月の腹で荒い息をし、生死をさまよっている状態だった。

葵の上の実家、左大臣家では「もしかしたら、六条御息所の生霊では……」と恐れていた。それはまたしても噂となり、人の口から口へと、

「執念深い物の怪ですってよ。御祈禱の際に、芥子の殻をたいて追い出そうとしてもダメなんですって」

「芥子の匂いが充ちあふれる中で、あれほど偉いお坊様たちがご祈禱なさっても、葵の上様に取り憑いて離れないそうよ」

「聞くところによると、生霊だとか」

「ええ、六条御息所様の……」

「光源氏様に捨てられた恨み……かしら」

と広がり、知らない者はいないほどになっていた。

御息所は、そんな興味津々の噂に嘆きながらも、本当に魂が勝手に抜け出して葵の上のもとに向かったのだと、確信してもいた。そうでなければ、遠くにいる自分に芥子の匂いがつくはずがない。それは、生霊となっている証拠だった。

そんなある日、葵が急に産気づいた。物の怪は取り憑いたままで、芥子がたかれる中、間断なく経が唱えられていた。すると葵が苦しみながら、

「光源氏様に申し上げたいことが……」

と言う。そばにいた女房たちが、光を几帳の中に入れた。誰もが遺言を伝えるのだと思った。それほど、葵の様子は末期だったのだ。

光が入って行くと、葵は言った。

「あなたは本当に酷い人ですね。私をこんなにつらいめに遭わせて」

その声は、葵ではなかった。六条御息所だった。物の怪は、葵の上の口を借りて言った。

「私は葵の上様のところへ、こうしてお伺いしようなんて思ってもいませんでしたのに、魂がさまよって、来てしまったようです。深く思いつめると、こうなるんですね」

間違いなく、御息所の声だった。光は震え出し、御息所の深情《ふかなさ》けに肌が粟立った。彼女はなおも葵の口を通して言った。

「私を放っておいて嘆き悲しませたから、こうして魂が抜け出たんです。光の君様、どうかあなたの着物の褄《つま》で私の魂を結んで、つなぎとめて下さいませ」

こういう深情けの女を、あっちの世では「キモイ」とさえ言う。光は怒鳴った。

「恨むなら私を恨めッ。葵には一点の罪もないッ」

御息所にとって、これはどれほど衝撃的な言葉だったか。生霊はうつむいたように見え、

「……私は葵の上様が憎いのではない……あなたが忘れられないだけ……」

とつぶやくと、スーッと消えた。

その夜、葵の上は美しい男児を産んだ。物の怪による病は重かったが、出産は軽かった。この美しい男児こそが、後の「夕霧《ゆうぎり》」である。

その頃、御息所は自宅で着ていた着物を脱ぎ、女房に干させていた。そして、髪を洗わせ、

「もっと強く洗え」

と命じては苛立っていた。

「ああ、もうよいわッ。よいッ」

女房を払いのけ、自分で力まかせに腕や首を洗った。「葵の上は重病だと聞いていたのに、安産で男児を産むなんて」という憎々しい気持が、力まかせの洗い方になっていたこともある。しかし、いつにもまして芥子の香りがしみついていた。着物を干しても、体や髪を洗ってもとれなかった。

そんなあらすじを思い出しながら、俺は今、御息所に一番会いたかった。どのくらい想えば、魂が

夢の通い路を行けるのか。俺は倫子と風子のもとへ、魂でいいから行きたい。会いたい。だが、行けない。御息所の話を聞きたかった。

俺は毎晩、錠をおろさずに寝ている。二人が消えてからずっと、四年間そうしている。「乳女《うぶめ》」という妖怪を思い出したのだ。それは昔の言い伝えで、お産で死んだ女は「乳女」になって出て来るのだという。乳女でいいから、倫子に会いたかった。本当に倫子が出て来てくれたら、乳女でも俺は抱く。戸を開けておけば、入って来やすいだろうと思い、そうしているのだ。乳女は現われない。

一方の光は、出産前後に葵の上と共にいる時間がふえ、初めて思ったらしい。葵という女は、何ときれいで品がよくて、可愛らしいのだろう。病床の彼女は白い着物と豊かな黒い髪がよく映え、手を握る光に艶やかな目を向ける。そして、涙をこぼす姿は、それまでずっと感情を表わさなかった妻とはまるで違う。光は妻の本当の愛らしさを見た気がして、寄り添い続け、薬を飲ませ、言葉をかわし続けた。初めて、二人の心が通じあった。あらすじ本には、そう書かれていた。

二人は夕霧と三人で新しくやり直そうと思っていたはずだ。結婚十年目の再スタートである。

しかし、光が宮中に出かけた直後、葵の容体が急変し、ひっそりと息を引きとってしまった。

心が通じあった直後であるだけに、光は何日も何日も泣き暮らした。そして、げっそりとやつれた顔で、「夫婦《つま》というものは必ず来世で巡りあえるんだよ」と自分に言い聞かせ、また泣き崩れた。そして、慎しく喪に服し、葵に対する自分の態度を反省し、ああすればよかった、こうすべきだったと、毎日、涙にくれていた。

しかし、何があろうと光は光である。妻の出産や死、それに物の怪騒動で、他の女に対して手薄になっていただけであり、若紫とはいずれ男女の関係になるつもりだったし、朧月夜との密会も続ける気だった。むろん、最愛の藤壺への想いは、途切れることなく燃えている。ただ、御息所には嫌悪感しか持てなくなっていた。だが、かつての相愛や恩義を考えると、失礼のないようきれいに別れようと決めていた。もっとも、頭の中でこんなことを整理しながら、「夫婦はまた来世で会える」と泣く男は信用ならない。こんな男に風子は絶対に嫁がせない。絶対に。

喪が明けると、光は二条院で初めて若紫と枕を交わした。久しぶりに会う彼女は、すっかり大人びた匂いをさせ、ますます藤壺によく似てきていた。ずっと父娘のような関係であったが、ついに男女になったのである。

このあたりの話までは、俺もしっかりと読んで覚えているが、これから先はいささかあいまいだ。だが、それでいい。覚えていることがあれば、比類なき陰陽師として伝えればいいし、覚えていないことはどう求められてもわからない。そうやって生きていけばいい。妻子を焼く炎の中に、あらすじ本を投じた時、俺はこっちで当たり前の人間として生きていく覚悟をつけたのだから。

今もってあっちの世の何かを、ふと思い出すことはあるし、両親や水のことも浮かんだりする。だが、あらすじ本を焼いた後の方が、腹が決まった。どうせ倫子も風子もいないのだから、「矢でも鉄砲でも持って来い」という開き直りもある。

今、あっちの世を思い出すと、そこにはいつもいい匂いがする。親父や祖父《じい》サンが、若い頃の話や昔話をする時は、きっとそんな匂いがしているのではないか。遠く過ぎ去り、二度と戻らない日々は、いい匂いがするのだ。だが妻子のことは、いい匂いとしては思い出せない。今もって気持が乱れる。だから、懸命に思い出すまいと頑張る。いつの日か、あっちの世を思い出すのと同じように、倫子と風子をいい匂いとして感じる日が来るのだろうか。

光は、男女の仲になったばかりの若紫に、細やかな愛情を傾けていた。そんな時、俺は右大臣に呼ばれた。娘、つまり弘徽殿大后には内密で、折り入って占ってほしいことがあるという。

大后に内密でというのはまずいと思ったが、彼女の父親だし、応じることにした。先々のことはうろ覚えなので、頼りにされても困るが、とにかく少しでも忙しくしていたかった。葵の上の死が引きがねになって、また倫子と凰子が甦《よみがえ》る日が続いているのだ。忙しくしていることが一番の救いになる。

せっかちという評判の右大臣は、挨拶もそこそこに言った。

「そなたが類まれなる力を持つこと、いつも耳にしておった。ひとつ占ってほしいのだが、絶対に内密だぞ」

声の大きい人だ。そして、警戒するように、声をひそめた。

「我が娘、六の君のことだ。六の君は今、御匣殿としてお仕えし、朱雀帝のご寵愛もあついというのに、内密だぞ、今もって光源氏様への想いばかりなのだ。いや、もう会ってはおらぬが、源氏様のことばかり考えているのは、内密だぞ、帝とてお気づきと思う」

右大臣は一気に、これだけのことを言った。声をひそめても、普通の人より大声だ。以前から、葵の上の父親である左大臣に比べ、政治力も能力も劣り、やたらと早口で下品な人だと聞いてはいたが、確かに早口だ。それに「内密だぞ」を三回も繰り返すのも、逆に無防備だ。娘の大后とは比べられない。たぶん、知的とは言えそうにない朧月夜は、この父に似たのだろう。

大声で「内密だぞ」を繰り返し、一気にこれだけ話しても、俺に何を占ってほしいのかはまったくわからない。大后なら、

「結びから言って」

と命ずるだろう。

「私に何を占えと仰せでしょうか」

「おお。内密だぞ。六の君が一途《いちず》に源氏様を想うておることが不憫《ふびん》でならぬ。もはや二人は会うこともならず、六の君は帝にお仕えしながらも、心は源氏様にある」

二人は陰で密会してるよッ。で、何を占ってほしいんだ。結論は何なんだ、結論から言え。

「葵の上様が亡くなられ、源氏様は六条御息所様を妻にお迎えになられるという噂がもっぱら。御息所様の女房たちも期待しておるそうな」

いいから、結論はッ。

「私は源氏様を婿にお迎えし、六の君を正妻にしてほしいと願っている。源氏様も六の君のことは、他の女君と同じに扱ってはおらぬと聞く。そこで大后に、この婿取り話を言うた。内密だぞ」

結論はいつになるのか。右大臣は人間はよさそうだし、体育会系の一直線なところは感じるが、とても政治家には向かない。何かの弾みで右大臣まで昇りつめたのだろう。

「この婿取り話に、大后は大反対した。六の君には何としても宮仕えをきちんとさせると。いずれ御匣殿より重い地位につけば、それが右大臣家にとって何よりの力になると言う。だが、考えてもみよ。六の君が源氏様の正妻になれば、源氏様を右大臣家に取り込めるのだ。その方がよほど、右大臣家にとって力になろう」

さすが、少しは政治家だ。しかし、大后の思惑にはとても届いていない。大后は朱雀帝との間に皇子を産ませ、右大臣家の世をずっと継承しようと目論んでいるのだ。臣籍に下った光を取り込んだところで、何の旨みもないとしているのだ。朧月夜という重要な駒を、不憫だの何だので光になんぞ渡せっこない。

「大后には困ったものよ。源氏様のことがとにかく大嫌いだ。それも無理はないがね。今までさんざん痛いめに遭わされて、恨みも憎しみも年季が入っている……」

浅い浅い。あの大后、そんな好き嫌いや恨みつらみだけでは動かない。

「ところで、私に何を占えと仰せですか」

「そうそう、それであった。六の君と源氏様は一緒になるべきか、あるいは大后の言う方がいいか。右大臣家にとって、どちらかと。内密だぞ」

葵の上亡き後、光は若紫を妻にしたと、あらすじ本にはあった。光は「あんな右大臣なんかに婿扱いされちゃたまんないよな。大后が義姉になるのもご免だ」と思っていたというのが、印象に残っている。千年後の、あっちの世の男たちも言いそうなセリフではないか。

「右大臣様、実はその件、雷鳴はすでに占っておりました。大后様のおっしゃる通りになさるのがよろしいと、出ております。光源氏様は、すでに心にお決めになった方がおられます」

「……そうか……。やはり御息所様か……」

「いえ」

俺はさりげなく否定だけして、辞した。

間もなく、光はあらすじ本にあった通り、若紫を妻にした。光は二十二歳、若紫は十四歳だった。

彼女が光の妻になり、誰よりも安堵したのは大后かもしれない。朧月夜が光の妻になっては、愛する息子の朱雀帝はさすがに立ち直れないだろう。それに何よりも重要なのは、右大臣家と天皇家をつなぐ駒が残されたことだ。あとは何とか、朧月夜に朱雀帝の男児を産ませることだけである。

もっとも、呼ばれて出向くと大后は安堵など一切見せず、世間話のように言った。

「御息所様は斎宮と共に、伊勢に下向するとのことだ。聞いておるか?」

そういえば、そんな話も書いてあった気がするが覚えていない。

「いえ、伺っておりません」

「母親が娘について伊勢に下向するなど、今まで聞いたこともない。だが、光を断ち切るにはそうするしかないのであろう」

「はい」

「光はいい死に方はしないね」

言い切った。そして薄ら笑いを浮かべると、うんざりしたようにつけ加えた。

「御息所様は、頭の悪いお方よなァ」

驚いた。あの御息所に、この言葉は最も遠い。頭がよすぎて、光はうっとうしくなったところもあるのだ。

「男と女の関係を制御できないのは、頭が悪い証《あかし》。いくらのめりこもうと、いくら我が身を捨てようと構わぬが、男女の関係など生きる彩《いろど》りに過ぎぬ。そう思えぬ頭の悪さが、身を滅ぼす」

そう言われて、あっちの世を思い出した。テレビ番組や雑誌では有名人女性が、

「私、恋をしてないとダメなんです。恋が人生です。女であることを忘れちゃダメです」

と胸を張るのをよく見た。大学の学食では、

「やっぱァ、恋多き女とかってェ、女として生まれた以上ォ、マジ憧れるってかァ。ホラ、この間、

歌手とかがァ、男に捨てられて自殺とかしたじゃん。あれってェ、女的には幸せかなみたいな。だって自分的には死ぬほど愛したカタチってかサァ」

という話をよく耳にした。確かにバカっぽい。とはいえ、「男女関係は生きる彩りに過ぎない」と思うことは、不健全ではないか。大后は帝に痛いめに遭わされて、そこに到達したのだろうが、コントロールできない状態まで人を好きになることは、「女的には幸せかなみたいな」ではないか。

倫子を思った。あいつは俺のことを、本当に好きだった。自惚《うぬぼ》れではなく、確信している。俺と出会えたことは「女的には幸せかなみたいな」だったのではないか。倫子にとって、俺との「恋愛」が生活のすべてだったと思う。「恋愛」が生活を彩るパーツのひとつではなく、「恋愛」が生活すべてのパーツを彩り、人生を輝かせた。俺にとっても、倫子はそうだったのだ。今もって、こんなに苦しいのはその証拠だ。

おそらく、御息所もそういう愛し方をしたのだろう。「男女関係をコントロールできないバカ」と見るのは、あんまりだ。俺は御息所をかばいたくなり、実際に見た車争いの様子を、詳しく話した。大后はすでに、魂が抜け出して葵の上に取り憑いたことも、体に芥子の匂いがしみついていたことも噂で知っていた。さらには車争いのことも知っていたが、実際に目撃した俺の話には、身を乗り出した。俺は力をこめた。

「これほど男を愛し、捨てられ、姫にくっついてみじめに去っていく御息所様は、やはり幸せな人だと、雷鳴は思います。頭がよければ、途中で制御して傷を浅くできたでしょうが、それさえ望まぬほど男に同化したのは、幸せという他ありません」

「そうは言うが、御息所様はご自分を幸せとは思うておるまい」

「では、どうお思いとおっしゃいますか」

「我が身を恥じている」

言い切り、黙りこくった。


秋も深まると、御息所が斎宮と共に伊勢に下向する日が近づいてきた。

御息所は野の宮に滞在し、その日に備えていた。そこは斎宮の潔斎所であり、神聖な場所だ。光は別離の前に一度訪ねたいと思っているものの、神聖な場所であるだけに、気やすくは行けない。それに、このところ桐壺院が体調を崩し、心配でもあった。

そんな中、ついに決心して訪問したのは、一両日中には伊勢に旅立つという日である。御息所にはうんざりもしていたが、今までの深い契《ちぎ》りを考えると、やはり別れをきれいにしておきたかったのだろう。

晩秋の午後、光はお供を二人だけ連れ、野の宮の枯れ野を分け入った。

御息所と会ったのは、虫の音と松風の音が重なる一室である。二人は昔をふり返り、それぞれの至らぬところを思い、しみじみと朝まで語りあった。なぜこういう感情をあの時に持てなかったのかと嘆き、お互いに未練に心乱れることも止められない。そんな思いを歌に詠み、旅装束などの餞別を涙ながらに手渡す光に、御息所はどれほど救われたことかと思う。とはいえ、光は恋の達人である。さほど想っていない相手にも、女心を満たす言葉や歌はいくらでも口にできる。

実際、この時、光は御息所よりも、その娘である斎宮に関心を寄せていた。本人とは会っていないのだが、斎宮は人を介し、光に歌をよこしていた。恋の歌ではない。母・御息所に対する光の誠意のなさを突いていた。そこには、とても十四歳とは思えぬ鋭さと賢さが感じられ、光は興味津々になっていたのである。

斎宮と御息所が伊勢へ下向する日は、美しく晴れた。路上はその様子を見物する人々の車で、また も埋めつくされている。

二人は、まず宮中に参内した。神に仕える斎宮の清らかさと凛《りん》とした美しさに、誰もが息を呑んだという。朱雀帝は、旅立ちの儀式を執り行いながら涙ぐんだ。それはいたいけな斎宮本人への涙でもあろうが、そんな十四歳の娘について下向する御息所への涙もあったのではないか。

そしてこの参内の時、弘徽殿大后はありえないことをやってのけたのである。旅立ちの儀式が終わり、帝が退出すると大后が入って来た。

「私と御息所様を二人にして」

と人払いをした。確かに実権を握っている大后ではあるが、この時代、こうして女二人が顔を合わせて向かいあうことは、考えられない。脇役の大后ゆえか、あらすじ本にもこの話はなかった。ありえない。俺はその時の様子を、後に大后から打ち明けられ、正直なところド胆を抜かれた。

大后は二人になるなり、御息所に言ったのだ。

「私はね、とても運の悪い人間なの。だから本当に退屈しないわ」

開口一番にコレである。御息所のように上品で、御簾《みす》の奥で育った常識的な女は、どう反応していいかわからなかっただろう。いや、大后も高貴な育ちなのだが、この時代の常識からは外れた女だ。

そのため、誰もが意地が悪いだの、ヒステリックだの、嫉妬《しっと》深いだのと言うが、それは浅い見方だ。

単に生まれるのが千年早かったのである。

返事のしようもない御息所に、大后はさらに言った。

「運が悪い人間は、だんだん身も心も弱っていくものよ。でも、私はそうならないの。なぜだか、おわかりになる？」

「……いえ……」

「負けないからよ」

「え……」

「運の悪さに負けないためには、色んな方向からものを考え、実行しなくてはならないの。それはそれは面白くてよ」

俺はここまで聞いて、吹き出した。御息所はどんな顔をしていたのだろう。何しろ、この後で大后は、

「御息所様、あなたはとても幸せなお方ね。どうか、これからも思った通りに、思いっ切り生きてね」

と励ましたというのだ。「思い切り生きる」なんて千年後の発想だ。それを聞いた御息所は、

「私が幸せと仰せになりますのか。なぜ、そのような。私は恥ずかしい者です」

とうつむくと、大后はケロリと返した。

「あら、なぜ恥ずかしいの？」

「……いえ……」

「なぜ？」

「私が夫を亡くした後も、桐壺の帝はとても心を配って下さいました。なのに……こんなみじめな姿で、十四歳の娘にすがって下向するしか生きていけません。恥ずかしい……」

「そのお考え、間違っているわ。あなたは光源氏という、はっきり申し上げてあなたにはそぐわない男に入れこんだ」

「はい……光の君様は能力に恵まれておられる上に、私には不釣りあいな若さ、美しさ……恥じております」

「違うの。光の方が格下ということ」

「え？」

「私ね、人生を幸せにすることのひとつが、『身の丈に合わないもの』を追い求めることだと思うのよ」

「はあ……」

「光なんて、どこをどう比べてもあなたよりうんと格下で、あなたの身の丈に合いません。でも、あなたは追い求めて夢中になった。短い人生の中で、たくさんの喜びや苦しさを知って、輝いて、お幸せな人だと申し上げているのよ」

御息所は身を震わせ、こらえきれずに嗚咽《おえつ》した。大后はトドメをさした。

「身の丈に合ったことをしようなんて、そんなのは気の弱い小者《こもの》が求めることよ。あなたはとてもいい人生を送って来られた」

御息所はきっと、心の重しが取れたのだろう。自分から言った。

「私は……我が身が噂になっていることを恥じています。光の君様への思い、捨てられたこと、娘にすがって下向する母親。私のみじめさが世の語り草になっていることを、何より恥じております」

「あら、そんなの言わせておけばいいの。噂なんてすぐ消えるんだから」

大后よ、それも千年後の価値観だ。

「考えてもごらんになって。桐壺更衣が亡くなった後、私が管絃の会を開いたら、さんざん言われたわ。弘徽殿女御は、悲しみにくれる帝に当てつけているとか、更衣の死を喜んでいるとか、ひどい噂ばかりよ。でも、今ではそんなこと言ってる人、一人もいません。とっくに忘れてるの。人はすぐ忘れるの。いいことよねえ」

「……私の場合は……そう簡単には忘れてもらえないと思います」

「あら、何で？」

「……」

「何で？」

「私は……私は……生霊となって葵の上様に取り憑き、殺《あや》めたのです。葵の上様への嫉妬と、光の君様への想いが強く……魂が勝手に私から離れ……ました。……間違いなく私が殺したのです。葵の上様のご祈禱のためにたいた芥子の香が、私の髪にも体にも着物にも……しみついておりましたから。私の魂は生霊となって、間違いなく葵の上様のお部屋に行っていたのです」

決して口にしたくないであろう話を、御息所は初めて会った大后に吐露した。

「葵の上様も光の君様に冷たくされていたと伺っております。でも、その苦しさもつらさも一切お見せにならず、毅然としておられました。なのに、同じ苦しみを持った私は、人として下の下です。みっともない生霊となったのです」

「そんなの幻《まぼろし》よ」

「え……」

「あなたは、生霊になるには頭がよすぎる人よ。残念ながら、生霊にはなれません。生霊って、頭の悪い人がなるのよ」

「え……」

「生霊になったただの何だの、すべてあなたの幻です。芥子なんてあちこちでたいているもの、しみつくわ。何を気にしてるの、幻よ」

御息所は伏して号泣した。幻と言ってもらい、どれほど心が軽くなっただろう。泣きはらした目を大后に向け、

「ありがとうございました。……ありがとうございました」

と繰り返した。大后は声をひそめ、言った。

「私もね、帝には全然愛されなかった。でも、たいしたことじゃないわ。人なんてすぐ死ぬんだから」

あまりの飛躍した論に、思わず御息所の頬がゆるんだ。じっと大后を見つめ、もう一度、

「ありがとうございました。お目にかかれましたこと、一生の宝です」

と言って、娘と二人で秋風の中を伊勢へと去った。

俺はその話を聞き、何だか胸が詰まり、つい茶化して大后に言った。

「頭が悪いと仰せでしたのに、頭がよすぎるとおっしゃったのですか」

「そう。私も結構いい人ね」

大后は笑った。

体調を崩した桐壺院が、危《あやう》い状態に入りつつあると聞いたのは、それから間もなくのことだった。

第十三章

　十月に入ると、桐壺院はさらに弱ってきたようだった。朱雀帝が見舞いに行っていることからも、重篤な状態だとわかる。だが、弘徽殿大后は一度も見舞っていない。あらすじ本には、病床の院にぴったりと藤壺が寄り添っているため、わざわざそんなところに行くものかと書いてあった。これはありえない。以前から、大后は「本当は二人がべったりしているところを見たくてたまらない。でも、私が行かない方が、二人は恐い」と言っている。

　とはいえ、今は死が近い状態だ。一度も見舞わぬというのでは、大后がちっぽけに見えないか。最初に入内《じゅだい》した第一夫人として、そして朱雀帝の母として、堂々と悠然と見舞った方がカッコいい。寄り添っている藤壺中宮を、優しく励ましたりしたら完勝だ。俺はそう思い、たまたま呼ばれたのでそう言った。

　すると大后は、

「あら、もう三回お見舞いしているわ」

と言う。え？　あらすじ本が間違っているのか？

「どうせ噂でしょ。藤壺がくっついているから、大后はやっかんで見舞わないとか何とか。それはばっかりね。バカバカしい。私がこんな好機を逃すと思う？」

好機って……何の好機だろう。

「私はお見舞いするたびに、藤壺に言っているの。『院はお幸せです。藤壺中宮様があんなに美しい春宮様をお産みなされて』って。光の子のことよ、光の」

大后は楽しそうにクククと笑い、

「院は別の部屋でお休みで聞こえないから、藤壺にはっきりと優しく言うの。『院がこの先、たとえお隠れ遊ばされても、誰よりも誰よりも藤壺中宮様に感謝なさって、幸せに旅立たれましょう。中宮様がわき目もふらずに、院だけにお尽くしなされたこと、誰よりも院がご承知で感謝なさっております。藤壺様ほど一途《いちず》で、打算がなく、汚れのない方はいないと、院はご承知であればこそ、中宮に選ばれたのですね』って」

これを、これを毎回言うのか⁈

「そうよ。そして、最後に小声で囁いてあげるの、毎回。『何もご存じないまま、お隠れ遊ばすことは幸せね』って」

俺はひっくり返りそうになった。藤壺はどんな顔をするのだろう。

「一度目はね、サーッと血の気が引いたわ。二度目に言われた時は、こわばった顔で『何もご存じないままとは、どういうことでしょうか』って訊くのよ。だから答えたの。『院はいつもうつらうつらされていて、ご自分の病の重さをご存じない。このまま、スーッと眠るようにお隠れ遊ばせば、きっとご自分の死に気づかないでしょう。これこそが何よりの幸せねという意味ですわ』って」

「……三度目の時は……」

「小さくうなずいて、無言よ。院を裏切り、光との間に子をなしたこと、私が気づいていると確信してるわね、藤壺は」

俺はそれを聞きながら、心のどこかで「大后、よくやった！」と思っていた。彼女がどれほど痛い目に遭わされ、一人で耐えてきたか。それを思えば、藤壺への言葉は当然だ。

大后は生き生きした目で言った。

「雷鳴、私は院にも藤壺にも仕返しをしたわけよ。院には『若宮は藤壺と光の子』と、はっきり申し上げて苦しませてあげた。藤壺にとっては、『院は何もご存じないままお隠れ遊ばすわ』という言葉は最強の仕返しよ。だって藤壺は一生、罪におののいて悔い続けるわけよ。謝ろうにも許しを乞おうにも言い訳しようにも、院はいらっしゃらない。そればかりか、何も知らずに感謝してお隠れになった。これはつらいわ。一生引きずるわ」

そうか……。この後も見舞って、同じことを藤壺に囁き続ける気だろうか。

「まさか。だってもう藤壺に敵《かたき》の価値はないもの。院がお隠れになったら、藤壺なんて何の意味もない者でしょ。女ってね、雷鳴、敵にならない相手には優しいの」

俺はもはや、うなずくしかなかった。

考えてみれば、俺は誰かにライバル視された経験がない。小学校や中学校でも、友達は誰でも勉強を教えてくれたし、水はつきっきりで水泳を教えてくれた。相手にとって俺が張り合うレベルなら、教えてはくれまい。男だって、ライバルにならない相手には優しいのだ。

四十二歳になった今でも、平安時代の人間になった今でも、そんな昔のことを思う。他人にどう扱われて生きてきたかは、大人になってからも消えないのだ。

風子が生きていたら、今年で五つだ。俺はたとえ風子のデキが悪くても、デキがいい子と同じように自然に扱っただろう。気を遣ってほめまくったり、いいところを必死で探したり、そんな扱いは必ず本人にバレる、本人を傷つける。俺は普通に扱う。いないけど、風子は……。

十一月、ついに桐壺院が崩御された。

俺の耳にそのニュースが届いたのは十一月三日のことで、冷たい風の吹く夕方だった。どうも一日頃に亡くなったらしい。年齢も病名も不明で、パンフレットにもあらすじ本にもなかった気がする。朱雀帝が二十六歳ということを考えると、四十三、四歳だろうか。とすると、俺と同年代だ。あっちの世なら、これからという年齢なのに、生活環境は過酷だし、医学はゼロに近いし、早死には当然のように思う。もっとも、三十代で死ぬことも当たり前の世で、四十代は長生きの方かもしれない。一度も会ったことのない桐壺院だが、ひとつの時代が終わったという脱力感を覚えていた。

若い人間が死ぬ場合は、ただやみくもに悲しくて、くやしくて、理不尽さに腹が立つ。だが、年を重ねた者が順番に死んでいくと、時代が終わった気になる。何も帝やすごい立場の人でなくてもだ。「風神」「雷神」「水神」から名をつけた祖父が亡くなった時も、俺はひとつの時代が終わった気がした。脱力した。そして、子供に先立たれる苦しさは、たとえようがない。今も小さな骨を遺した風子ばかりを思い出す。五年たっても、吹っ切れるどころか思いは深くなる。

院の葬送がすべてすんだ十二月上旬、俺は朱雀帝に呼ばれた。

父を失った彼は、顔つきが一変していた。自分の治世に対して覚悟を決めたというか、腹をくくったというか、強く結んだ唇に意志が感じられる。座っている姿も、何だか堂々と大きく見える。

「雷鳴には今まで以上に、占ってもらうことも増えるし、先々を見てもらうことも増える。そのためには、私の置かれている状況を話しておく方がよかろう」

「何か変わったことでもございましたか」

「あった。大きく変わった」

朱雀帝は桐壺院の臨終の日に、二人きりで言葉をかわせたのだという。

「院はご自身の命が今日か明日かと、それを十分にご存じであられた。そして、私と二人きりになりたいと仰せになり、藤壺中宮もお下がりになった。私は院に謝った。よき長男ではありませんでしたと。さぞ私には苛立たれたことと思います。申し訳なく思っておりますと」

するると、院は叱ったそうだ。

「謝ってはならぬ。上に立つ者は、謝ってはならぬ」

それまでの弱々しい声からは考えられない声量と鋭さだった。

「いいか、今後も謝るな。何か失敗したとわかっても動ずるな。心の中で動じても、一切それを表に出すな。いつでも自信に満ちたふるまいを装え。いいか。上に立って国を引っぱる者が素直に謝ったり、動じたり、目が泳いだりしては民が惑う。民がぶれる」

一気にそう言い終わると、院は性根尽きたように大きく荒い息をし、目を閉じた。そして、しばらくしてから、ゆっくりと言った。小さな小さな声だった。

「父はもう末期ゆえ、謝ってもいい。一宮よ、悲しい思いをさせたこと、謝る」

「何を仰せに……」

「いや、二宮ばかりを可愛がっているように見えたであろう。そなたが悲しい思いをしておろうとわかっていた。だが、一宮は帝になる者、光源氏のように自由ではいられない。つらいめにも数多く遭う立場……」

院は再び目を閉じ、荒い息をした。その顔が徐々に白っぽくなっていくのがわかる。

「一宮には突き放す教えをして、つらさや苦しさに動じない帝にしようと思った。だが、つらかったであろう。もう少しうまくできたのに……と、今になって思う。謝る」

父は笑みを浮かべ、息子を見た。そして、全身の力をふり絞るようにして手をのべ、息子の手を探した。もう目は見えていないようだった。息子は初めて、父の手を握った。

「一宮、母上を大切に。だが、母上に頼るな」

「はい……」

「春宮を……春宮を頼む。光源氏は春宮の後見役として心配はない……元より、世を治める力を持つ……だが……朝廷に実力者は二人いらぬ……父はそなたを選び、光を臣下にした……この思い、忘れるな……」

「はい。光源氏と力を合わせ、春宮を守ります」

「光を朝廷の後見役として……そなたを……補佐……させよ」

「はい、必ず」

「遺言……守ってくれ……」

「はい。光源氏のことも春宮のことも、必ず仰せの通りに致します。ご案じなされますな」

帝は満たされたようにうなずいた。そして、微笑した。

「そなたのような、立派な皇子を持ち、私は……得をしたなァ……」

「……得をした……」

「ああ」

朱雀帝はついにこらえきれず、泣いた。父は「俺は得な人生だった」と言ってくれたのだ。

「……一宮、褥《しとね》の……下……に……」

そこまで言うと、息子の手を握っていた院の手から、力が抜けた。

臨終だった。桐壺院は朱雀帝だけに看取られて、旅立った。

朱雀帝は、父と子のやり取りを俺にすべて話し終えると、膝の上に置いてあった畳紙《たとうがみ》を示した。

「褥の下には、これがあった。帝としてあるべき姿や、気をつけることなどを細かく、院が自ら記されて置かれたもの」

いうなれば、「帝王教育心得」だ。おそらくそこには、帝王としての現実的な施策から作法に至るまで、細かく綴《つづ》ってあるのだろう。

俺は朱雀帝の顔つきが一変した理由や、座り姿までが堂々と見える理由が、やっと納得できた。最後の最後に父の真実を知り、自分にかけた思いを知り、安堵と共に腹をくくったのだろう。同じように、最後の最後に思いを語り、謝罪した院も、どれほど心安らいで旅立っただろう。

これと比べ、大后の藤壺への報復方法は、静かで恐ろしいと身にしみた。院と帝のように互いにすべてを語り、謝り、安堵することは、藤壺にはありえないのだ。

「雷鳴、父帝の遺言を胸に、私は恥ずかしくない帝となるよう心を尽くす。院は『得した』とまで仰せになった。私がそれを話すと、母上も泣いておられた。私の状況を踏まえておいてくれ」

「はい。伊藤雷鳴、できうる限りのお力になりとう存じます」

俺も晴れ晴れしていた。父と子のいい結末のおかげだった。

数日後、大后に呼ばれた俺は、心から言った。

「桐壺院様の思いを、雷鳴、涙なしには聞けませんでした。本当によかったとお喜び申し上げます。帝はこれから民をお守りになり、光の君様をお守りになり、そして春宮様をお守りするために、力を尽くされましょう」

「最初から、それが狙いですからね、院の」

「……え？」

「え？　って、雷鳴、あなたまさか、院が本気でそんな思いを仰せになったと……考えているんじゃないでしょうね」

「え……え？」

「本気だと考えていたの？　甘い甘い」

「……え……」

「院が可愛いのは光源氏と春宮。この二人だけよ。帝には二人の力になってほしいという、その一心よ。人がよくて心優しい帝だもの、感激してすっかりその気になってしまった。まあ、せっかく感激しているから、私が水をさす必要はないし。とりあえず、今は何も言ってないけど」

あれは臨終間際の、院の大芝居だったというのか。そんなこと、死の間際にできるだろうか。大后は俺の心を読んだらしく、言った。

「それくらいできないと、人の上に立って国を引っぱれないわ。今の帝は残念ながら、父帝よりは器が小さい。凡庸です」

「しかし……桐壺院様の最期のお言葉に、大后様も泣いておられたと……」

「院のみごとな人心掌握術に泣いたの。ああ、ここまでできる人だったのかと」

「え……」

「それに、父の言葉に励まされて、息子の隠れた力が湧き出してくるかもしれないでしょ。ここは一緒にだまされて泣いておく時だと思ったの」

「……え」

俺はずっと「え」しか言ってない。何ということだ。大きく息を吸い、はっきりと逆襲した。

「大后様はご覧になられましたでしょう。私は畳紙の表だけ見せて頂きましたが、中には帝としてあるべき姿を書きとめてあるとか。帝になった息子を思い、頼りにされていればこそ、細かく書きとめなされたはず」

「そんなこと、本気で思っているの？」

「え……」

また「え」だ。

「畳紙のどこかに宛名が書いてあった？　一宮とか帝とか、宛名があった？」

「……え……」

「なかったでしょう。中にもなかったわ。あれはね、お若い時から最初は光のために書きとめ、その後は春宮のために続けて書いたのよ。間違いないわ。でも、自分に宛てたものだと信じ切っている帝は、しっかりとあの覚え書を守り、そして春宮の御世《みよ》になれば、手渡すでしょう。院はそれを見越していらしたのよ」

「え……」

「ともかく、帝はとてもいい気持になって、懸命に春宮と光を守るわ。どうして私のような女から、あんな真っすぐで裏を見ない子が生まれたのかしら」

俺が知りたい。

「今日、雷鳴を呼んだのはね、伝えておきたいことがあったから。院がお隠れになったら、藤壺への光の求愛が常軌を逸しているようなの」

大后は院の話など、もはやどうでもいいというように、すぐに用件に入った。

「藤壺は必死に逃げてるわ。それはそうよ、院への罪の意識と良心の呵責《かしやく》があるもの。だけど、光からただただ逃げるわけにもいかないわけ。だから面白いのよ」

大后の目がキラッと、本当にキラッとした。

「だって、春宮の力になれるのは光しかいないんですもの。その光を傷つけると、春宮の力になってくれないんじゃないかって、心配するわけ」

「常軌を逸した求愛とは、いかがなことを」

「光がね、藤壺の寝所に忍びこんだのよ」

「な、何と?!」

あらすじ本には出ていたかいないか、覚えていない。

「藤壺は驚いて逃げようとしたけど、胸を詰まらせて苦しみ出したんですって。それくらい驚いて、おびえたようね。すぐにおつきの女房たちがやって来て介抱して」

「光の君様は……」

「女房たちが塗籠《ぬりごめ》に押しこんだの」

大后は面白そうに笑った。「塗籠」とは周囲を壁で塗りこめ、明かりとりがあるだけの物置きのような場所だ。

「それも、光の着物は命婦《みょうぶ》があわてて隠し持ったんですって。つまり、光は裸だったということよ」

「何と……。それでは藤壺様もおびえて、胸が苦しくもなりましょう」

「どうだか。藤壺も裸だったかもしれなくてよ。子までなした二人だもの」

大后の言うことは意地が悪いが、本人は嬉しそうだ。

「藤壺が苦しんでいるから、祈禱僧《きとうそう》を呼べと、藤壺の兄上や中宮大夫がやって来たものだから、光はずっと塗籠から出られないわけ。裸でどうしてたのかと考えるだけで、ああ、おかしい」

大后は笑った。何しろ、藤壺の胸の苦しみがおさまるまで十時間以上も出られなかったという。その後、藤壺に知られないように、女房の一人が着物を塗籠に放りこんだようだ。

ところが、やっと落ちついた藤壺が寝所で横たわっていると、光はまた忍びこんだのだ。藤壺の着物をつかみ、体を引き寄せた。藤壺はあわてて逃げようとしたが、長い髪も一緒につかまれてしまい、動けない。光は言葉を尽くして、懸命に愛を打ち明けたのだと、大后は面白そうに説明した。

「女房たちが気づき、光を諫《いさ》めたの。藤壺は恐怖で半分死んだようになっているし、さすがの光も帰ったそうよ」

おそらく、その場にいた女房たちから出た噂だろうから、間違いあるまい。この状態で二度も忍びこむのは、確かに常軌を逸している。

「雷鳴、私としては光が藤壺に入れこんでくれる方がいいの。わかるでしょ」

わかる。妹の朧月夜とヨリを戻されては困るのだ。右大臣家としては、早く朱雀帝の皇子を産んでほしい以上、光とこっそりつきあったりされるのは何より困る。とはいえ、光は若紫と結婚した上に、藤壺にこれほどの執着である。実際には朧月夜どころではないだろう。

「雷鳴、藤壺の先々を占っておくれ」

これはあらすじを覚えている。俺はすでに占ったかの如く言った。

「大后様に申し上げたいと思い、占って参りました。そう遠からず出家なさいましょう」

「おお、占いでもそう出たか」

「はい。世は明らかに左大臣家から右大臣家に移ります」

「すでに移りつつある。昨日まで左大臣家の顔色をうかがっていた者たちが、すでに一斉にこちらにつき、続々と挨拶に参っておる。当の左大臣は一度たりとも参内せぬ。院がいらっしゃる時には左大臣の世であっただけに、口惜しうてならぬのだろう。大笑いよ、面白いものよ、人というものは」

大后はご機嫌にそう言った。とりたてて用はなく、ついに自分に巡ってきた運を心にしまいこんでおけなかったに違いない。

問題は朱雀帝だった。母の大后と祖父の右大臣には、まったく何も言えないのである。院の遺言を守ろうとして、

「光を朝廷の後見役に……」

と、おそるおそる言い出すと、大后が、

「光なんていらない」

の一言で却下。まだ五歳の春宮を気にかけると、

「放っておきなさい。藤壺という、それはそれはご立派な母がいるじゃありませんか」

と一笑に付す。大后の過去を考えれば、今さら遺言を守って、温かく接してやろうという気になる方がおかしい。

そんな中で、朱雀帝は俺に言ったことがある。

「生きていれば、悪にも善にも直面することがある。悪は恐ろしい毒であり、善は清らかな薬だ。母上様も右大臣も、そして光も、みんな毒を飲める者だ。心にも毒を持つ。その一方で、信念として毒を拒み、薬だけを飲む者もいる。さらに、亡き院は毒も薬も、あわせ飲めるお方であった」

そして、自嘲気味に言った。

「人として一番つまらないのは、私のように毒も薬も飲めない者……」

あの時、俺は黙りこくった。俺もそうなのだ。自分で毒を飲む度胸はないのに、毒を飲める人間の目を気にする。彼らに、薬を飲む人間と思われたくない気がどこかにある。薬を飲むのは正論しか通じない人間のようで、そう思われたくない。そのくせ、薬だけを飲む潔さもない。堂々と薬だけを飲んで、正面から毒と渡りあえばいいものを、その自信もない。気が小さいのだ。自分をあらわにすることに自信がないのだ。そのため、毒派にも薬派にも納得してもらえるように生き、結局、いてもいなくてもいい人間になっている。俺はこっちに来て、ずい分変わったとは思うが、イザとなると毒も飲めないし、薬も飲めない。いつの場合もその時々の相手に同調してしまうのだ。

朱雀帝も今、我が身の同様なふがいなさを感じているに違いない。優しすぎるところとは別に、堂々たる自信家の前に出ると引いてしまうのである。

一方、母である大后は、すべての政《まつりごと》を自分の尺度で冷静に判断し、それを誰にも相談することなくグイグイと独断で決める。彼女は「陰の帝」と呼ばれていたが、院亡き後は、すっかり「表の帝」

である。毒も薬も飲めない息子がものを言えるわけがない。また右大臣も好き放題に権力をふるっているものの、大后に気兼ねがあった。自分の娘とはいえ、自分より遥かに高い能力を持つことを知っている。

だが、ここに来て、右大臣の権力は朱雀帝にいいように働いた。院の死後三か月ほど過ぎたかという二月、右大臣は朧月夜を御匣殿《みくしげどの》から尚侍《ないしのかみ》という位に格上げしてしまったのである。末娘を溺愛《できあい》する父親の公私混同である。末娘は光とのことが世間にバレて物笑いになった上、御匣殿という低いランクで拾われ、好きでもない帝の夜の相手をさせられている。時に落ちこんでいる姿が、父親として哀れでならなかったのだろう。

尚侍は后妃ではなく、尚侍司《ないしのつかさ》に勤める女官のようなものである。だが、もしも朱雀帝の皇子を産めば、その段階で后妃になろう。右大臣家の狙いはぶれなかった。

尚侍昇格と同時に、朧月夜は弘徽殿に住むことになった。大后はすでに実家の右大臣邸で暮らしており、宮中に来ると梅壺《うめつぼ》という宮殿を使っていた。そのため、末妹の朧月夜を弘徽殿に住まわせ、女房なども多く仕えさせた。御匣殿の時に住んでいた登花殿《とうかでん》は、奥まった地味な位置にあったが、弘徽殿は朱雀帝の清涼殿に近い。こうやってジワジワと環境を整えていくことで、帝の皇子を懐妊しやすくする。その目論見も当然あったはずである。

朧月夜に夢中な朱雀帝は、その処遇に大喜びしたが、彼女は光源氏ばかりを想い、この期に及んでもまだひそかに恋文をやりとりしていた。実はそればかりではない。帝が仏法の潔斎《けっさい》をしている期間、目を盗んで光と密会したのである。よりによって帝が身を清めている期間に、慌だしく会い、慌だしく抱きあう。人の気配があろうとも、もう構ってはいられない。藤壺を思うに任せぬ光、右大臣家の駒にすぎない朧月夜、自ら危険に飛びこむ二人には、自暴自棄なところが少しはあったかもしれない。それによってかえって燃えあがるのもわかるが、その間、ひたすら潔斎していた帝が、俺は哀れでならない。

光はこういう危険を冒《おか》す一方で、何とか想いを遂げたいと藤壺を追い続けていた。しかし、藤壺はあの一件以来、警護を固くし、完璧なまでに光源氏を封じている。

光は自分の何が嫌いで、こうも避けられるのかと悩んだ。子までなした仲なのに、この掌《てのひら》返しが理解できなかった。が、藤壺は春宮だけが命であり、その将来のためには絶対に光と接触したくないのである。光への想いもない。だが、光を苦しませることは、藤壺にとって恐怖でもあった。苦しみの行きつく果てに、何をされるかわからぬ恐怖である。

そして現実に、もうひとつ恐いことが待っていた。春宮が、隠しようのないほど光に似てきたのである。柔らかな髪が揺れ、優し気な目元も愛らしい唇も、「本当の親子」と疑うほどだと評判だった。一度でも見た人は、あきれるという。俺は一度も会ったことはないが、

「光の君様をそのままお小さくなされたような」

ということなので、縮小コピーだ。

「ニッコリとお笑いになると、小さな黒い虫歯が可愛くて、可愛すぎて中宮様もお困りになるほどです」

と言われていた。藤壺中宮は、可愛すぎて困っているのではなく、光に酷似してきたことに困り、おびえ、おののいている。それは俺と大后以外は誰も知らない。

こんな苦しい状況の中で、藤壺が選んだ道は出家だった。

誰もが院の菩提を弔うためだと思っただろう。それもないとは言わぬが、あらゆる恐怖とあやまちから身を離すためには、尼となって仏に仕えるしかなかったのだと思う。

光はあまりの衝撃に夜も眠れず、自分も出家したいと嘆いているらしい。だが、そうすれば幼い春宮を捨てることになる。懸命に耐え、おつきの女房を介して藤壺に「私が春宮様をお守り致します。ご心配なさいませんよう」と伝えると、藤壺からも「春宮を思うと煩悩から脱けられません」という返事が、女房を通じて届いた。

光源氏の「世紀の恋」は、こうして終わったのである。

髪をおろした藤壺は、今回の出家に際して特別に建てられた御堂に移り、勤行に励む身になった。藤壺二十九歳、光源氏二十四歳のことである。あっちの世に比べ、何という若さで人生に幕を引くのだろう。

大后は、俺と朱雀帝に言った。

「藤壺は光の求愛や、悩みの深さにおびえたのよ。このままだと、光が先に出家しかねないと焦ったの。だって、光に出家されては誰が春宮の後見をするの？　そうなっては大変だから、先に自分が出家したのよ。やるものだわね、藤壺」

俺はなるほどと思ったが、朱雀帝は遠回しに反論した。

「それもありましょうが、きっと院がお隠れになられて以来、世をはかなくお思いになったのでしょうね。院の霊をお慰めしながら仏にお仕えしたいと、心からお思いになったのでございましょう」

「あら、ずい分とうまく小綺麗にまとめたわね」

大后の言葉に、俺は帝が気の毒で顔が上げられなかった。大后は、

「男に頼って生きたから、藤壺はこういうことになったの。桐壺帝が桐壺院になられて、そしてお隠れになった。藤壺もそれに合わせて生きて、それに合わせて暮らしが上がったり、下がったり。周囲の態度が上がったり、下がったり。院が亡くなられたら、もう出家しかないわけよ。自分も死ぬ気概はないんだから」

朱雀帝がそれに対し、

「母上様は……」

と言いかけると、大后は言葉を奪った。

「出家なんか考えたこともないわ。私はこの世の煩《わずら》わしさや汚なさが大好きだから」

朱雀帝のせっかくの反論も、ひとたまりもない。

「それに、私は男に頼って生きては来なかった。これからも、私の暮らしは私自身が作ります。男の浮き沈みによって上下するような生き方、恥ずかしいし、情けないわ。みんなはおそらく、私は男に愛されず、不幸な女と思うでしょう。でもね、男に自分の人生を握られる女こそが、桐壺更衣でも藤壺中宮でも、一番の不幸よ」

そして、ちょっとバカにしたような笑みを見せた。

「それでも、男への愛のために、後追い死するほどの女なら、私は認めます。それは私とは正反対だけれど、すばらしい生き方よ。でも、桐壺更衣も藤壺中宮も、そこまではまったくたどりついていない。要は自分の暮らしを支えてほしくて、帝や院に取りすがっただけよ。貧乏くさい」

これは二十一世紀の、一部の女たちの考え方だ。俺はあっ気にとられ、ふと思い出した。

大学一年だったか二年だったかの時、一般教養で『枕草子』のレポートを出させられたことがある。

俺はそんなもの、全然興味がなかったが、出席もとらないしテストもしない教授だと聞き、授業を取った。レポートを年に一回出せば、全員に「優」をくれるという噂は本当だった。俺はネットで適当に調べて、適当につぎはぎして出したのだが、ちゃんと「優」だった。

その時調べた『枕草子』に、清少納言は「えせざいはひ」ということを書いていた。「偽幸」、にせものの幸せということだ。清少納言は確か「自分の将来も考えず、偽《にせ》ものの幸せを夢見ている女は、何を考えているのか。結婚前に宮仕えして、世の中を見ておくべきだ」と書いていた。誰かがネットに「これは偽幸にだまされずに、自分の人生をしっかり考えよという意味だ」と書き込んでいた。すると相当な数の女たちが、「偽幸は男にもてない女の考え方。清少納言ってブスだったらしいよ」とか「ブスのひがみは千年前から同じってか。コワ〜」とか書き込んでいるのが笑えて、それをそっくりレポートに頂いてしまったのだ。

「男に頼るな」という大后の考え方は、清少納言の「偽幸」に重なるところがあるのかもしれない。そして、これは俺の勝手な解釈だが、紫式部にもその考え方はあるのかもしれない。藤壺を出家させ、自立させたのだから。日本の女は、千年も前からコワ〜だ。

藤壺の出家の話をじっと聞いていた朱雀帝は、意を決したように大后に言った。

「今こそ、桐壺院のご遺言に従うべきかと存じます。光源氏を正式に朝廷の後見人にして、きちんとした立場を与えた方が、春宮の後見も細やかにできると思います」

「いらない」

たった四文字で却下された。だが、珍しく帝は引かなかった。死の床で父と交わした約束が、よほど心にあるのだろう。

「光は中宮の出家により、心身を病むかもしれません。朝廷の後見人として立場を与えることで、救われるはずです。何よりも、このままでは光に備わった力が持ち腐れになります」

「腐ればいいのよ」

大后は立ち上がると、含み笑いをしながら言った。

「今、確実に邪魔者が消えていっている。私や帝が何もしなくてもね。戦わずして勝つ。醍醐味《だいごみ》ね、生きている者の」

肩で風を切るように、出て行った。

残された帝と俺は、無言だった。確かに、年が明けてからというもの、公卿《くぎょう》たちの掌返しは露骨だった。以前は、新年になればあふれるほどの人々が藤壺邸に挨拶に集まっていた。だが、今年はその道を避《よ》けて通り、向こう側にある右大臣邸に続々と行く。そこには大后も住んでいるわけであり、人間が権力に媚びる現実を、くっきりと示していた。

藤壺は「いくら院がお隠れになり、私が出家したとはいえ、こうも早く人心が移ろうとは……」と淋し気だったという。そんな中で、光だけは訪ねたと、涙ながらに噂されていた。もはや異常な色恋ではなく、きっとしみじみと語りあったのだろう。光は強い者には巻かれない。堂々と毒を飲む。俺は光をあまり好まないが、こういうところは本当に男前だ。

朱雀帝の朱雀朝は、現実には大后が実権を握り、弘徽殿朝と言えた。それが特に顕著だったのは、人事異動である。

司召《あがためし》といって、地方官が任命されるのだが、光源氏派、藤壺派はみごとに外された。大后は、誰もが当然と思う昇進もさせず、官職も与えなかった。報復人事である。トップが交代すれば、派閥の勢力が一気に変わるのは、あっちの世の政界でも財界でも当たり前にあることだ。うちの親父が若くして副社長になったのも、新社長派閥だからと書いた週刊誌もあった。

光源氏派、藤壺派は「この冷遇はあまりにも理不尽だ」とか「出家なされても、中宮の地位と待遇はそのままなのだから、勝手なまねは許されるはずはない」などと嘆きあったが、そんなもの、大后には負け犬の遠吠えである。

この政変の中で、俺は大后と藤壺の違いを明確に感じた。

藤壺は、自分に仕える人たちが冷遇されることに対し、何よりも春宮の将来を案じているという。もしも、大后が春宮を廃太子にでもしたら……という不安でいっぱいなのだ。わが子の即位さえ実現されるなら安心だとして、一心に仏道修行に励んでいると、陰口さえ聞こえてくる。藤壺は「自分の出家に免じて、何とか我が子を安泰に」と仏にすがっているのだ。それを聞いた光は、「藤壺中宮の思いはもっともなこと」と言い、やはり冷遇されている自分は自邸に引っこんで世をはかなんでいるらしい。

まったく、二人とも国を引っぱる人間ではない。まずは冷遇された配下を案ずるべきであり、仏に祈るのは彼らのことだろう。たとえ出家しようが、皇后の地位と待遇が守られている以上、「国母」だ。国母が我が子のことばかり祈り、我が子第一は違うだろう。光にしても、ふてくされて引きこもっているとは、器が小さすぎる。こんなヤツらに仕えた者は、陰口のひとつも言いたくなって当然だ。

大后は女御の時代から、桐壺更衣にも、藤壺中宮にも、左大臣にも、光源氏にもやられ、そして誰よりも夫の桐壺院にやられてきた。時代や社会背景がどうあれ、大后は人間として女として尊厳を傷つけられ、地に這わされたことは事実だ。

そんな最中、大后はどうしたか。女御時代の若い時から、彼女はひそかに爪を研《と》いでいた。「今はつらいが、いつか引っくり返す」「右大臣家についてくれる者たちに、いつか陽を当てる」という、アテのない励ましを自分に繰り返してだ。もちろん、一人息子の朱雀帝のことは大切に思い、立派な帝にしたいと願っていたが、彼女を支えていたのは、「私は国母」という衿持《きょうじ》だったのではないか。それに比べれば、亭主が女を渡り歩くことも、セガレのデキが今イチなことも、第一義的問題ではなかった。「国母」の自負があるだけに、藤壺を皇后にした帝に対し、そして不倫の子を守るためにシャラッとその座についた藤壺に対し、怒りは激しかったろう。だが、それさえも、「いつか引っくり返してやる」として受け入れた。俺はそう思っている。

弘徽殿女御はトゲトゲしく、激しく、意地が悪いと言われ、書かれているが、それは一面からの見方だ。「弘徽殿コード」で読みとけば、よくぞ今日まで自分を支えたと思う。今、右大臣家に仕えて耐えてくれた者たちを、陽の当たるところに登用するのは当然だ。俺に言わせれば、藤壺とはモノが違う。

年が明け、何ごともなく夏を迎えた。その時、ひどい事件が大后に襲いかかった。どこまで大后を苦しめるのかと、さすがに俺も言葉がなかった。

夏のある日、俺は右大臣邸に呼ばれて、それを知った。

朧月夜は長いこと瘧病《わらわやみ》に苦しんでおり、宮中から実家に下がっていた。これはあっちの世で言うマラリアのような熱病で、光もかかったあの病だ。朱雀帝は朧月夜に夢中で、夜ごと寝所に呼んでいただけに、里下がりを悲しみ、病状を心配していた。

そんな時に呼ばれた俺は、てっきり祈禱を頼まれるのだと思い、今をときめく右大臣の大豪邸に向かった。

俺は「偽陰陽師」だが、四十四歳にもなり、あっちで生きた年月とまったく同じだけ、こっちで生きている。そうなると「偽」にもそれなりの恰好がつく。右大臣にとって最も煙たく、かつ、その能力を認めている長女の大后が俺を全面的に信じていることから、これまでも重要な事件の際には、邸《やしき》に呼ばれたりしていた。

華やかな造りの一室で、しばらく待たされると、右大臣本人が入ってきた。彼は人払いをすると、言った。

「面倒なことになった」

心なしか、大きな赤ら顔が憔悴《しょうすい》している。

「六の君の寝所に光の君様がいた」

六の君とは朧月夜のことである。この強烈なあらすじは、よく覚えている。俺は素知らぬふりをして、言った。

「瘧病はいかがされたのですか」

「もう治《なお》った。大后もそろそろ参内致せと何度も言っておるに……まだ悪い、まだ苦しいと。そう言って、毎晩毎晩、毎晩毎晩、光の君と寝所で会っていたらしい」

右大臣は「毎晩」を四度繰り返した。二人にとって、帝がいない実家での密会は、これほど好都合なものはなかったはずだ。しかし、実家には大后がいる。そこに毎晩毎晩忍びこむことは、普通ならやらない。大后にバレたら大変なことになる。しかし、光は昔から危険や困難がある恋ほど、燃えるタチだ。その上、藤壺とは終わった。ならば今、敵とも言うべき大后の住む右大臣の邸で、兄帝が寵《ちょう》愛《あい》する女を犯し続ける。これは最高に燃える形だ。

この頃、光には「花散里《はなちるさと》」と呼ばれる女もいた。彼女は、桐壺院の妃《きさき》の一人である麗景殿女御《れいけいでんのにょうご》の妹だ。花散里は穏やかで気品があり、右大臣一派に冷やメシを食わされている光にとって、癒やされる人ではあった。とはいえ、朧月夜はセクシーで激しく、芸能界と男と化粧にしか関心のないような女だ。彼女とのセックスは、溺れるものだったのだろう。

「雷鳴殿も承知の通り、今も昔も六の君の気持は、光の君様にしかない。帝にはない」

「はい……。しかし、光の君様が寝所にいらしたこと、なぜおわかりになったのですか」

すでに読んで知っていたが、訊いた。

「私が見たのだ。二人が添臥《そいふし》しているところを、几帳《きちょう》をめくって……見たのだ」

娘のセックスの現場を見る父親が登場するのだ、『源氏物語』には。右大臣は思い出したくもないように言った。そりゃあ思い出したくもないだろう。

「昨日、ものすごい雨の夜明けのことだ」

確かに、昨日は大変な雨で雷が激しかった。

「私は心配で、大后の部屋を見舞い、その後で六の君の部屋を見舞った。ところが、御帳台《みちょうだい》の奥から出て来た時の顔が、妙に赤らんでいる。やはりまだ熱があるのかと心配して、様子を聞いていると、ふと見つけた……」

男物の帯が朧月夜の着物に巻きついて、はみ出していた。と同時に、男物の畳紙が落ちているのも見つけた。何か書いてある。右大臣は驚き、よく見ると筆跡は光源氏のもの。激しい雷が轟《とどろ》き、稲妻が光る中、右大臣は御帳台の几帳を許しもなく荒々しく引き上げた。そこには光がなまめかしく体を横たえ、ほんの形だけ顔を隠していた。青白い稲妻の閃光が、暗い寝所の光源氏を照らし出した。右大臣はあまりのことに声もなく、朧月夜は正気を失いかけていた。

普通なら、もう大人の娘がどんな気持でいるかを考え、几帳を開けて寝室をのぞいたりはするまい。だが、ぶしつけな右大臣はならこれくらいのことは平気でやるかもしれない。それでも、セックスの最中を目撃したのではなく、あらすじ本を読んだ時、俺はホッとしたものだ。

「すぐに何もかも大后に話し、証拠の畳紙も見せた」

俺はわかっていたが、驚いてみせた。

「え……話されましたのか」

「ああ。かつて、光源氏様を六の君の婿にと申し出た時は、無礼なほどの断り方をされた。雷鳴も覚えておられよう」

覚えている。あわてたように若紫を妻にし、そのくせセクシーな六の君とは適当に遊び続けている。右大臣は言った。

「すべてをご存じの上で、帝は娘をお見捨てにならなかった。なのに、光の君様は娘の想いをいいことに、こうして関係を続ける。それも、帝がご寵愛なさっている六の君と……。何もかも大后に話し、どうすべきかを相談するのは当然」

あらすじ本によると、右大臣はカーッとなって、そのまま大后にぶちまけ、早口でののしったのである。それは右大臣らしいとはいえ、日を置いて冷静になってから話さないと、ことが大きすぎる。

「大后様は……何とおっしゃいましたか」

「誰もがみな、帝を軽く見ているのですね、と」

そう言ったか……。

「葵の上を、光に差し出した左大臣はもとより、常に誰もが兄を軽く見て、弟をあがめてきましたと。六の君を帝がいかに大切にしているか、光もわかっている。なのに平気で兄をバカにした、と」

ここで初めて、右大臣はあわてたらしい。大后に向かい、言い訳した。

「いや、何もバカにしたわけでは……」

「バカにしました。六の君も恥知らずで、つくづく情けない。光に傷ものにされても懸命に尚侍にまでしたし、帝の愛情をわかっていながら、これです」

そして、冷静な大后にしては珍しく、唇を震わせて言ったそうだ。

「帝はバカにされ、軽く見られ、光は最高の識者として世の尊敬を集めている。裸で中宮を襲うなど、人の道に外れている光が」

「いや、そうではなく……」

右大臣は娘の怒りを、必死になだめようとするが、敵《かな》う相手ではない。

「光が宮廷で騒ぎばかりを起こすのは、早く今の御世を終わらせたいからです。兄帝を降ろし、その座に、早く藤壺が産んだ我が子、春宮をつけたいからです」

あまりにスパッと、青い顔で言う大后に、右大臣はおびえた。

「この一件は誰にも言わないことにしよう。帝にも決して申し上げないでくれ。六の君にしてみれば、少し度を越してもお見捨てにならないだろうと、帝の大きさに甘えたところもあるのだから。な、な」

だが、大后はそんな言い訳に耳を貸すわけもない。

「邸には私がいるとわかっていながら、忍びこんだ光。それも二度や三度でなく……これが何を示すか、父上様、おわかりですよね」

「あ……ん……」

「光源氏は、私たち右大臣家そのものを軽く見て、バカにしているということです」

「あ……まあ……」

「そんな男に体を投げ出し、好きなようにさせて、切ないだの恋しいだのと勘違いしている妹の頭の悪さに涙が出る」

大后は怒りのあまり、顔が青ざめ、握った両手が白くなっていたらしい。

右大臣は、ため息と共に俺に言った。

「あの怒り……。後先を考えず、何もかも話したことは失敗だった」

右大臣は、この問題を「右大臣家そのものを軽んじている」というところまでは、深くとらえていなかったのだろう。

「で、私に何をされよと仰せになられますか」

「大后の怒りを鎮《しず》めてほしいのだ。まずは、怒りを鎮める祈禱や呪《まじない》でもあればやってほしい。多少いかがわしくとも、やらぬよりはましだろう」

陰陽師に向かって「いかがわしい」だの「まし」だのと言う。この無防備というか不遠慮というか、娘の寝所を平気でのぞき見る気質がわかる。だが、妙に憎めない。

「右大臣からすべてを聞いたと言って、今、大后の部屋に寄ってくれ。そして、右大臣家のためには、何としても六の君に皇子を産まさせねばならぬゆえ、この一件は帝に申し上げぬよう、じっくりと相談相手になってほしいのだ。大后は、雷鳴の言うことには耳を貸す」

右大臣の大きな赤ら顔が、ベソをかいているように見えた。

「雷鳴、この話は早く鎮《しず》めないとまずい。大后は何か恐ろしい仕返しをする気がする。早くしないと、恐い。……虫の知らせだ」

虫の知らせどころか、この一件は恐ろしいことへとつながる。今や二人は、自暴自棄を通り越して我が身の破滅を望んでいるとしか思えない。二人の関係がバレることは、光にとっては「自殺」であり、朧月夜にとっては「心中」ではないだろうか。

光は藤壺の出家に、立ち直れないほどの衝撃を受けていたことは間違いない。自分も出家すると泣き続けているという噂だ。彼は朧月夜を真剣に想っているわけではなく、「あっちがグイグイ来るから、応じてるってとこかな。みんなに知れたらかえってスッとするかもしれない。知れて厳罰に処してくれって気持、ないわけじゃない。今の毎日に何の未練もないから、知れたいかな、むしろ」という自ら死を望む行為。

朧月夜は本気で光に惚れこんでおり、バレることは彼女にとって、「心中」を成しとげる気持だったように思えてならない。好きでもない朱雀帝にあてがわれ、「子を産め」「子を産め」とプレッシャーをかけられる。右大臣家のためと言われるたびに、冗談じゃないと思ったはずだ。自分が「産む機械」としてのみ見られていることに激しい不快感を覚え、光とのことがバレたかった。それは、好きな相手と心中を果たすことに等しかったのではないか。

こういう二人のことを、大后にどう説明したらいいのか。あらすじ本では大后はほとんど出て来ないため、彼女の動きも心理もわからない。

大后の控えの間に案内されたものの、いくら待っても取り継がれない。一時間も待たされた頃、梅命婦が現われた。

「今日はお引き取り下さい」

さんざん待たせて、何なんだ。

「右大臣様の命《めい》で参ったのです。引き取るわけには参りません。大后はどうかなされましたのか」

「いえ……私も昨日今日、お目にかかっていないのです。誰のことも部屋にお入れになりませんし、雷鳴様がおいでということは、戸越しにお伝えしているのですが」

「返事がございませんか」

「はい。申し訳ございません」

「では私が、戸越しに直接お声掛け致しましょう」

「いえ、なりませんッ」

命婦は明らかに狼狽《ろうばい》していた。

「右大臣様の命で、大后様専属の陰陽師が参ったのです。戸越しにお声を掛けても問題ないでしょう」

「いえ、困ります」

あわてる梅命婦を振り切り、俺は大后の部屋の前まで行った。

格子《こうし》が開いている。開いているのに、何が戸越しなんだ……と思い、足が凍りついた。丸見えの室内に、大后が一人座っており、両手で持った何かにかぶりついていた。

ザクロだった。唇の端から赤い汁がこぼれ、手やのどを流れていた。皮や種が床一面を覆っており、大后は飢えた獣のように歯を立て、赤い汁をしたたらせていた。長い黒髪も、白っぽい着物も、赤く染まっていた。大后はガリガリと音を立ててザクロにかぶりつき、種を吐いた。部屋の隅で、若い女房が二人、体を固くして控えているのが見えた。

「雷鳴にございます」

敢《あ》えて室内が見えない位置まで戻り、俺は大声をあげた。若い女房の声で、

「お待ち下さいませ」

と返事があった。

俺は待ちながら、今回の一件が大后にどれほどの衝撃を与えたか、身にしみていた。あんな大后は一度たりとも見たことがない。夫にどう扱われようと、夫の愛妾たちに何をされようと、息子と光源氏をどう比べられようと、常に自分を堅固に守り、笑い飛ばしてきた女だ。

実の妹である朧月夜が、こんな裏切りをするとは露ほども思っていなかったのだろう。それも、光と比べられては常に下位にみられていた息子の、最愛の女だ。破格の寵愛を受けながら、平然と背信行為をしていた妹に対し、さすがの大后もどう気持の整理をつけていいか、わからなかったに違いない。

ザクロは人間の血の味がすると聞いたことがある。光か朧月夜に喰らいついているつもりだったのか。今まで痛いめに遭わせてくれたすべての人間に、喰らいついているつもりだったのか。

半時ほどたつと、大后の部屋に案内された。格子は固く閉じられ、今度は中はうかがい知れない。部屋に入った俺は、また足が凍りついた。

さっき見たシーンのカケラさえ、残ってはいなかったのだ。皮も種もきれいに片づけられ、大后は着替え、いつものように凜《りん》として座っていた。

「雷鳴、いかが致した？　右大臣の命を受けて来たそうな。ということは、話はおおむね聞いておるわけだな？」

そして、いつものようにシャラッと言った。

「次の手はすでに考えておる。それに、生きていれば色んなことがあるわ、雷鳴。何よりも、当の帝が何と言ったと思う？」

もう朱雀帝に話してしまったのか。当然かもしれない。右大臣がつい後ずさりするほど、大后は怒ったという以上、何もかも帝に伝えた上で、次の手を考えたのだろう。

「帝は『光の前に出ると、どんな人でも魅せられてしまうのです。兄の私でさえそうですから、今回のことは女として当然でしょう。似合いの二人ですからねえ』こう言って笑い飛ばした。大きな器だ」

俺は必死に涙をこらえていた。朱雀帝のこの言葉は、以前に俺も聞いた。これは大きな器だから出たものではない。何とか自分で自分をなだめるために、必死になって言ったのだ。俺はいつでも、

「水はサァ、兄貴の俺だってすげえヤツだと思うもん。誰だってあいつと会うと参っちゃうんだよ。当然だよ」

と言って、動じない自分を懸命に演じたものだ。朱雀帝に俺を見るようだった。

そして、俺が何より泣きそうだったのは、大后が三十分で、みごとにザクロの痕跡を消したことだった。

これまでの人生、一人で苦しみ葛藤し、そして他人にはシャラッとしたところだけを見せて来たのだと、改めて気づかされていた。どこの馬の骨とも知れぬ俺を、いつもあんなに近くに寄せては話したがったことからも、その思いにもっと応じるべきだった。母も息子も、懸命に強さを演じている。似ている。そう思ったら、涙がついにこぼれ落ちた。

「大后様、今回は私にも手がございます」

キッパリと言った。

「光源氏を島流しにしましょう。私は今回のことで、堪忍袋の緒が切れました。佐渡にでも隠岐《おき》にでも、流しましょう。もう面《つら》も見たくない」

俺は初めて、毒を飲んだ。あらすじ本に登場しない俺の、これは本心だった。

大后はユラリと笑った。

「私の次の手とは、まさにそれ。天下の陰陽師と同じことを考えていたとは心強い。島とは言わず、いっそ蝦夷《えみし》の地、北の果てに流そうと思うておる」

蝦夷の地とは、二十一世紀では東北地方に当たる。俺は日本史など全然勉強していないし、こっちに来て初めて知ったのだが、東北地方の人間は朝廷に従属することを拒み、中央になびかなかった。手を焼いた朝廷は、彼らを野蛮人扱いして差別を繰り返していた。それでも酷寒の地で、東北人は平然と従属を拒否し続けた。

その地に光を失脚させようと言うのだから、大后の考えることはすさまじい。おそらく、光は三日ともたずに雪の下で死ぬだろう。

「光も一人では淋しかろう。愛する春宮も一緒に行かせてやろう」

俺は声を失った。藤壺が産んだ春宮、満年齢ではわずか六つかそこらの子も、雪深い蝦夷の地に送ると言うのか？　間違いなく、道中で死ぬ。そうでなくとも、箸より重いものは持ったことがない子だ。平安時代の、幼い皇族なのだ。

大后は微笑した。

「私も優しいことだわねえ。光だけ流せばいいものを、春宮も一緒にしてあげようなんて」

「大后様、さすがでございます。二人を流せば、藤壺はあまりの仕打ちに、気が触れましょう」

大后が藤壺への積年の恨みを、こうした形で晴らそうとしていることは間違いなかった。

「あら、雷鳴に言われて気がついたわ。確かにあまりの仕打ちね。いいわ、藤壺も一緒に三人そろって流しましょう」

「は？」

「優しいでしょ、私。光と藤壺と春宮、親子三人でゆっくりお過ごしなさいという、私のはからいよ。蝦夷の地でなら、本当の親子だと知られたところで、誰も関心さえ持たないわ。二人で好きなだけ子供を作ればよろしいし」

俺は今こそ毒を飲む決心をしたのだが、とてもこの女には敵わない。

「ただ大后様、六の君様と秘かに会っていたくらいでは、流刑にはできません」

「大丈夫よ。帝が命を下せば、何だってできるんだから」

「しかし、それでは周囲の者たちが帝を恐れ、離れます。御世を治める上で、そのような強引なやり方は、決して帝のためにはなりません」

「人なんてすぐ忘れるから大丈夫」

「私に、いい考えがあります。光が春宮を早く帝位につけたいため、帝を追い落とす用意をしていると、そういう噂を流しましょう。これは大后様と私以外には、一切漏《も》らさずに進めます。右大臣様には、光が謀《はかりごと》を起こそうとしているとだけお伝え下さい。今は右大臣様のことも欺《あざむ》き、家臣たちの騒ぎを大きくすることです。騒ぎは大きくなるほどよろしいですから」

大后の目は俺に注がれ、動かない。

「光は春宮の後見役ですから、自分の地位を高めるためにも帝への謀反《むほん》はありうると、誰もが思いましょう。女性問題では流刑は難しくとも、帝に危害を加えようと謀《はか》っていた罪なら、十分に相当します」

長い沈黙の後、大后は言った。

「雷鳴、そなたは悪い男だ」

目が喜びにあふれていた。俺も嬉しかった。四十四年も生きた中で、一度も「悪い男だ」と言われたことはない。ああ、俺は今、毒を飲んだのだ。思いっ切り飲んだのだ。今まで経験したことのないような、強い力がみなぎるのを確かに感じていた。きっと、全身に毒が回った快感だろう。

しかし、あろうことか、光は逆襲に出て来たのである。

第十四章

光源氏の逆襲、それは突然のことだった。姿を消してしまったのである。三月下旬、新暦だと五月に忽然《こつぜん》と、本当に忽然と、光は青葉の京から消えてしまった。

その頃すでに、光が帝への反逆を企てているという噂は大きく広がっており、大后の動きは早かった。直ちに光の官位を剝奪したのである。それによって、噂は一気に信憑性《しんぴょうせい》を増した。大后と俺がたくらんだ無実の罪を、光はあっという間に着せられていた。

大后は現・春宮を廃する準備を進めており、新・春宮には八《はち》の宮《みや》を据える算段をしていた。八の宮は桐壺院とさる女御との間に生まれた皇子だと聞いている。大后にしてみれば、藤壺と光の子である現・春宮より、意のままになるわけだ。

事件のもう一人の張本人、朧月夜はあの一件以来、里に下がらされていたのだが、朱雀帝の愛妾として再入内《さいじゅだい》を許されていた。大后によると、

「藤壺が真剣に頼んできたの。何と言ったと思う？　『女にはもののまぎれの罪というものがございます』って。もののまぎれで光の子ができたと、自分で言ってるようなものよ」

と、鼻で笑った。俺も、

「頭の働かないお方でございますね」

と笑うと、大后は首を振った。

「いや、狡賢《ずるがしこ》いのよ。藤壺が六の君の再入内を申し出たのは、二つの理由があると私は読んでいる。ひとつは、私を喜ばせようとして。六の君の罪はさほどのことではないとして再入内させれば、私も安堵し、帝も喜ぶと思ったのよ。もうひとつは、光と六の君がこれ以上続くのが恐かった。寝物語に光が『実は春宮は藤壺と私の子』と、六の君に言わないとも限らない。そうなれば、必ず私の耳に入ると恐れたのよ。ならば、再入内でも再々入内でも、早いところ帝に送りこもうと、必死になったの」

いつもながら、大后の読みは深く、意地が悪い。だが、藤壺はそういう女だと、俺も思っている。それにしても「再入内でも再々入内でも」という言葉には笑った。朧月夜は右大臣家の力で復帰したわけだが、あっちの世でも、男の問題で謹慎を繰り返すニュースキャスターとかいたっけなァと思ったのだ。そのたびに、所属事務所の力で復帰を繰り返すなどと書かれていた。人間は千年たっても、何も変わっていない。学習できない女、風を見てなびく男、ぶりっ子する女、権力を欲する男等々、何も変わらない。一人の人間が生きるのは、あっちの世でさえもわずか八十年。長い長い歴史の中のほんの一瞬を、いつの時代の人間も何も変わらぬ気持で生きている。何だか切ない。

しんみりとそんなことを思っていた時に、光源氏が消えたという知らせが入ったのだ。

光はほんの五、六人のお供を連れ、馬で二条院を出て、自ら須磨に向かったとわかった。何ぶんにも大ざっぱなあらすじ本のため、「自ら」とは出ていなかったと記憶している。驚いた。というのも、須磨は二十一世紀の世では、兵庫県神戸市の美しい都市だ。海も空も輝き、観光地としても人気がある。だが、この時代の須磨は罪人が送られる流刑地だ。自らの意思で向かったとはいえ、それが須磨ということで、罪人だと思われる地である。

光は三月の夜明け、月が出るのを待ってひそかに二条院を出たらしい。大后や帝に知れたなら阻止され、改めて流罪を言い渡されると思ったのだろう。そんなことは、光源氏のプライドが許さない。他人に、それも敵の大后に断罪されるより、自ら世を捨てよう——それが光の本音だと思う。信じられるお供と、ひそかに姿を消す準備を進めていたのだろう。帝も大后も、誰もがそれにまったく気づかなかった。

しかし、その一方で、光は信じられる「反大后派」には、旅立つ前にきちんと別れの挨拶をしていた。桐壺院の御陵に出向いて手を合わせ、藤壺にも、紫の上にも、左大臣にも別れを告げていた。光は下々の者たちにも目をかけるタイプであっただけに、彼らのおつきの者たちも悲しみ、泣いたという。

光が消えたと知った大后は、意外にも満足気だった。

「せっかく親子三人、北の地で堂々と寄り添って生きられるようにしてやろうと思うておったのに。しかし、最後まで光らしいことよ。流罪を言い渡されて、今までの自分を汚すよりも、自ら進んで行くとは」

「それに、政《まつりごと》の騒動に巻きこまれることも嫌だったのではございませんか」

「とりあえず、廃太子は見送るわ。光は自ら須磨に行くことで、我が子の春宮を安泰にしてほしいと願ったんでしょうよ。それさえ壊すような私ではないわ」

「はい。敵にならない相手にはお優しいかたでございますゆえ」

「その通りよ」

確かに、大后にもう敵はいなかった。藤壺の出家に続き、光のいわば「自首」は、左大臣派と光源氏派を叩きのめしていた。

「戦わずして勝つ」を地で行った大后のご機嫌とは裏腹に、俺は気が晴れなかった。紫式部が書いた通りに物語が進んでいるとはいえ、光の冤罪《えんざい》に俺がかんでいることが、恐ろしくなっていたのだ。もしも、物語には登場しない俺のせいで、何か別の展開になりはしないか。不安だった。

その時、それまで考えたこともない言葉が、突然、口をついていた。

「大后様、私を須磨に行かせて下さいませ」

「え……何と？」

「京《みやこ》には大后様と帝がいらっしゃいますから、政は何の心配もなく、また、私でなくとも有能な陰陽師がそろっております。ゆえに、私を見張り役として、須磨にお遣わし下さいませ。と申しますのも、光が須磨で本当に謀反を企てたり、仲間を募ったり、何をするか気がかりでなりませぬ」

こんな心配はしていなかった。それより、もしも自殺でもされたらと思うと、いても立ってもいられない。ともかく光の近くに行っておこう。何も起こらぬよう見張っていたい。それだけだった。俺はやっぱり毒は飲めないのだ。情けない。初めて飲んだ毒だというのに、この気の小ささよ……。

大后は俺を頼もしげに見て、須磨行きを許可してくれた。

とはいえ、光は広い須磨のどこにいるのか。俺が大后のパーソナル陰陽師だということは、誰もがわかっている。光の住む場所を聞いたところで、教えてくれるわけもない。帝や大后もひそかに調べているようだったが、彼らに口を割る者はもっといない。なまじ知っていることがバレたら、光と通じていると思われ、また報復人事だろう。

良喬や他の者にも頼み、光の住む場所を探すうちに、俺は段々、須磨に行くのが嫌になっていた。いっそ場所がわからないことを理由に、大后が「行かなくていい」と言ってくれないものかと思い始めた。もちろん、場所などわからなくても、須磨に行ってしまえば何とかなるだろう。あの光源氏が舞い降りたのだから、村人の間でも噂になっているはずだ。行けば居所はたぶんわかるだろう。

ここは自分から「住まいはわかりませんが、まずは須磨に行ってみます」と言うべきだ。だが、行きたくないという思いは、日に日に大きくなった。というのも、あっちの世なら京都から須磨までは、JR新快速や神戸線を乗り継いで一時間十分くらいだ。俺は須磨には行ったことがないが、部活の試合が加古川であった時、電車で通ったから覚えている。新幹線なら京都から西明石まで四十分くらいだ。そこから須磨まで戻ったところで、簡単だ。

一方、ここは平安の世である。鉄道も車もない上、道も整備されていない。街灯どころか懐中電灯もなく、歩きやすいスニーカーもない。真っ暗な夜道を、月の光を頼りに須磨まで歩くのか？　光は馬で行ったはずだが、もしも俺に馬が供されても、乗ったことがない。誰か手綱を引いてくれるのだろうか。もしも馬が暴れたらどうする。それに、真っ暗な道で追いはぎとか出ないだろうか。追いはぎというのは江戸時代だったか？　でも、それに似たのは平安時代にもいるだろう。

俺は宮中から半径五キロ以上には出たことがないのだ。そんな俺が、この時代に須磨というのは恐ろしすぎる。それに、須磨に無事に着いたとしても、どこに住めばいいのか。前もってネットで不動産屋を検索できる時代ではないのだ。その上、流刑地である以上、罪人がウヨウヨいて、歩いたりなんかもしているのだろう。そいつらに襲われたりしないか。

俺は自分から須磨行きを申し出たのに、ぶるっており、「光はたいしたもんだ。よく自分から行ったよなァ。たぶん、俺と同じタイプの帝にはできねえな」と考えてはグダグダと時間をやり過ごして、二週間が過ぎた。

そんな時、大后に呼ばれた。「早く行け」か「居場所がわからないゆえ、やめよ」かどっちかの命《めい》だろう。俺は「やめよ」であるようにと祈りながら、右大臣邸に向かった。

大后は、

「光のだいたいの居場所は、実はすぐにわかったのだが、雷鳴は大和の国に暗いであろう。ずっと高麗にいて、大和では宮中の近くばかりゆえ、だいたいでは困るであろう」

と優しい気遣いを見せた。俺はシメタと思った。

「はいッ。もう、大和の国には私、真っ暗でございます。須磨と申されましても、実は困っておりました。自ら申し出たことでございますのに」

「ああ。他の者にならば、『まずは行ってから、居場所を探せ』と言うし、行けばどうにかなるもの。されど、雷鳴は『だいたい』ではいささかこころもとない」

「はいッ」

「安心せよ。光の居所が、やっと詳しくわかった」

「え……」

「昔、在原行平《ありわらのゆきひら》中納言が、わびしい思いに泣きながら住んでいた邸《やしき》の近く」

「な……泣きながら……」

「海辺からはやや奥に入り、山の中だ」

「や……山の中……」

「ああ。緑も紅葉も美しかろう。行平中納言は、袖が濡れるほど泣いたと歌に詠んでおるゆえ、身にしみて淋しいところではあろうが」

「み……身にしみて……」

「心配はいらぬ。京に比べれば、どこであろうと身にしみて淋しいというもの」

覚悟するしかない。蝦夷の北国よりずっと近いだけマシか……。

「良喬と、あと一人をお供につける。あと一人は良喬に任せてある」

少し安心した。良喬がいてくれれば心強い。

「雷鳴、光の住まいはすぐにわかる。すばらしい屋敷に造り替えたそうで、ひときわ目立つはず」

「え……造り替えた？……須磨でですか？」

「ああ。流刑の地でだ。源氏が持っている荘園の高い地位の者たちが招集され、改築やら造園やらをみごとにやったそうだ。それも播磨《はりま》の守の肝入《きもい》りだ」

播磨の守といえば、「兵庫県知事」にあたる。彼には良清《よしきよ》という息子がいて、もともと側近として、光が惟光と並んで心を許している男だ。大后は不快気に言った。

「良清がここぞとばかりに指揮し、たちどころに造りあげたと聞いた。豪壮な新築に住む流人がどこにいる。いい気になりおって」

俺は屋敷の話を聞き、心底早まったと後悔していた。そんなすばらしい住まいを造るということ自体、光がさほどめげていない証拠ではないか。俺のせいで自殺するのではないかなどと、本当に甘い考えだった。俺が行く必要などまったくなかったのだ。ああ、光源氏という男を、つい常識的に考えて心配した俺がバカだった。

「雷鳴、さほどの準備もあるまいし、明日の明け方を待って発《た》つがよい。すべては良喬が仕切っておるが、途中から舟で行くと言うていた」

舟……大丈夫だろうか。俺は泳げない。この時代の舟とはどんなものなのか。恐ろしすぎる。

「明日の明け方に出ますと、須磨に着くのはいつになりましょう」

「近いゆえ、明日の夕刻には着く」

約十二時間か。あっちの世の約十二倍だ。それでも明るいうちの旅で、明るいうちに着くと言い聞かせ、自らを励ました。

「雷鳴、どうして私が光の居所や屋敷のようすがわかったと思う？　あきれた話よ。藤壺、六の君、さらには伊勢に下った六条御息所、一派の公卿《くぎょう》たちまでが、須磨の光と文や歌をかわしていた。そこで、きつく問いただしたのだ」

「さぞ淋しかろうと、お慰めの手紙でしょう」

「ねぼけたことを言うでないッ。光が返す詩歌に『すぐれて趣きがある』とやらで、みなの間でもてはやされ、『須磨に流されても気高く雅《みや》びだ』と、大変な噂だ」

「私の耳には入っておりませんでした」

俺は夜道と追いはぎの恐さで、噂どころではなかったのだ。

「いいか、雷鳴。朝廷から流刑を命ぜられた罪人《つみびと》は、毎日の食事を味わうことさえ難しいのが世の常。流刑とは身も心も、それくらい厳しい状況に追いつめられるものだ。それを流刑地で風流な邸を造らせ、京の者たちと歌をやりとりしている。その上、文では何かと今の御世《みよ》を誹《そし》っているらしい。往生際の悪い男よ。だが、何よりもあきれるのは、そういう光にへつらう者たちがいることだ」

大后はフンと笑った。

「私は有名な話を思い出しておる。秦《しん》の趙高《ちょうこう》が鹿を見せて馬だと言った時、媚びへつらう者どもまでが、明らかに鹿なのに馬だと言った話。それと同じ。世の馬鹿どもは、罪人の光にへつらっている」

中国のそんな話まで知っているとは、大后はやはりよく学んでいる。

「罪を犯した光にへつらうということは、帝と私を軽く見ているということ。帝と私をバカにしているということ」

流人になってまで重く見られる光、帝になってまで軽く見られる朱雀帝、それに我慢ならないのはよくわかるが、世間はよく見ているものだ。たとえば、大后に対しては、世間では「独裁」とか「冷酷」とか「意地が悪い」とか、色々と言う。だが、それらマイナス評には力がある。つまり、世間は彼女にマイナスの強い力を見ている。一方、朱雀帝のことは「相手にしていない」と言おうか、「数に入れていない」と言おうか、そこにはマイナスの力さえない。あっちの世での俺もそうだった。

しかし、俺よりも朱雀帝の方がつらいと、最近になって確信した。ひとつには、朱雀帝は俺と違って、よくできる男なのだ。容姿もいいし、頭もいい。なのに完全無欠な弟と比べられ、相手にされないつらさ。これは、掛け値なしにデキの悪い俺より苦しいだろう。さらには、母親の大后とまで比べられる。マイナスの力であれ、強烈な輝きを放つこの母親と並んでは、息子はものの数にも入らなくなる。いくら光を追放しようが、母親が輝いている限り、朱雀帝はいてもいなくてもいい人間に見られ続けるだろう。

大后は俺の勝手な分析など気づくわけもなく、言った。

「光と文や歌のやりとりをする者を、私が非常に不快に思うていると、あちこちで言い広めた。おかげで、今ではほとんどの者がやめてしまった。光に媚びる気持に変わりはないが、私に逆らうと煩わしいことになるとおびえたのだ。要は私にもへつらっていることよ。情けない」

そういう人間は、あっちの世でもいる。まったく、いつの世も人間は変わらない。

「そこで、雷鳴に頼みがある。おびえずに、まだこっそりと光とやりとりをしている者がいるか、須磨でわかったらその名を伝えてくれ」

「かしこまりました。そういう気概のある者は危うございますゆえ、どこぞに流すのですな？」

「またねぼけたことを。気概のある者は我が方に引き入れ、重く用いるに決まっておろう」

奪った敵の駒を我が方の駒にする。これは将棋の戦法だ。大后は知るはずのない将棋の戦い方まで身につけている。俺は深々と一礼するしかなかった。


良喬と貞昭《さだあき》と共に京を出たのは、夜明けと同時だった。貞昭は良喬や俺より二十歳も若い。良喬に色々と仕込まれ、馬の世話から料理まで、一通りはこなすという。

馬は二頭で、一頭にはこれからの生活用品や衣類が積んである。もう一頭が、一応は準貴族の地位にある俺に供されたものだ。良喬は荷の馬を引き、貞昭は俺の馬を引きながら歩く。

うっすらと山の端が明るくなっていく。鳥がさえずりながら、何百羽も飛び回る。雀だろうか。馬に乗ったのは初めてだが、貞昭がしっかりと手綱を引いてくれるので、周囲を見る余裕さえある。馬の背は考えていたより高く、ダンプとかトラックの座席くらいではないか。

ああ、五月の夜明けは本当にきれいだ。新暦なら七月だ。こっちに来てから早起きになった俺だが、こうして高い馬の背に揺られて外を歩くのは初めてだ。夜明けの光を浴びた木々に、朝霧がかかっている。そして、それが静かに少しずつ、夏木立の間を流れていく。俺は「あけぼのがいいのは、春ばかりではないなァ」とつぶやいた。

だが、この楽しさはほんの少しの時間だった。両脚を開けるだけ開いた状態で馬にまたがっているため、脚のつけ根が痛み出した。何より痛んだのは尻である。馬は歩くたびに上下に揺れるのだが、その背にいる俺も上下に揺れて、尻が餅つき状態になる。慣れていれば馬と一緒に上下するのだろうが、何しろ初めてなのでそれができない。

昼メシ時刻に、貞昭が馬から降ろしてくれようとしたが、痛みと高さに震えて、体が固くなる。ぶざまに貞昭にしがみつき、やっと降りたものの、痛みが激しく、とても座って昼メシが食えない。二人には原っぱにでも石にでも座るようにと言ったのだが、俺が座らない以上そうはいかないらしい。結局、三人とも突っ立ったまま、干し飯《いい》と漬け物を食べた。

あたりは一面の緑だ。広々とした夏空の下には森と田畑しかない。電柱もない。ビルもない。看板もない。車もない。土埃《つちぼこり》の立つ径《みち》を犬が歩いていたり、猫が寝そべったりしている。正直なところ、俺はあっちの世の便利さが、今でもなつかしい。だが、地球というのはこんなにも美しいものだったのかと知るたびに、あの過剰な便利さは、いつか自然を怒らせるのではないかと思うものだ。

メシを食い終わると、貞昭が水を差し出した。そこの小川で汲んだ水だ。これがうまい。冷たくて清らかで、宮中の汲みおき水とは比べられない。

再び歩き出そうという時、俺は良香に言った。

「今度はお前が馬に乗れ。私は少し歩いてみたい」

大后の信頼も厚い比類なき陰陽師が、もう馬は勘弁してくれと言うのは恥ずかしい。それに、俺は実のところ、今もって一人だけ特別扱いされることが苦手だ。パーソナル陰陽師として破格の扱いをされ、二十三年がたつというのにだ。今回の道中も、風景を楽しみ、旅を楽しんではいたが、俺だけが高い馬の背にいて、二人は歩く。俺は上から見下ろしてものを言い、二人は下から見上げて答える。俺はついつい、気を遣う。何やかやと話しかけたり、ねぎらったりで、かえって疲れる。尻のことを考えても歩きたい。

「雷鳴様を歩かせ、私が乗るわけには参りませぬ。これは雷鳴様に用意された馬です」

俺は「どうしても歩いてみたい」と食い下がった。追いはぎも出ないし、とにかく安全そうな真昼の道中だ。このゆっくりペースなら、俺でも歩ける。だが、結局は馬に乗った。俺に乗ってもらわないと、二人が困るのだ。

またもペタンペタンと尻で餅つきしながら、舟着き場に到着したのは、午後一時くらいだった。たぶん、あっちの世で言う大阪湾のどこかだろう。小舟が待っていた。船頭が二人いて、手漕《てこ》ぎだ。

良喬は馬の荷を舟に積み、俺と一緒に乗った。貞昭は二頭の馬を引き、陸路を歩いて須磨に向かうという。驚くほど力強い早足で、貞昭は去って行った。

俺はといえば、もはや尻の痛みが限界で、うつぶせになって眠りこんだ。睡眠不足と疲労に加え、船頭二人が漕ぎながら歌う舟唄と、凪《な》いだ海の小さな揺れがここちよい。

夢を見た。俺と倫子が、風子をはさんで「川の字」に寝ていた。家の中だった。俺は「ああ、何だよ。やっぱり倫子も風子も生きてたんだ」と、嬉しくて嬉しくて、二人に手を伸ばした。すると突然、二人は起き上がり、俺の周りを踊り始めた。いつの間にか、俺は四角い透明な箱に入っており、膝をかかえて座わっている。倫子と風子は、箱の周囲を踊りながら回る。

俺は箱から出たいともがいたが、出られない。透明な箱から、目の前の倫子と風子が見えるのに、声も手も届かない。二人とも俺の方は一切見ずに、まっすぐに前を向いて踊る。回る。倫子はほっそりとして、白い洋服を着ていた。風子はおかっぱ頭で、目も鼻もくっきりした美しい子だ。透明な箱は天井がないのに、俺はなぜだか立てない。出られない。

もがいてもがいて、必死に二人の名を呼ぼうとして、目がさめた。良喬が言った。

「うつぶせに寝たからでしょう。うなされておられましたが、そろそろ須磨です」

夕暮れの空と海が、三六十度に広がっている。夕焼けの名残りか、赤い光の向こうに、島影が見える。須磨だろう。やがて、何艘もの小舟が行きかうようになり、あちこちの舟唄が夕風に乗って届く。少しずつ暮れていく空を、雁《かり》が列をなして飛んでいく。ああ、日本は何と美しく、自然は神そのものなことか。

きっと倫子も風子も、この空のどこかで神に守られている。透明な箱に入っていた俺を思い、もう手も足も出ないところにいる二人を思った。

その夜、俺たちは光の邸にほど近い庵《いおり》に入った。前もって良喬が土地の人に頼み、見つけてくれたものだが、これが大変なあばら家。庵といえば聞こえはいいものの、取り壊し寸前の荒れた小屋だ。今はいいが、冬になったら凍え死ぬ。

舟で眠ったせいか、庵ではなかなか寝つけなかった。尻の痛みもひどく、寝返りが打てない。天井を見ているしかない。葦《あし》でふいた屋根が朽ちていて、月が見えた。ここは海辺からは少し離れているのだが、風に乗ってくるのか、波の音のようなものが聞こえる。それがうら淋しい。光は豪邸に住んでいるとはいえ、よくぞここで暮らしているものだ。

俺は眠れぬままに、天井穴から見える月を眺め、そこから射しこむ月光を浴び、また倫子と風子を思っていた。やっぱり二人は死んだのだ。いつも俺の心の中にいるから、姿は見える。だが、別の世界にいるから触れることはできない。あの夢は、そういうことなのだろう。死んだのだ、二人は。

少しウトウトした時、琴の音がかすかに聞こえてきた。その音は風のせいか、遠くなったり近くなったりする。俺の耳にもたいした弾き手だとわかる。おそらく、いや間違いなく光だ。村人や罪人たちが、これほどに弾くことは考えられない。光は京から七弦の琴を持ち運んだと聞いているし、それだろう。

琴の音は、もの悲しかった。豪邸を建てようが、優雅な暮らしをしていようが、光はこの地での日々がつらく、苦しいのだろう。草木も眠る真夜中に琴を弾くのも、眠れないからではないか。

俺は改めて、さほどの罪もない光をこんな地に「罪人として」送りこめと言った自分に、おののいていた。

翌日、良喬と貞昭を連れ、光源氏邸に挨拶に行った。会わせてはもらえまいが、京から土産として持ってきた紙や扇子、黒檀の数珠などを届けるつもりだった。

屋敷の前まで来た俺たちは、あまりに美しく風情のある佇《たたずま》いに声もなかった。気圧《けお》されて、口を開けて見ていた。どのくらいの敷地なのか想像もつかないが、まるで林かというほどに木々を植え、その中にある小径を進むと庭園に出る。これも力のある庭師が設計したのだろう。築山や石が配置され、遣水《やりみず》が深く引き入れられている。その奥にある屋敷は、右大臣邸のように華美なものではない。茅ぶきの母屋に葺ぶきの回廊が巡らされ、質素に見せかけてはいたが、気品にあふれた大邸宅だった。家を囲むように、真っ白い花々だけをあふれるように咲かせている。これでは、いくら淋しくて琴を鳴らしたところで、大后の怒りの方がもっともだ。

俺と良喬は一室で待つよう取り継がれ、貞昭は外で待たされた。やがて、部屋に入って来たのは惟光だった。惟光は丁寧に頭を下げた後、

「何を好んで須磨に来られましたのか？　帝や大后の命を受けましたな？」

と、正面切って言った。俺も正面から返した。

「いえ、命ではありません。光源氏を見張りたいと、私から申し出た次第」

惟光は俺をにらみ、良喬は「何を言い出す気か」と体を固くしているのがわかった。今回は、変な隠しだては通用しない。大后が光を大嫌いだということも、ことあらば光を失脚させたいと思い続けていたことも、そして俺が大后派だということも、誰もが知っているのだ。

「惟光殿、私は光源氏に備わった力をよく知っており、いつか京に戻り、朝廷を支えてほしいと願っています。京に戻るには、刑を誠実に受け、つとめること。それを怠らぬよう、見張りたいと申し出た。京の人間と文や歌のやりとりを禁ぜよと、大后様に申し出たのも私です。なぜなら、それは刑に服する人間のありようではなく、京に戻る月日をいたずらに遅らせるだけゆえ」

事実半分、嘘半分をペラペラと言いながら、妙に気持がよかった。自分が先頭に立って何かを切り拓《ひら》く快感だろうか。あっちの世ではもとより、こっちに来てからも、俺は先頭に立って切り拓いたことはない。

「さらに、京に戻るべき光源氏であればこそ、陰陽師としての私がそばにいる方がよろしかろう。いつでも、役に立てる占いができる」

惟光を見た俺の目は、きっと鋭い。そう思うとまた快感に襲われた。その時、声がした。

「雷鳴、歓迎致すぞ」

見ると、光が四人のおつきを従え、入って来た。良喬は反射的にひれ伏している。流人にひれ伏すバカがどこにいる。そう思ったものの、その気持もわかるほどに神々しい姿だった。白綾の下着の上に藤色の指貫《さしぬき》を着て、濃い藍色の直衣《のうし》をゆるく重ねていた。少し面やつれした風貌が何とも美しい。これでは、世の女は一目見ただけでバタバタ倒れよう。

「雷鳴、よう来てくれた。たとえ大后様の命であっても構わぬ。話し相手がふえて嬉しいぞ。それに雷鳴は今、一言たりとも私に敬語を遣わなかった。流人に敬語は遣わぬと、そういう気持の者が近くに来ると、退屈せぬ。惟光、須磨では罪人の私の方が、二人より下だ」

光は俺と良喬を示し、笑った。京では良喬が面会できる相手ではないし、俺も呼ばれない限り会えない。だが、光は今、軽々とその枠を外していた。

以来、俺は光の邸に顔を出すようになった。とりたてて何の話をするでもなく、向こうも京の様子を質問することもない。それでもブラリと訪ね、手入れの行き届いた庭を並んで眺める。何だか爺さんになった気がした。よく、定年を迎えた人間は、一気に老けると聞くが、これではないか。やることもなく、日の高いうちから散歩したり、花を観賞したりしていると、爺さん気分になり、その気分が本当の爺さんにするに違いない。

俺は光と並んで庭を見ながら、あっちの世にいる親父を思った。もうとっくに定年だ。お袋と温泉巡りでもしながら、各地の風景を眺めているのだろうか。もう二度と会えないだろうが、どんなに老けていることだろう。

「雷鳴、私はもう京へ戻る気はないし、呼び戻されることもありえない。ここで一生を終えるつもりだ」

「実は雷鳴、この屋敷を見た時にそう感じておりました。ここに骨を埋める気であればこそ、これほど美しくみごとな、自分の好みに合わせた家を建てた。京に戻ることを考えているなら、間に合わせのものにするでしょう」

光は夏空を見上げた。入道雲に届くかと思うほど、蟬の声が激しい。

「ああ。ただ、私はそれで構わぬが、共に来てくれた惟光や従者たちを思うと……それでいいのかと苦しむ」

光は涙を拭った。そして恥ずかし気もなく嗚咽《おえつ》した。

こっちの世に来てびっくりしたことのひとつは、男が実によく泣くことだ。亡くなった桐壺帝をはじめ、本当によく泣く。「男なら泣くな」という文化は、武家社会以後のものかもしれない。もっとも、俺らの子供の頃は、

「男の子だって泣いていいのよ」

と言われ、「自然体が一番」として育てられた。武士や軍人の時代を経て、平成は平安に戻ったのかもしれない。

光は泣きやむと、声を詰まらせた。

「ついてきてくれた者たちは、大切な家族や故郷を捨てた。私のために……。あの者たちの一生を、ここで終えさせていいものか……、たまらない気持になる」

たまらないのは俺もだ。物語に登場しない俺の将来は、まったくわからないのだ。俺はこの先、須

磨でどうなるのだろう。あらすじ本では、この後、光はさらに明石に流れるのだが、俺だけここに取り残されることはあるまいな。不安だ。だが、光自身も紫の上や夕霧や春宮という家族と離れ、淋しいことに変わりはない。むろん、巻き添えを食った形のおつきの者と同等には考えられないにせよだ。京に女はいっぱいいる光であり、紫の上ばかりを想うことはないだろうが、春宮と夕霧は可愛いさかりだ。無邪気に笑ったり、声をあげたりする姿をいつも思い出しては泣いているのだろう。

光邸から帰ると、俺の修理をした。これは日課だが、冬に備え、良喬や貞昭とで天井穴をふさぎ、すき間風の入る戸や床を覆い、最近ではボロボロの小屋はかなりまともになった。こんな力仕事の時間は不安を忘れさせてくれる。倫子や風子を失った時も、俺はひたすら力仕事をして紛《まぎ》らしたものだ。

夏のうちに刈った草も干しているのだが、これは布団の綿がわりにならないかと考えてのことである。こっちの世では褥《しとね》という薄いマットに寝るが、干し草でフワフワの布団を作ったなら、体も楽だし温かいはずだ。俺の着眼に良喬も貞昭もびっくりするだろう。

こうして冬が来て、布団作りが終わった頃、朱雀帝から手紙が届いた。俺は嬉しさのあまり、気を失いそうになった。本当に意識が一瞬遠くなった気がした。手紙が届くというのは、こんなにも嬉しいことなのか。光にはほとんど届かなくなっており、その淋しさがやっと自分のこととしてわかる。

天皇自筆の手紙を宸翰《しんかん》と言うのだが、下々の者に書き送ることは万にひとつもない。だが、間違いなく、俺に宸翰が届いたのだ。

そこには、今は太政大臣《だじょう》となった右大臣と大后が、思うがままに世を動かしていることが遠回しに書かれていた。それはわずか一行だけであったが、帝である自分の力不足と、祖父と母にものが言えない情けなさが隠されている気がした。その一行以外は、すべて光のことである。

「光は元気にしているか。京では月日が重なるにつれ、私だけではなく誰もが光を恋しく、なつかしく思うようになっている」

という内容で、「誰もが」というのは、大后と太政大臣以外の者たちだろう。

「桐壺院のご遺言に沿い、春宮には私も心を寄せて見守っているが、光もさぞ心配しているだろう。春宮はまだ幼いというのに、もはや立派な皇太子であり、書も非常に優れている。何をやってもはかばかしくない私の面目を保ってくれている。さすが、生まれた時から兄の光に似ていると言われただけあって、みごとなものだ。春宮と夕霧のことは案ずるなと、そして体をいたわるようにと、光に伝えてほしい」

この内容からも、帝は春宮が光と藤壺の子だということを、まだ知らない。

「光は使者を京に遣わし、たくさんの手紙や歌を託すことをしているようだ。ただ、大后が厳しく止めているゆえ、こちらからの返事はほとんどなかろう。しかし、一方的にであれ、書くことで光の気がまぎれるようにと願っている。この後、もしも使者が京からの返事をこっそり携《たずさ》えて須磨に戻ったとしても、大后に知らせる必要はないと、雷鳴に命じておく」

弟を想う兄の気持があふれる内容だった。俺なんぞに宸翰を送ることは絶対にありえないのに、弟への想いがおさえ切れなかったのだろう。

帝の想いを伝えるために光邸に行くと、光が目を真っ赤にして部屋に入って来た。また泣いていたようだ。

「どうかしましたか」

俺は今もずっと、尊敬語と謙譲語は遣わない。光は照れたような笑みを浮かべた。

「京を離れたのは初夏。今はもはや冬だ。月日を重ねるごとに、なぜか帝のことが思い出されてならぬ。いや、妃や春宮や夕霧や、京のすべての人を思うのだが、無性に兄上様がなつかしい。大后様の手前、私につらく当たることもおありだったのに、なぜこんなに兄上様のことを思い出すのだろう。つらさとなつかしさで、左右の袖が濡れてしまった」

おどけて両袖で涙を拭くまねをした。俺はゾクッとした。兄と弟が同じ情を、同じ時期に抱いていたのだ。血のつながった兄弟姉妹というのは、こういうものなのか。

俺は倫子のこと、風子のことはもとより、水のこともできるだけ思い出さないようにしてきた。思い出し、なつかしんだところでどうにもならないからだ。水は二十一世紀という別の次元におり、倫子と風子は死後の世界という別の次元にいる。二度と会えない者たちを思って泣いたところで、どうなるというのか。それでも油断すると、ヒョイと水が出てくる。ピョコッと倫子と風子が出てくる。

俺は懸命にふたをしてきた。

光は朱雀帝からの手紙の内容を聞くと、声をあげて泣いた。

「雷鳴、本当によう知らせてくれた。私は須磨に来る半年ほど前に、帝としみじみと語りおうたことがある……」

ということは、朧月夜との関係が続いており、帝もそれを耳にしていた頃のことだ。

「私が参上すると、帝はおくつろぎ遊ばして、思いがけず私に色んな話をして下された。昔のこと、今のこと、世間話から学問のこと、漢学の御下問もあった。帝は亡き院とよく似ておられ、院よりさらに優美な雰囲気をお持ちだと思った……」

朱雀帝はその時、朧月夜のことに触れて言ったそうだ。

「光、私は気にしておらぬ。二人は今に始まった仲ではないし、よく似合う」

そして、一切咎《とが》めなかったという。光は俺の前で涙を拭き、泣き笑いの顔で言った。

「恋歌についてまで語りあう中、帝は仰せになった。斎宮が伊勢に下向なされた時、あまりの美しさに心奪われたと」

俺は少しホッとした。朱雀帝は朧月夜一筋の堅物とばかり思っていたが、斎宮に一目惚れしたか！こうなると、斎宮がその任を終えたら動きがあるかもしれない。今は帝をいいようにあしらっている朧月夜だが、いつまでも天下は続かないのだ。必ず衰えるのが人の世なのだ。

「雷鳴、私もつい帝にお話し申し上げてしまった」

光は嬉しげに、少し照れながら言った。

「伊勢下向に際し、六条御息所と朝まで別れを惜しんだことをね」

俺はすっかり嬉しくなっていた。兄は御息所の娘に心動かされ、弟はその母と朝まで過ごす。それを語りあったということは、いかに二人がうちとけ、心を許しあったかの証だ。大后という強く凛々《りり》しい母の目が届かぬところで、母の嫌う弟と存分に心を開きあった兄。いい話だ。

俺に宸翰を送った背景には、この時のことが忘れられずにあったのだろう。何とかして想いを弟に伝えてほしかったのだろう。光も、その時のことをなおも俺に語った。

「やがて月が昇ってね、興をそそられた帝は仰せになった。管絃の遊びでも致そうかと」

「なさったのですね。お二人で」

「いや、ちょうど藤壺中宮のもとに伺わねばならず、私は退出したのだ」

光の表情には、後悔がのぞいていた。美しい月の宵、美しい兄弟で管絃の遊びをすることなど、二度とないかもしれない。まして、今は須磨で一生を終えようと決めた光であるだけに、後悔も深いだろう。片や帝、片や流人。これは俺と同様、別次元にいる兄弟である。想いにはふたをするしかない。

水ももう四十一歳だ。きっとカリスマ外科医になっているだろう。きれいな嫁さんと、優秀な子供が二人くらいいるだろうか。風子の従兄か従弟か。きっと仲よくしてくれただろう。風子は可愛いからな……。

しかし、現実に経験していないことはすぐに消え、思い出す水はいつでも幼い。俺は鼻の奥がツーンとしてきて、あわてて水への想いにふたをした。なのに光は、

「帝に……お目にかかりたい……」

と素直に言っては泣く。俺だって水にお目にかかりたい。

俺には忘れられない水の笑顔がある。俺が小学校五年で、水は一年生だったはずだ。夏休み、お袋の田舎の岩手に行った時、近所の子供たちと仲よくなった。俺も水も毎日、真っ黒になって遊んだ。虫を獲り、野球をし、サッカーをし、畑のトマトをもいで食べた。

ある日、近所の子たち十人くらいで隣り町まで虫獲りに行った時のことだ。川で隣り町の子供たちが泳いでいた。小学生の男の子ばかりで、彼らは俺たちを見つけると、人なつこく、

「一緒に泳がねーかァ」

と叫んだ。

俺と水以外の子はみんなパンツ一枚になり、川に飛びこんだ。川といっても小さく、流れはゆるやかで、川岸も高くはない。隣り町の子供たちは、両手と両脚を思いっきり伸ばして、

「ガガンボ！　ガガンボ！」

と叫びながら、川岸から飛びこむ。

後で知ったのだが、「ガガンボ」とは蚊の一種で、脚が長い。

俺たちと一緒に行った子供たちも、そう叫んで飛びこみ、グングンと泳ぐ。そして、またすぐに川岸に上がる。もっと高い石の上に立ち、

「アメンボ！」

「トビウオ！」

「トノサマガエル！」

などと叫んでは、その恰好をして飛びこみ、泳ぐ。似ているのいないのと、みんなで大笑いする。

俺と水だけは飛びこまず、川岸から見ていた。

俺は泳げない。それを知っているから、水も川に入らなかったのだ。そして、俺に、

「帰ろ」

と囁いた。すると、ガガンボたちが、

「帰るのかーッ？　何だ、泳げねのォ？」

「東京の子、泳げねんだァ」

と囃《はや》したてた。小学校一年生の水は、それを聞くなり、突然シャツとズボンを脱いだ。そして、川岸の一番高い石の上から、

「ドラゴン！」

と叫ぶと空中で一回転し、シュパーッと川に飛びこんだ。抜き手を切って泳ぐと、再び川岸に上がった。子供たちは水のあまりのみごとさに、川の中で呆然としていた。すでに東京都の小学生水泳大

会では、六年生にも勝つほどの水だった。

「帰ろ」

水はシャツだけ着て、ズボンを手に持つと、俺を促した。その時、川の中からガガンボどもが口々に叫んだ。

「ホントのドラゴンみてえだーッ」

「明日も来いよなーッ」

「待ってるからなーッ」

水は大きく両手を振り、思わず、

「わかったー。明日なーッ」

と叫んだ。そしてハッとしたように、俺を見た。俺は気づかぬふりをした。

二人で歩いて「おばあちゃんち」に帰る途中、店があった。水は小さい財布からお金を出し、アイスキャンデーを二本買った。俺に一本手渡すと、店の前の椅子に腰かけ、並んで食べた。俺のはイチゴ味で、水のはメロン味だった。

「すげえ、うまい」

俺が言うと、水は本当に嬉しそうに笑った。

大きな前歯の笑顔が、今も忘れられない。あっちの世にいる時から、水というとあの笑顔がまず浮かぶ。あの大きな前歯は、生えたばかりの永久歯だろう。俺はそんな小さい弟にアイスをおごってもらったのだ。おごってくれたのは、みじめな思いをした兄への慰めと、明日の約束をしてしまった贖《しょく》罪《ざい》だったのではないか。あんな小さな弟に気を遣わせる兄だったのだ。

翌日から、水は毎日ガガンボどもと泳いだ。アイスをおごったことで、堂々と行けると思ったのかもしれない。大学受験の年齢になっても、ガガンボどもとずっと仲よくしていた水だが、俺は友達作りもうまくはなかった。

光と俺の間には、確かに何かが通いあうようになっていた。光にとって、話し相手もいない須磨の暮らしであり、俺がちょうどいいのはわかる。だがそれにしても、兄弟の恋話までを語ってくれたことは嬉しかった。ただ、あまり共感しすぎると、大后のスパイとしてはまずい。気をつけないとならない。光は確かに「人たらし」だ。

須磨の秋が過ぎ、冬が過ぎた。

干し草の布団は、何回か寝るとすぐにペシャンコになったものの、最初は夢かと思うほどの寝ごこちだった。しかし、大喜びするかと思った良喬と貞昭には不評で、柔らかくて眠れないと言う。そういえば、体のためには柔らかすぎる寝床はよくないと、あっちでも言われていた気がする。こっちの人間の背筋がまっすぐなのは、硬い褥に寝ているからだろうか。

「それなら上掛けに致せ。温かいぞ」

俺に言われ、二人は一度はそうしたようだが、結局はそれっきりだった。慣れないものは落ちつかないのだろう。おかげで、俺は二人の分まで上下に使うことができ、何とか冬を乗り切った。

須磨は京以上に寒い。庵の修理はずい分やったものの、山中に建っている上、海からの風も届く。雪も降る。もう二十回以上も、こっちの世で冬を迎えている俺だが、さすがに須磨の冬はこたえた。

やっと三月が巡ってきて、光は須磨暮らしが一年になった。俺もそろそろ十か月だ。この間、光の様子をしっかりと見張っているが、大后に伝えるほどの情報は何もない。女の影もまったく見えない。時々目が赤いのは、たぶん京を想い、残してきた紫の上や春宮、夕霧を想って泣いたか眠れなかったかだろう。

ただ、それらを口にすることもなく、淡々と日々を送っている様子は、強い男だなァと思わされる。豪邸で暮らすことは、確かに流人として破格の環境だ。とはいえ、帝に謀反をたくらんだという「冤罪」の苦しさ、つらさは、環境くらいでは慰められまい。目を赤くしながらも淡々と生きる光を見ていると、紫式部の書いた物語の流れとはいえ、加担した俺は心が痛む。平然と毒を飲むばかりか、毒をのせた皿まで食ってしまう大后の気性に、ふと憧れさえ覚える。

俺が十か月近くもの間、光に何も危害を加えず、むしろ話し相手になる姿から、大后派の回し者ではないと、従者たちも信じ始めたようだ。当初のような警戒心をあらわにしなくなっていた。惟光ばかりは、そう簡単にはいかないが、

「従者を順番に、一時的に家族のもとへ帰してやりたいものだ……」

と言って、俺の前で涙ぐんだことがある。

「だが、光の君様は毎日、世が明ける前にお起きになり、手水《ちょうず》で身を清め、念仏を唱えて修行をなさる。それを皆が知っているため、たとえ一時的にであっても、己《おの》れだけ家族のもとへは帰れないと言うのだ」

そう言って涙を拭った。惟光は俺を警戒していることは間違いないが、話し相手がいないつらさか、ふともらした時、俺は流刑に加担した者として、うつむくしかなかった。

しばらくして俺が光の邸を訪ねると、光本人に誘われた。

「今から巳《み》の日の祓《はらえ》を、海辺でやる。皆も参列するから来ないか」

天気がよく、新暦だと五月の空は美しく、日射しも輝いている。こんな日の海は格別だろう。俺もすぐに同行した。

砂浜に幕を張り、陰陽師を呼んでお祓《はら》いをすると、舟に人形《ひとがた》を乗せた。それを見て、また倫子と風子を思った。風子を抱いて眠っている倫子に、大后から届けられた人形を供えた時、何だかそれは風子のオモチャのように見えた。今、舟に乗せられて沖へと流れて行く人形を見ながら、俺はもう思い出すまいと懸命に振り払った。人形は金色に輝く初夏の海を、何処《いずこ》とも知れずに流れて行く。

俺の妻と娘も、こうしてどこに行くとも知れずに、流れているのではあるまいな。ちゃんと天国で幸せに暮らしているよな。段々と小さくなっていく舟を目で追う。振り払っても振り払っても、倫子と風子が浮かぶ。

光は自分の人生を重ねていたのだろうか。

「私のようだ……」

とつぶやいた。輝くさざ波を美しい横顔に反射させ、光は歌を詠んだ。

「八百よろづ　神もあはれと　思ふらむ　犯せる罪の　それとなければ」

これは「自分の犯した罪はたいしたことがないのだから、神々も哀れと思って下さっていよう」という意味だ。光は大后に陥《おとし》れられたことはもとより、俺が冤罪をそそのかしたことも知っているのではないか。思わず、惟光を見た。惟光は冷たい目で俺を見ていた。

目と目がぶつかったその時である。突然、空一面に黒い雲が広がり、強い風が吹き出した。すぐに、激しい雨が叩きつけた。ほんのさっきまで、ほんの十秒前まではあれほど晴れて、輝き、美しかった初夏の空と海がだ。

　とてもお祓いどころではなく、みんな逃げようとしたその時、鋭い稲妻が真っ暗な空を斬った。同時に地を揺るがすほどの雷が轟《とどろ》いた。黒い海は絨毯《じゅうたん》が揺れているように大きくうねり、黒い空との区別もつかない。そこに稲妻の光が走る。恐ろしい光景だった。あらすじ本には「激しい嵐が襲い」とあったはずだが、その程度のものではない。俺たちはその中をずぶ濡れになり、邸へと走った。

　俺は二十年以上前、自宅近くの奇妙な道で、これと同じように突然の雷鳴に打たれた。気がつくと、こっちの世に来ていた。ということは、この雷によって俺はあっちの世に帰されるのかもしれない。

　だが、幸いなことにそうはならなかった。

　皆で光を守りながら何とか邸に着くと、良喬と貞昭が心配して訪ねて来ていた。しかし、今はとても俺に帰れる天候ではない。雷は鳴りやまず、石が降っているかのような激しい雨は、この豪邸さえも壊しそうなのだ。

　皆で一室に集まり、この恐ろしい天変は何なのかと不安を語りながら、一夜を共に過ごした。光だけが別室で、静かに読経を続けていた。

　明け方、風も雨もさらに激しくなった。雷鳴と稲妻の下、岩は砕かれ山は押し流され、あっちの世でも見たことがない大嵐になった。こんな中にあっても、惟光や従者たちは光の無事を神仏に祈る。

「光の君様だけはお救い下さい。たいしたことのない罪で、ここに流されては悲しいめに遭っているのです。お願いですから、光の君様だけはお救い下さい」

　自分のことを祈る者はいない。従者もみな、光の冤罪を信じているのが恐い。だが、俺が何よりも恐かったのは、「嵐を止めるご祈禱《きとう》を」と言われることだった。しかし、言われる前についに雷が邸に落ちた。ものすごい爆音と同時に、屋根が火を噴いた。叩きつける豪雨と、火を煽《あお》る強風。それが真っ暗な中でぶつかり、空には火柱が上がった。そして、とうとう邸は一部を残して燃え落ちた。

俺と惟光、良清、そして良喬と貞昭も加わって光を守り、焼け残った部屋に逃げた。物置きのようなそこは、狭くて横になることもできない。光は何かに寄りかかり、ウトウトしている。この後、光と従者たちは、迎えの者が来て明石に行くことになるのだが、俺のことはあらすじ本にはない。どうなるのだろう。恐い。その時、光が目をさまし、言った。

「今、夢を見た……。生きていらっしゃった時のままのお姿で、亡き院がお出ましになった」

桐壺院が夢に出たと言うのだ。

「院は私に、なぜこのようなところにいるのかと仰せになり、早くこの浦から船出せよと。住吉《すみよし》の神のお導きに従い、早くこの浦を出よと仰せになられた」

あらすじ本の通りだ。だが、それを知らぬ誰もが黙っていた。たとえ嵐がやんでも、邸は焼け、舟もない中、どうやって須磨の浦を出るというのか。この時代、霊界からの夢のお告げは絶対の力を持っていたが、いくら光でもどうにもならない。みな、そう思っていたはずだ。

翌日、雨が小降りになり、風も弱まった時である。明石の入道《にゅうどう》という者が、お供と共に突然、舟で迎えに来た。そして、対応した良清に、すぐに光を明石に連れて行きたいと言ったのである。あらすじ本のままだった。入道は今は出家しているが、前は播磨の守だった。現在の播磨の守を父に持つ良清とは旧知の仲である。入道も、夢のお告げで舟を出すよう言われたそうだ。そのため、それに従って嵐の中を船出したところ、神の守護としか思えぬ順風に導かれ、須磨に着いたという。

それを良清から聞かされ、みな、静まり返った。光の夢とあまりに重なるからだ。当然、光は須磨を離れて明石に移ることをすぐに決めた。

光は同行者として惟光と良清、もう二人の従者を選び、あとの者は京に帰すと言う。俺も乗じて帰ろうと思った。こんなところに残されてはたまらないし、明石に行くのも嫌だ。すると、光が入道に俺を示し、

「この者、比類なき陰陽師ゆえ、共に明石へ参らせたくお願い致す」

と頼んでしまった。確かに、大后に何の土産もないまま、京に一人で帰るわけにはいかない。致し方なく、良喬と貞昭と明石まで行くことにした。貞昭は帰してやりたかったが、若い男の力がないとやっていけない。

光らは夜明け前に入道の舟に乗り、俺たちは嵐で打ち上げられていたボロ舟を直し、後を追った。須磨と明石はすぐ近くだが、それにしても嵐の名残りはある。そんな中、やはり神の守護としか思えぬ順風が吹き、難なく明石に到着したのである。

大后にも誰にも言う気はないが、今回の嵐は神が光を許していないという証拠だ。光が「俺の罪ってたいしたことないからね、神だって可哀想に思ってくれるよ」と、いわば軽く歌を詠んだ。その瞬間にあの嵐だ。神は「冤罪」とは別に、これまでの光を、そして軽く言う光を許してはいなかったのだ。

第十五章

明石に着いた光は、入道の邸《やしき》に住むことになった。入道はいうなれば前・兵庫県知事であり、出家した今も豪壮な邸宅を構えている。光の須磨の家も、大后が「罪人らしからぬ」と怒るほどのものであったが、明石の高台に建つ入道の豪邸を見てしまうと、あれは須磨の奥の侘び住まいだった。

入道は俺たちにも離れをあてがってくれ、惟光ら従者は母屋の一角をもらっていた。

邸の主だった部屋からは、一面の海が望める。朝夕も美しいが、月夜の海は特に風情があり、光は、

「夜更けにふと目がさめた時、京の二条院の池かと……」

と言って涙ぐんだ。懸命に自分を励ましてはいても、望郷の想いはどれほど深いか。京を離れて一年がたつ上、本人にはこれからのこともまったく見えないのだ。ただ、あと一年ほどで京に呼び戻されるようになっている。

もしも光から、いつ京に戻れるか占ってくれと言われたら、何気なくそう答えるつもりだった。

ところが、帰った従者たちによって、明石に移ったことはすぐに、京に知れた。光のもとには、大嵐や体調に対するたくさんの見舞状が届くようになった。須磨ではまったく手紙は届かなかったため、その喜びようといったらない。返信と受信の繰り返しに、すっかり生き生きしている。

解せないのは、見舞状の数があまりにも多いことである。藤壺や紫の上から届くのはわかるが、い

くら大きな天災見舞いだからといって、公卿《くぎょう》たちまでが続々と書くだろうか。光も来た手紙すべてに返事を書いており、こういうやりとりを大后は知っているのだろうか。知っているなら、須磨の時のように厳しく取り締まるはずだ。なぜ取り締まらないのか。

大后に何かあったのではないか……。漠とした不安を覚えていた頃、京から俺に手紙が届いた。梅命婦からだ。びっくりした。何だって大后の側近が俺に……。

「誰にも秘密で書いております。出すぎたことをしておりますのは承知でございます。ただ、さんざん考えました末に、やはり雷鳴様にすべてをお話しすることから始めようと決心致しました」

という内容が書いてある。俺は今では、平安の筆文字の読み書きは何とかこなせる。二十年以上もこっちにいるのだから当然だ。

「実は大后様のまわりでは、不幸なことばかりが続いております。太政大臣は、先ごろ突然亡くなりました」

思わず「ウソだろッ！」と声をあげた。太政大臣とは、元の右大臣のことである。あらすじ本にはなかった。脇役だからか。あの右大臣が死んだ……。大后の父親だから、年齢は六十代半ばだろうか。この時代では大変な長寿だが、寝込んでいたわけではなさそうだ。心筋梗塞《こうそく》とかだろうか。早口で下品な雰囲気もあり、娘の朧月夜と光の密会現場に踏みこむような無神経な男だ。その上、政治における能力、腕力は大后に遠く及ばず、困った人ではあったが憎めなかった。

俺は手紙から目を離し、ボーッとした。右大臣の、赤ら顔で人のいい笑顔ばかりが浮かぶ。そうか、死んでしまったか……。

力が抜けたまま、再び手紙に目をやると、さらに驚く内容が綴られていた。

「帝が重い眼病を患われ、一時は手のほどこしようもないお苦しみようでした。少しずつお見えにならなくなっている気も致します。祈禱《きとう》を続け、宮中でもお邸でも手を尽くして物忌みを致しておりますが、いっこうにご回復の兆しが見えません。

どうか、私をおしゃべりだと思わないで下さいませ。この御目の病につきまして、外に漏らしてはならぬことを申し上げます。雷鳴様にはご承知おき頂く方がいいと、私は心を決めました。

御目の病は、帝の夢枕に桐壺院がお立ちになったことが、原因のようなのでございます。帝が大后様に打ち明けられましたことを、私もじかに耳に致しました。夢にお出ましになられた院は、帝を鋭くにらまれ、約束を破ったなと、光源氏様のことでお責めになったとか」

目が悪くなっていたのか。あらすじ本には「夢に立った故・父帝ににらまれ、朱雀帝は光源氏を京に戻すことにした」としか書いていなかったのだ。確かに、帝は院との約束を破っている。臨終の院の枕元で、光を要職につけて後見人にすることなどを固く誓ったのに、要職どころか、罪人に仕立てあげて流刑地に送っている。おそらく院の亡霊を前に、帝は震えあがり、鋭いにらみは刀のように目を刺した。心理的なものもあるにせよ、刀のにらみが眼病の原因だと思っても不思議はない。命婦の手紙には、続けて、

「ところが、それを打ち明けられた大后様は、帝に『気にすることないわ。雨が降って、空模様が乱れているせいよ。そういう時は、気にかかっていることが夢に現われるものなの。よくあることよ。驚いておびえるなんて浅はかだわ』と仰せになりました」

という内容が書かれていた。俺は驚きを超えて、空を飛びそうになった。この時代に、こんな女がいるか？　いや、男だっていないだろう。夢のお告げだとか占いだとか方角だとか、そういったもの

が人々の行動を決め、多くのできごとは物の怪や怨霊が関与していると、本気で考えられている時代である。だから陰陽師という職業が成立し、貴族階級の地位も与えられる。俺だって力のある陰陽師と思われたから、命を救われ、破格の待遇を受けている。帝の眼病は、二十一世紀なら手術だの移植だのと医学的な治療をするだろうが、この時代は本気で祈禱をしている。本気でだ。院が夢枕に立ってにらんだことが病気の原因だとおびえる帝は、この時代では正常だ。

一方、同時代に生きているというのに、大后は夢のお告げも物の怪も蹴飛ばして、お天気のせいにする。よくあることだからアタフタするなと一笑に付す。これはこの時代にありえないし、神にそむくに等しい。天動説を蹴飛ばし、「それでも地球は回る」と言ったガリレオ・ガリレイみたいなものだ。

やるものだ、大后。ただ、夢のお告げを蹴飛ばすことは、亡くなった夫である院をも軽く見ていることになる。たいした女だ。

しかし、今回という今回は帝もくい下がったようで、

「私の目の病が、幾ら祈禱をしても、手を尽くして物忌みをしても治らないのは、私が約束を守っていないからに他なりません。光の君を京に戻し、奪った官位を返すことに致しましょう」

と訴えたとある。しかし、大后は言い切った。

「なりません。光は罪に問われるのを恐れて、自分から京を出たんですよ。そんな人間を三年もたたぬうちに戻したなら、私たちが軽く見られます」

「光は、本当は謀反《むほん》など考えていなかったのではないでしょうか。であればこそ、流刑に処した私に、こうして報いがあったと思うのです。光を京に戻しましょう」

「何を考えているんですか。流刑地に出向いたのは、光本人。自らです。これが何を意味するか、わかろう。光は罪を認めているということです。許す方が間違っている」

帝はそれ以上は言えなかったらしい。あと一年少しを過ごせば、光の流刑地生活は三年になる。ただ、あらすじ本では、光が京に呼び戻されるのは一年以内だ。

俺もあと一年の辛抱だ。そう思って読み進めた手紙には、もっと驚いた。

「実は大后様も、寝たり起きたりでございます。何の病なのかもわからず、最初は太政大臣のご逝去による悲しみのせいかと考えておりましたが、お悪くなる一方なのでございます。やがて、物の怪に取り憑《つ》かれたとわかりまして、帝がご祈禱を続けておられますが、今では横になられている方が多くなりました」

大后にまで不幸が襲っているのか。

物の怪も夢のお告げも信じない女に、祈禱が効くわけがない。何の病気なのだろう。伏した床の中から、帝に「光を許すな」と命じたのか。たいした政治家だ。だが、それができるなら、さほど重くはないのではないか。とはいえ、手紙には「悪くなる一方」とある。

俺はああだ、こうだと考え続けた。正直なところ、帝の眼病より心配だった。数限りない理不尽なことを顔色も変えずにはねのけて、敢然と生きてきた大后だ。他人にどう言われようが、「それが何か?」と鼻で笑い、目で威嚇《いかく》して生きてきた大后だ。寝こむなんて似合わない。考えられない。ああ、何とか一時だけ二十一世紀に戻り、薬を持ってこっちに帰れないものか。戻りたい。そして、薬を持ってすぐ帰りたい。何とかできないものだろうか。

梅命婦の手紙は、最後に、

「雷鳴様、何か理由をつけて、京にお帰りになれないでしょうか。大后様の方から帰るようにとは仰せになりますまい。雷鳴様が知らせる光の君様のようすにより、帝の御世《みよ》やその後のことを色々とお考えになっておられますし、明石に移ればさらに様子を知りたく思われましょう。とは申せ、すでに太政大臣は亡く、帝と大后様が重い病という今、雷鳴様がお帰りになり、お話し相手になってくださることが何よりの薬であると、出すぎたことを認《したた》めております」

という思いが綴られていた。

俺だって帰りたい。しかし、そうはできまい。弱みを見せることを嫌う大后である。「見舞い」に帰ったと受け取られたら、話し相手どころか、会ってもくれないだろう。「誰が病を知らせた」と犯人探しになり、俺には「男は見舞いより能力で示せ」と怒りそうだ。あと一年たてば、俺も帰れる。あと一年、待っていてほしい。

俺は大きくため息をついた。なぜ京から続々と光のもとに手紙が届くのか、はっきりとわかった。それは、人間の変わり身の早さによる。太政大臣は死に、帝も大后も重病となれば、公卿たちは政権交代も近いと思ったのだ。いよいよ光源氏と、藤壺の産んだ春宮と、そして葵の上が産んだ夕霧の世になると、ヤツらは踏んだのだ。帝と大后を見切ったのだ。

権力が院と藤壺から、右大臣一家に移った時も、者どもの変わり身は早かった。あの時、臆面もなく藤壺を捨てて右大臣に寝返った者どもが、再び光や藤壺に寝返ろうとする。いや、すでにもう寝返った。だからこそ、見舞いにかこつけて、光に手紙が続々と届く。今や、帝も大后もそれを止めるほどの健康状態ではない。者どもはそれを十分に見越して手紙を書き続ける。

人間というものは、こうも風を見る。こうも強い方につく。きっと弥生時代とか縄文時代からそうだったのだろう。それは人として恥ずかしいことだとは思うが、「何が悪い」とも思う。強い方につくのは、自分や家族が幸せになりたいと思えばこそだ。常に油断することなく風を見ているのも、一生懸命に生きていればこそと思えてもくる。

三月に明石に移った俺たちは、ここで夏を送り、秋を迎えていた。入道は光を丁重にもてなし続け、四季折々の衣裳や御帳《みちょう》の絹などにも気を遣う。光の方が恐縮しているほどだ。その上、入道は俺たちをもよく世話してくれていた。

もっとも俺は、帝と大后の病が心配で、毎日緊張していた。二人に何かあれば、京の変わり身の早いヤツらから、光に必ず手紙が届く。梅命婦が周囲を気にしながら俺に手紙を書くより、早いはずだ。そう思い、全神経をとがらせて、光や惟光の様子をうかがっていた。だが、今のところ病状に変化はなさそうだった。何の動きも感じられない。

そんなある夜、俺は入道から酒に招かれた。母屋の立派な座敷に、二人で向かいあい、どぶろくを飲んだ。こっちの世に来たばかりの頃は、あまりのまずさに吐き出した酒が、今では体中にしみわたる。こういう秋の夜更けは特にうまい。夜空を覆いつくすほどの星にも、二十年以上たつと慣れてしまった。来た当初は、「星ってこんなにあるのかよ!」と、びっくりしたというのにだ。

入道は六十歳くらいだろう。光の実母の桐壺更衣とは父方の従兄妹だという。こっちの貴人は、みんなどこかでつながっていて恐いほどだ。財産もあるようだが、今はひたすら仏道に励んでいる。変わり者だという噂で、他人の目など気にせずに、「我が道を行く」というタイプに見えた。世間や噂を気にする時代にあって、そんな男は「変わり者」に見られるだろう。俺と二人で酒を飲むことも、普通ならするまい。おそらく、何かを占ってほしいのではないか。

「雷鳴様、そなたは比類なき陰陽師だと伺いました」

来た。

「いえ、比類なきということはありません。ただ、長く高麗で修行を致しました」

「これはご本人には秘密にして頂きたいのですが、光源氏様の今後は、いかになりましょうや」

来た。

「一年以内には、京に呼び戻されます」

断言した。断言すると、できる人間と思われる。もっとも、俺は裏が取れていることしか断言しないから、「比類なき」になるのだ。それも第十三帖の「明石」までだ。

「そうですか、一年以内とな……。実は私には娘がおります。邸がもう一軒あるものですから、そちらで暮らしております」

まさか、俺にもらってくれと言うのではあるまいな。まだ倫子と風子を引きずっていて、再婚はとても無理だ。だが、さんざん世話になっているのに、何と言って断ればいいのか。それとも再婚すれば、倫子は安心するだろうか。

入道は声を落として言った。

「その娘が、光源氏様と結ばれました」

何だと!! いつの間に。俺のことかと返事でもしたら、とんだ恥をかくところだった。

「私はどうにかして、娘を京の高貴な方に添わせたいと、ずっと願って参りました。娘にも、くだらない男と縁を結ぶくらいなら、海に身を投げて死ねと言ってあります」

仏道勤行に励む割には、ナマ臭《ぐ》さ坊主だ。

「娘にはたくさんの縁談がございますが、本人も私も満足せず、すべて断って参りました。実は光源氏様がこちらにいらして以来、幾度となく娘をもらってほしいとお頼み致しました。私の妻は『何も流人に……』と申し、また、京に数多くの女君がおられることも気にしておりました」

妻が正しい。女君は掃いて捨てるほどいる。

「しかし、私は色々と手を尽くし、光源氏様と娘を引き合わせたのです」

もう、いつの間に。あれほど緊張して様子をうかがっていた俺の目は、まるでアテにならない。

「娘には管絃から書、歌、舞いなど一通りのことは学ばせ、どこに出しても恥ずかしくはございません。そのせいか、娘自身も安く見られるのを嫌い、せっかくお会い下さいましたのに、光源氏様には冷淡でした」

ヤレヤレ、光はそういう女が好きなのだ。自分から裸になるような女では燃えないのである。

「そして先頃、やっと……」

入道は嬉しそうに盃《さかずき》を干すと、急に真顔になった。

「京に帰られる時、娘はどうなりますでしょうか」

あらすじ本によると、光は娘を置いて一人で京に戻り、その後で娘と子供を呼びよせる。二人の間には子もできるのだ。だが、こんなに詳しく言っては、かえってあやしまれる。そこで、

「光源氏は、京にお連れになります」

とだけ言った。これは間違いではない。入道の目が輝き、すぐに涙があふれた。

「娘を育てた甲斐があります。娘も幸せです。ありがとうございました」

入道の娘は紫の上よりひとつ年下のようだ。夫が流刑地から同年代の女と子供を連れて帰ったら、紫の上はどう感じるか。

あれ以来、梅命婦からは手紙もなく、光は明石の君と誰にもはばかることなく会うようになってい た。大后や帝に何かあれば、惟光とてのんびりと魚釣りなどやってはいられまい。

須磨や明石に来て、手紙をもらう嬉しさを知った俺は、自分からもせっせと書いた。帝に宛てるに は身分が違うので、大后宛にだ。大后も身分は違うが、俺は二人が心配で、早く帰りたいため、光が いかにまじめに刑に服しているかばかりを書く。それならもう、見張り役はいらないと思ってもらえ るようにだ。

俺がそこまでやっているというのに、当の光はいつものように女を作ったわけだ。女なしの生活は、一年半しかもたなかったということだ。よく一年半ももったとも思うが、帝と比べると泣けてくる。この兄弟、違いすぎる。

むろん、帝は朧月夜に執着しているとはいえ、他にも妻はいる。さらに、六条御息所の娘に色気を見せてもいる。だが、今は重い眼病であり、かつ、病気の母親を抱えている。幼い頃から哀れみ、想ってきた母親だ。大人になってからも言いなりになるのは、帝の気が弱いからというより、母親を悲しませたくないからだろう。異母弟の光と比べられ、自分が軽んぜられるたびに、悲しませてきた。それが身にしみている。せめて、言いなりになってやりたいということではないか。

懸命に懸命に生きているのに、陽陰に静かに置かれているような兄に比べ、弟は何をやってもどこにいても陽が当たる。それればかりか、周囲にまで陽を当てる。流人になっても、娘をもらってくれと懇願される。それぞれ、もって生まれた資質だというなら、神は最初から不公平に人間を造っている。

翌日の夜、久しぶりに光を庭で見かけた。このところ、入道の娘の邸に入り浸っており、こっちの邸にはほとんどいない。光はザワザワと揺れるスキや萩の中に立ち、月を見ていた。

人間には「気品」がある人とない人がいる。それも神が不公平に与えたのだろう。風に鳴る立ち枯れの草花、その中に立って月光を浴びている光を見ると、そう思わざるを得ない。彼はかなり下品なこともやっているし、今は流人の身だ。なのに気品がある。それは家柄だの美醜だのは関係ないように思う。亡くなった太政大臣は家柄も地位も文句なしだったが、気品とは無縁だった。いつだったか、皇太子時代の帝が冗談めかして、

「光を造った後の余り物で、神は私を造ったのではないか」

と言っていたことがある。俺自身も水の廃材で造られた気がしていたので、よく覚えている。帝のあの言葉が、月光を浴びて神々しいほどの光源氏に重なる。

見惚れている俺の視線を感じたのか、光が振り返った。そばに歩いて行くと、草むらの虫が鳴き止む。そしてまた鳴く。

「今日はあちらにいらっしゃらないのですか」

「ああ。この邸の庭もいいね。あの撫子《なでしこ》は雷鳴が植えたんだって？」

光の指が示す先に、赤い撫子が群れ咲いていた。

「雷鳴は撫子が好きなのか」

倫子が好きだった。

俺は平安の妻と庭いじりを楽しんだのだ。そんなことは、ちゃんとした家の女はやらないが倫子はその楽しさにのめりこんだ。春も秋も花を植え、夏は草むしりまでした。撫子が群れ咲いた秋、倫子は俺と並んで眺め、

「二人で育てて咲いた花」

とつぶやき、俺を見上げた。

あの時の顔を、また急に思い出し、胸が詰まった。

「どうした？」

「死んだ妻が撫子が好きで、思い出してしまいました。申し訳ありません。死んで九年もたちますのに、急に思い出しては胸がふさがることがまだありまして。すみません」

「死んだ時に、思いっ切り泣いて悲しまなかったんだね。そうだろう？」

「え……？　いえ、悲しみましたし、泣きました」

「そう。それならいいんだ。私は多くの人を失って、わかった。人目もはばからずに悲しんで、泣き叫ぶことが、後々、私を救い、故人を救うんだと」

光は夕顔が急死した時は落馬するほど取り乱し、泣き明かし、病気にまでなった。葵の上の時も泣き続け、どうして彼女のよさをわかってやれなかったのかと嘆き、自分を責め、長く泣き暮らした。桐壺院の時も悲しみにくれ、しばらく引きこもって他人と会おうとしなかった。

俺も倫子と風子を失った時は悲しんだし、泣いたが、本当のところ、自分に何が起こったのか、よくわからなかった。

倫子と、小さな小さな赤児が並んで寝ていて、ピクリとも動かない。その姿を見ても、よくわから

なかった。時間がたつにつれ、妻も娘も死んだのだと理解できたし、もういないのだと実感した。だが、泣けなかった。あまりにも喪失感が大きすぎた。自分がロボットのようで、体も心もギシギシと動く。ギシギシ、ギシギシ。それは泣くとか悲しむとか、人間らしい感情を持つものとは別の動きだった。

もっと時間がたつと、ギシギシはなくなり、突然二人が甦《よみが》えるようになった。俺は懸命に仕事をして紛《まぎ》らわせ、思い出すまいとした。それでも思い出すが、もう泣き叫ぶという時期は過ぎていた。光の言うように、泣き叫ぶべき時に、人目もはばからずにそうした方がよかったのかもしれない。今の俺はもう泣き叫べず、さりとてギシギシにも戻れず、突然甦える倫子と風子を心に抱いて温めているしかないのだ。

「雷鳴、私は『想い供養』というものがあると思っている」

「想い供養?」

「ああ、故人のことをね、私の方から想うんだ。亡くなった人の方から現われるのではなく、私の方から想うんだ。何気ない暮らしの中で、私の方から想い出す。できるだけ何回も。それが何よりの供養になるのではないかと気づいていてね」

考えてみれば、俺は思い出さないように必死だった。それは俺自身が楽になりたいためであり、倫子と風子の供養にまで思いを広げる余裕はなかった。

「今でも夕顔のこと、葵のこと、桐壺院のこと、亡くなった家臣たちのこと、私はよく想うし、語りかけるよ。故人たちも喜んでいると思う。自然に『想い供養』ができるのは、思い切り泣いて悲しんだおかげだろうね」

「はい。しかし、あまりの悲しみに、思い出さないように頑張る人もあろうと思います。想うだけで気が変になりそうということです」

そう言うと、光は優しい目で俺を見た。こんなに深くて優しい目は、見たことがなかった。俺はその目だけで、泣きそうになった。

「その通りだね。だけど、突然甦えるというのは、きっと、泣いてくれ、思い出してくれと訴えているのだと思うんだ」

そう言われた時、須磨に向かう舟で見た奇妙な夢を思い出した。

透明の箱に入っていた俺の姿は、二人を思い出すまいとして必死に閉じこもっている状態を象徴していたのではないか。外にいる倫子と風子が見え、手を触れたくて伸ばすのに、俺は箱の中だ。箱の周囲を回る二人は、「思い出してよ。もっと思い出して。ほら、ここにいるのよ」と訴えていたのかもしれない。だが俺は、箱の天井があいているのに、外に出ようとはしなかった。箱の中で縮こまっていた。

黙ってしまった俺を察したのか、光は言った。

「私はただ一人だけ、想い供養ができないお方がいらっしゃる」

しばらく黙った後で、光は言った。

「母上様。桐壺更衣」

「あ……」

「私は幼すぎた。母上様が消えてしまわれたことも、悲しみの意味もわからず、泣くこともしなかった。幼すぎて」

あの時、光は数え年三歳、満年齢なら二歳だった。

「ただ、幼い時の悲しみは、大人になると出てくるんだね。おぼろげに覚えている母上様のお顔が、突然甦える。私はあわてて消そうとする。悲しすぎて思い出したくない。気が変になりそうだ」

光は俺を苦しみから救うために、わざわざ自分のことを話してくれた気がした。

「雷鳴、今からでも遅くはない。私はもう、母上様の想い供養を始めている。お姿もお声もおぼろげなのに、いつもいつも私の方から想って差しあげる」

俺にもそうせよと伝えているのだ。ありがたかった。だが、まだ思い出したくない。心が拒《こば》んでいる。俺は硬い表情で、長いこと黙っていた。光も黙って立っていた。

「……風子は……娘は生まれると同時に死んで、何のためにこの世に来たのかと思います」

九年間、自問自答し、神を恨んできたことだった。神はあの小さな赤児を何のために造り、何のためにこの世に遣わしたのか。すぐに死んでは、風子の生に何の意味もないではないか。

光は俺の方を向いた。

「風子は、父親に姿を見せるために生まれてきたんだよ」

体が震えた。手も足も唇も震え、立っていられなくなった。風子は俺に姿を見せたくて、ただそれだけのために、この世に遣《つか》わされたのか。それだけのために、神は風子を造ってくれたのか。わかった。やっとわかった。風子、よかったな。倫子、ありがとう。

俺は初めて、声をあげて泣いた。地べたにしゃがみ、狼の声をあげて泣いた。顔を上げると、月光の中を光がゆっくりと立ち去っていくのが見えた。

年が明け、そして春が過ぎ、六月がやって来た。

ある夜、夕餉《ゆうげ》の後に入道から酒が差し入れられた。運んで来た小者《こもの》によると、光の従者にも全員にだという。

「何かめでたいことでも？」

と聞くと、小者は首をかしげ、出て行った。入れかわりに入って来た良喬が、

「今、惟光様に伺いました。入道の姫君が、光源氏様のお子を宿されたそうです」

ついに来たか。入道がどれほど喜んでいるかは、酒でも察しがつく。

そういえば、あっちの世では確か「肉食系」とか「ラテン系」という言葉があった。突然思い出したが、光源氏はまさしく、それだ。悲しみに際しては本気で泣き、全身で涙を流し、バシャーッと豪雨を降らせる。が、あっという間にカンカン照り。カラッと次のことを始める。俺はやっと気づいた。光は熱帯地方の雨のような男なのだ。日本の雨のようにシトシト降って、少しずつ空が明るくなったかと思うと、また降り出したり、光はそういうタイプではないのだ。

夕顔の死ではうつ状態にまでなり、転地療養した。だが、その療養先で若紫に一目惚れだ。葵の上が死んだ時も、本気で悲しみ嘆き、我が身を反省した。だが、喪が明けるなり、すぐに若紫と初夜である。

あっちの世では、光源氏がラテン系としてはとらえられていない気がする。だが、俺は実際に会ってみて、よくわかった。見た目は優美で色白で、涼やかな光り輝く貴公子だが、心は陽気で赤銅色で、大らかなラテンの男なのだ。俺は光が少し好きになった。セックス依存症だの女たらしだの、だらしない下半身だのと思ってきたが、光源氏は「バシャーッカンカン気質」なだけなのだ。何だか可愛い。

愛すべき男であり、女にもてるのもわかる。

問題は紫の上だった。いずれ、光が子連れの女を京に呼び寄せる。それはどれほどの衝撃か。紫の上にはなぜか子ができない。それは彼女にとって大きな負いめになっていよう。そんな中で、夫が流刑地で子供を作っては、自分の存在や人格を否定された気になる。それも、夫のいない淋しさに一人で耐えてきたのに、夫の方はまったく淋しくなかったことになる。

光を少し好きになった俺だが、これはあまりに無神経な行動だ。これを、大后に知らせるか否か、俺は決心がつかない。知らせたなら、罪人にあるまじきとして刑期が延びたり、それを理由に紫の上や光源氏一派に、何か仕打ちをしかねない。大后は床の中からでも、指示する女だ。とはいえ、何も知らせずに、後で知れたら、大后は俺に裏切られたと思うだろう。俺までが、光に寝返ったと感じるだろう。不幸な状況の大后に、そんな誤解を与えて悲しませたくない。

さんざん迷ったあげく、七月のある日、俺は何もかも書いた手紙を、大后に送った。

その手紙が京に着くか着かないかという時、惟光が離れに駆け込んで来た。

「光源氏様が、帝の命により京に召還なされることになりました」

召還はあらすじ本通り、一年以内だった。惟光は興奮していた。

「帝の命でございます。雷鳴様は入道様に『一年以内に戻れる』とおっしゃったとか。さすがの占いです」

入道にそう言ってから、九か月ほどがたっただろうか。まさに「比類なき陰陽師」と再認識させてしまった。

すぐに帰京の準備に取りかかったのだが、誰もが浮き立っているのがわかる。弾む気持のおかげか、半日もかからずに準備は完了した。弾まなかったのは、入道夫妻と娘だけであったかもしれない。懐妊がわかって大喜びした一か月後に帰京とは、誰も考えていなかっただろう。

しかし、この急すぎる召還はなぜなのか。帝と大后の病が急変したとしか考えられない。惟光にそれとなく訊いても、本当に何もわかっていないようだった。

こうして翌日の夜明け、俺たちは京に向けて出発した。入道と妻、そして多くの家臣、使用人たちが邸の前に並んで見送ってくれた。さらに、入道は三名の家臣を、道案内兼用心棒として光に同行させる手筈を整えていた。懐妊した娘の姿はない。

「雷鳴様」

入道が近寄ってきて、小声で言った。

「光源氏様はおっしゃって下さいました。子が生まれた後、上洛するようにと。身重の今、連れて帰るのは娘の体に障ると。雷鳴様のおっしゃる通り、光源氏様は親子共に京で暮らすとのことでございます」

紫の上の気持を思う。つくづく一夫一妻制がいい。

須磨に来た時の逆のコースで京に向かいながら、俺は大后の死を確信していた。脇役の大后の死は、あらすじ本にはなかったが、間違いあるまい。というのも、これまで帝がいくら光の召還を言っても、ピシャリと拒んでいた大后である。すべての政《まつりごと》に、病床からきつく指示を出しており、帝は一切逆らえずにいた。なのに、突然「帝の命による召還」だ。帝が自らの意志を貫けるのは、大后が死んだからとしか考えられない。俺は心が重くなり、体に力が入らなくなった。大后のいない世で生きても、面白くない。舟に揺られ、これからどう生きていこうかと思った。

二年数か月ぶりに京の土を踏んだのは、その日の夕刻だった。都大路は物売りが声をあげながら行きかい、人でごった返している。野菜や魚を売り、買う声に、猫や犬の死骸や、糞尿の臭いに、人いきれに、「ああ、帰って来た」と思った。

京の家に着くと、俺はすぐに「想い供養」をやった。「倫子、大后がそちらに行ったであろう。色々と世話を頼む」と語りかけ、「倫子のいない家に帰っても面白うない。風子が飛びついて迎えてくれたなら、どれほどか嬉しいであろうに」と声に出して言った。やがて、良喬が来た。

「大后様は病とは申せ、しっかりしておられるそうです」

「ま、まことか？　お元気でおられるのだなッ」

「はい。床についてはおられますが、お目にかかれるそうです」

今度は安心して、力が入らなくなった。

「雷鳴様のご参内の日時は、追ってご指示がございます」

帰京してすぐに、光は権大納言《ごんだいなごん》に昇格した。俺の参内日は、光が帰京と昇任の挨拶を終えてから、指示が下るのだろう。しかし、俺は報告することは何もない。冤罪《えんざい》に苦しむ光が、自殺でもしないかと心配で見張りに行ったものの、子供まで作る男だったのだ。

そして、七月の午後、参内の指示が下った。懐しい宮中に行き、控の間で待つ。ああ、京に戻ったのだ。しばらくすると、帝の部屋に案内された。

「帝が謁見すると仰せです」

やがて、御簾《みす》の向こうに、人影が動いた。俺はすぐに伏したが、誰かに手を引かれて入って来た気配を感じた。目はほとんど見えていないのだろう。

「雷鳴、面《おもて》を上げるがいい。長いこと苦労をかけた。よう光を無事に戻してくれた」

御簾越しに、帝の声がした。

「私は何のお力にもなれず、心苦しう思うております」

「光とは昨日、やっとゆっくり話せたが、何の変わりもなかった。向こうではいつも、雷鳴が話し相手になってくれたと言うていた。昔のままの光で戻してくれたこと、ご苦労であった」

「もったいのうございます」

驚いたことに、帝は御簾を上げさせ、俺の前に姿を現わした。ありえないことであり、よほど光の無事が嬉しかったのだろう。

「雷鳴、私はこの通り、変わってしもうた。目がほとんど見えぬ」

命婦からの手紙で眼病は知っていたが、俺は黙って聞いた。

「最初は横や上の方が見えなくなり、それが進んで、今ではほとんど見えぬ。これでも祈禱と物忌みを続け、かなり落ちついたところだ」

緑内症だと思った。「雷」という名をつけた祖父が、緑内症で視野が狭くなったことを思い出した。祖父は大きな病院で診察を受け、目薬で病気の進行をおさえた。そして、死ぬまで大きな不自由はなかった。

ああ、二十一世紀に生きていれば、帝は祖父と同じでいられたに違いない。あっちの世より、俺はこっちの世の方が好きだし、ずっと伸びやかに生きられる。実際、暮らしてみると、電気もガスも水道も、鉄道も自動車もなくてもすむものだ。そういえば、ネットやメールやスマートフォンという言葉もあった。懐しい。あれらなど、あったことさえ忘れていた。その他日常の細々《こまごま》した便利な道具も、なければないで問題ないものだ。だが、医療だけは別である。これだけは別だ。二十一世紀の医療があれば、痛い思いや苦しみにのたうつこともなく、死なずにすむ人がどれほどいるだろう。

「昨日はゆっくり光と会えるというので、衣裳などもことさら調《ととの》えて待っておった。私が弱ってみすぼらしく見えては、困るゆえ」

「いえ、少しもそのようなことはございません。お声もお姿も、以前と寸分お変わりになっておりません」

「そうか、そうか」

帝は素直に喜んだ。衰弱しているようすは隠しようがなかったが、光源氏の輝きとは別の優美な雰囲気は、まったく失われてはいなかった。

「昨夜は光と二人、しみじみと昔のことを語りあい、歌のやりとりをした。光は『蛭《ひる》の子のように立つこともできない三年間だった』と、真正面から歌に詠んでね。私はそれがかえって気持がよくて、『こうして再び巡りあえたのだから、三年前の春の恨みは忘れてくれ』と返歌した」

帝の頰はうっすらと紅潮し、形のいい唇には笑みが浮かんでいた。

「雷鳴、兄弟とはいいものだ。流刑にされた恨みは深いと思うが、しみじみとした時間を持った今、わだかまりは少しずつ解けていくと自信を持った」

そして、自分の目を指さした。

「ただ、この目が見えていたなら、いくら兄弟でも光は許さなかっただろう。私に天罰が下ったことで、光は許す気になったのだ」

どう答えていいかわからず、俺は黙った。光を失った帝の目は美しく、何も映《うつ》してはいないのだろうが、瞳が明るい。

「私は天罰を受け、光《ひかり》を失ったことで、もっと大きなものを得た」

「大きなものを得た」とは大病した人がよく言うことだ。感謝の念を持ったとか、生きているのではなく生かされていると気づいたとか、今まで見えなかったものが見えるようになったとか、よく聞く。

だが、帝はそういう心理的なことではなく、現実的なことを並べた。

「ひとつには、天罰を受けたことで、光とのわだかまりが消えたことだ。二つめには、天罰を受けたことで、受けていない人間の上に立てたことだ。『天罰によって清められた私の言うことを聞け』と、命ずる力を持った。私は天罰を受けたことによって清められ、強くなり、新しい自分になれたのだ。大きなものを得た」

あの大后をものともせず、自分の意志で光を召還したのは、ここに由来していたのか。

「雷鳴、得たものはまだある。わかるか？　わかるまいな。私とて驚いたのだ」

帝は驚かすのが嬉しくてたまらないように、

「六の君」

と、短く言った。朧月夜のことだ。

「驚いたであろう。今、私をここに連れて参ったのも六の君だ。いつも隣りにいて、うるさいほど世話を焼き、他の女官はいらぬ」

こんなことがあるのか。あらすじ本にはなかったが、朧月夜はなぜ光を諦め切れたのか。かつて、二人の関係は恋愛というより、自傷行為のようだった。そんな相手を簡単に切れるだろうか。

帝は、見えない目に笑みをたたえた。

「光が須磨に流れ、私の目がまだ見えるうちは、六の君は内心で私をバカにしていた。私にはよくわかっていた。六の君の体は私のもとにあり、添臥《そいぶし》として夜ごと要求に応え、私の庇護によって生きている。なのに心は光にあり、決して私には開かない。こんな失礼なことがあるか？　これはバカにして、軽く見ている証《あかし》だ。それでも私は望みを持って、耐えて待った。しかし、やがてとうとう決心した。二度と六の君とは関わらないと」

つまり、「別れる」ということだ。この時代、本人に何も言わなくても、寝所に呼ばなければいつの間にか切れる。ところが、帝は軽く見られ続けたことに我慢できなかった。本人に言ったそうだ。

「どうしても光の君が忘れられないようですね。あちらはあなたをさほど思ってはいませんし、私ほどあなたのよさをわかっていて、愛し、大切に思っている人は、他にはいないでしょう。でも、あなたはやはり、光の君がよくて、私の子供を産もうとはされない。大変残念ですが、もう自由におなりなさい」

驚いた。俺の知っている朱雀帝は、こういう激しいことは絶対に言えない。驚きと衝撃で泣くばかりの朧月夜に、帝はさらに追い打ちをかけて言った。

「尚侍《ないしのかみ》としてここで生きることを望むならば続けてよろしい。もう寝所に呼ぶような、嫌なめには遭わせないので心配せずに、伸び伸びとここにいて構わぬ。もし、光の君の子を産みたいならば、須磨に追って行くのもよかろう。大后には私からお話ししておきますゆえ、これも案ずることはない。いつかは光の君も京に戻ることもあるかもしれぬ。ただ、光の君の子は春宮にも帝にもなれず、臣下という身分で終わるがね」

そう言った後で、優しく伝えた。

「あなたは自分の思ったように、思い切り生きることが似合う人です」

それっきり距離を置き、二度と寝所に呼ぶことはなかった。

帝は俺に穏やかに言った。

「それからしばらくして、眼病になり、日ごとに悪くなってね、今ではほんの少し、光を感じる程度だ」

朧月夜は、帝の目が悪くなるにつれ、寝所には呼ばれぬ尚侍として、的確な世話をするようになったという。帝は、

「六の君にも時間が流れ、大人になり、おそらく冷静になったのだろう。『光の君より帝の方が、ずっと我が身を大切に思って下さる』と気づいたのだ。いつぞや寝所で『人の役に立てたのは初めてで、嬉しゅうございます』と語っていたが、生き生きと楽しげに世話をしてくれるのが、私には何より嬉しい。私は天罰を受けたことで、六の君をも得たのだよ」

この言葉は、再び寝所にも呼んでいることを示していた。

朧月夜は「生涯の仕事」を得たのだと、俺は思った。「産む機械」として責められる女ではなく、お家のために好かない男にあてがわれる女でもなく、たくさんいる愛妾の一人としてひたすらお呼びを待つ女でもない。自分の力で、誰かの役に立って生きるという居場所を見つけたのだ。初めて必要とされる人間になったのだ。

帝は幸せそうだった。

「私はいずれ譲位する日が来ようが、雷鳴、これからも力になってくれ」

「もったいのうございます」

ひれ伏す俺の前で、帝は大きく伸びをした。こんな姿も初めて見た。

「譲位したら、私は母上様とゆっくり過ごしたい。楽しみだ」

そう言って、いい笑顔でまた体を伸ばした。

帝の部屋を出て、廊下を歩いていると、庭を眺めている光がいた。光はすぐに気づき、

「須磨や明石につながっている空なのに、やはり京の空は京の香りがする……」

と目を細めた。夏の夕空の、ピンクがかった青色が広がっている。明石の君が子を連れて上洛することを、紫の上には話したのだろうか。

「雷鳴はこれから大后様のところに参上致します。お元気だと伺い、安堵致しております」

光は空から目を離さず、つぶやいた。

「兄上様が羨《うらや》ましい」

耳を疑った。兄が羨ましい？　いや、確かにそう言った。

「兄上様は母親をお持ちだ」

光の言葉に虚をつかれ、空を見上げる目の淋しさに胸をつかれ、俺は何か救いになることを言わねばと焦った。風子の幼い死に関し、俺は光の言葉で救われたのだ。

「されど、光の君様は他の何もかもお持ちでいらっしゃいます。みながどれほど羨んでいるか、神は不公平だと嘆いているか、私の耳にも届いております」

我ながらつまらない言葉だ。光は聞いているのかいないのか、つぶやいた。

「丸ごと無条件に愛された記憶を持つ者は、どこか違う」

そして、可愛い笑顔で俺を見た。美しいというより、可愛いかった。

「なァ、雷鳴、母親というものはそうだと聞く。子供が劣っていようが、情けなかろうが、とにかく

味方だと聞く。己《おの》れより大切だと思って下さるそうな」

「いや……厳しいことも言ったり、突き放したりも致します」

「それでも子供が一番で、子供は己れの体の一部。それは大后様と藤壺様を拝見していれば、よくわかる。大后様は兄上を、藤壺様は春宮を、己れの体の一部として愛しておられる」

その言葉の裏には、藤壺にとって光など取るに足らぬ存在だという確証が匂う。

「雷鳴、私が理想とする女、わかるか？」

「母上様。桐壺更衣様でございましょう」

「いや。弘徽殿大后様」

「えーッ?!　えーッ?!」

驚きのあまり、高貴な光源氏の前で、はしたない声をあげた。光はまた空を見上げ、静かに言った。

「あのお方は、いつでも何があっても毅然としておられる。何を言われようと、歯牙にもかけぬ強さがある。狡《ずる》さも野心もあって面白い」

「いや……ですから、女としては魅力に欠けると思う方もおられましょう」

「可愛いだけの女、体だけの女はすぐあきる。優しくて細やかな女はだんだんうっとうしくなる。教養と知性に富んだ女は、やがて肩がこってくる。私にすがって頼りなさ気な女は……」

「……そういう女は……」

「通わなくなる」

「確かに……」

「大后様はいくら一緒にいても、あきないに違いない。強さから来る美しさもいい」

こいつ、マゾかと俺は本気で思った。

「されど光の君様、桐壺の帝はそのような大后様より桐壺更衣様を愛された。大后様より藤壺中宮様を愛された。光の君様も、藤壺様や紫の上様を愛しておられる」

「それは、大后様は恐いから」

俺は吹き出した。

「恐いから遠くからご覧になって、いいなァと思われるしかないと」

「そういうことだ。お近くで求愛なぞしては、叩き殺されそうだ」

「百年早い。引っ込んでおれ！　と」

俺の言葉に、光も吹き出した。

「私の亡くなった母上様は、帝のご寵愛《ちょうあい》を一身に受けたことにより、いじめられ続けて病に伏したと聞いた」

光が数えの三歳だ。あの時、弦《つる》打ちの祈禱の中で、俺は初めて光と会ったのだ。神々しいほど優美で利発な幼児だった。

「もしも大后様ならば、三歳の兄上様を遺《のこ》しては死なない」

「いや、病ですから亡くなります。大后様であってもお子に心を遺されながら……死にます」

「死なぬ」

「死にます」

「絶対に死なぬ。三歳の兄上様を一人にはなさらぬ。何が何でも生き抜かれる」

光の言葉には、これ以上は言わせぬという力があった。そうかもしれない。あの大后なら死ななかったかもしれない。

「葵が産んだ夕霧にも、母親がいない。私は父親として、できる限りのことをしてやらねばならぬ。どこまでできるか……」

俺はずっと昔、あっちの世で聞いたことを思い出した。目の不自由な子供が描いた母親の絵には、手が何本もあったという。母親の姿を見たことがない子にとって、抱っこしてくれて、本を読んでくれて、一緒にごはんを食べてくれて、手を引いて歩いてくれて、ありとあらゆることを助けてくれる母親は、きっと手が何本もあると思ったのだろう。

風子は倫子と一緒で、本当によかった。倫子は千手観音になって風子を守り、二人で弾んで生きているに違いない。そう思って苦笑した。もう二十六年近くも音信不通の俺を、どんなにか心配しているであろうお袋よりも、先に倫子と風子を思ってしまったことにだ。「俺はすっかり、こっちの人間になったよ」とお袋に伝えたかった。

「私には、母親の他にもうひとつ、ないものがある。兄上様はお持ちだ。羨ましい」

考えもつかない。誰がどう見ても、母親以外はすべて、神は光に授けている。

「もうひとつ、私にないものは……学問」

学問？　光は和歌も書もみごとになす。

「私は、夕霧にはしっかりと学問をつける。大学に入れる。母親がおらぬ我が子に、これは父親としての愛情だ」

「しかし、光の君様は……」

「ああ、歌も書もなす。だが、父帝は『漢学などの学問を身につけると、長寿と幸せから遠くなる。高貴な身分に生まれたのだから、大学に入る必要はない。むしろ、管絃や舞いや、歌や書や、そちらをみっちり致せ』というお考えであった。それは間違いなく父帝の愛情だ。というのも、父帝の血を分けた九人の子の中で、臣籍降下したのは私だけだ。身分を下げ、後見もない私になまじ学問をつけたりすると、かえって反感を買うと心配なされたのだ。それで私を大学に入れることをなさらなかった」

大学とは官吏を養成するところで、最高の教育機関である。あっちの世で言う政治、経済、法律から文学、歴史までを学ぶ。「学問の神」と言われる菅原道真をはじめ、人の上に立つ者の多くはここの出身者だ。

桐壺帝は破格に優秀な光を、どの子供よりも愛し、幸せを願って奔走した。その結果、最良の選択として皇籍を離れさせ、身分を下げた。大学に入《い》れなかったのも、光に対する危機管理だ。光はそれを理解していながらも、自分の扱いに対し、釈然としないところがあったのだろう。

光源氏は賞讃と憧憬を一身に浴びながら、深いところに暗いものを抱えていたのか。ラテン的な気質は、もしかしたら後天的に自らが作りあげたということも考えられる。深いところに暗いものを抱えている人間は、「バシャーッカンカン」で生きることで、自分を防御できる。俺もそれができれば楽だったと思う。

「雷鳴、私はずっと、学問がないことに負いめを持っていた。人に軽く見られている気がした」

光ははっきりと劣等感を口にした。それにしても天下の光源氏が劣等感を持っていたとは思わなかった。光源氏が学歴コンプレックスか。いや、学問コンプレックスか。どちらにしても、何だか嬉しい。すごく嬉しい。

「私は父親として夕霧を大学に入れ、徹底して学問をつける。私が死んだ後も、人に軽んぜられないためだ。学問がついていることは、夕霧の背骨になる。私が死んだ後も、生きていく自信になる」

俺は光の肩を抱きたい衝動に耐えた。光源氏でさえ、劣等感がある。それも学問がないというひけめだ。久しぶりに「ヒューマン・リレーション学部　情報パフォーマンス学科」に、俺がいかにひけめを感じていたかを思い出した。

「雷鳴、引きとめたな。大后様がお待ちかねだろう」

光に促されて大后の邸に向かいながら、明石での一件以来、俺と光の間には何とも言いようのない信頼の空気が流れていると、改めて思った。

俺は幸せな人生を歩いている。二十一世紀のどこの誰が、俺の人生を歩けるか。光源氏と話せるか。生まれてきてよかったと、初めて思った。

大后邸に着いた時は、陽がかなり傾いていた。京の夕風が、ここちよく顔を撫《な》でて通り過ぎる。

大后は横になっていた。特別にそばに寄ることを許され、梅命婦が案内してくれた。

やつれていた。

三年の留守の間に、痩せて、年を取っていた。肌に艶《つや》がなく、豊かだった髪も少し薄くなり、かつ、白いものが目立つ。何の病なのか知らないが、あっちの世の薬があれば、全快するに決まっている。

しかし、声には張りがあり、目にも力がある。大丈夫だ。

「雷鳴、とうとう光を葬《ほうむ》り切れなかったわ。本当に口惜しいわッ」

これが第一声である。俺は嬉しくてウキウキしてきた。大丈夫だ。

「聞いてくれ。光が私に妙に優しいのだ。何かと心を配って、珍しいものを届けたり、遣いの者を寄こして不便はないかと尋ねたり致す。そればかりか、明石から戻って日がたたないというのに、何度も見舞いに来たのだ」

「光の君様は、大后様が大層お好きでございますゆえ」

「甘い！」

久々に「甘い！」を聞いた。大丈夫だ。

「好きなわけがないであろう。罪を着せられて流人にされて、そればかりか幼い頃からずっと、私にいじめられ続けているのだ。何ゆえに優しくできるというのか」

「え……まあ」

「答はひとつ。優しくして、心を配ることで、私を恥ずかしがらせたいのだ」

「……それは違うでしょう」

「違わないッ！」

「はい」

「優しくすればするほど、私はこれまでの仕打ちを恥じて、恐れ入って、小さくなると考えたのだ。敵に対する報復だ、光の」

これだけでも、俺は「ああ、大后だ」と思ったが、次の一言にはあきれた。

「だから、光にそう言うてやった。報復のために、いくらでも優しくしてね。よくしてねと」

「ひ、光の君様にそうおっしゃったのですか」

「そうよ」

「……ひ、光の君様は何と……お答えに……」

「大后様、私の本心によくお気づきになられましたね。ずっと優しくさせて頂きますって」

「……う」

「私は『ありがとう。そなたが報復を果たすためだと思うと、何でも頼みやすいわ』と答えた」

「……あ」

「そうしたら光、何て言ったと思う？　『大后様は、男に頼る生き方はするなといつも仰せでしたのに、今、私に頼って下さって嬉しいです』だと」

「そ、速球ですね」

「そっきゅー？　何のことだ」

「いや、久々に高麗の言葉が出ました」

「私はだから答えた。『何を言うか。報復を果たしたくて頼っているのはそなただ。私は頼らせてやっている方だ。間違うでない』とな」

「ご、剛速球です」

「それで、光に命じた。明晩この部屋に螢をたくさん放せと。雷鳴も螢が好きと聞いた。また明日も来て、見るがよい」

「お待ち下さい。螢なんてもうどこにもおりませぬ。明日は七月八日でございます」

旧暦の七月、新暦で言うと八月下旬といったところだ。大后はケロッと答えた。

「どこにもおらぬものを持ってくることこそ、光にとって何よりの報復であろう」

「……光の君様に、そうおっしゃったのですか」

「そうよ」

「光の君様は何と……？」

「嬉しそうに笑って、『明晩、この部屋を螢でいっぱいにしてみせます』って」

同じように嬉しそうに笑う大后を見ながら、二人の才人はやり取りを楽しんでいると思った。あの光のことだ。おそらく、螢に見立てた何かで部屋をいっぱいにして、大后の鼻を明かすのだろう。何を螢に見立てるか、そこに光のセンスが出る。大后はそれも楽しみに違いない。

「大后様、お言葉に甘え、雷鳴も螢を見に参ります」

「待っておる」

そして、すでに螢がいるかのように、両手を広げた。

「雷鳴、明日はこの部屋だけが、螢の宵だ」

大后はよほど嬉しいのだろう、頰に赤みがさしていた。

「帝にお目にかかりましたが、たいそうお幸せそうでした」

「ああ。六の君もやっと己れの生き方をつかんだようだ。帝は何とか安定した御世を作りたいと、雷鳴が留守の間もそればかり。父帝が後宮《こうきゅう》の女たちを御することができず、御世を混乱させたことを胆《きも》に銘じているのであろう」

「ご立派な帝にございます」

「しかし、早く譲位すべきだ。あの目では政はできぬ。頭の悪い者ほど、地位にしがみつくもの。帝はそんなバカとは違う。いずれ近々、自ら譲位を言うであろう。政に空白はならぬ。空白を作っては、国が滅ぶ」

病床でこれをぶつ女、光が惚れこむ強さと恐さが俺にもわかる。

「大后様は何ら変わっていらっしゃらないと、雷鳴、心から嬉しうございます」

「私はこの国を考え、政を司るのが何より好きだった。いつか私が死んだら、きっと多くの人が言うであろうよ。『あの人は淋しい女、孤独な女』と。『大后の人生は幸せだったのだろうか』と。頭の悪いバカどもに、そんな心配されることはないわ。引っこんでおれ」

「そこらへんのバカほど、そういうことを言いたがりますゆえ」

「そう、バカはありきたりのことしか言えぬゆえ。国の頂点に立って政を動かした女なんて、今までおらぬ。私が初めてだ。世の習いに沿った幸せも幸せだけど、習いと違う幸せも幸せ。私は幸せだった。本当に」

頰に艶まで出て、痩せた顔がかえって若々しく見えた。

「女が幸せな人生を勝ちとるのに、必要なものは二つだけ。決断力と胆力だ。それさえあれば、たいていのことはどうにでもなるわ」

弘徽殿大后は決断力と胆力で、帝と対等な関係を貫《つらぬ》いた。そして唯一人、帝が恐れた女だった。

「私は生まれ変わっても、同じ人生を送りたい」

大后は軽やかにスッと上体を起こした。この動き、絶対に大丈夫だ。

「大后様、今日お目にかかって確信致しました。必ずや再び政の頂点にお戻りになれましょう。雷鳴は嬉しうございます」

「甘い。人は老い、時代は動く。いつまでも同じ人間が同じ場所に立っていられるはずがない。必ず若い者の世になる。それをわきまえることが大切。若い者には負けぬと、あがいたりみじめな画策をしないことが、人の品性というもの。若い者には負ければよろしい」

言葉に詰まった俺に、畳みかけた。

「帝にも言った。早く退けと。政ができぬのに地位にしがみついては、民も国も迷惑千万。断じて国をつぶしてはならぬ。帝には譲位させて、藤壺が産んだ春宮を即位させる。春宮は実は光の子ゆえ、結果を出せる能力が備わっておろう」

初めて弘徽殿女御に会った日、「男は結果で示せ」と言われたことを思い出した。

「雷鳴、明日の夜は本当に螢を見に来るがいい」

「はい。必ず伺います」

倫子は螢を部屋に放しては、

「私、生まれかわったら螢がいい。雷鳴様の好きな螢になる」

とよく言っていた。

家に向かう俺の足取りは、弾んでいた。大后があんなに元気だとは思わなかったのだ。嬉しい。本当に嬉しい。

その時、ふうわりと一匹の螢が飛んできた。どうして螢が?! この時期にどうして。だが、闇夜に点滅する黄緑色の灯は、間違いなく螢だ。その一匹は、俺の周りをふうわり、ふうわりと飛ぶ。

「そうか! 倫子か? 倫子、螢になれたのか。よかったではないか!」

螢になった姿を俺に見せたくて、新暦なら八月下旬というのに出てきたのだ。俺は嬉しくてたまらず、さらに語りかけようとすると、今度は小さな螢が一匹飛んできた。倫子螢の後を追い、ふうわりふうわりと俺の周りを回る。

「風子だな！　風子、母上と一緒か。風子も螢になったのか。よかったなァ」

二匹の螢と一緒にゆっくり歩く。二匹は俺の前になり後ろになり、離れない。

「もうすぐ家だ。二人とも中にお入り。甘い水をやろうな、ゆっくり話そうぞ」

そう言ってなおも歩き、家が見えてきた時だった。茂みからいっせいに灯が湧き上がった。何千匹か何万匹かという螢だった。黄緑色の灯が、暮れた空にゆるやかに点滅する。深く茂った木立ちは、止まった螢の光で、その木の形がわかる。何十本という木々が、黄緑色にゆっくり、ゆっくり、点滅する。

何なのだ、これは。倫子螢と風子螢だけならわかるが、この季節外れになぜ……。俺は棒立ちになり、動けなかった。何万匹という螢は、倫子螢と風子螢を守るかのように、大きな渦を作って乱舞する。それを見ていて、気がついた。

「倫子と風子の友達だな。そうか、こんなに友達ができたのか。みんな、こんな時期なのにつきあってくれたのか。ありがとう。みんなもうちにおいで」

倫子螢と風子螢は、嬉しそうに、俺に近寄り、離れない。俺は何万匹もの螢を、ふうわりふうわりと引きつれ、家に向かった。嬉しい。口もとがゆるんでくる。その時、二匹は家と反対側に道を曲がった。

「あ、倫子、風子、そっちじゃないよ。忘れたのか、おうちを。こっちだよ」

そう言って二匹を追った時、暗闇で足をとられてひっくり返った。俺の目から飛んだのは火花だったか、螢だったかわからない。

痛みにうめいて立ち上がると、螢はどこにもいなかった。
俺は見たこともない路地にいた。

終章

見知らぬ路地に突っ立ち、俺はわけがわからずにいた。ここはどこなんだ。

「良喬、良喬はいるか」

呼んだ。返事はない。

どのくらい突っ立っていたのか、一分なのか十分なのか。頭にかかっていた霧が少しずつ、少しずつ晴れて来る。

ここは、二十六年前に雷に打たれた路地ではないか……。間違いない……。俺は戻されたということなのか……。

「良喬ッ。貞昭はいるかッ」

返事はない。確かに二十六年前と同じ住宅地が、静まり返っている。

やがて、自分の足元に目を落とした。神社の神官が履くような、黒い「履《くつ》」という靴を履いている。ぼんやりと自分の着ているものを見た。垂纓冠《すいえいかん》をつけ、衣《きぬ》、単《ひとえ》、指貫《さしぬき》姿の正装である。宮中に参内して朱雀帝に会い、光源氏と話し、その後大后を訪ねたのだ。髪に手をやる。いつものポニーテールだ。

間違いない。俺は今の今まで、『源氏物語』の世界にいた。夢ではない。着ているものが証明している。俺は二十六年前、ダウンジャケットにジーンズで、この場所から消えたのだ。あの時に持っていたデイパックもケータイも財布もない。家の鍵もない。ハッとして、あわてて胸元に手をつっこむ。倫子の着物の端布と、風子のサワサワした遺髪はきちんと入っていた。

俺はしゃがみ込んだ。立っていられない。懸命に思い出そうとした。螢を追って転んで、気がつくと二十一世紀に戻っていたということなのか……。すごい数の螢だった。転んだ時、火花が出た。それだけだ。こんなことがあるのだろうか。まったくわけがわからなかった。だが、どこか冷静だった。この姿で道を歩くわけにはいくまいとか、誰かが警察に通報しかねないとか考えている。思えば、あの時期に螢が出て来ることからしておかしかった。だが、本当に出て来たのだ。何千何万も……。

歩き出せなかった。どこにいけばいいのか。平安時代の衣裳でしゃがみ込んでいる俺は、黙って地面を見ていた。補装されている。平安時代ではない。つぶやく。

「良喬……いないのか」

もう帰れないのだろうか。どうやったら帰れるのか。あっちがいい。あっちの人間だ。帰りたい。

俺は二十六年前と同じように、路地を歩いてみようと思った。また雷が急に落ちるかもしれない。人魂が飛ぶかもしれない。そうなれば戻れるのではないか。

やっとの思いで立ち上がり、歩いてみた。だが、履では舗装された地面の上は歩きにくく、つんのめるばかり。雷も鳴らない。人魂も出て来なかった。

俺はずっとこのまま、こっちの世にいるのだろうか。また全身から力が抜ける。しゃがみこんだ。

帰りたい。帰らせてくれ、あっちに。目を固くつぶり、しばらくして開ける。目を開けたら、あっちの世に帰ってないか。何度もやる。

しかし、何度やっても、こっちの世の路地だった。ずっとここにしゃがみこんでいるわけにはいかない。誰かが通ったらあやしまれる。

行くところは、昔の家しかない。だが、家はあのままあるのだろうか。もう二十六年がたっている。親父は七十三歳、お袋も似たりよったりだ。とっくに死んでいる。いや……こっちの世の寿命は八十年か。生きているのか。だが、老いた姿で出迎えられるのはもっとつらい。家の中にはきっと、俺の仏壇があって、遺影に線香があげられているだろう。それを前にして、老いた親と衣冠姿の四十八歳の息子が対面する。その時、どうなるのか想像もつかない。

それより、もし、家がなかったらどうすればいいのか。とうに売却して、他人が住んでいるかもしれない。水は立派な医師になり、どこか外国で研究していることもありうる。親は水の家族と一緒に、外国で暮らしているのではないか。そうだとしたら、どうするか。こっちで使える金は持ってないし、衣冠姿から着がえる服もない。ヤマンバでもいてくれれば、少しは頼れるが、確かヤマンバは親父より年上だった。どこか施設にでも入っているかもしれない。

俺は自問自答し、立てずにいた。どのくらいの時間が過ぎたのかわからなかったが、幸い、誰も通らなかった。しかし、いつまでもこうしてはいられない。俺はヨロヨロと立ち上がり、路地を抜けた。Y字路に出た時、またしゃがみこんだ。民家の窓からもれる光がまぶしくて、とても目を開けていられない。

今、何時なのだろう。俺は目立つ冠を外して目を覆《おお》うようにして持ち、Y字路を歩いた。街灯が明るすぎて、クラクラする。冠で目を覆っても光が突き刺し、まっすぐに歩けない。二十六年ぶりに見る「電灯」だからだろう。昔、町内会で街灯が暗すぎると役所に訴えたことが信じられない。まともに目が開けられない輝きだ。

家はY字路を入って、一分ほどのところにある。歩いていると思い出す。このあたりは、二十六年前と何も変わっていない。つんのめる履だが、一歩ずつ家が近づいてくる。

ああ、何と白っぽい夜空だろう。暗い住宅地でさえこれだ。月も星もまったく見えない。二十一世紀の夜空は、煙草の煙をふきかけたように煙っている。

二十六年ぶりに見ると、どの家もコンクリートでがっちりと堅固だ。木造はここには全然ない。二十六年前はこれが当たり前だと思っていたが、敵の侵入を防ぐ未来都市のようだ。電柱も塀も下水も、どこもコンクリートで、見ているだけで息苦しい。もう一度小声で呼ぶ。

「誰か、誰かいないか。誰か」

返事はなく、家がいよいよ近づいて来た。俺はもう一度固く目を閉じた。しばらくして開けた。やっぱり、あっちの世には帰っていなかった。

家はあった。

電柱の陰から、恐る恐るのぞく。昔のままの家だった。表札は「伊藤　風」と、親父の名だ。生きているらしい。よかった。表札を照らす小さな灯までがまぶしくて、目をそむける。室内も灯がついている。明るすぎて涙が出る。みんないるのだろう。だが、どうやって入っていけばいいのか。呼び鈴《りん》を鳴らす勇気がない。そっとドアに耳を押しつけてみた。笑い声が聞こえる。お袋の声だ！　お袋が何か言っている。親父の声もする！　親父が笑いながら何か答えている。

俺は突然、泣けてきた。嗚咽《おえつ》までもれてくる。親父やお袋が元気で嬉しかったからではない。あっちの世で、若くして死んでいった人たちを思い出したのだ。桐壺院も桐壺更衣も、夕顔も葵の上も、そして従者や家臣たちも、みな若くして死んだ。倫子と風子もだ。親父やお袋は七十代だというのに、こんなにも力強い声で語り、華やいだ笑い声をあげる。

あっちの世に、この表札を照らす小さな灯があったなら、病は物の怪が原因ではないとわかっただろう。あの暗い中で物の怪におびえ、短い命を終わらせた人たちを思った。こっちの世なら、誰もがもっと長らえただろう。

俺はもう家の中に入る気は失《う》せていた。ここでは暮らせない。あの路地に戻ってみようと思った。万々が一にも、雷が落ちないだろうか。あっちに帰るには、あの路地しかない。もう一度行ってみよう。俺はドアから耳を離した。もし戻れなければ……死ぬのもいい。倫子と風子のそばに行ける。思えば、二人は死んでよかったのかもしれない。もしも二人を残し、一人でこっちに戻ったなら、俺は間違いなくおかしくなる。いや、妻子を心配しなくていい今でも、もうおかしくなっている。あっちに帰りたい。何としても帰る。何としてもだ。路地に戻ってみよう。

二度と会うことのない親父とお袋への謝罪をこめて、俺はドアに向かって深々と一礼した。その時だった。

「ちょっとアンタッ！　何してんのッ」

背後から鋭い声がした。

「誰なのッ。……何てカッコしてんの」

声の主は、硬直している俺の前に回ってきた。

「あらァ、雷ちゃん」

ヤマンバだった。

「何なの、そのカッコ。神主かと思っちゃったよ。ホラ、見て見て」

ヤマンバは自転車の荷台から包みを降ろすと、かぶせてあった布をめくった。

「すごい鯛でしょうが！　ちょっとないよ、ここまでの鯛は」

大相撲の優勝力士が金盃の前で持つような、みごとな鯛だった。

「オバサン、奮発しちゃったわよ。でも水ちゃんが立派な医者になってくれりゃ、こっちも何かと頼りにできるからさ。鯛なんてお安いもんよね。って、まだ今日合格したばっかだっての」

自分で大笑いするヤマンバに、俺は混乱した。「今日合格したばっか」って……どういうことだ。

二十六年前の夜、ヤマンバは俺と出会って言った。水が京大医学部に合格したことと、

「鯛のお造り頼んどいたから、今、取りに行くとこ」

と。確かに言った。

ということは、あれから二十分もたっていないのか？　そんなことはありえない。俺は光源氏が数えで三歳の時から二十九歳まで、平安時代にいたのだ。倫子と結婚して風子も生まれ、二十六年間を過ごしたのだ。ヤマンバが魚屋を往復するだけの時間ということは、絶対にない。それに、俺はついさっきまで、路地で長いこと混乱していたのだ。

しかし現実に、目の前のヤマンバはまったく年を取っていなかった。おかしい。動悸がしてきた。

「ちょっと雷ちゃん。そういやアンタ、さっき会った時、こんな神主みたいなカッコしてなかったよね。何よ、髪もポニーテール？　それに、何か痩せたね。どうしたの？」

そう言って不審な目を向けた。逃げるなら今だと思った。咄嗟《とっさ》に、

「私、これからこの姿で用がございますゆえ、ご免下さい」

と言い、駆け出そうとした。が、一瞬早く俺の腕をつかんだヤマンバは、

「何が、ご免下さいよ」

と玄関ドアを開け、

「雷ちゃん、帰って来たわよーッ。ちょっと見てよー、すごい鯛よーッ」

と叫んだ。賑やかに親父、お袋、水、ヤマンバの夫が出て来た。

みんな、鯛よりも俺の姿にあっ気にとられ、

「雷兄、コスプレか？」

水が言うと、お袋が笑った。

「そうか、今日は『源氏物語』のイベントだか何だかの仕事って言ってたもんね。そういうカッコして何かやったんだ」

誰もが二十六年前のままだった。誰も年を取っていない。玄関の隅には、スニーカーの箱があった。俺があっちの世に行く前日、セールで買ったものだ。なぜ、時間が過ぎていないのか。俺があっちで過ごした二十六年は、何だったのか。あっちの世は新暦で言う八月下旬だった。なのになぜ、こっちは三月なんだ。明るすぎる灯に涙ぐみながら、俺は棒立ちになっていた。ヤマンバがしんみりとつぶやく。

「やっぱり兄貴だね。弟の快挙に泣いてくれて」

お袋が明るい声で言った。

「早くカツラを外して、シャワー浴びといで」

もう今さら逃げられない。俺は自分の部屋に入った。

部屋も何も変わっていなかった。二十六年前の朝、ハケンに出かけた時と何ひとつ変わってはいな

かった。デジタル時計も「3・8・19：18」を示していた。時計というものがあったのだ。これはデジタル時計と呼ばれていた。

衣や指貫を静かに脱ぐと、丁寧にたたんだ。何も考えられなかった。倫子の袖と風子の遺髪は、とりあえずタンスの奥深くにしまった。

二十六年ぶりの厠《かわや》は、花の匂いがした。芳香剤だ。思い出した。便器のボタンを押すと温水が噴いて尻を洗ってくれるのだ。やってみる。噴水が痛い。拭く紙は倫子の絹の着物より柔らかい。戸の外でお袋の声がする。

「雷、トイレットペーパーある？」

そうだった。トイレットペーパーというのだ。それは淡い水色で桃色の花が印刷してある。須磨に馬で向かった朝、こんな色の空だった。名も知らぬこんな色の花が咲いていた。体の奥からわけのわからない塊がこみあげてくる。

風呂場は日本のものとは思えなかった。脱衣場にはフワフワの手拭いが何枚も掛けられ、足拭きは褥《しとね》よりずっと厚い。男性用と女性用の化粧品が何種類も並び、洗たく機が備えつけられている。いい匂いは石けんだろうか。いや、確か湯舟に入れる入浴剤というものがあった。二十六年ぶりのその香りは、海外旅行の宿を思い出した。ここは外国だ。

湯舟いっぱいに、熱い湯を張る。蛇口をひねるだけで、好きな温度の湯が出せる。たらいにぬるい湯を入れ、喜んで行水していた倫子を思い出す。湯舟の中でゆっくりと手脚を伸ばし、「そういえば、バスタブと言うんだったな」と思った。

花の香りがする薄紫色の石けんで、体を洗う。濃い緑色のびんを手に取る。「シャンプー」と書いてある。思い出した。それを泡立てる。小さなタワシのような、これは何だったか。手に取って適当に押したら動き出した。思わず声をあげて放り出す。そうだ、これは電池の力でタワシが自在に動くのだった。回転したり逆回転したりして、毛根まで洗う器具だ。二十六年ぶりだというのに、一気に色んなことを思い出す。シャワーの使い方も温度調節も、当たり前にできる。

みかんのような香りがする泡をつけ、髭を剃る。フワフワの手拭い、いやタオルで髪や体を拭き、薄荷《はつか》の歯磨き剤をつけ、電動の歯ブラシを使う。二十六年間、楊子と塩で掃除していた口の中だ。

何もかも快適だ。だが、気持はどこか萎《な》えている。帰って来たという喜びも感じないし、この快適さに感動することもない。俺は自分が今、どこにいて何をやっているのかが、実感できずにいた。

弘徽殿大后は、寝込んでいるがあったかい部屋で柔らかい布団に包《くる》まれるだけで、もっと元気になるのではないか。朱雀帝は、入道は、良喬はどうしているだろう。痩せた体で力仕事ばかりの貞昭や小者《こもの》たちを、ゆっくりと湯舟につからせてやりたい。光源氏は、男性用化粧品や香水を見たら、どんなに目を輝かせるだろう。

「何ゆえ、俺だけここにいるのか。みんなに会いたい……」

口に出してつぶやくと、胸から塊がこみあげてきた。懸命に声を押し殺し、泣いた。

湯気にも曇らない鏡に、みっともない俺の顔が映った。鏡を見るのも二十六年ぶりだ。こんなによく映るものだったか。泣き顔など見たくもなかったが、確かに年は取っていなかった。チラホラとあった白髪も消えている。これほどよく映る鏡を、光に見せてやりたい。何を見ても、何を手にとっても、あっちの世のみんなに使わせたいと思う。

風呂場の戸が叩かれ、お袋の、

「雷、いつまで入ってんの？　倒れてないでしょうね」

という声がした。俺はあわてて、

「倒れてはおらぬ。すぐ参る」

と叫んだ。お袋が、

「何、その言葉。イベントでうつっちゃった？」

と笑っているのが聞こえた。

洗い髪をポニーテールにして、お袋のヘアピン数本を使い、ガチッと留める。長髪であることが絶対にバレないように隠す何かはないか。引き出しを開けると、布があった。これは……バンダナだ。バンダナで頭を覆う。ハサミで切ることもできたが、その気はまったくなかった。俺はすぐにあっちに帰るのだから。絶対に帰るのだから。

居間に入ると、目がくらんだ。あまりの明るさにだ。門灯でも明るすぎたほどなのに、目を開けていられない。

テーブルは鯛をまん中にして、料理であふれている。酒も日本酒からブランデーまで何種類も並び、それに合わせた盃《さかずき》やグラスが輝いている。

「何やら目《まなこ》が痛むゆえ……」

俺はそう言うと、自室からサングラスを持ってきた。かけるとやっと落ちついた。

「今日はずっと暗いところで設営の仕事をしていたゆえか、目が慣れてくれぬわ」

懸命に笑ってみせた。誰もが不審な様子だったと思うが、俺は気づきもしなかった。

俺は先頭に立って、水のお祝い会を盛りあげると決めていた。いつもいつも不デキな兄を気遣い、大っぴらにほめてもらえぬまま大きくなった弟だ。今夜こそ、俺が盛りあげ役だと、二十六年前から思っていたことだ。

俺が乾杯の音頭を取った。

「水の華々しき前途を寿《ことほ》ぎ、盃を高くお上げ頂きとうございます」

「いいねえ、その言葉。何か格調高いよ」

「たいしたもんだ、寿ぐ、なんてしばらくぶりに聞いたよ」

「カンパーイ！」

全員で声をあげ、ビールグラスを合わせた。未成年の水だけウーロン茶だ。二十六年ぶりのビールは、サングラスを通して見ても黄金色に輝き、クリームのような泡がわかる。おそらく、一口飲んだだけで俺は酔うだろう。

そう思った時、グラスに口をつけるふりだけして、一滴も飲まなかった。酔ったら、あっちに帰れなくなる。みんなが寝静まってから、俺はあの路地に行くつもりでいた。家の中のありったけの薬や体温計、包帯、それにセロハンテープやホチキスなど、便利そうなものをまとめておき、持って行くつもりでいた。

目もくらむごちそうだというのに、ほとんど手が出ない。飲まず食わずではあやしまれると思うものの、見ているだけでゲップが出てくる。柔らかそうな肉、何と言ったか……そうだ「ローストビーフ」だ。チーズやカニやエビをふんだんに使ったサラダ。お袋が「キャビア」と書かれた缶詰を開け、黒い卵を豪快に加える。俺の好きなマッシュルームのオムレツもある。あっちの世に行った当初は、夢にまで見た肉料理、卵料理なのに、まったくダメである。

「ちょっと、雷ちゃん。全然食べてないじゃないの」

「そうよ、雷。全然飲まないし」

俺は致し方なく鯛に手を伸ばし、

「あまりに嬉しうて、何ものどを通らぬのだ。笑うてくれ」

と言いながら、刺身に醬油をつけた。口に入れた時、そのうまさとトロみが重く、呑みこめなかった。鯛とはこんなにもトロリと重いものなのか。醬油のまろやかさにも体が驚き、呑みこんだ後でハァハァと荒く息をした。疲れた。そして、二度と手が出なかった。

「雷ちゃん、ヤマンバの鯛まずい？」

「いやいや！　うますぎて体がついていけぬのだ。鯛というもの、かように濃く深い味とは思いもせずに生きて参った。これほどの鯛があらば、力も出ようし病も治《なお》ろうものを……」

みな、目を見交わして、俺を不審気に見ている。やっと気づいた。まずい。俺のおかしさに気づかれるのも困るが、せっかくの祝賀会が俺のせいで盛りあがらなくなる。俺は立ち上がり、

「えー、わずか二日ばかり『源氏物語』の設営を致しただけで、かように言葉がうつってしまい、目までサングラスで心苦しゅう思うておりますが、水を寿ぐ思いは誰にも負けはせぬ。さてはここで兄が、一曲参ろう」

と言い、カラオケセットのスイッチを入れた。体が覚えていた。みなホッとして、拍手喝采である。一気に酒が進み、華やぐ雰囲気の中で、俺はマイクを離さず、ＥＸＩＬＥから桑田佳祐、福山雅治まで歌いまくった。二十六年ぶりでも、すぐに歌える。

これをきっかけに、宴《うたげ》はとどまるところを知らぬ盛りあがりを見せた。親父もお袋もヤマンバ夫婦

もどんどん声が大きくなり、そこにカラオケも加わり、ドンチャン騒ぎである。水は主役なのに水割りを作ったり、カラオケの操作をやったりだ。

その騒々しい中で、

「水、それにしてもようやったな。兄は胸が一杯だ」

と言った。本音だった。水は笑い出した。

「しかし、その言葉、よっぽどしゃべらされたんだな」

「あ……ああ。水、雷鳴はいつでも……」

「ライメイ?」

「あ、いや……俺はいつでもお前の味方だから、京《みやこ》で困ったことがあったら、まず兄に言え」

「ミヤコと来たか！　全国の秀才が集まってんだから、今までのようにトップを走れるとは思ってないし、何かあったら相談するよ」

「兄も一人暮しをせねばならぬが、扶持《ふち》がないゆえ果たせぬ……」

水はまた笑った。

「もういいって、その言葉」

「そうだった。そうだな」

俺はサングラスの下で目を伏せた。

「雷兄、何か元気ないな」

「現場仕事、きつかったゆえ。それより水、いいな、京に住むのは」

「うん。楽しみだよ」

俺の頭の中は、京の風景や人々で一杯だった。

「水、やはり京は違うぞ。他とは違う。京の持つ華は他にはないものだと、住んでみてようわかった」

そう言い切って、さすがにあわてた。

「いや、住んだこともない俺が言うのはおかしいが、京は別格だと申すゆえな」

水はローストビーフを頰張り、ごく自然に返した。

「ああ、誰でも京都は憧れるよなァ。だけど、雷兄がそんなに京都が好きだって知らなかったよ。いつからだよ」

不覚にも、また熱い塊がこみあげてきた。それを呑み込むためにウーロン茶をあおる。泣きそうな顔を悟られてはならない。ゆっくりとウーロン茶を飲み続け、

「もう二十五、六年前から、好きだ」

「そっかァ」

水は軽く受け流し、俺は自分の答がおかしいことに気づいていなかった。「二十五、六年前」という答がどこにある。二十二歳の俺は生まれていない。

「兄もいずれは、居を移さねばと思うておるが、……それまではここにいるつもりだ」

「俺はその方が有難いよ。親も年取ってくるし、雷兄がいてくれると心強い」

「有難い。水は思いっ切り学問を致せ。立派な大学に入ってくれて、本当に嬉しい。そなたは一生、劣等感を持たずに生きていける」

水は俺から目をそらした。俺が自分の「二流大学三流学部」を示して言っていると思ったのだろう。

本当に違う。俺は光源氏の劣等感を思っていた。

突然、泣けてきた。帰りたい。帰りたくて、帰りたくて、帰りたくて、サングラスが曇るほど涙が流れた。

「雷兄、京都に遊びに来いよ」

水は涙には気づかないように、笑顔で言った。

親父とお袋は振りをつけて『マル・マル・モリ・モリ！』をデュエットしている。嬉しそうな顔は水の合格だけではなく、俺が屈託なく先頭に立って弟を祝っていることへの嬉しさもあったと思う。

大后はどうしているだろう。光は明晩放す螢を、何で代替するつもりだろうか。一緒に須磨に行った貞昭が、馬を引く顔も思い出した。貞昭は須磨と明石で二年少し仕えてくれただけで、さほどのつながりはなかったが、そういう人間を思い出すとたまらない。いつもメシを運んでくれた小者や、入道家の使用人までを思い出す。どうしているだろう。サングラスの下から指を入れ、涙を拭う。

「雷兄、大丈夫か？」

さすがに水が驚いて言った。俺と水以外の四人はつぶれて、ほとんど意識不明だ。

「すまぬ。つい泣けてしもうた。水は弟のくせに、小さい時から兄を守り、助けてくれた。そんな弟が希望する大学に入って、夢に向かって走り出したと思うと、嬉しうてたまらぬ」

涙はそのせいではなかったが、この気持は本当だった。

「水、学問は人間の背骨だ。親に死なれても何があっても、背骨があれば自信を持って生きていける。自信を持って生きていく人間を、誰も軽く見ない。兄は嬉しうてたまらぬ」

「……雷兄、何だか今迄と違う……」

「あ……言葉か？　つい」

「いや、それぱっかりじゃなくて……」

不デキな兄のセリフではないと思ったのだろう。ああ、光源氏の受け売りだ。床には意識不明の四人が転がっている。

「雷兄の言う背骨、ホントにそう思うよ。俺、忘れないから」

この大祝賀会がお開きになったのは、深夜一時だった。俺と水はつぶれた四人に毛布をかけ、汚れ物とゴミを処理し、あとはそのままにして自分の部屋に引き上げた。

俺は大きいバッグに温かい下着や衣類などを詰め、二時になろうかという時、水の部屋をうかがった。灯は消え、静かだ。眠ったのだろう。倫子と風子の形見を胸に入れ、そっと階下に降りる。熟睡している四人をいいことに、あらゆる薬品をバッグに詰める。ビニール袋やラップも入れた。冷蔵庫にいつもある栄養ドリンクも頂く。これ一本で、弘徽殿大后は治ってしまうのではないか。あっちに絶対に帰れるという確信にも似た思いが広がる。

家を出ようとした時、テーブルの上の料理に気づいた。鯛もキャビアもローストビーフも残っている。俺はそれらを密封容器に詰めた。うまく今日戻れたなら、明晩の螢の夕べに間に合う。みんなに食べさせ、精をつけてあげられる。小者や貞昭の分も持ち、俺はつぶれている四人に深々と頭を下げた。

この時、俺はまったく気づいていなかった。水が一部始終を見ていて、そして尾行してきたことにだ。深夜二時、薬や料理を詰めて出て行く兄を、どう思ったのだろう。

俺はY字路が近くなるにつれ、胸が苦しくなってきた。あの奇妙な路地がなかったらどうすればいいのか。さっき、こっちに戻った時にはなかった以上、ないかもしれない。だが、二十六年前には間違いなくあったからこそ、俺はあっちにトリップしたのだ。

路地は……なかった。やはり、なかった。

物陰から水が見ていることも知らず、俺は必死にその付近を歩き回った。どこかに、今までなかった何かがあるのではないか。路地の名残りのようなものがないか。

なかった。いつものままの住宅地だった。

体が熱くなった。もう二度と帰れないかもしれない。そう思うと、焦りで体温が急上昇する。胸から倫子と風子の形見を取り出し、両掌ではさむ。水が見ていることも知らず、しゃがみこんだ。動けなかった。

やがて何とか立ち上がり、致し方なく家に戻った。体に力が入らない。持ち出した薬品を元に戻し、料理を捨てた。

ベッドに倒れこんだものの、ただやみくもに寝返りを打つだけで、一睡もできなかった。倫子と風子の形見を胸の上に置き、静かに撫《な》でては時間をやり過ごした。しばらくすると、空が明けてきた。平安の夜明けと違い、ただ平べったく白っぽく明けるだけだった。

そのうち、階下からコーヒーの匂いがしてきた。胸がムカつく。あれほど好きだったコーヒーなのに、匂いさえ受けつけない。時計は朝七時三十分を指している。

厠、いやトイレに立つと、居間から親父とお袋の声が聞こえてきた。「昨日はよく飲んだ」などと笑っていたが、

「雷のこと、何か気になるの」

お袋が言った。

「俺もだ。何かあったのか？」

「さあ。ハケン先でイヤなめに遭ったのかしら」

「無理にハイテンションで盛りあげてる感じしたよなァ」

「うん……。母親の直感だけど、改めて水と比べてショックを受けたのかも……」

「うん……。何か急に痩せたけど、ヘンな薬でもやってるんじゃないだろうな」

「まさか。様子を見て、やっぱりおかしければ病院に連れて行くわ」

こっそりのぞくと、二人はそれっきり黙って、コーヒーを飲んでいる。何をやっても心配をかける自分が、申し訳なかった。

トイレに行かずに、忍び足で自室に戻った。今日は大后の部屋で螢の宴だ。何としても帰りたい。俺はベッドに入り直すと、目をつぶった。そしてしばらくたつと目を開ける。それを繰り返した。目を開けると、あっちの世に戻っているのではないか。まだそう願っていた。何度やっても、ベッドの中だった。

夕方になると、いても立ってもいられなくなった。今頃、大后の邸《やしき》では螢を楽しんでいるだろう。光は何を螢に見立てたのだろう。こっちならクリスマス用の豆電球もあるし、黄緑色のレーザー光もある。あっちでは螢の代わりになるようなものは思い当たらない。だが、あの光のことだ。何かとてつもない名案で、ド肝を抜いているかもしれない。出席をあれほど約束したのに、いっこうに姿を現わさない俺を、大后はきっと待っているだろう。信じていた雷鳴なのに、何も言わずに消えたと思っているに違いない。申し訳ない。どうにもならないのだ。

深夜、机の中にペンライトがあることを思い出した。大学の文化祭で使ったものだ。俺はそれを持って、ベランダに出た。

三月の夜気はまだ冷たい。青白い光を放つペンライトを、夜空に振った。「大后様、見えますか。螢の宴に、伺えなかった雷鳴は一人で参加しています。忘れてはいません」と心の中で繰り返した。そして、この灯があっちの世に届けば、呼び戻されるかもしれないと、半ば本気で考えていた。「ここだ！　ここにいる！」と心の中で念じながら、腕が抜けるほどペンライトを振り続けた。

隣室の水が、物音で目をさまし、一部始終を見ていたことはまったく知らなかった。バンダナを外していた俺の髪が、実は肩まであることも水は見ていただろう……。

翌朝、居間に降りて行くと、お袋と水が朝食をとっていた。親父はすでに出勤したらしい。

「雷、チーズトーストとフレンチトースト、どっちがいい？　ハムエッグとベーコンエッグはどっち？　カフェ・オ・レとエスプレッソは？」

一気に横文字を並べられると、急には聞き取れない。三月八日の夜にこっちに来て、今は十日の朝。身も心も対応できないことはもとより、自分が存在している実感がない。こっちにいるのは夢なのか。あっちにいたのが夢なのか。今、俺はどこにいるのか。

お袋の問いに答えもせず、突っ立っている俺に、突然、水が言った。

「なァ、雷兄。朝メシ食ったら京都に行かないか」

お袋が頓狂な声をあげた。

「京都？　何なの、突然」

「いや、『そうだ 京都、行こう。』ってポスターのまんまよ。行こうよ、一泊で」

「それ、いいかもよ、雷。もっとも、水はおととい合格したばっかりで、京都なんて右も左もわかんないから頼りにはならないけど、兄弟二人でおいしいものでも食べてくれば？」

水がなぜこんなことを言い出したのかわからないが、京都に行くのは恐かった。あっちの世とは違い、高層ビルや豪華ホテルもある。あっちの京とは違う京都を見た時、心が平静でいられる自信はない。

「よし、ママがお小遣いあげるわ。サッサと食べて早く行っといで。ホテルはママがネットで探しとく」

お袋は万札を三枚、水につかませた。そして、すぐにパソコンを開いた。何とか俺に気晴らしをさせようと、懸命なのがわかる。それだけでも、断るわけにはいかなかった。


昼すぎの新幹線「のぞみ」に、俺と水は並んで座わった。

二十六年ぶりの新幹線は、何と快適なことか。普通車でも体を包むような座席は、ゆったりと脚も伸ばせる。窓は大きく、光を遮るブラインドから読書灯まで完備している。その上、揺れが少なく、時速二百七十キロで走っているのに抜群の安定感だ。忘れて驚いたのは、きれいなお姉さんが、席まで弁当やお茶を売りに来てくれることだ。

「すごいなァ、信じられないなァ」

思わずつぶやく。

「何が？　車内販売が？」

「あ、車内販売って言うんだったな。車内販売か……。ワッ、あれ」

車内の前方に、電光文字でニュースが流れている。そういえば、二十六年前にも見た。その日のニュースや天気予報が流れるのだ。そうだった……。

俺は大きな窓から景色を眺め、無口になっていた。馬の背に揺られ、尻を赤く腫らして明石に行ったことを思い出す。手綱を引いて山路を歩く貞昭の体は傷だらけだった。粗末なメシと小川の水で腹ごしらえした旅に比べ、何という世界だ。

「雷兄、ビールでも飲む？」

「え、酒も売ってんのか！　あ、そうだ、そうだったな」

俺はあわててごまかすと、

「ビールはいらない。なァ、水、こんなに便利になる必要があるんだろうか」

と口をついていた。

「いや、便利なのはいいことだけど、必要以上という気がする。平安時代がいいとは絶対に思わないよ。だけど、この千年は多くを壊しすぎたんじゃないか？」

水はうなずくだけで、一切語らなかった。後で思えば、俺の様子を懸命にうかがっていたのだろう。

ＪＲ京都駅に着くや、来なければよかったと思った。当たり前のことだが、俺がいた京ではなかった。以前、目にしていた時は何とも思わなかったが、京都駅には声もなかった。千年たつと、こういう駅舎が生まれるのか。

「平安時代とは違うよな……」

思わずつぶやいた俺を、水が見た。そして、

「そりゃ、明治時代とも違うよ」

と、違和感なく言った。

地図を見ながらホテルまで歩く間、俺はほとんど顔を上げず、靴先ばかりを見ていた。変わった京

を見たくなかった。

「水、どこも見なくていいから、ホテルでのんびりしようよ。夕餉《ゆうげ》はホテルの中でもとれるだろう」

言葉には気をつけているが、まだ「夕餉」などと出てくる。

「でも雷兄、京都はいいってあんなに言ってたんだし、見て回ろうよ。行きたいとこ、あるんだろ」

御所に行きたかった。だが、恐くて行けたものではない。

「いや、水とバカ話するのが一番気晴らしになるから」

「気晴らし」という言葉が水に効き、結局、一歩もホテルから出なかった。よくあるビジネスホテルだが、館内に安い和食屋もあった。部屋の窓の向こうは、隣接したビルの壁で、何も見えなかった。

水は何とか俺を外に連れ出したい様子で、

「この部屋、息がつまるよ」

と言ったが、俺には景色が見えないことが何よりだった。

小さなテーブルの上には、ホテルの絵はがきがあった。毒々しいほど赤く印刷された紅葉の写真だ。

俺は親父とお袋に宛て、

「おかげで京都を楽しんでいます。この絵はがきが着くより先に、俺たちが帰ってしまうけど。雷」

と書き、テレビを見ている水に渡した。

「半分あけといたから。何か書いて」

「いいよ。俺、書かない」

「一行でいいって。兄弟からのはがきなんて、喜ぶぞ」

「俺はいいって」

「親孝行だと思えって。三万円ももらったんだし」

水は俺の文面を読み、言った。

「字うまいよな、雷兄」

「うまくないよ」

「いや、小さい時からうまかった。だけど何か、さらに達筆になった気がするよな」

あっちの世で筆と墨を二十六年間も使っていたからだろう。水はピンと指で絵はがきをはじくと、机に飛ばした。

「俺、すごいコンプレックスなんだ」

「え？　何に？　水が？」

光源氏がコンプレックスを明かした時と同じほど、驚いた。水は長い脚をベッドに投げ出し、

「字。ずっとコンプレックスで、書かないもん。俺の字を見た人って少ないと思うよ。今はパソコンがあって書かなくてすむから、どれくらい助かってるか」

そういえば、水の字はあまり記憶にない。

「中学一年の夏、たまたま祖父《じい》サンが俺のノートのぞいてさ、言ったんだよ。『へえ、お前イヤな字書くんだな』って」

名づけ親の祖父だ。あの祖父サンなら言いそうだ。

「俺、すっげえ傷ついてさ。下手な字とか乱暴な字とか言われるんなら、努力で直せると思うけど、イヤな字って言われるとなァ」

「水はなまじ頭がいいから、そういう違いにまで考えがいくけど、祖父サンにそんな悪気はないんだ

よ。ただ、ポッと口にしただけで」

「うん、そう思う。『明日は暑いぞ』と同じくらいの気持で言ってんだよ。あの祖父サンだもん」

思えばあの祖父サン、右大臣と似ているところがある。

「それで祖父サン、俺のノート見ながら言ったんだから。『字は雷の方が格段にいいな。字ってヤツは、性格をおしはかられるから、お前も頑張れよ』って。まったく、何をどう頑張れってんだよ」

そう言って、水は苦笑した。俺は信じられずにいた。水のコンプレックスもだが、俺の方が「格段にいい」としてほめられていた事実をだ。

「だけど、水にコンプレックスがあるなんて、わからないものだな」

「あるよ。親にも言ってないけど、俺、ホントに困るんだよ、字。いくらパソコンがあるからって、やっぱり書かなきゃいけないことは多いし。習字を習っても、全然ダメだった。祖父サンの言う通り、俺って『悪筆』なんだよ」

「悪筆か……」

「うん。不快な字」

「そこまで分析するか？」

「いつだったか、与党の党首三人が覚え書きだったかにサインして、その中の一人の字があまりにひどいって、週刊誌で物笑いにされたの、覚えてる？」

「いや」

「俺は身にしみて覚えてる。あの党首はたぶん、人前に字はさらしたくないはずだよ」

水は冷蔵庫からペットボトルを取り出すと、ラッパ飲みした。太く長い首がクッと上を向き、水があったのか。

のどを落ちていく。美しい鎖骨と厚い胸が上下する。完璧な頭と体を持つ水にも、コンプレックスが

「じゃ、水は女には全部メールか」
「当然。年賀状も書かない」
「お前、どんな字書いたっけ？　ちょっと書いてみろよ、ここに」
俺が出したメモ帳を振り払い、
「やめてくれよ。ナヨっぽくて、クネッとしてて、どこにも力の入ってない字だよ。性格おしはかられちゃたまんねえから、絶対書かない」
と、力を入れた。

その夜、俺たちはお互いの女の話までした。倫子の話はできるわけもないが、結季菜に振られた話はした。朱雀帝が光源氏と互いの恋話をしたと言って喜んでいたことを思い出す。俺と水との間に通った何かと同じようなものが、きっとあの日、二人の間に通った。

灯を消すと、すぐに水の寝息が聞こえてきた。何のために俺を京都に誘ったのか。水なりに心配していたのだろう。

京都に来て、水とゆっくり話をしたからといって、俺があっちに戻りたい気持は変わらなかった。だが、もう戻ることはありえないのだと、それを妙に静かに納得している自分がいた。千年たったのだ。京はこんなに変わったのだ。千年前に戻ることはありえないように、俺も戻れない。

翌日、ホテルを出るなり、目の前にあった美容室を示し、水に言った。

「俺、設営現場でちょっと頭に傷を作って、それでバンダナで隠してたんだ。でも、もう傷もくっつ

いたから、美容室に寄って行く。お前、近くでお茶でも飲んでろよ」

水は何も問うことなく、「いいよ」と言って、ホテルの喫茶室に戻った。そこからは目の前の美容室の様子がわかる。俺が変なことをしないか、見張るにはベストだ。

髪を切るのは、こっちの世で生きる覚悟を形にすることだった。この覚悟はどこかで経験したことがある。そうか、あらすじ本を焼いた時だと思った。倫子と風子を失い、平安の世でごく普通に生き抜くと覚悟した時だ。

ハサミの音に目を上げると、鏡の中には二十六年前と同じ髪型の俺がいた。もう二度とあっちには戻れないのだと、その髪を見て思った。泣きそうになり、肩が震えた。震えをおさえるために奥歯をかみしめると、もっと震えた。

「大丈夫ですか？　お水でもお持ちしましょうか」

美容師が心配した。

「大丈夫です。最近、引っ越したものだから、別れた友達を思い出して、つい」

「そうですか。この時期、就職とか進学でそういう人、多いですよ。女のお客さんなんか、私にまでケータイの写真見せてくれて」

「そんなもの見てたらかえってつらくなりそうだよな」

「逆みたいですよ。いつも見てると、みんなと一緒にいる気になるとかって」

写真もメールもない俺には参考にもならない。

俺がバンダナを外して帰宅した姿に、お袋は明らかに喜んでいた。何かいい方向に進み始めていると思ったのだろう。

仕事で遅い親父抜きで、その夜は三人で鍋をつついた。鍋は助かる。食欲がなくてもバレにくい。それでもお袋がご機嫌なのが嬉しくて、俺は豆腐とタラをこれ見よがしに食べた。あっちの世のみんなに食わせてやりたいと思いながらだ。

今夜も眠れなかった。目をつぶっては、パッと開けてみる。まだ期待している。短くなった髪にさわり、ため息をつく。その時、ふと思った。写真もメールもないが、そうだ、『源氏物語』があるではないか！　それを読めば、美容師が言ったように、みんなと一緒にいる気になるかもしれない。そうだ、読めば楽になるはずだ。

翌朝、俺は大きな書店にかけ込んだ。心がはやって、開店と同時にだ。書店員が「これが一番読みやすい」という現代語訳を、パラパラとめくってみた。「桐壺」から「花散里」までが第一巻だ。立ったままナナメ読みしたのだが、読みにくい。これのどこが「読みやすい」のだ。俺が実際に生きてきた物語なのだが、何とも読みにくい。

そのうちに、現代語訳でない方が、今の俺には読みやすいのではないかと気づいた。こっちに来て一週間近くたつと、言葉はほとんど元に戻ったし、照明に目も慣れた。だが、文章と文字はこっちでほとんど目にしていない。新聞も読んでいない。二十六年間も親しんだ文字や文章の方が楽なのは当然だ。

書店には原文版があるにはあったが、いちいち細かく語句や社会風俗などの注釈がついている。どのページにも「※」がやたらとあって、「物忌み」だの「後宮《こうきゆう》」だのを解釈している。うるさくて読んでいられない。

俺はまっさらな原文が読みたいのだが、書店にはないという。その足で図書館に行ってみた。

カウンターの司書に、

「源氏物語の原文、古語で書かれたものを読みたいんですが。細かく語句の解説とか注釈がないのがいいんです。もしあれば、当時の墨文字で書かれたものだと、もっといいんですが」

「墨文字って、源氏物語絵巻のような……ですか」

「そうです、そうです」

カウンターにいた来館者たちが、ちょっと驚いたように俺を見るのがわかった。いい気持だった。

墨文字で書かれたものはなかったが、まっさらな原文版はあった。重要な蔵書のため、一般貸出しは禁止で、館内閲覧だという。第一帖の「桐壺」を読んでみると、一ページ目からスッと頭に入ってきた。これだ。

読み進めると、止まらない。知っている人たちの噂話を読んでいるようなものであり、ものすごく面白い。それにしても、弘徽殿女御は実際とは全然違う。これでは単に意地の悪いヒステリーおばさんだ。

翌日も早くから図書館に行った。食欲はないし、眠れないので、さすがに顔色も悪く、さらに痩せた。お袋には先手を打って言った。

「俺、こう見えても体調はよくなってきているから、心配ないよ」

「うん。京都に行って変わった気がするもの。でも、もし眠れないなら、心療内科にでも行ってみる？　パパも副社長になった時、プレッシャーで眠れなくてね。すぐ治ったわよ。行く？」

「いい。今日もハローワークに行ってくる。そのうち、何か仕事も見つかるよ」

ハローワークに行くわけもなく、俺は図書館に向かった。三日目で、第十三帖の「明石」まで読んだ。俺は「明石」まであっちにいたので、いちいち身にしみる。「藤壺を美化しすぎだ」とか「光にもコンプレックスはあるんだよ」などと、一人で突っ込んで読み進める。

図書館にいる時間だけが、幸せだった。その時間だけが、あっちのみんなと一緒にいられた。

次の日も息もつかずに読んだ。古文がこんなにできる高校生は絶対にいない。あの頃にこうだったら、俺ももっとまともな大学の国文科に合格できていただろう。こっちの世に戻ると、すぐにこういうことを考えるからイヤになる。

この日は第十四帖の「澪標《みおつくし》」から読み始めたが、ここからは俺がいなくなった後の物語だ。次々に事件があったことがわかる。

朱雀帝は譲位し、朱雀院となった。そして、藤壺と光源氏の不義の子である春宮が、新帝についた。「冷泉帝《れいぜいてい》」である。かつて朱雀帝は俺に、「譲位したら、母上様とゆっくりしたい」と言っていた。そうできているのだろうか。母、弘徽殿大后の病気はどうなのだろう。

明石の君は姫を産み、上洛したのは予定通りだが、あきれたのは光だ。その娘を紫の上の養女にし、育てさせたのだ。子ができない紫の上にとって、二重の苦しみだと思うのだが、彼女は「可愛い、可愛い」と言って、大喜びで育てているという。

ふと気づいた。紫の上に姫を育てさせた理由だ。光は紫の上を正妻と認め、明石の君はそうではないよと示したかったのではないか。明石の君にとってはひどい話だが、紫の上はこれによってかなり楽になっただろう。後宮の女たちをまとめられなかった父帝を反面教師にしてきた光だ。これはありうる。

葵の上の父、左大臣も亡くなった。六条御息所も亡くなった。あの藤壺も亡くなった。御息所は享年三十六、藤壺は三十七だったというが、あっちの世では十分な寿命を生きたことになろう。藤壺は最期まで、不義の子を産んだ自分を悔やんでいたとある。そして、祈禱《きとう》のために事実を知らされていた僧が、とうとう冷泉帝に出生の秘密を告白した。

ああ、色んなことが起きているのだ。それにしても、弘徽殿大后や朱雀院は本当に脇役で、ほとんど出て来ない。誰しも懸命に、必死に自分の人生を生きているのに、表に出てくるのは一部の人間だけなのだ。実際の世でも、物語の世でも、それは同じだ。

冷泉帝は自分の出生の秘密を知って驚き、父である光に譲位すると申し出た。だが、結局は帝のまま、父と力を合わせて王権を強固なものにしようと腹を決めたという。さすが、光の子だけあって、強靭な精神力だ。

俺はページをめくるのももどかしいほど、夢中で読みふけった。この激しく動くあっちの世に俺がいたなら、何かの役に立っただろうか。

「人は老い、時代は動き、いつまでも同じ人間が同じ場所に立っていられるはずがないの。それをわきまえて、あがいたりみじめな画策をしないことが、人の品性というもの」

そう言っていた大后を思う。世代交代の嵐の中、大后は病床で何を考え、何を見ていたのだろう。俺がいれば、せめて話し相手にはなれた。大后に会いたい。俺もこっちの世で、話せる人は誰もいない。昔からの友達とも、今は会う気になれない。というのも、俺は自分の年齢が二十二歳とは思えないのだ。

あっちの世で四十八歳まで生きて、多くのことを経験し、多くのことから自由になり、年を取っていく面白さを知った。なのに、実は二十二歳。このギャップの中で、俺は混乱している。そして、再び二十二歳からやり直す苦しみは、拷問に等しい。

よく「若い頃に戻りたい」とか「若返りたい」と言う人がいるが、できないとわかっているからこその、言葉の遊びなのだ。本当に若い頃に戻って、もう一度やる疲労感、いや徒労感は、生きる気力を削《そ》ぎ落とす。

第二十一帖の「少女《おとめ》」を読んでいる最中、俺はつい、

「かようなことッ、ありえぬッ！」

と叫び、周囲の閲覧者から一斉に視線を浴びた。現代の若者らしからぬ言葉がつい出た上に、大声にも驚いたのだろう。だが、叫びたくもなる。そのページには大后が、

「命長くてかかる世の末を見ること」

と愚痴を言い、

「取り返さまほしう、よろづ思《おぼ》しむつかりける」

と感じていると書いてあったのだ。これは、

「長生きすると、ホントにこんな嫌なめに遭うのよね。世も末とはこのことよ」

と、くどくどと嘆き、若い時代を取り戻したいと泣きごとを言っている描写だ。

ありえない。大后は人間には世代交代があることを認識していた。そして、それをきちんとわきまえていることこそが、人間の品性なのだと、ごく自然に言ったのだ。こんな愚痴や泣きごとを言うわけがない。

俺はムカつきがおさまると、苦笑した。紫式部が、つまり作家本人が書いていることに対し、「かようなことッ、ありえぬッ！」はない。しかし、世代交代を言った時の大后の柔らかな雰囲気を思い

出し、こんな情けない婆さんに書かれているということに胸がつまった。

この「少女」の帖には、光が俺に言ったことも書かれている。例の「学歴コンプレックス」についてだ。息子の夕霧を大学に入れたことを、光は「少女」の帖で大宮《おおみや》に説明している。

「心のままなる官爵に昇りぬれば、時に従ふ世人の、下には鼻まじろぎをしつつ、追従し、気色とりつつ従ふほどは、おのづから人とおぼえて、やむごとなきやうなれど、時移り、さるべき人に立ち後《おく》れて、世衰ふる末には、人に軽め侮らるるに、かかりどころなきことになむ侍る。なほ才を本としてこそ、大和魂の世に用ゐらるる方も強う侍らめ。さしあたりては、心もとなきやうに侍れども、つひの世の重しとなるべき心おきてを習ひなば、侍らずなりなむ後も、うしろやすかるべきによりなむ」

つい十日ほど前、俺が大后を訪れる直前に、夕空を見ながら語った光の横顔が重なる。

ここに書いてある通り、自分に後楯《うしろだて》があったり権力があるうちは、人々は腹の中でバカにしながらも、うわべではお世辞を言ってへつらう。だが、時代が変わり、勢力を失うと、誰も相手にしなくなる。そんな時でも学問をつけておけば、一人ぼっちになっても恐くないというのだ。父の光源氏が死んだ後でも夕霧はやっていけるというのだ。光はもしかしたら、俺が思っていた以上に、コンプレックスが強かったのかもしれない。官位が高い光には大学は不要とした桐壺帝とは逆に、夕霧の官位をわざわざ低くして、大学に入れている。

光、元気か？　色々とありがとな。そっちに帰りたいよ……。

帖が進むにつれ、ページをめくるピッチは目に見えて落ちて来ていた。疲れたのではない。恐いのだ。

次のページをめくったなら、大后の死が書かれているのではないか。そう思うと、恐くて、脈が速くなる。俺は一ページめくるたびに、サッとナナメに目を通し、「大丈夫だ」とわかると落ち着いて読み直す。

大后は相当な高齢だ。たぶん、六十近いかもしれない。あっちの世では、とっくに死んでいるのが普通だ。実際、「少女」の帖では、光は死んだ藤壺を思い出し、大后を見て「こんなに長生きする人もいるのになァ」と、無礼千万なことを思っている。

ページをめくってもめくっても、光の話が中心で、大后は全然出て来ない。俺は安堵しながらも、光や他の者の話などは二行おきくらいに読み飛ばした。光は「六条院」という大そうな邸を建て、夕顔の娘の玉鬘《たまかずら》に迫ったりしている。

光らしいことだが、それでもさすがに第三十四帖の「若菜・上」には驚いた。朱雀院は出家を望んでいるものの、娘の女三《おんなさん》の宮《みや》のことが気がかりでならない。この娘は朧月夜の子ではなく、別の妃《きさき》が産んでいるが、院は偏愛していた。

そして、一番頼りになる男と結婚させようということで、光とさせたとある。叔父と姪の結婚だ。当時は許されていたとはいえ、俺が風子を水と結婚させるか？　それに、女遊びの激しい光に、大切な娘をやるか？　それも光は四十歳だ。いくら相手が光源氏でも、大切な十三歳の娘はやらないだろう。いくら頼りになる実弟とはいえ、紫の上も明石の君もいる男にだ。

俺はあきれつつも、「若菜・上」は面白くてピッチが上がる。ここでも大后の死は出てこない。いいぞ！　あの時代にあっては、はみ出していた大后のことだ。たぶん、寿命も破格で、八十歳くらいまで生きたのではないか。

半分より少し手前まで来たところで、息が止まった。そこには、

「尚侍《ないしのかみ》の君は、故后の宮のおはしまししニ条の宮にぞ住みたまふ」

とあった。これは……朧月夜が、「亡くなった大后が暮らしておられた二条の邸に住んでおられる」という意味だ……。

大后は死んだのか？　大后は……大后はいつ死んだのだ。「若菜・上」より前にか？　俺は注意深く読んで来たが、そんな文章はなかった。読み落としか？

大きく息を吸い、もう一度「若菜・上」を最初から読み直す。指が震えた。

すると、冒頭からほんの二、三行のところに、出家を望む朱雀院の、

「后の宮おはしましつるほどは」

という言葉があった。

俺は貧血を起こした時のように、目の前に黒い霧がかかり、体が揺れた。机に突っ伏して、回復を待った。指先が冷たい。朱雀院の言葉は、

「母上様である大后が生きていらっしゃった間は」

という意味だ。

もう一度読んでみた。

「后の宮おはしましつるほどは、よろづ憚《はばか》りきこえさせたまひて」

と、続いていた。これは「母上様である大后が生きていらっしゃった間は、自分の勝手ばかりを言うわけにはいかなかった」として、今こそ出家を実行したいと言っているのである。

大后は「若菜・上」より前に、いつだかわからないが、その前に死んでいたのだ。

翌日から、俺はもう一度「澪標」以降「若菜・上」の前帖「藤裏葉《ふじのうらば》」までを読み返すことにした。大后はいつ、どんな死に方をしたのか。周囲の人たちはどうとらえたのか。

二週間かけて、丁寧に二十帖を読み返した。だが、大后の死については、どこにも書かれていなかった。「若菜・上」で、俺が気づいた二か所だけだ。

こんな、こんな書き方でお茶を濁すのか?! あれほどの人間の死を描かないのか。「大后が生きている間は」とか「亡くなった大后が」とか、そういう回想のセリフ一言ですますのか。読み落とす程度の扱いか?

紫式部よ、なら言ってやる。第十七帖の「絵合《えあわせ》」は、いわばゲームの話だ。大后の死を描くより、こっちが重要だというのか。第二十三帖の「初音《はつね》」は、新年早々に女と外泊した光が、紫の上の機嫌を取る話だ。こっちの方が大切なのか、え、紫式部よ。大后はいつ死んだのだ。どういう死に方だったのだ。最期に何と言ったのだ。答えろよ。あれほどの大后が、ゲームや女房の機嫌取り以下の扱いか?

俺は耐え切れず、ついに声をあげて泣いた。図書館の机に突っ伏したが、声をおさえ切れなかった。

司書がすっ飛んで来た。俺の腕を取り、

「こちらに」

と休憩室に連れて行かれた。俺は咳込みながら泣き、司書は自動販売機の水を買ってくれた。二、三人の学生がしゃべっていたが、俺を異様に思ったのだろう、出て行った。

司書は「山田愛莉《めり》」という名札をつけ、最初にカウンターで応対してくれた人だった。

「ゆっくり、お水とか飲んで下さい。何があったかわかりませんけど、実は私も心配してたかなっていうか。ものすごい勢いで『源氏物語』の原文を読む若い人？　とかって、初めて見たっていうか。なんだかどんどん痩せる？　カンジで、目だけギラギラ？　してくるカタチっていうか」

「とか」だの「みたい」だの「カタチ」だの語尾上げだの、カン高い声でこの言葉を話す彼女といて、ああ間違いなく俺は、こっちに帰って来たと思った。

「すみません。もう大丈夫です。『源氏物語』に入れこみすぎて、つい。すみません」

「気にしないで下さい。もし、何か資料とかをお探し？　でしたら、言って下さい。どうか遠慮なくってか、お手伝いするカタチ？　とかできますんで」

彼女はそういい残して出て行った。俺は買ってもらった水をゆっくりと飲んだ。須磨に向かう途中で、良喬と貞昭と飲んだ小川の水、うまかったなァと思い出した。あどけなさの残る貞昭の顔が浮かび、俺はペットボトルを持ちながら、また涙を流した。


四か月がたち、水はすでに京大生となり、俺も見ためはすっかり元に戻っていた。だが、現実には大后の死から立ち直れなかった。螢の宴の夜、どんなに俺を待っていただろう。

仕事を探す気も起きず、テレビを見たり漫画や週刊誌を読んだりして、一日を過ごしていた。図書館に行くのもやめた。大后が死んだ後の『源氏物語』など、どうでもいい。興味もない。読む気もしなかった。再び様子がおかしくなった俺を、親父とお袋は気にしていた。ただ、引きこもってはいないし、お袋を車に乗せてスーパーにも行く。普通に会話もするので、もう少し様子を見るつもりなのだろう。

俺は実際、どう生きたらいいのかわからなかった。信じられない経験が尾を引き、こっちの世に適応できない。だが、あっちがいい、あっちに帰りたいという気持はすっかり失せていた。大后がいない世には、帰りたくもない。だからといって、こっちでどう生きよというのか。思えば、「帰りたい」と泣いていた時は幸せだった。考えは同じところをぐるぐると回り、一日が過ぎて行く。

水は京都の町にも大学にも早くもなじんだようで、元気のいいメールが届く。それは親にとっても俺にとっても、救いだった。

ある日、梅雨空に晴れ間がのぞいた昼頃、お袋が言った。

「雷、レモン買って来てくれる？　今晩、トリの唐揚げにしようと思うの。レモンはなきゃないでいいんだけど、雨もあがったから、ちょっと行って来て」

近くのスーパーに向かいながら、レモンを搾《しぼ》ったトリの唐揚げをモリモリ食べていれば、大后ももう少し長生きしたかもなァ……と思う。

レモンを買って、ブラブラと家に向かう。平日のまっ昼間に、スーパーのポリ袋をさげた二十二歳の若いもンが、ブーラブーラと歩く姿は自分でも見たくない。途中、自販機で水を買い、ベンチに腰かけて飲んだ。

「こんにちは」

顔を上げると、あの司書が立っていた。名字は忘れたが、「愛莉」という司書だ。

「この頃、いらっしゃらないってか、もう論文とか書き終わったのかなみたいな」

「論文？」

「え、大学院生とかじゃないんですか？　てか、源氏を研究している院生かなとか勝手に思ってたみたいな」

「いえ……そんな立派な者じゃないです」

俺は水を買い、愛莉に差し出した。

「この前のお返しです」

「あ、すみません。ここでゆっくり飲みたいけど、昼休みとか終わっちゃうじゃないですか。ごちそうさま」

愛莉はペットボトルを手に、小走りに去った。やがて、突然振り返ると、

「また、図書館にいらして下さい」

と笑顔を見せた。

俺よりひとつか二つ年上だろうか。結季菜より可愛いし、以前の俺ならチャンスと思っただろう。


梅雨が明け、来る日も来る日も猛暑の八月になった。

俺は参考書を閉じ、窓の外を見た。入道雲が湧きあがっている。夏空はべったりとペイントしたように青い。

また毎日、図書館に通っている。『源氏物語』を読むためではない。愛莉に言われた一言で、これからの道筋が見えたのだ。二度とあっちの世に戻れなくても、一生あっちの世の人たちと一緒にいられる道筋がだ。これは親父にもお袋にも、水にも、まだ誰にも言っていない。

俺は大学院を受験し、『源氏物語』の研究者になる。弘徽殿女御をテーマに、一生をかけて研究する。

そう決めた。とは言っても、二流大学の「ヒューマン・リレーション学部　情報パフォーマンス学

科」卒の俺だ。そう簡単に大学院の国文学研究室に入れるとは思っていない。それも、ひそかに超難関国立の大学院をめざしている。

受験勉強をしている中で、『源氏物語』に関するすごい論文を読んで以来、何としてもこの論文を書いた教授の門下に入りたいと思い続けている。それはあっちで二十六年も暮らした俺からしても、すごい論文だった。この教授は、俺の手が届かない難関国立大にいる。だが、俺は何浪しても、そこに行く。

少しくらい受験勉強をしたところで、学科試験では通るわけがない。唯一の希望は、その難関国立大学は、学科試験と口頭試問が同じ日にあることだ。学科の採点をする前に、口頭試問があるわけだ。俺は口頭試問では絶対に他の受験生に勝てる。比べものになるまい。むろん、口に出してはアブナイ人と思われるが、二十六年間も『源氏物語』の中で暮らしてきたのだ。めざす研究テーマもハッキリと語れる。

再び熱心に来館する俺に、愛莉は時々笑顔を向けてくれる。図書館司書という知的な仕事をしていながら、言葉遣いのせいか、あまり賢《かしこ》そうには見えない。だが、目が合うとカウンターの奥からニッコリし、女の子という感じがする。巨乳で唇がポッテリして、どこか緩《ゆる》いここちよさ。朧月夜とはこんなタイプだったのではないか。

京都の「大文字送り」の前日、俺は水を訪ねて新幹線に乗った。自分の進む道筋が見えてくると、変貌した京にも動じない自信がついてくる。京都には二つの用があった。

ひとつは、お盆でこの世に帰って来る倫子と風子を、大文字の火で迎えてやりたかった。三月に来た時には、とてもゆとりはなかったが、京都には平安宮址も下鴨神社も大覚寺もある。『源氏物語』に由縁《ゆかり》の跡がたくさんある。二人を京都で迎えたなら、俺が一人でとんでもない世に行ってしまったとは思うまい。きっと二人は安心する。そう考えた。

そして、もうひとつは紫式部の墓参りをしたかった。大后を作家の都合で便利に登場させ、便利に引っ込め、死を扱いもしない。それについては今も納得できない。しかし、あなたのおかげで、こんなにすごい経験をしたと礼を言いたい。それればかりか、その経験が生き直す道を示してくれた。その礼も言いたかった。

あれほどの経験を二十六年間もやり、この世に突然戻ったのだから、俺は決して元通りではない。心のどこか奥深いところに、抱え切れない哀しみがある。それは懐しさでもなく、望郷でもなく、苦しみや切なさでもなく、哀しみだ。心のどこにそれがあるのかわからないが、深い深いどこかだ。人間の体は小さなものなのに、心というものは宇宙より深く広いのかもしれない。その哀しみの存在を意識する時、そう思う。

かつて、第二次世界大戦が終了したことを知らなかった日本兵が、終戦後二十九年たってから発見された。彼は自給自足で、ひっそりとほら穴で独り暮らしをしていた。発見された時の日本は、東京オリンピックも大阪万博も終わり、超高層ビルが林立して新幹線が疾走していた。戦時中とは一変し、町中が深夜でもキラキラと明るかった。

俺は彼の気持を考えることがある。おそらく、二度と戦争時代にもほら穴時代にも戻りたくはあるまい。だが、心のどこか深いところで、一生消えない哀しみを抱えているのではないか。

もう一人、アメリカのニール・アームストロングという宇宙飛行士も、きっとそうだ。彼は世界で初めて月面に立った。地球から見るメルヘンのような月の姿とあまりにも違う、荒涼とした地に立った。その衝撃はおそらく、心のどこか深いところの哀しみになったのだと思う。彼は宗教の伝道者になったと聞いたことがあるが、神に仕えることでしか救われなかったのだろう。

俺自身は、『源氏物語』と一生を共にすることが何よりの救いであり、生き直す道なのだ。哀しみは一生消えることがなくてもだ。

五か月ぶりに会った水は、よく日焼けして、ますます筋肉が美しく、「こいつ、もてるだろうなァ」と、改めて思わせる男になっていた。

「お盆くらい東京に帰って来いって、お袋嘆いてたぞ」

「しょうがないんだ。あさってから合宿だもん」

「水泳部、入ったのか」

「いや、アメフト」

「アメフトだァ?!　まったく、女にもてそうなことばっかりやりやがって」

水は笑った。大きく衿《えり》の開いたTシャツから、いい感じに鎖骨がのぞき、笑い声と一緒に動いた。鎖骨から肩、肩から首に続く線は、ギリシャ彫刻並みに無駄がない。「ああ、男だなァ」と、実の弟を眺めて感動している俺がいた。朱雀帝が光源氏を見る気持と同じだ。

「それにしても雷兄、何だって紫式部の墓なんて行きたいんだよ」

「暇だからな」

「暇だからって、紫式部の墓行かねえよ」

どうでもいいことをしゃべりながら、水と歩く京都は、俺を伸び伸びさせる。心が凪《な》いでいく。

紫式部の墓は、雲林院《うりんいん》の近くにあった。ひっそりとした小さな墓に、紫色の花があふれるほど供えられている。千年前の作家でも、参拝者が絶えないのだろう。俺も途中の花屋で買った紫色の花を手向けた。花屋が、

「式部の好きなトルコギキョウです」

と言っていたが、こんな花、あっちにはなかった。いい加減なものだ。

墓に手を合わせながら、倫子と風子を守って下さいと、そればかりを念じていた。お礼を言うことなど、まったく思い出さなかった。ジーンズのポケットに入れてある二人の形見を幾度も幾度もさわり、あの世で幸せにしてやって下さいと頼んだ。尋常ではなく長く手を合わせていたはずだ。そんな俺を、後ろに立った水が不思議そうに見ていたらしい。

墓から五分も歩くと、雲林院があった。

「ああ、今はもう観音堂だけしか残ってないんだな」

千年前を思い出し、つぶやいた。

「今はもうって、大昔を知ってるみたいなこと言うじゃない。ここ、何なの？」

「藤壺との恋に苦しんだ光がさ、ここを訪ねたんだよ」

「光って、光源氏？」

「あ、あ、そう。観音堂だけでも、よく残してるよなァ。あの頃の面影はないけどさ」

「あの頃の面影って、雷兄、見たようなことを」

「ホントだな。光はここで書物を読んで、恋心を落ちつけようとしたんだよ。ここは、もともとは『源氏物語』より百五十年も前の、淳和天皇の紫野離宮だ」

水の目が「不思議」を超えて、「不審」になっていることに、俺は全然気づかなかった。ともかく、あっちの世のことを話せるのが嬉しくてたまらない。話している間は、あっちの世に飛べる。思い出話ばかりをする老人の気持がわかる。

「淳和天皇の後は僧正遍昭《へんじょう》が入って、天台宗の寺になったんだ。六歌仙の僧正遍昭な」

俺はさらに嬉しそうに、

「天つ風　雲の通ひ路　吹き閉ぢよ　をとめの姿　しばしとどめむ」

と、遍昭の歌までそらんじてしまった。漫画しか読んだことのなさそうな兄が、いったいどうしたのか。弟としては不審どころか不気味だったかもしれない。

「そうだ、水。京大に連れてってよ。大文字焼きまで、まだ時間あるしさ」

「普通の大学キャンパスだよ。見るほどのものないから、いいよ」

「親父やお袋に報告しないとさ。水のアパートも大学もちゃんと見て来たよって」

「いいって。それよりビール飲も。暑いし疲れたろ。いや、俺はノンアルコール飲むから」

水は二流大学三流学部の兄に、わざわざ自分の大学を見せたくないと、そう思ったに違いない。だが、俺は無視してタクシーに手をあげた。

京大は「百万遍《ひゃくまんべん》」という妙な名前の町にあった。水は何となく申し訳なさそうに、俺をキャンパスに入れた。指さしながら言う。

「あれが有名な時計台」

花の形をしたような文字板が堂々としているが、あまりに縁のない大学で、有名も何も全然知らない。適当にあいづちを打って歩くと、各サークルのチラシなどが貼ってある掲示板があった。

「へえ、さすが京都だな。『源氏物語絵巻研究会』がある」

チラシには「源氏物語絵巻」の美しい墨文字がコピーされていた。俺が何気なく、

「きえゆく露のこゝちしてかきりに　みえたまへはみ修行の……」

と読むと、水が突然ガシッと腕をつかんだ。そして、有無を言わせず、近くの喫茶店に引っぱりこんだ。アメフト選手に腕をつかまれて、払いのけられる俺ではない。

水はテーブルに本とノートを乱暴に置くと、俺をにらんだ。

「雷兄、何があった」

「別に何も」

「ないわけがない」

「ホント、何もないって」

「『源氏物語』に詳しすぎる。あんな墨文字、読めるのは学者か研究者くらいだろう。『源氏物語』とは何の関係もない雷兄が、何で読める。何で詳しい。何があったんだよ」

答えなかった。俺のとてつもない経験や、深いところの哀しみを、水ならわかってくれるかもしれない。だが、あの体験はあまりにも荒唐無《こうとうむ》稽《けい》で、話すのは十年先か百年先か、そのタイミングがわからない。少くとも今ではない。

水は恐いほどの形相で、俺から目を離さなかった。それは遠い昔、「ドラゴン！」と叫んで川に飛びこむ直前の、あの時の顔だった。こいつは本気で心配し、本気で俺のことを知りたがっている。

「水、まだ誰にも話してないんだけど」

一呼吸置いて、ハッキリと言った。

「俺、急に『源氏物語』に関心持ってさ。もうずっと受験勉強してるんだよ。で、年明けに大学院受ける」

　俺は超難関国立大学の名を、初めて口にした。水の顔がみるみる明るくなった。頰は紅潮さえしていた。

「すげえ！　絶対やるべきだよ、絶対。あんなにスラスラと、古い墨文字読むほど勉強してる受験生、いないって。絶対うかる。絶対にいい結果出るよ、絶対。俺、何かすっげえ嬉しい。何か泣けて来た」

　水は目を赤くしていた。きっと、デキの悪い兄をずっと心配し、ずっと気にかけていたのだろう。

「雷兄がどうもヘンだって、家族はみんな気づいてたけど、俺は何か京都や歴史と関係あることで悩んでいる気がしてたんだ」

「ええッ？　どうしてわかった？」

「覚えてない？　京都のこと、雷兄は『京《みやこ》』って言ったり、『京の華は他にはないものだと、住んでみてようわかった』と言ったり」

「そんなこと言ったか？」

「俺がおかしいと思って、『いつからそんなに京都が好きなの？』って聞いたら、『二十五、六年前からだ』って」

「えーッ？　生まれてねえよ」

「だから、ヘンだって言うの。で、京都に連れて行けば少しは楽になることもあるかなって思ったら、何だかやたらと平安時代と比べるし」

「そうだったか？」

「今になってわかったよ。ずっと『源氏物語』の受験勉強して、ハマって、受かるかどうかもわかんなくてヘンになりかけてた……とか」

「うん……。俺、勉強したことないから、何かもうノイローゼみたいになってさ。そこにお前は受かっちゃうし」

「俺、嬉しいよ」

「親にも言うなよ。俺、絶対に受かってみせるから」

その時、水の携帯電話が鳴った。

「あ、お袋からだ」

「言うなよ」

「言わねえって」

水が電話を手に店の外に出て行こうとした時、テーブルに置かれていた本とノートに体が当たり、落ちた。俺が拾い上げると、開いたノートに水の字があった。なるほど、ナヨっぽく、クネッとしていて、どこにも力の入っていない字だった。

窓の外には、一面の夕焼けが広がっていた。金色の雲が輝く赤い空から、倫子と風子が俺と水に手を振っているような気がした。弘徽殿大后が、

「雷鳴、能力は形にして見せるものだ」

と言っている気がした。

あと書き

この本を手に取って下さった方々に、まっ先にお礼申し上げます。

と申しますのも、これは弘徽殿女御コードで読む『源氏物語』だからです。

「え？　弘徽殿女御？　そんな人、『源氏物語』に出て来たっけ？　初めて聞く名前だけど」

とおっしゃる方がかなり多いと予測しているのですが、それでも手にして頂いたことを本当に嬉しく思います。

古文の授業で『源氏物語』を習っても、教科書に出てくるのは光源氏を中心に、桐壺帝や桐壺更衣、藤壺あたりでしょう。そして、人気があるのは夕顔、六条御息所、葵の上、それに朧月夜などでしょうか。何よりも、弘徽殿女御は『源氏物語』にあまり登場しないのです。後に「弘徽殿大后」となって、長生きしたようですが、紫式部は彼女のことをあまり描いてはくれませんでした。

私は高校生の頃から、『源氏物語』の登場人物の中で、誰よりも誰よりも弘徽殿女御が好きでした。

彼女は桐壺帝の正妃であり、第一皇子を産んでいます。しかし、夫である帝は桐壺更衣という愛妾がいて、「正妻」の弘徽殿女御には目もくれません。その桐壺更衣も帝の子供を産むのですが、これが第二皇子、後の光源氏です。彼は幼い頃からオーラを放ち、稀代のスーパースター。弘徽殿女御が産んだ第一皇子は何かと比較され、「弟より劣る兄」と噂され続けます。

桐壺更衣に夫を寝盗られたあげく、夫は彼女が産んだ第二皇子ばかりを偏愛している……。これでは長男の我が子を飛び越えて、第二皇子が次の帝位につくかもしれない……。弘徽殿女御は、どんな思いでいたかと思います。

その後、更衣が数え年三歳の光源氏を遺して死ぬと、帝は嘆き悲しみ、恥ずかし気もなく泣き暮らします。やはり、最後に帰るところは正妃のもと……と思いきや、ケロッと新しい女に夢中になります。私は高校の図書室でそれを読みながら、

「男って、平安時代からこうかァ」

と思ったことが、妙に懐しく甦《よみがえ》ります。

この新しい女が藤壺。帝は桐壺更衣のことなどすっかり忘れ、今度は藤壺一筋です。ついには、正妃の弘徽殿女御を飛び越え、藤壺を中宮にしてしまいます。中宮とは皇后のことです。

ところが、です。この藤壺、あろうことか光源氏の子供を産んでしまうのです。光源氏の父親の妻でありながら、「密通」するわけです。そして、それをひたすら隠し、帝の子供だとしてお披露目し、帝王教育をしていく藤壺に、私は、

「女って、平安時代からこうかァ」

と思い、したたかなクラスメートの顔が浮かんだりしたものです。

弘徽殿女御はその後も、何かとひどいめに遭わされ続けます。つまり、彼女は桐壺帝とも桐壺更衣とも、また光源氏や藤壺とも敵対関係に位置する人物であり、苛酷な人生にさらされた生涯です。なのに、その渦の中でどう生きたのか、どう乗り越えたのかという人間らしさを、紫式部はほとんど書いていません。作家の都合で便利に出したり、引っ込めたりしている気がして、弘徽殿女御ファンの私は高校生の頃から不快に思っていました。

たまに出てくると、意地が悪くてギスギスして、ヒステリックな権力亡者というキャラクターです。

確かに『源氏物語』を読むと、彼女は政治力もあったキャリアウーマン型のようでしたし、言動もあの時代には合わないものが散見されます。しかし、女として妻として母として、そして権力を握った者として、数々の思いがあったはずです。中国は清王朝の西太后や、孫文の強妻・宋慶齢にも通じる魅力と哀しみがある気がしてなりません。

ところが、幾度も『源氏物語』のブームが起こりましたのに、弘徽殿女御が見直されたとか人気が出たという話は聞こえてきません。もちろん、学者や研究者は彼女に関して多くの論文を発表していますし、コアなファンの間では人気もあるでしょう。でも、なぜ一般の口にのぼらないのか。目立たない脇役だからとわかっていても、私はいささか不満でした。

そんなある日、メリル・ストリープ主演のアメリカ映画『プラダを着た悪魔』を観ました。暗い劇場の中で突然、ストリープ演ずる辣腕《らつわん》のキャリアウーマンに弘徽殿女御が重なったのです。劇場の座席で、私は、

「弘徽殿女御は、十二単衣を着た悪魔なんだわ」

とつぶやいたことを、今でもハッキリと思い出します。

そして、何とか『源氏物語』を弘徽殿女御コードで読み、小説にできないものかと考えました。途中で私が病気をしたこともあり、準備を始めてから四年の歳月が流れています。

本著は、『源氏物語』のストーリーから大きく外れないように注意を払った一方、登場人物のセリフは大きく現代的にしています。平安時代には使われなかった漢語や言い回しも口にさせています。

そして、今回ほど多くの方々に教わり、お世話になったことはありません。

私が東北大学の院生だった時に、キャンパスでご縁ができた国文学者の仁平道明東北大名誉教授に

は、たくさんの示唆を頂きました。弘徽殿女御と、『史記』呂后《りよこう》本紀の呂后との構図を論じた池田勉博士の論文をご紹介下さったのも、仁平先生でした。他にも、細かいご相談にのって頂いたのですが、こんな荒唐無稽な物語であることは、ついぞ言い出せぬまま脱稿してしまいました。読まれたら絶句なさるに違いありません。

また、私に恫喝され、多忙な中で考証を引き受けて下さった友人の作家・井沢元彦さん、心から感謝申し上げます。そして、病気について昼夜を問わず質問に答えてくれた従妹で「みやぎ県南中核病院」の医師・富岡智子に、さらにはたくさんの国文学、医学部、薬学部出身の友人たちに、数々の助言をありがとうございました。そして、私をおだてながら実に巧みにムチを当て続けた幻冬舎の篠原一朗さんがいなければ、脱稿まで四年の歳月はとても持ちこたえられなかったでしょう。

今日、仙台は美しい美しい春空です。弘徽殿女御へのオマージュを書きあげた私は、高校時代からの思いを遂げた気持で、その空を眺めています。

二〇一二年四月　仙台・東北大学附属図書館にて

内館　牧子

主な参考文献

安倍晴明研究会、一九九九、『陰陽師「安倍晴明」超ガイドブック』、二見書房
石田穣二・清水好子校注、一九七六、新潮日本古典集成『源氏物語』第一巻〜第五巻、新潮社
池田勉、一九七四、「源氏物語における史記・呂后本紀の映像をめぐって」『源氏物語試論』、古川書房
池田弥三郎、一九六四、『光源氏の一生』、講談社
井沢元彦、二〇〇八、「『怨霊鎮魂の日本史』の巻」『井沢式「日本史入門」講座④』、徳間書店
石井和子、二〇〇二、『平安の気象予報士　紫式部』、講談社
おおくぼひさこ写真、橋本治著、一九九三、『写真集　窯変源氏』、中央公論社
大塚ひかり、一九九六、『カラダで感じる源氏物語』、ベネッセコーポレーション
大森洋平、二〇一一、『考証要集』、私家版
角川書店編、二〇〇一、『源氏物語』、角川学芸出版
金森和子構成、二〇〇一、別冊太陽『歌舞伎 源氏物語』、平凡社
蔵田敏明・薄雲鈴代、二〇〇八、『姫君たちの京都案内』、淡交社
小西甚一、二〇一〇、『古文の読解』、筑摩書房
繁田信一、二〇〇六、『呪いの都　平安京』、吉川弘文館
繁田信一、二〇〇六、『陰陽師』、中央公論新社

繁田信一、二〇〇六、『安倍晴明　陰陽師たちの平安時代』、吉川弘文館
瀬戸内寂聴、二〇〇八、『源氏物語の男君たち』、ＮＨＫ出版
瀬戸内寂聴、二〇〇八、『源氏物語の女君たち』、ＮＨＫ出版
高橋文二、二〇〇八、『紫式部のみた京都』、ＮＨＫ出版
田中政幸、二〇〇七、「『源氏物語』における食」『「食と文学」論』、真珠書院ブックサービス
田辺聖子、一九九〇、『恋のからたち垣の巻　異本源氏物語』、集英社
田辺聖子、一九八五、『私本・源氏物語』、文藝春秋
田辺聖子、岡田嘉夫絵、一九八四、『絵草紙 源氏物語』、角川書店
土田直鎮、一九七一、『日本の歴史５』、中央公論社
中野幸一監修、一九九九、『速習　源氏物語がわかる！』、かんき出版
西沢正史企画・監修、上原作和編、二〇〇五、『人物で読む源氏物語』第二巻―光源氏Ⅰ、勉誠出版
西沢正史企画・監修、上原作和編、二〇〇五、『人物で読む源氏物語』第四巻―藤壺の宮、勉誠出版
西沢正史企画・監修、上原作和編、二〇〇五、『人物で読む源氏物語』第七巻―六条御息所、勉誠出版
仁平道明、二〇〇〇、「源氏物語と史実」『国文学　解釈と鑑賞』、ぎょうせい
仁平道明、一九九二、「『源氏物語』と『後漢書』清河王慶伝」『和漢比較文学』九号、和漢比較文学会
仁平道明、一九九三、「光源氏の物語と清河王慶伝」『本』九月号、講談社
野口定男・近藤光男・頼惟勤・吉岡光邦訳、一九七二、「呂后本紀第九」『史記』、平凡社
橋本万平、二〇〇二、『増補版　日本の時刻制度』、塙書房

日向一雅・仁平道明編、二〇〇六、『源氏物語の始発―桐壺巻論集』、竹林舎
服藤早苗、一九九五、『平安朝の女と男』、中央公論新社
藤本勝義、一九九四、『源氏物語の〈物の怪〉』、笠間書院
三田村雅子責任編集、一九九九、週刊朝日百科　世界の文学㉔『源氏物語』、朝日新聞社
向田邦子、一九九一、「源氏物語」『源氏物語・隣りの女』、新潮社
室伏信助監修、上原作和編、二〇〇五、『人物で読む源氏物語』第一巻―桐壺帝・桐壺更衣、勉誠出版
室伏信助監修、上原作和編、二〇〇五、『人物で読む源氏物語』第十巻―朧月夜・源典侍、勉誠出版
室伏信助監修、上原作和編、二〇〇六、『人物で読む源氏物語』第十一巻―朱雀院・弘徽殿大后・右大臣、勉誠出版
山口仲美、一九九七、『「源氏物語」を楽しむ』、丸善
山口仲美、二〇一一、「源氏物語―言葉に仕掛けられた秘密」『日本語の古典』、岩波書店
山中裕、鈴木一雄編、一九九四、『平安時代の信仰と生活』、至文堂
夢枕獏著、村上豊絵、二〇〇一、『陰陽師　瘤取り晴明』、文藝春秋
横浜美術館学芸教育グループ・NHK・NHKプロモーション編、二〇〇八、『特別展　源氏物語の一〇〇〇年―あこがれの王朝ロマン』、横浜美術館・NHK・NHKプロモーション
與謝野晶子訳、二〇〇八、『全訳　源氏物語　新装版』全五冊、角川書店
歴史群像シリーズ㊅、二〇〇一、『安倍晴明』、学習研究社
渡辺実、二〇〇七、『日本食生活史』、吉川弘文館

本書は書き下ろしです。原稿枚数861枚（400字詰め）。

〈著者紹介〉
内館牧子　1948年秋田県生まれ。武蔵野美術大学卒業。東北大学大学院修士課程修了。三菱重工業に入社後、13年半のOL生活を経て、88年に脚本家デビュー。テレビドラマの脚本に「ひらり」「毛利元就」「週末婚」「私の青空」「昔の男」「白虎隊」「塀の中の中学校」など多数。93年第1回橋田賞、95年作詩大賞、2011年モンテカルロ・テレビ祭で三冠を受賞。00年9月より女性初の（財）日本相撲協会・横綱審議委員会審議委員に就任し、10年1月任期満了により退任。11年4月東日本大震災復興構想会議委員に就任。他の著書に『エイジハラスメント』『二月の雪、三月の風、四月の雨が輝く五月をつくる』など多数。

十二単衣を着た悪魔　源氏物語異聞
2012年5月10日　第1刷発行

著　者　内館牧子
発行者　見城 徹

GENTOSHA

発行所　株式会社 幻冬舎
〒151-0051 東京都渋谷区千駄ヶ谷4-9-7

電話：03(5411)6211(編集)
03(5411)6222(営業)
振替：00120-8-767643
印刷・製本所：中央精版印刷株式会社

検印廃止

ISBN978-4-344-02175-4 C0093
幻冬舎ホームページアドレス　http://www.gentosha.co.jp/

この本に関するご意見・ご感想をメールでお寄せいただく場合は、comment@gentosha.co.jpまで。